JN142796

小説アーサー王物語

神の敵 アーサー［上］

Bernard Cornwell
バーナード・コーンウェル＝［著］
Etsuko Kihara
木原悦子＝［訳］

ENEMY OF GOD
A novel of Arthur

原書房

小説アーサー王物語　神の敵　アーサー　上

本書の唯一の産みの親、スーザン・ワットに

まえがき

本書は小説アーサー王物語のシリーズ第二作であり、前作『エクスカリバーの宝剣』に描かれた出来事のその後が語られる。前作では、ドゥムノニア王にしてブリタニアの大王ユーサーが亡くなり、生まれて間もない足萎えの孫モードレッドがその跡を継いだ。ユーサーの庶子アーサーは、このモードレッドの後見人のひとりに指名され、やがて最も有力な後見人となってゆく。アーサーは、ユーサーへの誓いを果たし、モードレッドが成人したあかつきにはドゥムノニアの玉座に昇らせようと決意していた。

もうひとつアーサーが念じていたのは、争いあうブリタニア諸王国に平和をもたらすことだった。とくに重大なのはドゥムノニアとポウイス間の対立だったが、ポウイスの王女カイヌインとの婚約が調ってアーサーがポウイスに招かれたとき、戦（いくさ）は回避できそうに思えた。ところが、当のアーサーが無一物の王女グィネヴィアと駆け落ちしてしまったのだ。このカイヌインへの侮辱がもとで、それから何年も戦乱が続くことになる。最後にラグ谷の戦いでアーサーがポウイス王ゴルヴァジドを破り、ようやく戦乱に終止符が打たれた。ポウイスの王位を継いだカイヌインの兄キネグラスは、アーサー同様ブリトン人どうしの宥和を望んでいた。いまこそブリトン人を団結させ、共通の敵サクソン人（サイス）に一丸となって槍を向けなければならない。

前作『エクスカリバーの宝剣』と同じく、本書もまたダーヴェルによって語られる。彼は奴隷として生まれたサクソン人だが、マーリンの家中で育てられ、アーサーの戦士のひとりとして戦ってきた人物だ。アーサーの命でアーモリカ（現ブルターニュ）に渡り、フランク人の侵入軍を相手にブリトン人の王国ベノイクを守るという、望みのない戦争を続けてきたのである。そのベノイクを落ちのびてブリタニアに戻ってきた人々のなかに、ベノイク王ランスロットがいた。アーサーは、このランスロットをカイヌインと結婚させ、シルリアの王位に即(つ)けたいと考えている。だが、ダーヴェルはカイヌインに狂おしい恋心を抱いていた。

　ダーヴェルには、もうひとり愛する娘がいた。幼なじみのニムエだが、いまではマーリンの協力者にして愛人になっている。マーリンはドルイドであり、ブリテン島を古い神々の御手に返そうと望む党派の頭目である。この目的を果たすために、彼はブリタニアの十三の宝物のひとつである大釜を探し求めている。マーリンとニムエにとっては、王国どうしの争いより、あるいは侵略者との戦より、大釜の探求のほうがはるかに重要なのだ。このマーリンに敵対する勢力が、ブリタニアのキリスト教徒である。その頭目のひとりサンスム司教は、グィネヴィアとの対立がもとでその権力をほとんど失ってしまった。いまでは尾羽打ち枯らして、ウィドリン(アニス・ウィドリン)島（グラストンベリー）の聖なるイバラの修道院で修道院長を務めている。

　前作『エクスカリバーの宝剣』は、アーサーがラグ谷の大戦で勝利を収めたところで終わっている。モードレッドの玉座は安泰、ブリタニア南部の諸王国は同盟を結び、アーサーは王でこそないものの、押しも押されもせぬ南部諸国の指導者となったのである。

目次

下巻目次

登場人物

エレ……サクソン人の王
アーサー……ドゥムノニアの将軍。モードレッドの後見人
カイヌイン……ポウイスの王女。キネグラスの妹
サーディック……サクソン人の王
キネグラス……ポウイス王
ダーヴェル・カダーン……語り手。生まれはサクソン人だが、アーサーの戦士となり、のちには修道士となる
ディナス……シルリアのドルイド。ラヴァインの双子の兄弟
ギャラハッド……ランスロットの異母弟。失われた王国ベノイクの王子
グィネヴィア……アーサーの妻
イゾルデ……ケルノウの女王
ランスロット……ベノイクの流浪の王
ラヴァイン……シルリアのドルイド。ディナスの双子の兄弟
マーリン……ドゥムノニア第一のドルイド
マイリグ……グウェントの世嗣（王太子）。のちに王
モードレッド……ドゥムノニア王
モーガン……アーサーの姉、かつてはマーリンの第一の巫女
ニムエ……マーリンの愛人にして第一の巫女
サンスム……ドゥムノニアの司教。のちにディンネウラクの修道院長としてダーヴェルの上に立つ
トリスタン……ケルノウの世嗣
ユーサー……ドゥムノニアの亡き王、モードレッドの祖父

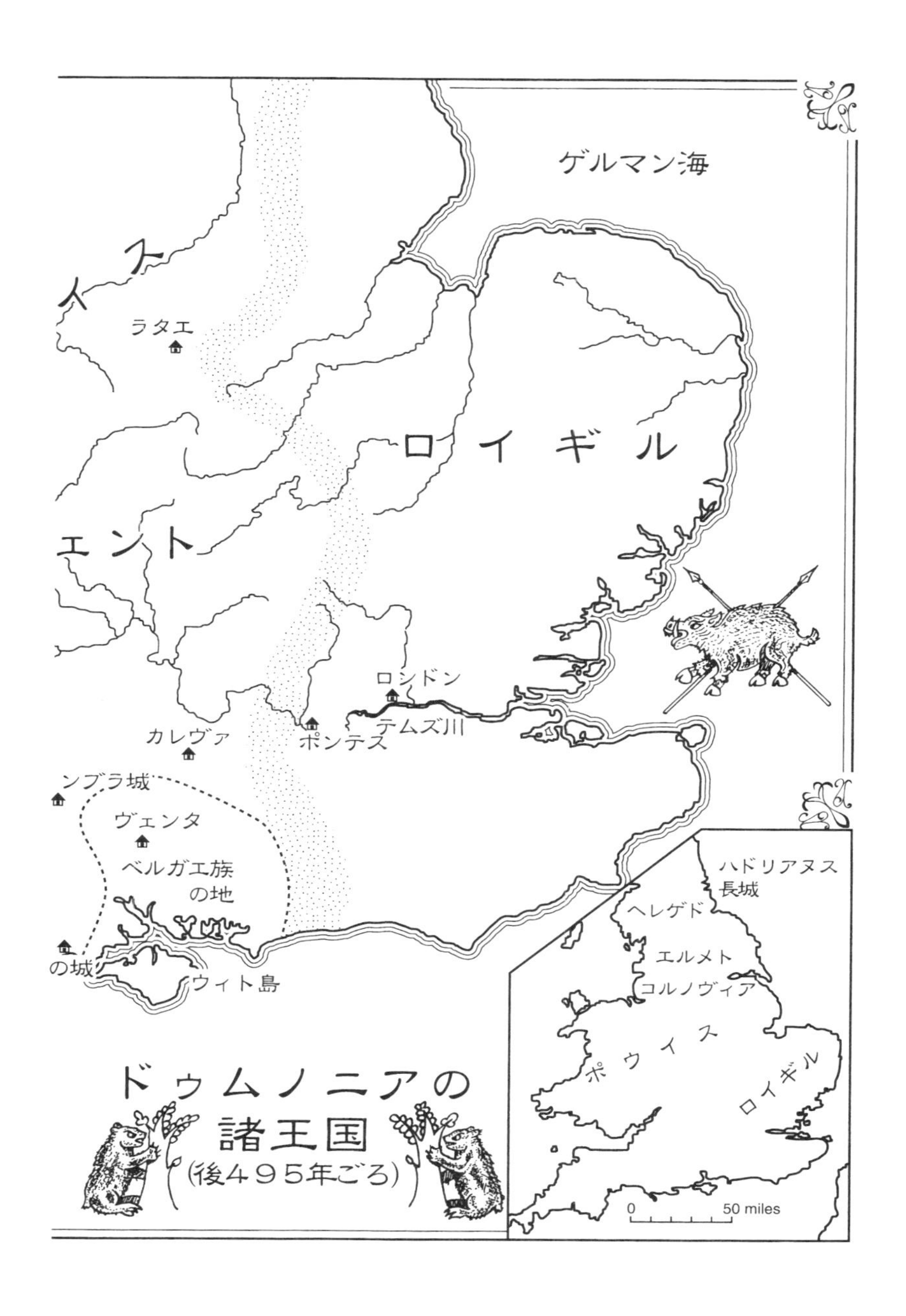
ゲルマン海
イス
ラタエ
ロイギル
エント
ロンドン
テムズ川
ポンテス
カレヴァ
ンブラ城
ヴェンタ
ベルガエ族
の地
の城
ウィト島
ドゥムノニアの
諸王国
(後495年ごろ)
ハドリアヌス
長城
ヘレゲド
エルメト
コルノヴィア
ポウイス
ロイギル
0
50 miles

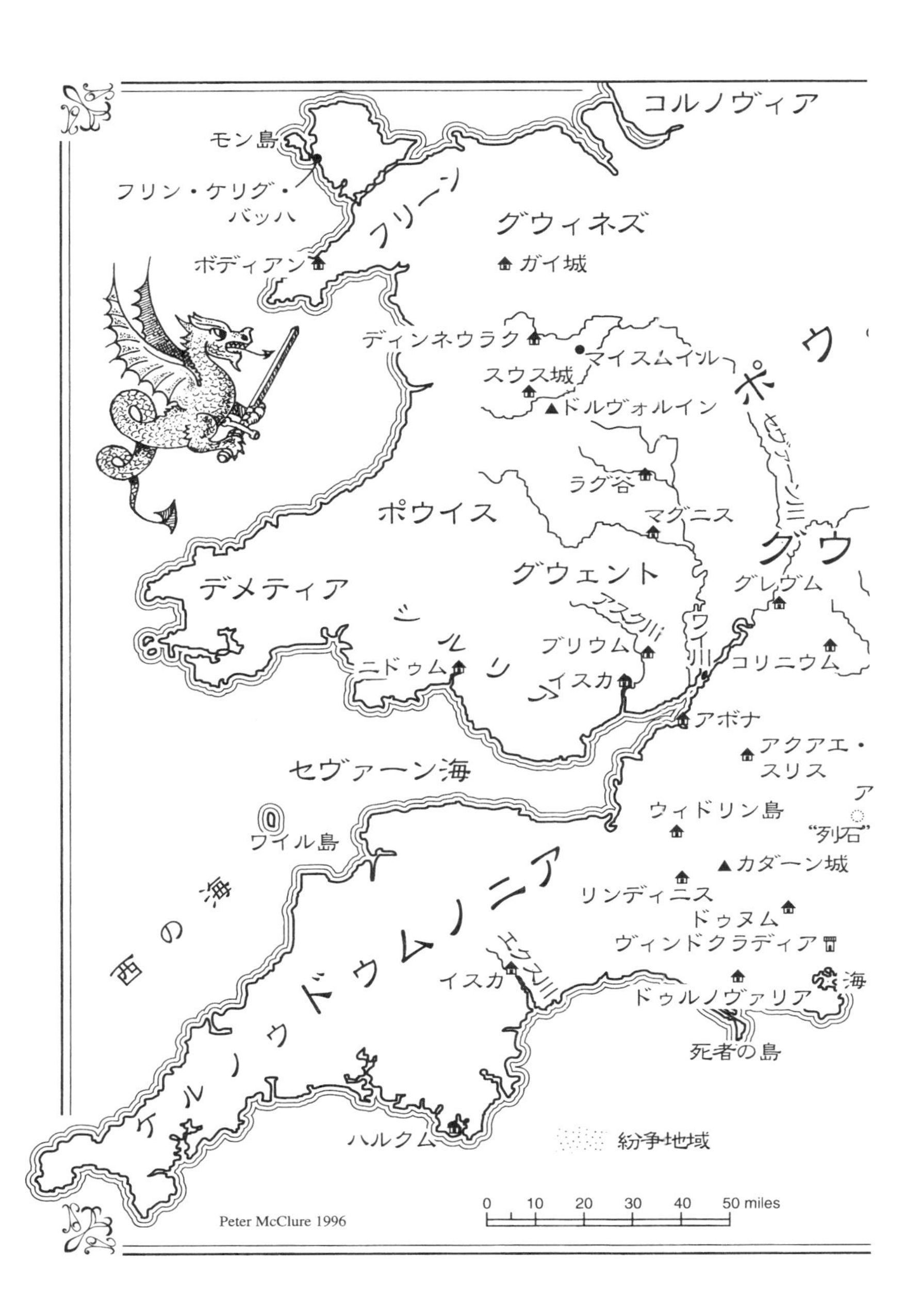

コルノヴィア
モン島
フリン・ケリグ・
バッハ
フリーン
グウィネズ
ボディアン
ガイ城
ディンネウラク
マイスムイル
スウス城
ドルヴォルイン
ポウ
セヴァーン川
ラグ谷
マグニス
ポウイス
グウ
デメティア
グウェント
グレヴム
アスク川
シルリア
ウイ川
ブリウム
コリニウム
ニドゥム
イスカ
アボナ
アクアエ・
スリス
セヴァーン海
ウィドリン島
"列石"
ワイル島
カダーン城
西の海
ドゥムノニア
リンディニス
ドゥヌム
ヴィンドクラディア
エクス川
イスカ
ドゥルノヴァリア
海
ケルノウ
死者の島
ハルクム
紛争地域
0 10 20 30 40 50 miles
Peter McClure 1996

第一部　暗き道

きょう、私は死者について考えている。

古き年の最後の日である。丘のワラビは褐色に変わり、谷の奥の楡の木々はすでに葉を落としている。冬にそなえて牛の屠畜も始まった。今宵はサムハイン祭（十一月一日、冬の始まりを祝う祭）の前夜なのだ。

今宵、生者と死者とを分かつ膜が震え、薄れて、ついには消え失せる。死者が剣の橋を渡ってくる。死者は異世からこの世へ戻って来るのだが、その姿は目に見えない。死者は闇のなかの影であり、風のない夜の風のささやきにすぎないが、それでもたしかにやって来る。

サンスム司教――われら修道士のささやかな共同体を統べる聖人――は、そんな迷信を鼻で嗤っておられる。死者は影の肉体など有っていないし、剣の橋を渡ることもできない。冷たい墓に横たわり、主なるイエス・キリストの最後の降臨を待つだけだ。死者のことを忘れず、その不滅の魂のために祈るのはよいことだが、かれらはすでに肉体を失っている。肉は腐敗し、眼球は溶けて髑髏の暗い穴となり、内臓は蛆虫にどろどろに溶かされ、骨は黴にびっしりと覆われているのだ。だから、サムハイン祭の前夜に死者が生者を悩ますことはない、聖人はそうきっぱりとおっしゃる。だがその聖人でさえ、今夜は修道院の炉のわきにひと塊のパンを残しておかれるだろう。うっかり置き忘れたような顔をなさるだろうが、ひと塊のパンと、水差し一杯の水が厨房の灰のそばに供えられることに変わりはない。

私はもう少し豪華に、蜂蜜酒を一杯と鮭をひと切れ供えるつもりだ。つましい供え物だが、これが精一杯なのである。今夜は修道士独居房へ引き取る前に、炉のはたの暗がりにこれを供えよう。そして、この吹きさらしの丘の冷え冷えとした院を訪ねてくる死者を歓迎するのだ。

死者たちの名をあげてみようか。カイヌイン、グィネヴィア、ニムエ、マーリン、ランスロット、ギャラハッド、ディアン、サグラモール……すべて書き出せば、羊皮紙二枚いっぱいになるだろう。なんと多くの死者たちよ。かれらの足音は床のイグサを乱すことも、修道院のわら葺き屋根に住むネズミを驚かすこともないけれども、サンスム司教ですら知っている——飼い猫どもが背中の毛を逆立て、厨房の隅からうなってみせるとき、それは影ならぬ影が炉辺を訪れたしるしだ。かれらが悪さをしないようにと供えられた贈り物を、受け取りにやって来たしるしなのである。

そういうわけで、きょうは死者について考えている。

私は老いた。賢さでは足元にも及ばないが、年齢はマーリンを越えてしまったかもしれない。あの輝かしい日々の生き残りは、サンスム司教と私だけではないかと思う。だとすれば、あの時代を懐かしく思い出すのは私ひとりということだ。ほかにもまだ生き残っている者はいるかもしれない。たとえばアイルランドや、ロジアンの北の原野に。だが、私には知るすべがない。わかっているのは、ほかに生き残っている者がいたとしても、しだいに深まりゆく闇を前に縮こまっているだろうということだ。私と同じように、そして今宵の影に怯える猫たちのように。われわれの愛したものは打ち壊され、築いたものは引き倒され、蒔いたものは刈り取られた——サクソン人の手によって。われわれブリトン人は、西部の高地にしがみついて復讐を語るが、大いなる闇と戦おうにも剣はどこにもない。いまはもう、死者のもとへ行くことだけが望みと思うときがあり、その思いは日ごとに増すいっぽうだ。サンスム司教は私のそんな望みを讃えて、天国で神の右手に立ちたいと憧れるのはまったく正しいことだと言われる。だが私は、自分が聖人たちの天国に入れるとは思わない。あまりに多くの罪を犯したから、地獄に落ちるのではと恐ろしい。それでもなお、わが信仰に反して、異世に行けないものかと願っている。異世――すなわち四つの塔のそびえるアンヌンでは、リンゴの木々の下に料理を山と並べた食卓が待っているのだ。そしてそのまわりには、影となったかつての友人たちが顔をそろえているだろう。マーリンは甘言を並べたり、説教をしたり、ぼやいてみせたり皮肉を言ったりするだろうし、ギャラハッドはたまらずに口をはさみ、おしゃべりに飽きたキルフッフは、牛肉の大きい塊をくすねていながら、だれにも気づかれなかったとひとりぎめしているだろう。そしてカイヌインもいるはずだ。ニムエの引き起こす騒動を、愛しいカイヌインがじょうずにおさめてくれることだろう。

けれども、私はいまだに生に苦しめられている。友人たちが祝宴を張っているときに、ひとり生き残っているのだ。そしてこの命が続くかぎり、アーサーの物語を書きつづけることだろう。これはイグレイン女王のご命令なのだ。女王は、われらがささやかな修道院の保護者たる、ポウイス王ブロフヴァイルの若きお妃であられる。イグレインさまは、アーサーについて私の憶えているかぎりのことを知りたいとお望みで、そこで私はこの物語を書きはじめたのだが、サンスム司教のお許しは得られなかった。アーサーは神の敵、悪魔の申し子だと言われるのである。だから、聖人に知られないように、私は自分の母語のサクソン語でこの物語をイグレインさまと示しあわせて、主イエス・キリストの福音を敵の言語で書いているのだ、とサンスム司教には申し上げているのだ。司教はこの話を信じているのかもしれないし、あるいは動かぬ証拠をつかんで私を罰してくれようと、時節を待っておられるのかもしれない。

私は毎日ペンを走らせる。イグレインさまは足しげく修道院を訪れて、子宝を授かるようお祈りをなさる。そしてお祈りがすむと、書き上がった羊皮紙の草稿を持ち帰られ、ブロフヴァイル王の法廷の書記に命じてブリトン語に翻訳なさるのだ。だが、その際に物語を書き換えておられるのではないかと思う。ありのままのアーサーではなく、女王のお望みのアーサー像をこしらえるために。とはいえ、大した問題ではないのかもしれない。そもそもだれがこの物語を読むというのか。私のしていることは、泥と編み垣の壁を築いて迫りくる洪水に対抗するようなものだ。闇が降りてくれば、もう文字を読む者はない。ただサクソン人がいるだけである。

だから、私は死者について書く。書いていれば時間つぶしにはなる——死者の仲間入りをするときまでの。そのときが来れば、ブラザー・ダーヴェル、ディンネウラクの卑しい修道士が、ふたたび強き者ダーヴェル卿（ダーヴェル・カダーン）、ドゥムノニアの守護闘士（チャンピオン）、アーサーの親友となるのだ。けれどもいまは、一介の老いぼれ修道士として、ただ一本残った手で思い出を紙に書きつけてゆこう。今宵はサムハイン祭の前夜、そして明日には年が明ける。冬が来る。低木の列に落ち葉がひっかかって、黄金色の吹き溜まりをなしている。刈り株の畑にはワキアカツグミが群れ、カモメが海から内陸へ飛んでき、満月の下にヤマシギが集う。昔話を書きつづるにはよい季節だとイグレインさまは言い、羊皮紙の新たな山と、調製したばかりのインクと、羽ペンの束を持ってきてくださった。アーサーのことを話してちょうだい、そうイグレインさまは言われる。光り輝くアーサー、わたしたちの最後の、そして最大の希望。王冠を戴くことのなかった王、神の敵にしてサクソン人の災いであった人。ダーヴェル、アーサーのことを話して。

戦いのあとの戦野はおぞましい場所だ。

勝ちはしたが、勝利の興奮はなかった。ただ疲労と虚脱感があるばかりだ。震えながら焚き火を囲み、死者のころがるラグ谷の闇に、鬼や悪霊がうろつくさまを考えまいとする。眠っている者もいるが、戦闘のあとは悪夢に悩まされるのが常で、ぐっすり眠れるものではない。深夜、私もはっと目を覚ました。腹に突き刺さるばかりだった槍の穂先をまざまざと思い出したのだ。イッサが楯の縁で払ってくれたおかげで命拾いをしたのだが、あの瞬間の恐怖は頭にこびりついて離れなかった。寝なおそうとしても、槍の穂先が目の前にちらついてどうしても眠れない。しかたなく、震えながら起き上がり、疲れた身体にマントを巻きつけた。谷を照らす焚き火は消えかけている。その頼りない火と火のあいだの暗闇には、煙と川霧が瘴気(しょうき)のように漂っている。煙のなかに動くものがあったが、亡霊か生者かはわからなかった。

「眠れないのか、ダーヴェル」くぐもった声。ゴルヴァジド王の亡骸が横たわる、ローマ人の建物の入口から聞こえてくるようだ。

ふり返ると、こちらを見ていたのはアーサーだった。「はい、殿」

眠っている戦士のあいだを縫うようにして、アーサーは近づいてきた。お気に入りの長く白いマントを着けている。夜闇のなか、そのマントが火明かりを受けて輝いて見える。泥も血もついていなかった。戦闘のあとで清潔な衣服を着けられるように、きれいにたたんで別にしておいたにちがいない。たいていの戦士は、戦闘のあとに着るもののことなど気にしないものだ。命がありさえすれば、素っ裸だろうがかまいはしない。だが、アーサーはかねて潔癖なほうだった。無帽だったが、髪にはまだ兜に締めつけられたあとが残っている。「戦闘のあとはよく眠れたためしがない」アーサーは言った。「少なくとも一週間はだめだ。それが過ぎると、ようやくぐっすり眠れる夜がくる」笑顔になって、「おまえに借りができたな」

「とんでもない」私は言ったが、アーサーが私に借りを作ったのは事実だった。この長い一日、サグラモールと私はラグ谷を守り切った。敵の大軍を向こうにまわして楯の壁を持ちこたえたのだ。にもかかわらず、アーサーは私たちの救出に失敗した。救援は最後にはやって来たし、それとともに勝利もころがり込んできたが、数ある戦いのうちで、アーサーが最も敗北に近づいたのはラグ谷の戦いだった――あの最後の戦いのときまでは。

「ともかく、私はこの借りを忘れないぞ」その声には真情がこもっていた。「たとえおまえが忘れてもな。ダーヴェル、そろそろおまえを金持ちにしてやらなくちゃならん。おまえと、おまえの家来たちを」アーサーは微笑んで、私のひじをとって歩きだした。くすぶる焚き火のそばには戦士たちが横たわっている。かれらの浅い眠りを乱さずに話ができるように、やや離れた空き地のほうへ向かった。地面はぬかるんでいる。アーサー部隊の巨大な軍馬の蹄は深い傷痕を残し、そこに雨水がたまっていた。馬も戦闘の夢を見るのだろうか。異世(ことよ)にたどり着いたばかりの死者たちも、みずからの魂を剣の橋に送り込んだ剣のひと振りや槍のひと突きを思い出して、やはり身を震わせるのだろうか。「ギンドライスは死んだのだな」アーサーの声が私の物思いを破った。

「はい、死にました」シルリア王が世を去ったのは、夜もまだ早いうちだった。だが、ニムエが彼の生命をひねり潰してから、私がアーサーと話をするのはこれが初めてだったのだ。

「悲鳴が聞こえた」アーサーはなんの感情もまじえずに言った。

「ブリタニアじゅうがあの悲鳴を聞いたことでしょう」私もあっさりと受けた。ニムエは王の黒い魂を一寸刻みに奪っていった。彼女を強姦し、片目をくり抜いた男への復讐の歌を口ずさみながら。

「では、シルリアには王が必要になるな」そう言って、アーサーは長く延びる谷間に目をやった。漂(ただよ)う霧と煙が黒々と不気味な影を描いている。きれいにひげを剃ったアーサーの顔が、火明かりの落とす陰翳のせいでやつれて見えた。彼は美男子ではないが、かと言って醜い男でもなかった。強いて言えば個性的な顔だちをしていた。

長く、骨ばって、がっちりした顔。平生は憂いを帯びて、思いやりと思慮深さをうかがわせるが、だれかと話をするときはたちまち情熱と笑みに活気づく。あのころ、アーサーはまだ若かった。やっと三十歳になったばかりで、短く切った髪には白いものは一本も交じっていなかった。「こっちだ」私の腕をつかみ、谷のほうを身ぶりで示す。

「死人のなかを歩こうっていうんですか」私はぞっとして身を引いた。頼もしい火明かりからあえて遠ざかるなら、せめて曙光が悪鬼を追い散らすまで待ちたかった。

「ダーヴェル、あの死人の山を築いたのはだれだ？　おまえと私じゃないか」アーサーは言った。「怖がるとしたら向こうのほうだ」彼は迷信など歯牙にもかけなかった。だれもが祝福をこいねがい、護符を後生大事に持ち歩き、危険を予告する前兆がないかといつ何時でも気を張っているというのに。この霊魂に満ちた世界を、アーサーはまるで盲目の人のように平気で歩きまわっている。「さあ」とまた私の腕をつかむ。

そこで、私たちは闇のなかへ足を踏み入れた。霧に包まれて横たわっているのは死人ばかりではなく、哀れっぽく助けを求める声もする。だが、ふだんは人一倍憐れみ深いアーサーが、いまはそんな弱々しい声に耳を貸そうともしない。ブリタニアの将来のことで頭がいっぱいなのだ。「明日は南へゆく」彼は口を開いた。「テウドリック王に会いにな」グウェントのテウドリック王はわれわれの盟友だったが、勝てる見込みがないと考えてラグ谷に軍勢を送って来なかった。これで、テウドリック王は借りを作ったわけだ。私たちは、彼の戦に彼の代わりに勝利を収めたのだから。しかし、アーサーは根にもつような男ではない。「王に頼んで、東に兵を派遣してもらう。サクソン人を迎え撃つんだ」アーサーは続けた。「だが、サグラモールもいっしょに送ることになるだろうな。それで、この冬いっぱい国境を持ちこたえられる。おまえの軍勢は」と、こちらにちらと笑みを向けて、「休ませてやりたい」

その笑みが、休ませてはやれないと告げていた。「殿のご命令なら、あいつらはなんでもします」私は神妙に答えた。飛びまわる影が恐ろしく、身を固くして歩いていた。右手で悪霊よけのしるしを結ぶ。肉体から引き離されたばかりの魂は、異世への入口を見つけられずに地上をさまよっていることがある。もとの肉体を捜そうとしたり、自分を殺した者へ復讐しようとしたりするのだ。今夜のラグ谷にはそんな魂がうようよしており、私は恐ろしかった。しかし、アーサーは死霊の脅しなど知らぬげに、死者の野を平然と歩いていた。濡れた草や泥はねで汚れないように、片手でマントのすそを持ち上げて。

「おまえの軍勢にはシルリアへ行ってもらう」彼はきっぱりと言った。「エンガス・マク・アイレムは略奪を働こうとするだろうから、それを抑えなければならんのだ」エンガスはデメティアを治めるアイルランド人の王で、この日の戦闘中に寝返って、アーサーに勝利をもたらした。そしてその代価として、いまは亡きギンドライスの王国の奴隷と富の一部を要求しているのだ。「奴隷を百人に、ギンドライスの財物の三分の一。エンガスはそれで同意したが、ごまかそうとするに決まっている」

「おれがそんなことはさせません」

「いや、それがそうはいかんのだ。ダーヴェル、軍勢をギャラハッドに預けてくれんか」

私は驚きを隠してうなずいた。「それじゃ、おれは何を？」

「シルリアは厄介な問題だ」アーサーは、私の質問を無視して続けた。立ち止まり、ギンドライスの王国のことを考えているのか、眉をひそめた。「政治が悪いんだ。ダーヴェル、あそこの政治はまったくひどい」嫌悪感もあらわに言う。冬に雪が降り、春に花が咲くように、政治が腐敗するのは自然の成り行きだ。だれもがそう思っているのに、アーサーは心底腐敗を憎んでいた。このごろでは、アーサーは将軍として記憶されている。燦然たる甲冑に身を固め、剣をふるい、ついには伝説となった輝かしい勇士として。しかし、アーサー本人としては、なによりもまず善良で正直で公正な支配者として記憶されるのが望みだっただろう。剣は彼に力を与え、彼はその力を法に与えたのだから。「あれは大した王国ではない」彼は続けた。「しかし、正道に戻してやらなかったら、果てしない厄介を引き起こすだろう」アーサーは考えをまとめるためにしゃべっているのだった。戦いがすんだばかりのこの夜から、平和な統一ブリタニアという彼の夢が実現するときまで、その道程に立ちはだかるあらゆる障害を予測しようとしている。「理想を言えば、グウェントとポウイスで分割するのがいちばんだ」

「なら、どうしてそうしないんです」私は尋ねた。

「ランスロットにやると約束したんだ」断固として反論を許さない声。私はなにも言わず、わが愛剣ハウェルバネの柄に触れた。その鉄の柄が、この夜の邪悪から私の魂を守ってくれるようにと願った。南に目をやると、わが軍勢が長い一日を敵と戦った丸木の柵のそばに、潮が引いたあとの漂着物のように死骸がころがっている。

あの戦いには大勢の勇士が加わっていたが、ランスロットの姿は影もなかった。アーサーに従って戦った長の年月、そしてランスロットと知り合ってからの永の年月、楯の壁にランスロットの顔を見たことはただの一度もない。ほうほうの体で逃げる敵兵を追いかけている姿、歓呼の声をあげる群衆の前へ捕虜を引き出して行進させている姿なら見たことがある。しかし、楯の壁が轟音とともにぶつかり合うとき、渾身の力をふり絞って押し合っているときに、彼の姿を見かけたことはついぞなかった。ランスロットは流浪のベノイク王だ。その玉座は、ガリアから噴き出してきたフランク人の大群に奪われた。有象無象のフランク人は怒濤のように彼の父の王国に押し寄せ、ついには一片の土地もあまさず呑み込んでしまったのだ。そして私の知るかぎり、彼は一度としてフランク人の武装集団に槍を向けたことがない。それなのに、ブリタニアじゅうのありとあらゆる吟唱詩人(バード)がその勇猛を歌っている。彼はランスロット、国をもたぬ王、百戦の英雄、ブリトン人の剣、悲運の美貌の王、戦士の鑑。だがそんな名声は、すべて歌によって築かれたものだ。私の知るかぎり、彼が剣で名声を闘いとったことは一度もない。私と彼とは不倶戴天の敵どうしだが、どちらもアーサーの友人だった。そのアーサーに免じて、私たちは互いへの憎悪を気まずい休戦に押し込めているのだった。

アーサーは私の敵意を知っている。私のひじをとると、南のほう、漂着物のように死骸の折り重なるほうへ歩きだす。「ランスロットはドゥムノニアの盟友だ」彼は説得にかかった。「だから、ランスロットにシルリアを治めさせれば、後顧の憂いがなくなるわけだ。ランスロットがカイヌインと結婚すれば、ポウイスも彼を支持するだろうし」

ついに来た。憤怒のために敵意が噴き出しそうだったが、それでもアーサーの計画に反対めいたことは口にしなかった。なにが言えるというのか。私はサクソン人の奴隷の子で、若輩の戦士で、軍勢を率いてはいるが領地さえもっていない。カイヌインはポウイスの王女なのだ。星(セレン)と讃えられ、ぬかるみに落ちてきた太陽のかけらのように、灰色の国を照らしている。彼女はかつてアーサーと婚約していたが、そのアーサーをグィネヴィアに奪われた。そしてそのことが、今度の戦の原因になっていた。ラグ谷の殺戮でその戦が終わったいま、こんどは平和のために、カイヌインはランスロットと、私の敵と結婚しなければならない。私はといえば、分際もわきまえずにそのカイヌインに恋い焦がれていた。彼女がくれたブローチを身につけ、胸には面影を抱いている。彼女を守るという誓いさえ立てたが、カイヌインがその誓いを撥ねつけなかったせいで、私は狂気じみた希望に胸をふくらませていたのだ。ひょっとしたら、この想いがかなう見込みもあるのではないかと。だが、見込みなどないのだ。カイヌインは王女であり、王と結婚しなければならない。私は奴隷の生まれの槍兵であり、相応の相手と結婚することになるだろう。

だから、カイヌインへの想いのことはおくびにも出さなかった。そして勝利のあとのこの夜、ブリタニアの将来について考えをめぐらしていたアーサーは、そんなこととは夢にも知らずにいた。当然のことだ。カイヌインに恋していると打ち明けたりしたら、身のほど知らずもはなはだしいと思われただろう。はきだめの雄鶏が鷲とつがおうとするようなものだ。「カイヌインのことは知っているな?」アーサーが尋ねる。

「はい、殿」

「気に入られてるようじゃないか」ほんの少しだが、意外そうな口調だった。

「だといいんですが」その言葉は本心だった。透けるように銀色に輝くカイヌインの美しさを思い出し、それがランスロットのお飾りにされるのかと思うと、やり場のない怒りにいたたまれなかった。「そのおかげでしょうか」と、私は続けた。「この縁組にはあまり気乗りがしないと打ち明けてくださいました」

「それはそうだろう」アーサーは言った。「ランスロットには会ったこともないんだから。それに、べつに気乗りしなくてもかまわない。ただ従ってくれればいいんだ」

私はためらった。戦闘が始まる前、テウドリック王は彼の国土を荒廃させかねない戦を、なんとしても終わらせたいと必死になっていた。そこで、私は和平使節としてゴルヴァジドを訪ねたのだ。この企ては失敗に終わったが、そのときカイヌインと話をして、ランスロットと結婚してほしいというアーサーの希望を伝えたのである。彼女はいやとは言わなかったが、かと言って嬉しそうでもなかった。言うまでもないが、この戦闘でアーサーがカイヌインの父親を破ることができようとは、あのころはだれも思っていなかった。だが、カイヌインはそのありそうもない可能性を考えて、もしアーサーが勝ったらひとつ願いを聞いてほしいと私に言づけたのだ。彼女が欲したのはアーサーの保護だった。そして私は、狂おしい恋に燃え上がるあまり、意にそまぬ結婚を強いられることがないよう守ってほしい、という意味だと勝手に解釈していたのだ。そこで、カイヌインがアーサーの保護を求めていたことを彼に伝えて、私はこう付け加えた。「あまり何度も婚約をなさって、そのたびにがっかりされてますから、しばらくそっとしておいてほしいんじゃないでしょうか」

「しばらくだって！」アーサーは笑った。「そんなひまがどこにあるんだ。ダーヴェル、カイヌインはもうすぐ二十歳だぞ！　結婚せずにいられるものか、猫にネズミをとるなと言うようなものだ。それに、ほかに結婚する相手がどこにいる」アーサーは何歩か足を運んだ。「もちろん、私はカイヌインを保護するさ。しかし、これ以上の保護があるか？　ランスロットと結婚すれば女王の座が待っているんだぞ。それで、おまえはどうなんだ」だしぬけに彼は尋ねた。

「どう、とは？」アーサーが私をカイヌインの相手に考えているのかと思って、一瞬胸が高鳴った。

「おまえもそろそろ三十だ」彼は言った。「身を固めるころあいじゃないか。ドゥムノニアに戻ったら考えなくちゃな。だがとりあえずいまは、ポウイスに行ってもらいたい」

「おれがですか？　ポウイスに？」ポウイス軍と戦って打ち負かしたばかりなのに、その敵の戦士がポウイスで歓迎されるとはとても思えない。

アーサーは私の腕をつかんだ。「今後数週間でいちばん大事なことはな、ダーヴェル、キネグラスがポウイス王として認められることなんだ。異を唱える者はいないとキネグラスは言うが、念には念を入れておかんとな。両国の宥和の証人として、スウス城（カイル・スウス）にドゥムノニアの人間をひとり送り込んでおきたい。それだけだ。この即位に反対すれば、キネグラスだけでなく私とも闘う破目になると、わからせることができればそれでいい。おまえが向こうに行って、キネグラスを支持していることを見せれば、だれにでもその意味はわかるだろう」

「それなら、兵を百人も送り込んだほうがいいのでは？」

「それじゃあ、まるでドゥムノニアがポウイスの玉座にキネグラスを押しつけてるみたいじゃないか。それはまずい。キネグラスとは協力してゆかなきゃならんし、負け犬のようにポウイスに戻らせたくない。それに」と笑顔になって、「ダーヴェル、おまえがひとりいれば兵が百人いるのも同然だ。きのうはそれを証明してくれたじゃないか」

私は顔をしかめた。大仰なお世辞はもともと苦手だ。しかし、アーサーの名代としてポウイスへ行くにふさわしいという意味なら、お世辞も大歓迎だった。またカイヌインのそばへ行ける。何年も前に彼女からもらったブローチと同じように、この手に触れた彼女の指の感触を、私はいまだに宝物にしていた。まだランスロットと結婚したわけじゃない、自分にそう言い聞かせた。かなうはずがないのはわかっているが、もういちど夢を見たい。それだけでいいのだ。「それで、キネグラスの即位が成ったら、そのあとはどうすればいいんですか？」私は尋ねた。

「私が行くまで待っていてくれ」アーサーは言った。「なるべく早く行くから。それで、和平が固まってランスロットの婚約がぶじ調ったら、故郷（くに）へ戻ろう。そしてな、ダーヴェル、来年だ。来年こそはブリタニアの全軍を率いてサクソン人を討（う）つ」戦争の計画について、彼がこれほど楽しげに話すのはめったにないことだった。アーサーは戦じょうずだし、いざ戦闘となれば楽しんでさえいる。ふだんの用心深さをかなぐり捨てて、際限のない興奮にわれを忘れて没入できるからだ。しかし、和平が可能なときにまで戦を求めることはけっしてなかった。戦闘には絶対確実ということがないからである。勝利も敗北も偶然に左右されがちで、予測がつかない。アーサーは、整然たる秩序と慎重な交渉を棄てて、戦闘の偶然に運を任せるのを嫌っていたのだ。しかし、交渉や機転では侵入してくるサクソン人を打ち負かすことはできない。かれらは西に向かって進んできて、害虫のようにブリタニアを食い荒らしている。アーサーは、秩序正しい、法によって支配される平和なブリタニアを夢見ていた。その夢にはサクソン人の出番はない。

「春になったら出陣ですか」私は尋ねた。

「最初の若葉が芽吹いたらな」

「その前に、ひとつお願いがあるんですが」

「言ってみろ」この勝利に尽力した私に、褒美として望みをかなえてやれるのが嬉しそうだった。

「マーリンについて行きたいんです」

アーサーはしばらく答えなかった。うつむいて、ぬかるんだ地面を黙って眺めている。彼の目線の先には、二つ折りに近いほど刀身の曲がった剣が落ちていた。闇のなかから男のうめき声がした。叫び声があがり、また静かになる。「大釜か」アーサーはついに口を開いた。重苦しい声。

「はい、殿」私は答えた。戦闘のさなかに現れたマーリンは、戦うのをやめるよう両軍に呼びかけた。彼に従って、クラズノ・アイジンの大釜を探す探求の旅に出る者をつのったのである。この大釜は、ブリタニアの宝物のうちでも最高の宝であり、古き神々の魔法の贈り物だが、すでに何世紀も前から失われたままになっている。マーリンは、これらの宝物を取り戻すために生涯を捧げてきた。この大釜を手に入れるのは彼の悲願なのだ。大釜が見つかれば、ブリタニアを正統の神々の手に戻すことができる、そう彼は言っていた。

アーサーは首をふった。「これほど歳月が経っているのに、クラズノ・アイジンの大釜がまだどこかに隠されているとと、ほんとうにそう思うのか」彼は尋ねた。「ずっとローマ人がうろついていたんだぞ。ローマに持ってゆかれたに決まってる。溶かされて、ピンだのブローチだの硬貨だのに化けてるさ。大釜なんぞあるものか！」

「マーリンはあると言ってます」私は譲らなかった。

「マーリンは、婆さんたちの繰り言に耳を貸しているだけだ」アーサーは腹立たしげに言った。「その大釜を探すのに、マーリンが兵士を何人要求してきたか、知っているか？」

「いいえ、殿」

「八十くれと言うんだ。百人でもよいときた。言うにこと欠いて、二百あればなおよいとさ！　そのくせ、大釜がどこにあるかさえ言おうとせん。ただ軍勢を与えて、どこぞの未開の地へ引き連れてゆくのを許可しろと言うんだ。アイルランドかもしれんし、北の原野かもしれんだと。冗談じゃない！」彼は曲がった剣を蹴飛ばして、私の肩を一本指で強く突いた。「いいかダーヴェル、来年はかき集められるだけの槍が最後の一本まで入り用になるんだ。これを最後にサクソン人にとどめを刺そうというときに、八十人も百人も兵士を失うわけにはいかん。五百年近くも前に失くなった鍋釜を探してなんになる。エレのサクソン軍を打ち破ったあとなら、そんな白昼夢を追いかけてもいいだろうさ、どうしてもと言うんならな。そうとも、白昼夢だ。大釜なんぞない」アーサーはふり向き、焚き火のほうへ戻りはじめた。私もそれにならった。言い返したいのは山々だったが、アーサーを説得できないのはわかっている。サクソン人を打ち負かすつもりなら、一本の槍もむだにはできない。春の勝利をいささかでも危うくすることに、いまは手を貸すわけにはゆかないのだ。私の願いを厳しく撥ねつけたことへの埋め合わせのように、彼は微笑みかけてきた。「大釜がまだあるものなら、もう一年や二年は隠れたままでいてくれるだろう。だがその前に、おまえを金持ちにしてやるつもりだ。宝の山と結婚させてやるぞ」そう言って、私の背中をぴしゃりと叩いた。「あと一回だけ軍を進めたら、あと一回だけ敵を血祭りにあげたら、こんどこそ平和がくる。ダーヴェル、正真正銘の平和が来るんだ。そうなったら、もう大釜なんぞ必要ない」彼の声には歓喜が満ちていた。あの夜、死人のころがる野にあって、アーサーは平和の訪れをその目で見ていたのである。

私たちは焚き火のほうへ歩いていった。火はローマ人の建物を囲むように燃えている。そしてその建物のなかには、カイヌインの父ゴルヴァジドの亡骸が横たわっているのだ。あの夜、アーサーは幸福だった。心の底から幸福だった。夢が実現するのを見ていたのだから。なにもかも簡単そうに思えた。あともう一回だけ戦さをすれば、それで永遠の平和が訪れるのだ。アーサーは将軍であり、ブリタニア一の武将だったが、あの戦いのあとの夜、煙をまとった死者の絶叫する魂に囲まれて、彼が望むのはただ平和だけだった。ゴルヴァジドの世継ぎ、ポウイスのキネグラスも、アーサーと同じ夢を見ていた。グウェントのテウドリックは盟友だし、シルリアはランスロットに与えられる。アーサー率いるドゥムノニア軍に、ブリタニア諸王国が団結すれば、サクソン人の侵入軍を敗走させることもできるだろう。モードレッドはアーサーの保護のもとで成長し、いずれはドゥムノニアの玉座を受け継ぐ。そうしたらアーサーは引退して、彼の剣がブリタニアにもたらした平和と繁栄を心ゆくまで味わうのだ。

アーサーは、黄金の未来をそんなふうに描いていた。

しかし、彼はマーリンのことを忘れている。老獪なマーリンは、アーサーよりはるかに抜け目がない。そのマーリンが大釜を嗅ぎつけているのだ。見つからないはずがない。そしてその魔力は、毒が全身にまわるようにブリタニアじゅうに広がってゆくだろう。

なぜなら、それがクラズノ・アイジンの大釜だからだ。クラズノ・アイジンの大釜は、人の夢を打ち砕く大釜なのである。

そしてアーサーは、その現実主義にもかかわらず、本質は夢見る男だった。

スウス城の木々は、夏の最後の爛熟に葉をびっしりと生い茂らせていた。

私は、キネグラス王の率いる敗軍とともに北へ向かった。そして、ドルヴォルインの頂でゴルヴァジド王の亡骸が荼毘に付されたとき、それを見届けたただひとりのドゥムノニア人となった。葬送の炎は夜闇を焦がして激しく噴き上がる。王の魂は剣の橋を渡り、異世の影となったのだ。その炎のぐるりを二重に取り巻くポウイスの槍兵たちは、手にした松明を振りながらベリ・マウルの哀歌を歌っていた。歌声はいつまでも止まず、近くの山々にこだまして亡霊たちの合唱のようだ。スウス城は大きな哀しみに沈んでいた。あまりに多くの女が後家になり、多くの子供が孤児になった。先王が火葬に付された翌朝、北の山脈へ煙の柱を送り込む葬送の炎が消えもしないうちに、さらにまた哀しみが加わった。ラタエ陥落の報が届いたのである。ラタエは、ポウイスの東の国境にある大きな城砦都市だ。ゴルヴァジドと戦うあいだサクソン人と和を結ぶため、アーサーがこの都市をサクソン人に売ったのである。ポウイスにはこのアーサーの裏切りを知る者はいなかったが、私は黙っていた。

三日間、私はカイヌインの姿を見ていなかった。これはゴルヴァジドのために喪に服する期間で、女は葬送の場へは顔を出さないのである。ポウイスの宮廷の女たちは、黒い毛織の服に身を包み、女の館に閉じこもっている。その館には楽の音も響かず、女たちは水だけを飲み、干からびたパンと薄いオート麦のかゆだけを食べて過ごすのだ。館の外には、新王の即位式のためにポウイスの戦士たちが集まっていた。アーサーの命令に従い、玉座に昇るキネグラスに挑戦する者がないかと気をつけていたが、不満のささやきはどこからも聞こえてこなかった。

その三日が果てると、女の館の扉が大きく開け放たれた。侍女がひとり扉口に現れて、扉の敷居とそこに通じる階段にヘンルーダ（ミカン科の香りの強い植物）の葉をまき散らす。一瞬遅れて、その扉から煙が渦を巻いて噴き出してきた。先王の閨房の床を焼いているのだ。煙は館の扉からも窓からも湧き出し、その煙がようやく散じると、いまはポウイス女王となったヘレズが入口の階段を降りてきて、夫であるポウイス王キネグラスの前にひざまずいた。白い亜麻のドレスをまとっていたが、キネグラスが手を貸して立ち上がらせると、ひざまずいたあとに泥がついていた。キネグラスは妃に接吻し、その手をとってまた館に入ってゆく。ポウイス第一のドルイドである黒衣をまとったイオルウェスが、王のあとから女の館へ入っていった。その外では、ポウイス生き残りの兵士たちが整列していた。鉄と革とで武装して、緊張した面持ちで待っている。

そのかたわらで、子供たちの合唱団が詠唱をはじめた。グウィディオンとアランフロッドの愛の二重唱、ヒリアンノンの歌、さらには、ゴヴァンノンのイディオン城進軍の歌の長い詩句を残らず歌ってゆく。最後の歌が終わったとき、ようやくイオルウェスが扉口に姿を現した。白いローブに着替えて、先端に宿り木をつけた黒い杖を持っている。その彼が、服喪の期間がついにあけたと宣言すると、戦士たちは快哉を叫び、たちまち列を乱して自分の女房や恋人のもとへ散っていった。明日は、ドルヴォルインの頂上でキネグラスの即位が宣言される。彼のポウイス王たる権利に不服を唱えようとする者があれば、即位式こそその機会になる。そして私にとっては、戦闘以来初めてカイヌインの姿をかいま見る機会になるはずだった。

翌日、イオルウェスが即位の儀式を執り行っているあいだ、私はカイヌインから目をそらすことができなかった。彼女は立って兄を見つめている。その姿に見とれながら、かつてこれほど美しい女がいただろうかと驚嘆の念すら覚えていた。これを書いているいま、私はもう年老いている。その老いが、思い出のなかのカイヌイン姫の美しさを誇張して見せているのかもしれない。だが、私はそうは思わない。だてに星と讃えられていたわけではないのだ。背丈はふつうだったが、ほっそりしていて、その華奢な体格がはかなげな印象を与えている。のちにわかるのだが、それはたんなる見せかけだった。なにはさて措き、カイヌインは鋼鉄の意志の持ち主だったのである。私と同じく金髪だったが、私の髪がうすよごれたわらの色に近いのにたいして、彼女の髪はずっと色が淡くて、陽光のようにきらきら輝いていた。青い眼、ひかえめな物腰、甘くとろけそうな顔は野生の蜂の巣からとれた蜜さながらだ。その日は青い亜麻のドレスをまとっていた。黒い斑点入りの、冬毛のアーミンの白銀の毛皮に縁取られている。私の手に触れ、私の誓いを受け入れてくれた、あの日と同じドレスだった。いちど目が合うと、きまじめな笑みを向けてきた。そのせつな、たしかに私の心臓は鼓動を止めていた。

ポウイス王の即位の儀式は、わが国と大して違わない。キネグラスは、ドルヴォルインの環状列石(ストーン・サークル)のぐるりをまわり、王権の象徴を与えられ、次いでひとりの戦士が彼を王と宣言し、この即位を認めぬ者は前に出よと挑みかかる。その挑戦に応えるのはただ沈黙のみだった。列石の向こうでは、なおも葬送の大かがり火の灰がくすぶりつづけ、ひとりの王が没したことを物語っている。しかし、列石の周囲を領する沈黙は、新王の君臨の証拠だった。キネグラスが贈り物を受け取る。アーサーは手ずから盛大な贈り物を持参するはずだが、戦場で見つかったゴルヴァジドの真剣を私は預かっていた。そしていま、ドゥムノニアがポウイスとの和を望んでいるしるしとして、その剣がゴルヴァジドの息子に返還された。

即位式のあと、ドルヴォルインの頂上にぽつんと建つ館で祝宴が催された。ささやかな宴で、料理よりも蜂蜜酒（ミード）やエールのほうがふんだんに供されていたが、この機会をとらえて、キネグラスは戦士たちに向かって演説をぶった。おのれの治世について抱負を述べるのだ。

彼はまず、終わったばかりの戦について語った。ラグ谷での戦死者の名をあげ、かれらの死はむだではなかったと家来たちに語りかける。「かれらはブリトン人のあいだの平和を築く礎となったのだ。ポウイスとドゥムノニアとの和平のために犠牲になったのだ」戦士たちのあいだから不満の声があがったが、キネグラスは片手をあげてその声を抑えた。「われらの敵は」という声は、ふいに厳しさを増した。「ドゥムノニアではない。サクソン人だ！」いったん口をつぐむ。こんどは不満の声はどこからもあがらなかった。聴衆は、ただ黙って新しい王を見つめている。たしかにどこから見ても偉大な戦士ではないが、思いやりのある正直な人物だ。その美質が、屈託のない丸い童顔ににじみ出ている。その顔に威厳を加えようと、口ひげを胸元に届くほど長く伸ばして編んでいたが、大した効果はあがっていなかった。戦士にはほど遠いかもしれないが、キネグラスは馬鹿ではない。居並ぶ戦士たちに戦の機会を与えねばならないのはわきまえていた。かれらにとって、栄光と富を得る道は戦しかないからだ。キネグラスは続けた――ラタエはかならず奪還する。その住民が味わわされた恐怖の返礼に、かならずサクソン人を罰してみせる。失われた地、ロイギルをサクソン人から取り戻す。かつてブリタニア一の強国だったポウイスは、ふたたびこの山地からゲルマン海にまでその領土を広げることだろう。ローマの町は再建され、その城壁はまた誇らしげにそそり立ち、ローマの道も補修されるだろう。ポウイスの戦士ひとりひとりに、土地と戦利品とサクソン人の奴隷が与えられるだろう。この未来図に戦士たちは快哉を叫んだ。昔もいまも、族長たちが王に期待するものは報償と決まっている。そしてキネグラスは、まさしくその報償を約束したのだ。しかし、と片手をあげてその歓声を鎮めて、彼は言葉を続けた。しかし、ロイギルの富はひとりポウイスのみが享受するのではない、と釘を刺す。「これからは、グウェントの兵士と肩を並べ、ドゥムノニアの槍兵たちと足並みをそろえて進軍するのだ。この二国は父の敵ではあったが、私にとっては盟友だ。だからこそ、ダーヴェル卿がここにおられるのだ」彼は私に微笑みかけて、さらに続けた。「まただからこそ、次の満月のもと、わが愛する妹はランスロットと婚約の誓いを立てるのだ。妹はシルリアの女王として君臨し、シルリアの軍勢はわれらとともに、またアーサーやテウドリックとともに進軍し、この国からサクソン人を追い払うことになる。われらが真の敵を滅ぼすのだ。憎きサイスに死を！」

沸き起こった歓声は、やむことを知らぬようだった。キネグラスは戦士たちの心をつかんだのだ。古きブリタニアの富と力を約束された戦士たちは、喝采し、足を踏みならして賛意を示した。キネグラスは立ち上がったまま、しばらく歓呼の声を浴びていたが、やがて黙って腰をおろし、私に笑顔を向けてきた。いま彼が言ったことを、アーサーがどれほど熱烈に支持するかわかっているかのように。

今夜はひと晩じゅう酒盛りだろうが、私はドルヴォルインには残らず、牛車のあとについて歩いてスウス城へ戻った。牛車に乗っているのは、ヘレズ女王と彼女のふたりのおば上、それにカイヌイン。日暮れ前にスウス城へ戻ろうと、王家の貴婦人たちは早めに発ったのだ。それに私が同行したのは、キネグラスの家来たちとともにいて居心地が悪かったからではなく、カイヌインと言葉を交わす機会が一度もなかったからだ。つまりはそういうわけで、頭のおかしい小僧っ子さながら、牛車を護衛して城へ戻る少数の槍兵たちに交じって歩いていたのである。私はこの日、カイヌインの歓心を買おうとせいいっぱいめかし込んでいた。鎖かたびらを磨き、長靴やマントの泥を払い、長い金髪をゆるく三つ編みにして背中に垂らしていた。マントには、忠誠のあかしとしてカイヌインにもらったブローチをつける。

だが、あちらは私など眼中にないようだった。スウス城までの長い道中、牛車に腰をおろしたまま、こちらには目もくれない。ところが、最後の角を曲がってスウス城の城砦が見えてきたとき、ふいにこちらをふり返ったかと思うと、彼女は牛車から飛び下りた。そして、道のはたで私を待っていたのだ。私がカイヌインと並んで歩けるように、護衛の槍兵たちはわきへよけた。彼女はブローチに目を留めて笑顔になったが、それについてはなにも言わず、「ダーヴェル卿、お尋ねしてもよろしいかしら……こちらへおいでになったのはなぜですの」

「アーサーの希望でして」私は答えた。「兄上のご即位の儀式に、ドゥムノニア人がひとりは参列したほうがよいと申しつかったのです」

「アーサーさまは、兄がまちがいなく即位できるかご心配だったんじゃありません？」カイヌインは鋭く尋ねてきた。

「それもあります」私は認めた。

肩をすくめて、「この国には、ほかに王になれる者はおりませんわ。父がぬかりなく手を打っておりましたもの。ヴァレリンという族長なら、ひょっとしたら兄と王位を争ったかもしれませんけれど、ヴァレリンは戦場で命を落としたそうですから」

「はい、姫、おっしゃるとおりです」ラグ谷の渡り場のそばで一対一の果たし合いをして、そのヴァレリンを殺したのは私なのだが、それについては黙っていた。「勇敢な戦士でした——ヴァレリンどのも、お父上も。お父上のことはお悔やみ申し上げます」

彼女はしばらく黙って歩いていた。ポウイス女王ヘレズが、牛車からうさんくさげにこちらをにらんでいる。ややあってカイヌインは口を開いた。「父はとても気むずかしい人でした。でも、わたしにはいつも優しかった」

沈んだ声だったが、涙は見せなかった。父のために流す涙はもう流し尽くし、兄が王となったいま、カイヌインは新たな未来に目を向けているのだ。ぬかるみに引きずらないようドレスのすそをつまむ。前夜も雨だったが、西には早くも次の雨を約束する雲が湧いていた。「それで、アーサーさまはこちらにお見えになりますの」彼女は尋ねた。

「そろそろ参りますでしょう」

「ランスロットさまとごいっしょに？」

「はい、おそらく」

カイヌインは眉をひそめた。「ダーヴェル卿、このあいだお会いしたとき、わたしはギンドライスさまと結婚することになっていました。それがこんどはランスロットさま。王さまが次から次においでになって」

「そうですね」私は言った。的はずれというか間抜けというか、こんな答えになったのも、緊張のしすぎで舌がこわばっていたせいだ。恋する者に特有の症状である。カイヌインのそばにいたいとそればかり願っていたのに、いざその願いがかなってみると、胸にあふれる言葉を口に出すこともできない。

「わたしはシルリアの女王になるのですね」カイヌインは言ったが、そのときを待ちきれないというふうではなかった。ふと立ち止まると、セヴァーン川の広い谷間のあたりを身ぶりで示す。「ドルヴォルインを少し過ぎたところに、人目につかない小さな谷があるんです。そこに家が一軒あって、リンゴの木が生えているの。子供のころは、異世(ことよ)というのはあの谷みたいなところなんだって思っていたわ。こぢんまりした静かな場所で、そこなら幸せに暮らして、可愛い子供を育てられるんだって」ひとり笑って、また歩きだした。「ランスロットさまと結婚して、女王になって宮殿に暮らせたらって、ブリタニアじゅうの娘たちが夢見ているっていうのに。わたしの望みときたら、リンゴの木の生えた小さな谷間に暮らすことだけなんですものね」

「姫」勇気をふるって思いのたけを打ち明けそうになった。だが、カイヌインはすぐにそれと察して、私の腕に手を置いてさえぎった。

「ダーヴェル卿、わたしには務めがあるんです」そう言って、言葉をつつしむようたしなめる。

「私は姫への誓いを守ります」思わず口走った。それが、あのときに私にできるせいいっぱいの愛の告白だった。

「ええ」きまじめに受けて、「わたしたちは友だちでしょう?」

ただの友だちではいたくなかったが、それでもうなずいた。「はい、姫」

「でしたら、友だちとして聞いていただきたいの。兄にも言ったことですけれど」私を見上げる青い瞳は真剣そのものだった。「ランスロットさまと結婚したいのかどうか、自分でもわからないんです。でも、ともかくお会いしてから心を決めると兄に約束しましたの。ですからお会いしないわけにはゆきませんけれど、結婚する気になれるかどうか」しばらく口をつぐんで歩を進めた。打ち明けたものかどうか迷っていることがあるようだ。だが、ついに私を信用することに決めたらしい。「このあいだお会いしたあと、マイスムイルの女占い師に会いに行きました。その占い師の手引きで、夢見の洞窟に入って髑髏の寝床で眠ったんです。自分の運命を知りたかったんですけれど、どんな夢を見たのかちっとも憶えていなくて。でも目を覚ましたとき占い師が言うには、次にわたしと結婚しようとする殿方は、わたしではなく死人と結婚することになるんですって」彼女は顔をあげて私を見た。「どういう意味かおわかりになる?」

「いいえ」そう言って、私はハウェルバネの鉄の柄に触れた。カイヌインは私に警告しているのだろうか。愛を語り合ったことはないが、私の燃え上がる恋情に気づいていないはずはない。

「わたしにもわからないんです」彼女は認めた。「それで、この予言はどういう意味なのかイオルウェスに訊いたんですけれど、心配するのはよしなさいと言われただけでした。あの女占い師は筋の通ったことが言えなくて、秘密めかしているだけだって。わたしとしては、もう結婚はしないほうがいいという意味だと思うんですけれど、どうかしら。でもね、ダーヴェル卿、ひとつだけわかっていることがあるんです。わたしは軽々しく結婚はできないってこと」

「もうひとつあります」私は言った。「私の誓いのことです」

「ええ、そのこともわかっております」カイヌインは、また笑みを見せた。「ダーヴェル卿、いらしてくださって嬉しいわ」そう言うなり駆けだして、ふたたび牛車に乗り込んでしまった。そして私はといえば、彼女に投げかけられた謎に頭を悩ませ、胸のざわめきを鎮めようとして、見つかるはずもない答えを捜していた。

アーサーがスウス城に到着したのは、その三日後のことだった。騎馬兵二十、槍兵百を率い、吟唱詩人に竪琴弾き、それにマーリンとニムエを連れている。贈り物としてラグ谷の戦死者から集めた黄金を携え、グィネヴィアとランスロットも同行させていた。

グィネヴィアの姿を見て、私は毒づいた。いくら勝利をおさめて平和をもたらしたとはいえ、カイヌインを撥ねつける原因になった女を連れてくるとは、アーサーもむごいことをする。だが、夫についてゆくと言い張ったのはグィネヴィアのほうだったのだ。彼女を乗せてスウス城に到着した牛車は、毛皮を内張りし、色あざやかに染めた亜麻布を垂らし、平和のしるしに緑の枝葉を吊るしていた。その牛車には、ランスロットの母であるイレイン女王もともに乗り込んでいたが、人々の耳目を集めたのはその女王ではなく、グィネヴィアのほうだった。牛車がのろのろとスウス城の城門をくぐるとき、彼女は立ち上がった。そしてそのまま立ちつづけていた。車を牽く雄牛が、キネグラスの巨大な館の扉の前で立ち止まる。かつて居候として肩身の狭い思いをしていた場所に、グィネヴィアはいま征服者のように戻ってきたのだ。黄金色に染めた亜麻のローブをまとい、首にも手首にも黄金をかけ、頭にも黄金の環をはめて髪の乱れを押さえている。身重の身体だったが、豪華な黄金の亜麻布に覆われて腹は目立たない。その姿は女神もかくやと思わせた。

しかし、グィネヴィアが女神さながらだったとすれば、スウス城へ馬を進めるランスロットはまさに神のようだった。彼を見てアーサーだと思い込んだ者も少なくなかった。威風堂々とまたがった白馬には、小さな金色の星を散りばめた淡色の亜麻布が掛かっている。白いエナメルをかけた小ざね鎧に身を固め、白い鞘におさめた剣を佩き、赤い縁取りのある長く白いマントを肩になびかせていた。浅黒い整った顔を包む兜は、その縁に黄金が塗られ、頂部にはいまは白鳥の両翼が広がっている——アニス・トレベスで見たときは、海鷲の翼だったが。彼を見るとだれもが息を呑み、人込みのなかをささやき声が伝わってゆく。あれはなんとアーサーではなく、ランスロット王だそうな……失われた王国ベノイクの悲劇の英雄……ではあれが、カイヌイン姫さまのお相手か。その姿に私の胸は沈んだ。あの凜々しさにはカイヌインも目がくらむのではないだろうか。見物人たちはアーサーにはろくに気づかなかった。革の胴着に白いマントという姿のアーサーは、スウス城に来たのを恥ずかしがっているようにしか見えなかった。

その夜は祝宴が開かれた。キネグラスがグィネヴィアを心から歓迎しているとは思えないが、彼は父親とはちがって忍耐強い分別のある男だ。事あるごとに、見くびられたと思い込んで腹を立てるようなことはしない。そういうわけで、グィネヴィアを女王のように遇していた。如才なくワインを注ぎ、料理をまわし、身をかがめて話に耳を傾ける。グィネヴィアをはさんで反対側に腰かけたアーサーは、はち切れんばかりの喜びに顔を輝かせていた。グィネヴィアといっしょのときはいつでも幸福そうだが、彼女がこれほど丁重に扱われているのを見るのが、彼にとってはことのほか嬉しかったにちがいない。なにしろここは、まさにアーサーがグィネヴィアを見初めた広間なのだ。そのとき、彼女は卑しい群衆に交じってはるか下座に突っ立っていたのである。

　しかし、アーサーがなにより気にかけていたのはカイヌインのことだった。彼がかつてカイヌインをいかに撥ねつけたか、この広間には知らぬ者はいない。アーサーはカイヌインとの婚約の誓いを破り、無一物のグィネヴィアと結婚したのだ。ポウイスには、この侮辱のゆえにアーサーをけっして赦さぬと誓った男がいくらでもいたが、カイヌインはアーサーを赦し、それを公然と表していた。アーサーに微笑みかけ、その腕に手を置き、彼に身を寄せる。宴もたけなわとなって、蜂蜜酒（ミード）に過去の怨恨がすっかり溶けてしまったころ、キネグラス王はアーサーの手をとり、つづいて妹の手をとると、二つの手を自分の手のなかで結び合わせた。この和解のしるしを見て、広間じゅうが歓声にどよめいた。過去の侮辱は葬り去られたのである。

　ややあって、新たな儀式のように、アーサーはカイヌインの手をとると、空席のままになっていたランスロットの隣の席に彼女を導いていった。さらに歓呼の声が沸き起こる。顔をこわばらせて見守る私の前で、ランスロットは立ち上がってカイヌインの手をとった。並んで腰をおろすと、彼女の杯にワインを注ぐ。手首からどっしりした黄金の腕環をはずして差し出した。この気前のよい贈り物に、いったんは辞退するような仕種をみせたものの、最後にはカイヌインもその腕環に手を滑り込ませた。灯心草ろうそくの光に黄金がきらめく。広間の床に座った戦士たちが腕環を見せよと騒ぐと、カイヌインははにかみながら腕をあげて、そのどっしりした黄金の環をかかげて見せた。ひとり私だけは喝采に加わらなかった。耳を聾する騒ぎのただなかで黙然と座っていた。激しい雨が広間のわら葺き屋根を叩きはじめている。カイヌインは目がくらんでしまった、そう思った。やはり目がくらんでしまったのだ。ランスロットの翳りを帯びた優雅な美貌の前に、ついにポウイスの星は陥ちた。

すぐにも広間を出てゆきたかった。雨の降りこめる夜闇へ、傷心を抱いて出てゆきたい。だが、広間にはマーリンがうろついていた。祝宴が始まったころは主賓の食卓に着いていたのに、いつしか席を離れて戦士たちのあいだを歩きまわっていたのだ。ここかしこで足を止めては、会話に耳を傾けたり、なにごとか耳打ちしたりしている。前頭部の髪を剃り落とし、残りの白髪を後ろで長い三つ編みにして、黒いリボンで結んでいる。長いあごひげも同様に編んで結んでいた。ドゥムノニアで珍重されるローマの栗材のように浅黒い肌、面長の顔に刻まれた深い皺、愉快そうな表情。あれは悪だくみをめぐらしている顔だ。私はその場で身を縮こまらせた。悪だくみの的にされてはかなわない。私はマーリンのことをわが父のように愛していたが、いまはもう謎かけはたくさんという気分だった。ただひたすら、カイヌインとランスロットのそばから逃げ出したかった。神々が許してくれるなら、どこまででも逃げてゆきたい。

私はじっと待った。そろそろマーリンも広間の反対端へ行ってしまったころだろう、これで見つけられずに出てゆけると思ったとたん、待っていたかのように耳元で声がした。「ダーヴェル、こんなところに隠れておったのか」いかにもそれらしいうめき声をあげながら、私の隣に腰を落ち着ける。マーリンがたいへんな高齢なのは事実だが、そのせいで足腰が弱っているというのはお得意の芝居にすぎない。このときも、派手に膝をさすりながら節々が痛むと不平をこぼしていた。やがて気がすんだか、私の手から角杯を取り上げて蜂蜜酒を飲み干した。「見よ、処女(おとめ)なる姫君を」と、からの杯でカイヌインを指し示す。「身の毛もよだつ運命に身をまかせんとしておる。いまのうちによく見ておくがよい」細かく分けて三つ編みにしたあごひげに手を入れて掻きながら、次の言葉を捜している。「婚約式まで半月か？　一週間かそこらで結婚、一年と経たぬうちに出産で命を落とすのだ。

あの細い腰を見よ。赤児を産もうとすればまっぷたつに引き裂けてしまうだろう」マーリンは笑った。「小猫が牛の子を産むようなものだろうて。なにをむくれておるのだ、ダーヴェル」こちらをじろりと見て、ひとの苦悩を面白がっている。

私はぶすっとして答えた。「お館さまは、カイヌイン姫に幸福の魔法をかけたんじゃなかったんですか」

「かけたとも」泰然として言う。「だがそれがどうした。女は子供を欲しがるもの。最初の妊娠でまっぷたつに裂けて血まみれになるのがカイヌインの幸福なら、私の魔法は効いたわけだ。そうではないか」にやりとしてみせる。

私はマーリンの予言をそらんじてやった。「『高きものとなることも、低きものとなることもないが、幸福を得るであろう』」まさにこの広間で彼がこの予言を口にしてから、まだひと月と経っていない。

「なんとまあ、つまらぬことをよう憶えておることよ！　それにしてもこの羊肉は不味いな。ちゃんと火が通っておらんのだ。おまけにすっかり冷めておる！　冷たい料理は我慢ならん」そう言いながら、私の皿から料理を盗む手を止めようとはしない。「シルリアの女王は『高きもの』だと思うのか」

「違うんですか」あいかわらずぶすっとして尋ねた。

「まさか、とんでもない。なんとたわけたことを言う。よいかダーヴェル、およそこの世にシルリアほど惨めな国はないぞ。悪臭ふんぷんたる谷間に石ころだらけの浜があるばかりで、おまけに民は不細工ぞろいだ」身震いして、「薪のかわりに石炭を燃やしおるから、だれもかれもがサグラモールのように真っ黒な顔をしておる。身体を洗うことも知らんらしい」軟骨を口から引っ張り出して、広間で残り物をあさっている猟犬に投げてやった。

「ランスロットはすぐにシルリアに飽き飽きするだろうな。雄々しきランスロットどのが、あの石炭まみれの醜い愚図どもにそうそう我慢しておられるわけがない。ということはつまり、かりに出産で命を落とさなかったとしても――ま、そんなことは百にひとつもあるまいがな、哀れカイヌインは石炭の山と泣きわめく赤児のもとに、たったひとり取り残されることになるのだ。それがあの娘の行く末よ！」マーリンはそんな未来図を面白がっているようだった。「ダーヴェル、気がついたことはないか？　花の盛りのうら若い娘というのは、天から星をとってきたかと思うような顔をしておるものだ。ところがそれから一年経って、その女が乳と赤児の糞便の臭いにまみれておってみよ。なんでまたこんな女を美しいなどと思ったのか、さっぱり見当もつかん。赤児を産んだら女も終わりよ。だからな、ダーヴェル、いまのうちに見ておくことだ。いまが花だからな。あの娘のこんな美しい姿はもう二度と拝めぬぞ」

たしかにカイヌインは美しかった。なお悪いことに幸福そうだった。今夜は白いローブをまとい、首には銀の鎖に下げた銀の星をかけていた。黄金の髪は細い銀のリボンで結び、耳には銀の雫が下がっている。そしてその夜のランスロットは、カイヌインにも劣らず輝いていた。彼はブリタニア一の美男子と言われていたが、その世評に嘘はなかった――浅黒い爬虫類めいた細面が好みなら。白い縞の入った黒い上着に身を包み、首には黄金の首環をかけ、背中に豊かに流れる長い黒髪は油を塗って頭になでつけ、黄金の環をはめて押さえていた。あごひげは刈り込んで先を尖らせ、やはり油を塗ってある。

「カイヌイン姫の口から聞いたのですが」私はマーリンに言った。この陰険な老人に胸のうちをあまり明かすのはどうかとは思ったが、言わずにいられなかった。「ランスロットとの結婚には気乗りがしないと言っていました」

「おお、あれなら言いそうなことだ」マーリンはうわの空で言って、主賓の食卓に豚肉を運ぼうとしていた奴隷を手招きした。骨つきのバラ肉をわしづかみにして、汚れほうだいの白いローブの膝に載せると、一本に猛然とむしゃぶりつく。骨から身をあらかた食いちぎってしまってから、彼は続けた。「カイヌインは夢ばかり見ておる愚かな娘よ。なにを血迷うたか、自分の好きなように結婚できるものと思い込んでおる。女の身でどうしたらそんなことを思いつくのか、私には見当もつかん。だがもちろん」と、豚肉を口いっぱいに頬張ったまま言った。「いまとなってはすっかり事情が変わったわい。ランスロットに会ったのだからな！　いまごろはもう目がくらんでおるさ。結婚するのさえ待ちきれんかもしれんぞ！　ひょっとすると今夜にも、あのごろつきをこっそり寝室に引っ張りこんでしゃぶり尽くす気かもしれん。だが、まあそんなことはあるまい。あの娘はこちこちの昔気質だからな」最後のほうはせせら嗤うような口調だった。「バラ肉をどうだ」と私に勧めた。「おまえもそろそろ結婚してよいころではないか」

「結婚したいような女がいませんよ」私はむっつりと答えた。もちろんカイヌインはべつだ。しかし、ランスロットが恋敵では、私にどんな望みがあるというのだ。

「結婚は、したいとかしたくないとかいう問題ではないぞ」マーリンは鼻を鳴らした。「アーサーはそうは思っておらんがな。女のこととなると、どうしてあやつはああも愚かなのか。ダーヴェル、おまえの望みは寝床にきれいな娘を引っ張りこむことだろうが。だがな、きれいな娘と女房が同じ生き物だなどと思うのはよほどの愚か者だぞ。アーサーは、もうおまえの相手に目星をつけておる。グウェンフイヴァハだ」マーリンは、その名をさらりと口にした。

「まさか、冗談でしょう！」思わず大声になった。グウェンフイヴァハというのはグィネヴィアの妹である。ずんぐりして生白く、頭の鈍い娘で、グィネヴィアはこの妹を見るのもいやがっていた。私にはとくにグウェンフイヴァハを嫌う理由はなかったが、かと言って、あんな面白みも魅力もない哀れな娘と結婚するなど思いもよらなかった。

「何が気に入らんのだ」マーリンは大げさに怒ってみせた。「よい縁談ではないか。何さまのつもりでおるのだ、サクソン人の奴隷の子の分際で。グウェンフイヴァハは正真正銘の王女だぞ。たしかに金はもっておらんし、ラファンの雌猪より不細工だが、あれがどれだけおまえに感謝するか考えてもみよ！」私を横目でにらんだ。「それに、グウェンフイヴァハの腰を忘れるな、ダーヴェル！　あれなら赤児が途中で引っかかる心配はないぞ。脂を塗った種でも吐き出すように、不細工な餓鬼を次々に産み落とすだろうて」

アーサーはこんな縁談を本気で進めるつもりなのだろうか。それとも、これはグィネヴィアの入れ知恵か？いかにもありそうなことだ。グィネヴィアに目をやると、きらびやかに着飾ってキネグラスの隣に腰かけたその顔には、勝ち誇った表情がありありと浮かんでいる。その夜、彼女は飛び抜けて美しかった。もともと人目を惹くことにかけてはブリタニア一だったが、あの祝宴の夜、雨のスウス城にあって彼女は光り輝いていた。あれは妊娠していたためかもしれないが、むしろ抑えがたい歓喜のためと見たほうが当たっているだろう。かつて彼女を無一物の居候と見下していた人々を、いまは彼女のほうが高みから見下ろしているのだ。アーサーの剣のおかげで、かれらの運命はグィネヴィアの思いのままになった――彼女の夫が諸王国の運命を思いのままに決したように。ドゥムノニアでは、ランスロットの第一の後ろ楯はグィネヴィアである。ランスロットにシルリアの玉座を約束するようアーサーを説きつけたのもグィネヴィアなら、カイヌインをランスロットの花嫁にすると決めたのもグィネヴィアだ。そしてこんどは、目障りな妹を文無しの花嫁として押しつけて、ランスロットに敵対している私を懲らしめるつもりなのだろう。

「どうだダーヴェル、幸せだろうが」マーリンが挑発してくる。

だが、私には挑発に乗る気力はなかった。「お館さまはどうなんです」代わりに尋ねた。「幸せなんですか」

「気にかけてくれるのか」わざとらしく驚いて見せる。

「おれは、お館さまを実の父親みたいに思ってます」

マーリンは吹き出した。笑いすぎて肉のかけらを喉に詰まらせ、窒息しそうになった。やっと喉のつかえがとれたときも、まだ笑いつづけていた。「父親みたいに思ってますときたか！　ダーヴェルよ、おまえはまたなんと女々しい馬鹿者であることよ。おまえを育てたのはほかでもない、神々にとって特別な子供だと思ったからだが、どうやらそれは当たっておったらしい。神々は、わざわざいちばんおかしなのを選んで目をかけることがあるからな。では教えてくれ、わが子のごときダーヴェルよ、その父親を思う気持ちを行動に移す気があるかな」

「どんな行動です」と尋ねてはみたが、聞かなくても答えはよくわかっていた。大釜を探しにゆくために槍兵が必要なのだ。

どんちゃん騒ぎのこの広間では、私たちの話し声などだれにも聞こえないと思うのだが、マーリンはこちらに身を寄せ、押し殺した声でささやいた。「ブリタニアはふたつの病（やまい）に冒されておる。だが、アーサーもキネグラスもそのいっぽうにしか気づいておらん」

「サクソン人ですね」

マーリンはうなずいた。「しかし、サクソン人がいなくなっても病は癒えぬのだ。ブリタニアは神々を失いかけておるからな。キリスト教はサクソン人よりも早く蔓延しておるし、キリスト教徒はどんなサクソン人よりもわれらの神々に害をなしておる。キリスト教徒を抑えなんだら、われらは完全に神々に見棄てられてしまう。神々を失ったらブリタニアはどうなる。だが、神々をブリタニアにつなぎ止め、戻って来させることができれば、サクソン人もキリスト教徒も雲散霧消してしまうはずだ。われらは見当はずれな病を攻撃しておるのだぞ、ダーヴェル」

アーサーにちらと目をやると、キネグラスの言葉に熱心に耳を傾けているところだった。アーサーは不信心者ではないが、信仰にはさして重きを置いておらず、人が別の神々を信じていても腹を立てたりしない。しかし、キリスト教徒と戦うというマーリンの話を聞けば、腹を立てずにはいないだろう。「お館さまの話に耳を貸す者がいましたか」私はマーリンに尋ねた。

「おらぬこともないが」マーリンはしぶしぶ言った。「多くはない。ひとりかふたりだ。アーサーはだめだな。棺桶に片足突っ込んだ老いぼれの世迷いごとと思っておる。ダーヴェル、おまえはどうだ。私のことをぼけた老いぼれと思うか」

「とんでもない」

「魔法を信じるか？」

「信じます」私は魔法が効くのを見たことがある。だが、失敗するのも見たことがあった。魔法はむずかしいが、それでも私は信じていた。

マーリンはさらに私の耳に口を寄せてきた。「ならば今夜、ドルヴォルインの頂上へ来るがいい」彼はささやいた。「おまえの今生の願いをかなえてやろう」

竪琴弾きが弦をはじき、それを合図に吟唱詩人たちが歌を歌いに集まってきた。戦士たちの声は静まってゆき、雨混じりの冷たい風が開いた扉から吹き込み、獣脂ろうそくの小さな炎と、脂に浸した灯心草の光がゆらめいた。

「今生の願いをな」マーリンは低い声でくりかえした。しかし、ふと左に目をやると、いつの間にかその姿はかき消えていた。

雷鳴の轟（とどろ）く夜だった。神々が地上をうろついているのだ。そんな夜に、私はドルヴォルインに呼び出されたのだった。

記念の品々の贈呈も始まっていなかったが、私は宴席を立った。その後に吟唱詩人の歌が始まり、やがて戦士たちが酔ったどら声を張り上げて、例の耳につくヌイヴレの歌を合唱しはじめる。その歌声をはるか背中に聞きながら、私はひとり川谷へ降りていった。この谷間の洞窟で、カイヌインは髑髏の寝床に眠り、謎めいた予言を聞いたのだ。

具足を着けてはいたが、楯は持たずに出てきた。ハウェルバネと名づけた自分の剣を脇に吊り、緑のマントを肩に巻いている。夜は悪鬼と死霊の領域だから、夜中に軽々しく出歩く者はいない。しかし、私はマーリンに呼ばれて出てきたのだ。恐れることなどないのはわかっている。

城砦から東へ続く道があるので、歩くのは苦にならなかった。ドルヴォルインのある丘陵地帯の南端まで、道はとぎれずに続いている。だが道のりは長く、雨の夜を四時間も歩かねばならなかった。タールのような漆黒の闇に包まれていたにもかかわらず、たぶん神々が私の到着を望んでいたのだろう、道に迷うこともなく、夜につきものの危険に出くわすこともなかった。

マーリンはそれほど先を行っているはずはない。ところが、人の寿命の二倍ほども私のほうが若いというのに、追いつくどころか足音すら聞こえなかった。聞こえるのは、背後で薄れてゆく歌声だけだ。その声がついに闇に呑まれて消えてしまうと、あとに残ったのはもう、石の川床を流れる水音と、木の葉を叩く雨の音、イタチに捕らえられた兎の悲鳴、雌のアナグマが雄を呼ぶ叫びばかり。闇にうずくまっているような集落をふたつ通り過ぎた。ワラビで葺いた屋根の下の低い戸口から、消えかけた火の光が洩れている。そんな小屋の一軒から誰何（すいか）する男の声がしたが、害意のない旅の者だと答えると、男は吠える犬をなだめた。

私は道を逸（そ）れて、ドルヴォルインの山腹をくねくねと登る細道に足を踏み入れた。山腹にはオークの木が鬱蒼と茂っており、闇のなかで道を失うのではと恐ろしかったが、やがて雲は薄れ、雨を含んで重い木の葉を通して、弱々しい月の光が洩れ入ってきた。石ころだらけの道が、太陽の進行と同じ方向にまわりながら、王の丘の頂上へと続いている。ここには人は住んでいない。ここは、オークと石と神秘の領域なのだ。

細道をたどるうちに、森を抜けて頂上の開けた野に出た。そこには宴の館がぽつんと建っており、立石の環（サークル）がキネグラスの即位の場を示している。ここはポウイスでもっとも神聖な場所だが、一年の大半は無人のまま放置されている。使われるのは大祭のときと、国の大事が起きたときだけだ。弱々しい月光を浴びた館は黒々とそびえ、丘の頂上はがらんとして見える。

オークの森のとば口で立ち止まった。頭上を白いふくろうが飛び過ぎる。翼を縮めたずんぐりした体軀が、私の兜の狼尾の立物をかすめた。ふくろうはなにかの兆（きざ）しだが、吉兆なのか凶兆なのかわからず、私はだしぬけに恐ろしくなった。好奇心に引かれてここまで来て、ふいに危険を感じたのだ。マーリンは今生の願いをかなえてやると言ったが、代償を求めないはずがない。とすれば、私はここで選択を迫られることになるだろう。ひょっとしたら、選ぶに選べない選択を強いられるのではあるまいか。そう思い当たると恐ろしくて、もう少しでまわれ右をして森の闇のなかへ駆け戻りそうになった。と、左手の傷痕が疼きだし、私は凍りついた。

この傷痕はニムエにつけられたものだ。これが疼きはじめたら、それは避けがたい運命の訪れの合図であり、好き嫌いは言っていられない。私はニムエに誓いで縛られている。あと戻りはできないのだ。

雨がやみ、雲に切れ間が見えはじめた。冷たい風が木の梢を叩いているが、雨はもう降っていない。だが、まだ暗かった。夜明けはそう遠くないはずだが、東の山々には曙光のきざしも見えない。ただ消え入りそうな月光が、ドルヴォルインの王のサークルの石を銀色に濡らし、闇にぼうと浮かび上がらせているだけだ。

私は列石のサークルに歩み寄った。心臓の鼓動が、土を踏みしめる重い長靴の音より大きく聞こえる。あいかわらず人影は見えず、これもまたマーリンの手の込んだ冗談ではないかと思いはじめたとき、石のサークルの中心で何かが光った。あの中心には、ポウイスの王権の象徴たる石が置かれている。だが、雨に濡れた石がかすんだ月光を反射したぐらいでは、あれほど明るく輝くものではない。

轟(とどろ)く鼓動を聞きながら、私は近づいていった。サークルの石のあいだに足を踏み入れたとき、月光を反射しているものの正体が見えてきた。杯、それも銀の杯である。近づいてみると、その小さな銀の杯には黒い液が満たしてあった。それが月光を受けてきらきら輝いている。

「飲むのよ、ダーヴェル」ニムエの声がした。そのかすかなささやきは、オークの木々を渡る風の音にかき消されそうだ。「飲みなさい」

ふり向いてニムエの姿を捜したが、人影はない。風が私のマントをはためかせ、宴の館の屋根からゆるんだわらが巻き上がる。「さあ、ダーヴェル」またニムエの声がささやく。「飲むのよ」

私は空を仰ぎ、ライラウ神に加護を祈った。いまはずきずきと痛みはじめている左手で、ハウェルバネの柄を固く握りしめる。危険は冒したくない。ならばこの場を立ち去って、温かいアーサーの友情にこの身をゆだねるのがいちばんだ。それはわかっていた。だが、胸を嚙む絶望に、この寒々とした吹きさらしの丘に来ずにはいられなかったのだ。ランスロットの手がカイヌインの細い手首に置かれているさまが思い出されて、私は杯に目を当てた。

ついに手にとる。ためらったが、ひと思いに飲み干した。

あまりの苦さに、飲み干したあとで身震いが出た。その味が口にも喉にもしつこく残っている。空の杯を王の石のうえにていねいに戻した。

「ニムエ?」泣きだしそうになりながら呼んだが、答えはない。聞こえるのは木々をゆする風の音だけだ。

「ニムエ!」また叫んだ。眩暈(めまい)がしはじめていた。雲は黒と灰色の渦を巻き、月は割れて幾百もの銀の光の針になる。針は遠くの川面からぎらぎらと突き出し、のたくる木々の闇にめった打ちにされて砕け散った。「ニムエ!」

私はがくりと膝をついた。頭がぐらぐらして不気味な夢の世界にいるようだ。王の石のそばにひざまずくと、その石がふいに小山のように巨大にそそり立ち、私はどさりと前のめりに倒れて、投げ出した腕が空の杯をはじき飛ばした。吐き気はするが吐くことはできず、ただ夢だけが襲ってくる。恐ろしい悪夢。頭のなかで悪夢の鬼が声をかぎりに叫び立てている。私は泣いていた。汗がだらだらと流れ、全身の筋肉が引きつれて痙攣を抑えることもできない。

そのとき、私の頭を両手に支える者がいた。兜が引き抜かれ、だれかのひたいが私のひたいに押し当てられる。冷たい白いひたい。悪夢はたちまち消え去り、代わってまぼろしが訪れた。ほっそりした白い裸身。すらりとした腿に小さな乳房。「夢を見るのよ、ダーヴェル」ニムエがあやすように言う。私の髪をなでながら、「いい子ね、ダーヴェル、夢を見るの」

私は身も世もなく泣いていた。一人前の戦士で、ドゥムノニアの貴族で、アーサーの親友で、先日の戦闘で大手柄を立て、やがては夢にも思わなかった土地と富を与えられるはずなのに、いまは親を亡くした子供のようにむせび泣いている。私の今生の願いはカイヌインを得ることだ。しかし、カイヌインはランスロットに目がくらんでしまった。もう二度と私は幸福を知ることはないのだ。

「いい子ね、ダーヴェル、夢を見るのよ」ニムエが甘くささやいた。たぶん黒いマントをかぶって、私たちふたりの頭をすっぽり覆ったのだろう。ふいに灰色の夜が消え、私は静かな闇のなかにいた。首にニムエの両腕が巻きつき、彼女の顔が私の顔にぴったりと寄せられている。私たちは頬を寄せあってひざまずいていた。彼女の剥き出しの腿の冷たい肌のうえで、私の手がおこりのようにどうしようもなく震えている。痙攣する身体の重みをほっそりした肩に預けているうちに、彼女の両手に抱かれて涙は引っ込み、痙攣も治まって、ふいに気分がよくなっていた。もう喉にじわりとこみ上げる吐き気もなく、脚の痛みも消えて、こんどは暑くなってきた。そのせいで、汗はあいかわらずだらだらと流れている。私はじっとしていた。動きたくなかった。ただ夢の訪れを待っていた。

最初のうちは輝かしい夢に思えた。大きな鷲の翼を与えられて、私は空高く飛んでいる。だが、眼下に広がる見知らぬ土地をよく見ると、そこは荒涼たる場所だった。ごつごつした高い山々のあいだを深く険しい峡谷が走り、山から落ちる細い川は、階段状の滝をなして黒々とした泥炭の湖に流れ下ってゆく。山々は果てしなく続き、息をつけそうな場所さえない。夢の翼に乗って滑空してみたが、人家も小屋も畑もなく、羊や牛の群れも人影も見えなかった。岩山のあいだを走る一頭の狼と、茂みに横たわる鹿の骨を見かけただけだ。ふり仰ぐ空は剣のような灰色、眼下の山々は乾いた血のような暗色を呈し、翼に触れる空気はひやりと冷たく、あばらのあいだに滑りこんでくる短剣のようだ。

「夢を見るのよ、愛しいダーヴェル」ニムエがささやく。夢のなかで、私は翼を大きく広げて地表をかすめ飛び、暗い山々を抜けてくねくねと延びる道を見つけた。踏み固められた土の道が、岩に分断されながらも、谷間から谷間へと険しい土地を貫き、ときには寒風吹きすさぶ峠に登り、ふたたび下ればそこはやはり岩だらけの谷底。黒い湖の縁をめぐり、影に包まれた峡谷を突っ切り、すじ状に雪の残る山のふもとを迂回し、それでも道はつねに北に向かって延びていた。どうしてそちらが北だとわかったのかわからないが、夢のなかの知識に理由などありはしない。

夢の翼に導かれて道の真上にやって来た。ふと気づくと、私はもう飛んでいるのではなく、山の峠へと続く道を登っているのだった。峠の両側は切り立った斜面で、剝き出しの黒い岩肌を水が流れ落ちていた。しかし、あの黒い峠を越えればすぐにこの道は終わる、と何物かが私に告げている。疲れた脚を引きずってこのまま歩きつづければ、あの屋根を越えた向こう側で今生の願いがかなうのだと。

息切れがしはじめていた。ひと息ごとに苦しいあえぎ声が洩れる。夢のなかで、私はそれでも最後のひと足ふた足を踏みだした。と、ついに峠にたどり着き、だしぬけに、光と鮮やかな色彩とぬくもりに迎えられた。

峠の向こうでは、道は海岸に下っていたのである。そこには木々と畑があり、かなたにはきらめく海があって、島がひとつ浮かんでいた。ふいに現れた太陽に、島では湖が輝いている。「やった！」私は声に出して言った。あの島こそ目的地だとわかったからだ。新たな力が身内に湧きあがってきた。道の最後の数マイルを駆け下って、陽光に輝く海に飛び込むこともできそうだ。とそのとき、行く手に忽然と悪鬼が出現した。黒い身体に黒い武具を着け、口からねとりとした黒い粘液を吐き、ハウェルバネの倍もの長さの黒い剣を、黒い鉤爪の手に構えていた。鬼は私に向かって挑戦の言葉を喚（わめ）き立てた。

私も叫び返した。ニムエに抱かれた身体がこわばる。

彼女は私の肩をしっかり抱きしめた。「あんたは《暗き道》を見たのよ、ダーヴェル」彼女はささやいた。「《暗き道》を見たの」ふいにニムエが身を引いた。背中からマントがさっと引きはがされ、私はドルヴォルインの濡れた草地に前のめりにくずおれた。冷たい風が周囲で渦を巻く。

長いこと私は倒れていた。夢は消えてゆき、私の今生の願いに《暗き道》がなんの関係があるのかといぶかるうち、ぐいと反射的に横を向いて嘔吐した。おかげで頭がまたすっきりして、かたわらに転がる銀の杯が目に入った。拾い上げ、ふらつきながら上体を起こして尻をついて座ると、王の石の反対側からマーリンが私を見つめていた。そのかたわらに立つのは、マーリンの愛人で巫女でもあるニムエだ。ほっそりした身体を大きな黒いマントに包み、黒髪をリボンで束ね、黄金製の眼球を月光に輝かせている。生身の眼球はギンドライスにくり抜かれたのだ。その報いに、ギンドライスは千倍もの代償を支払わされたのだった。

ふたりともなにも言わず、こちらを見守っている。私は吐くべきものをすべて吐き終えてしまうと、口許を手で払い、頭をふり、なんとか立ち上がろうとした。まだ身体から力が抜けたままなのか、あるいはまだ眩暈(めまい)がしているのか、立ち上がることができない。王の石のそばにひざまずいて、前腕をついて身体を支えた。あいかわらず、ときどき短い痙攣の発作が襲ってくる。「何を飲ませたんです」銀の杯を石のうえに戻しながら、私は尋ねた。

「飲ませたのではない」マーリンが答える。「おまえは自分の意志で飲んだのだぞ、ダーヴェル。自分の意志でここまでやって来たようにな」キネグラスの広間ではあれほど悪戯っぽく聞こえた彼の声が、いまでは冷たくよそよそしかった。「何を見た」

「《暗き道》です」私はおとなしく答えた。

「その道はあちらにある」と、マーリンは闇に包まれた北の方角を指さした。

「あの悪鬼はなんですか」

「ディウルナハだ」

私は眼を閉じた。マーリンが何を望んでいるのかわかったからだ。眼を開いて、私は言った。「では、あの島はモン島ですね」

「そうだ」マーリンが答える。「聖なる島だ」

ローマ人がやって来る前、サクソン人などその存在すら知られていなかったころ、ブリタニアは神々によって支配されていた。神々はモン島から人間に語りかけたものだったが、ローマ人はその島を踏みにじった。オークの木々は伐り倒され、聖なる林は破壊され、聖地の守り手たるドルイドたちは虐殺された。その暗黒の年は、いまこの夜から四百年以上も昔の出来事だが、神々をブリタニアに呼び戻そうと試みる、マーリンをはじめとする数少ないドルイドにとって、モン島はいまだに聖地だった。だがいまでは、その聖なる島はフリーンという王国の一部になっている。そしてフリーンを支配するのはディウルナハ——アイリッシュ海を渡ってブリタニアの土地を占領したアイルランド人諸王のなかでも、とくに凶悪な王である。ディウルナハは、楯に人の血を塗っていると言われていた。ブリタニア広しといえども、その残忍さをこれほど恐れられている王はほかにない。その恐怖が南のグウィネズへと広がらずにすんでいるのは、フリーンが山脈に取り囲まれており、そしてまたディウルナハの軍勢が小規模であるからにすぎない。ディウルナハは退治できない獰猛なけだものであり、ブリタニアの暗い辺縁にひそむ化物だった。さわらぬ神に祟りなし、というのが大方の一致した見かたなのだ。「おれにモン島へ行けというんですか」私はマーリンに言った。

「いっしょにモン島へ来てほしいと言っているのだ」とニムエを示し、「私たちも行く。処女か童貞をひとり連れて」

「処女か童貞？」

「クラズノ・アイジンの大釜を見つけられるのは純潔を守っている者だけなのだ。思うに、このなかには適格者はおらぬようだが」と、皮肉に付け加える。

「つまり、大釜は」私はのろのろと言った。「モン島にあるんですね」マーリンはうなずき、私はそんな使命を思ってぞっとした。クラズノ・アイジンの大釜は、十三あるブリタニアの魔法の宝物のひとつだが、ローマ人がモン島を荒らし尽くしたとき、その宝物は散り散りになってしまった。その宝物をふたたび集めるというのが、マーリンの長い生涯最後の野心だったが、彼がとりわけ欲していたのは大釜だった。大釜があれば、神々を思うままに動かしてキリスト教徒を滅ぼすことができるというのである。口に苦い味を噛みしめ、腹痛にのたうちながら、私がポウイスのぬかるんだ山頂で四つんばいになっているのはそのためだった。「おれには、サクソン人と戦うという仕事がありますよ」私はマーリンに言った。

「たわけ！」マーリンがぴしゃりと言う。「宝物を取り戻さずば、サイスとの戦には勝てぬ」

「アーサーはそうは思ってませんよ」

「では、アーサーはおまえに劣らぬ大馬鹿者よ。神々に見棄てられたら、サクソン人など何ほどのものぞ」

「おれはアーサーに仕えると誓ってるんです」私は抵抗した。

「あたしの命令に従うとも誓ったわ」ニムエが左手をあげて、私のそれと同様の傷痕を見せた。

マーリンが言う。「だが、進んで来る気のない者を《暗き道》へ連れてゆこうとは思わん。ダーヴェル、おまえは忠誠の相手を選ばねばならんのだ。だが、私が選びやすくしてやろう」

マーリンは王の石から杯を払い落として、そこへキネグラスの広間から持ってきた豚の肋骨を積み上げた。ひざまずき、一本の骨をとって王の石の中央に置く。「これはアーサーだ。そして」と別の骨をとって、「これはキネグラス。それから」と、三本めの骨をとり、最初の二本とともに三角形を作った。「これについてはあとで説明する。そしてこれはだ」と、四本めを三角形のひとつの角にまたがるように置いた。「グウェントのテウドリックだ。そしてこれはアーサーとテウドリックの同盟、これはキネグラスとの同盟だ」こうして、最初の三角形の上にもうひとつ三角形を作った。ふたつの三角形はお粗末ながら六芒星に似た形を描いている。「これはエルメトだ」そう言って、第一の三角形に並行する第三の層を作りはじめた。「そしてこれがシルリア、そしてこの骨は」と最後の一本をとりあげて、「これらすべての王国の同盟だ。さて」彼は身を起こし、石の中央に危なっかしく立つ骨の塔を示した。「見よダーヴェル、これがアーサーの綿密に練り上げた計画だ。だがよいか、これだけは言っておくが、宝物がなければこの計画は失敗する」

マーリンは口をつぐんだ。私は九本の骨をじっと見つめていた。謎の第三の骨を除いて、ほかの骨にはまだ肉片や筋や軟骨がへばりついている。なぜか第三の骨だけは、きれいにこそげ落とされて白じらと光っていた。ずんぐりした塔の危ういバランスを崩さないように気をつけながら、指先でその第三の骨にそっと触れてみた。「それで、この三本めは何なんです？」

マーリンはにやりとした。「その第三の骨はな、ダーヴェル、ランスロットとカイヌインの結婚だ」やや間があった。「抜き取るがいい」

私は手を出さなかった。その骨を抜いたら、アーサーが組み上げてきた危なっかしい同盟関係が崩れてしまう。サクソン人を打ち負かすための最善の、いや、実際には唯一の道が断たれてしまうのだ。

私がためらっているのを見てマーリンは鼻を鳴らし、その第三の骨をつかんだが、抜き取りはしなかった。「神々は秩序を嫌う」と、私を叱りつける。「よいかダーヴェル、秩序は神々を滅ぼす。だから神々は秩序を破壊せねばならんのだ」マーリンが骨を抜き取ると、骨の塔はたちまち崩れ去った。「全ブリタニアに平和をもたらすつもりなら、アーサーは神々を呼び戻さねばならんのだ」そう言って、骨を私に突きつけた。「そら」

私はやはり手を出さなかった。

「これはただの骨の山だ。だがな、ダーヴェル、この骨はおまえの今生の願いなのだぞ」と、そのきれいな骨をまた突きつけてくる。「この骨は、ランスロットとカイヌインとの結婚だ。まっぷたつに折るがいい。そうすればあのふたりが結婚することはなくなる。だが、この骨をそのままにしておくなら、おまえの敵がおまえの愛する女を寝所に連れ込んで、犬のようにいたぶるさまを見ることになるぞ」またしても骨を突きつけてきたが、やはり私は手を出さなかった。「カイヌインに惚れていますと、その顔じゅうに書いてあるのが見えんとでも思うのか」マーリンは嘲笑った。「さあ取れ！　アヴァロン卿マーリンが、なんじダーヴェルにこの骨の力を与えると言うておるのだ」

私は受け取った。神々よ助けたまえ、だがついに私はその骨を受け取ったのだ。ほかにどうすることができたろう。恋に狂った私は、その磨いた骨を受け取って小袋に収めた。

マーリンがあざけった。「その骨は、折らぬかぎり役には立たんぞ」

「どっちみち役になんか立ちませんよ」私は言った。ようやく立ち上がれるようになっていた。

「ダーヴェル、愚かなやつよ」マーリンは言った。「だが、愚かは愚かでも剣の扱いはうまい。だからこそ、《暗き道》を行くにはおまえが必要なのだ」立ち上がって、「あとはおまえしだいだ。その骨を折れば、カイヌインはおまえのものになる。私が保証する。だがそのときは、大釜の探求に忠誠を誓わねばならん。それがいやなら、グウェンフイヴァハと結婚して、サクソン人の楯をめった打ちにして人生をむだに過ごすがいい。そうこうしておるうちに、キリスト教徒の陰謀でドゥムノニアは乗っ取られるのだ。どちらなりと好きなほうを選べ。さあ、目を閉じよ」

私は目を閉じ、馬鹿正直にそのままずっと閉じていた。だが、いつまで経っても次の命令が聞こえてこないので、ついにまた開いた。

丘の頂きはがらんとしていた。なんの物音もしなかったのに、マーリンもニムエも、八本の骨も銀の杯も、すべて消え失せていた。東の空には曙光が射しそめ、木々のあいだで鳥がかしましく騒いでいる。そして小袋のなかには、きれいに肉をそぎ取られた骨が入っていた。

丘をくだり、川辺の道に戻った。だが、眼前にちらつくのは別の道だった。ディウルナハの巣窟に続くかの《暗き道》。私は恐ろしかった。

その朝、私たちは猪狩りに出た。スウス城を出るとき、アーサーは私を待っていて、並んで歩きだした。「ゆうべはずいぶん早く引き取ったな」と声をかけてくる。

「はあ、ちょっと」ありのままを打ち明ける気にはなれなかった。マーリンといっしょだったと知れたら、まだ大釜の探求をあきらめていないのかと疑われてしまう。嘘をつくほうがいい。「腹が痛くなって」

アーサーは笑った。「ああいうのを祝宴という理由がわからんよ。ただの酒を飲む口実なのにな」足を止めてグィネヴィアが追いついてくるのを待つ。狩りの好きなグィネヴィアは、この日の朝は長靴に革のズボンという服装だった。ズボンには紐をかけて長い脚にぴったりさせている。膨らんだ腹を革の胴着に隠し、その上から緑のマントをはおっていた。お気に入りの鹿狩り用の猟犬(ディアハウンド)を二頭連れており、その引綱を私に預けると、古い城砦のそばにある川の渡り場をアーサーに抱き上げられて渡った。ランスロットも、カイヌインにたいして同じようにうやうやしく世話を焼いていた。ランスロットの腕に軽々と抱え上げられて、カイヌインがいかにもうれしげな声を立てる。彼女も男物の服を着ていたが、グィネヴィアのそれほどぴったりした巧みな仕立てではなかった。たぶん、兄から不要な狩猟服を借りてきたのだろう。洗練された優雅ないでたちのグィネヴィアと並ぶと、長すぎるだぶだぶの服に身を包んだカイヌインは、少年ぽく幼く見えた。女二人はどちらも槍を持っていなかったが、ランスロットのいとこで守護闘士(チャンピオン)でもあるボースが予備の槍を携えている。カイヌインが獲物を仕留めるのに参加したくなったときの用意である。アーサーは、妊娠中のグィネヴィアが槍を持つのには強く反対した。「きょうは気をつけてくれよ」と、セヴァーン川の南岸に彼女を下ろしながらアーサーは言った。

「そんなに心配しないで」グィネヴィアは猟犬の引綱を私から受け取り、乱れた豊かな赤毛を押さえながらカイヌインにふり向いた。「妊娠すると、男の人は女を壊れものみたいに扱うのよ」アーサーと私をふたりきりにして、グィネヴィアは後ろへ下がっていった。ランスロット、カイヌイン、キネグラスの三人に合流して歩きだす。キネグラスの猟犬係たちの報告によれば、目指す谷間の森には獲物がうようよしているという。狩りの参加者は全部で五十人ほど。ほとんどは戦士たちだったが、わずかながらご婦人がたも加わっていたし、しんがりには四十人ばかりの召使もついて来ている。その召使のひとりが角笛を吹き鳴らし、谷の反対側にいる猟犬係たちに合図を送る。川のほうへ獲物を追い立てよという合図である。狩りの参加者たちは、どっしりと長い猪狩り用の槍をかまえて横一列に散開した。夏の終わりの肌寒い日で、息が白く見えるほどだ。だがすでに雨はあがり、朝霧にかすむ休閑地に太陽が輝いている。アーサーは元気いっぱいで、朝の美しさと自分自身の若さ、そして狩りへの期待に顔を輝かせていた。「もう一回祝宴をあげたら、故郷へ帰ってひと休みできるぞ」と私に声をかけてきた。

「もう一回とは?」私はうわの空で尋ねた。まだ頭がぼうっとしている。疲れもあったが、ドルヴォルインの頂上でマーリンとニムエに飲まされたのがなんだったにせよ、その影響がまだ残っていたのだ。

アーサーは私の肩を叩いた。「ランスロットの婚約式さ、ダーヴェル。それがすんだらドゥムノニアに帰って、いよいよ仕事にかかるぞ!」そのときが待ちきれないようすで、今年の冬の計画を熱心に話しはじめた。壊れたローマ人の橋四つを修理したいし、それがすんだら王国の石工たちをリンディニスに送って、王宮を完成させねばならない。リンディニスはローマ人の建てた町で、ドゥムノニア王の即位の場であるカダーン城（カイル・カダーン）の近くにあるのだが、アーサーはそこを新しい王都にしようと考えているのだ。「ドゥルノヴァリアにはキリスト教徒が多すぎるからな」そう言ってから、例によってあわてて付け加える——彼自身は、キリスト教徒にたいしてなんの含むところもないが、と。

私はずけずけと言った。「向こうのほうが、殿にたいして含むところがあるだけでしょう」

「たしかにそういう者もいる」アーサーは認めた。戦闘の前、アーサーの大義が完全に破れたように思われたころ、ドゥムノニアでは反アーサー派が力をつけてきていた。その先頭に立っていたのはキリスト教徒たち、それも幼王モードレッドを保護下に置いているキリスト教徒たちだ。反目の直接の原因は、軍資金としてアーサーが教会に融資を強要したことだった。その軍資金をつぎ込んだ戦争はラグ谷の戦いでついに終わりを告げたのだが、この融資が教会側の激しい敵意に火をつけたのである。清貧の徳を説いているくせに、教会から金を借りた男を許さないというのは妙な話だ。

「じつは、モードレッドのことで相談があるんだ」この晴れた朝、私とふたりで話す機会を作った理由を、アーサーは説明にかかった。「十年もすれば、あの子も玉座に昇れる年齢になる。ダーヴェル、十年なんて短いものだ。あっという間だぞ。それまで、だれかにしっかり育ててもらわなくちゃな。文字を覚えさせなきゃいかんし、剣の使いかたも教えなきゃならん。それから責任ということをな」大して関心もなかったが、私はうなずいて賛意を示した。モードレッドはいま五歳だから、アーサーの言うような教育が必要なのは確かだが、私には関係のないことだと思っていた。だが、アーサーはそうは思っていなかったのだ。「おまえにモードレッドの保護者になってほしい」私はあっけにとられた。

「おれに？」思わず大声になる。

「ナビルは自分の栄達のことばかり考えていて、王の育てかたにまで気がまわらないのだ」アーサーは言った。

執政官のナビルはキリスト教徒で、幼王の保護者に任命されている。だが、アーサーの権力を突き崩そうとだれより精力的に画策したのが、このナビルだった——ナビルと、言うまでもなくサンスム司教だ。「それにナビルは戦士ではない」アーサーは続けた。「モードレッド王が平和に国を治められればそれがいちばんだが、戦さの方法も知っていなければならん。それは王たる者の務めだ。となると、王を訓練するのにおまえ以上の適任はいないと思うんだ」

「とんでもない」私は反論した。「おれはまだ若造です」

アーサーはこの反論を一笑に付した。「子供を育てるのは若い者の仕事だぞ、ダーヴェル」

かなたで角笛が響く。獲物が谷間の内側へ追い込まれたという合図だ。狩りの参加者たちは木立に分け入り、からみあうイバラの藪を踏み越え、きのこにびっしりと覆われた倒木をまたぎ越す。しだいに歩調をゆるめながら、だれもが耳をそばだてる。猪が藪をかき分けて突っ走る、うなじの毛の逆立つような音がいまにも聞こえてきそうだ。私はまた口を開いた。「ともかく、おれは殿の楯の壁を離れて、モードレッド王の子供部屋に引っ越すつもりはありません」

「べつに楯の壁を離れる必要はない。ダーヴェル、私がおまえを手放すと思うのか」アーサーはにやりとしてみせた。「モードレッドにくっついて歩けと言ってるわけじゃない。ただ、あの子をおまえの家中で育ててほしいだけだ。王を育てるのは正直者でなくちゃいかんからな」

このお世辞に肩をすくめてから、ふと後ろめたい思いにかられた。小袋に収めたきれいな骨は、まだ折らないままにしてある。カイヌインの心を変えさせるために魔法を使うのは、正直者のすることだろうか。カイヌインに目をやると、彼女はこちらをちらと見て、はにかんだ笑みを浮かべた。「おれには家中なんてものはありませんよ」私はアーサーに言った。

「そのうち持つようになる。それもすぐにな」言い終えるが早いか、アーサーは片手をあげた。私は凍りつき、前方の物音に耳を澄ませた。木々のあいだで重い足音がする。二人そろってとっさにうずくまり、地面から数インチの高さに槍をかまえた。だが、やがて姿を現した怯えた獣は、枝角もみごとな美しい牡鹿だった。ほっと緊張を解く私たちのそばを、鹿は足音も高く走り抜けてゆく。「明日はあいつを狩ることになるかもな」と、牡鹿の後ろ姿を見送りながらアーサーが言った。「明日の朝は、その犬たちを走らせてやれるぞ！」とグィネヴィアに向かって叫ぶ。

グィネヴィアは笑って、丘をくだって近づいてきた。犬たちが興奮して引綱を引っ張っている。「すてきだわ」眼はきらきらと輝き、寒さに頬が紅潮していた。「狩りをするなら、ドゥムノニアよりここのほうがいいわね」

「畑を作るなら別だがな」アーサーは私に目を向けた。「ドゥルノヴァリアの北に、モードレッドが所有する領地がある。あそこをおまえに貸そう。もちろん、おまえ自身の所領も別に与えるつもりだが、モードレッドの領地に館を建てて、そこで王を育てればいい」

「場所は知っているでしょう」グィネヴィアは言葉をはさんだ。「ガラドの館の北にある領地よ」

「知っています」そこには、耕作に適した肥えた低地があり、羊を飼うのにぴったりの高台もある。「けど、おれに子供なんか育てられるかどうか」私はぼやいた。前方で大きく角笛が響き、猟犬係の連れた犬たちがやかましく吠えたてている。はるか右手のほうで歓声が湧いた。だれかが獲物を見つけたらしい。だが、私たちの見張る森のこちら側はひっそりしたままだ。左手には泡立つ小川が流れ、森は右手に向かって小高くなっている。岩もねじれた木の根も、びっしりと苔に覆われていた。

アーサーは私の不安など歯牙にもかけなかった。「自分で育てることはない。おまえの家中で召使に育てさせればいいんだ。おまえのやりかたで、おまえがいいと思うように育ててくれ」

「それに、もうすぐ奥さまももらうんでしょ」グィネヴィアが付け加えた。枝の折れる音がして、私は丘を見上げた。ランスロットと彼のいとこのボースが、ふたりしてカイヌインの前に立っている。ランスロットは、柄を白く塗った槍をもち、膝まで届く革の長靴を履いて、柔らかな革のマントをまとっていた。私はまたアーサーに目を向けた。「おれが女房をもらうなんて、どこからそんな話が出てきたんですか」

アーサーは私のひじをとった。猪狩りのことはもう頭にないようだ。「ダーヴェル、おまえをドゥムノニアのチャンピオンに任命しようと思ってるんだ」

「身にあまる光栄です」私は用心しいしい答えた。「でも、モードレッド王のチャンピオンは殿じゃありませんか」

「アーサー王子は、もう顧問会議の最高顧問官も務めておられるのよ」アーサーは庶子なのだが、グィネヴィアは彼を好んで王子と呼んでいた。「そのうえチャンピオンまで兼ねるなんてできないわ。ドゥムノニアのことを一から十まで任されているんですものね」

「そうですね」私は答えた。栄誉を受けるのがいやだったわけではない。チャンピオンというのは高い地位だ。むろん代償はついてまわる。戦場では、一対一の果たし合いを求めて敵のチャンピオンが名乗りをあげてくれば、それがどんな相手であろうと受けて立たねばならない。だが平時には、いまよりはるかに高い身分と富とが約束されるのだ。私はすでに貴族の称号を与えられており、その地位を維持するための家来も、またその家来たちの楯に私自身のしるしを描く権利ももっていた。だが、同等の名誉を与えられている部将は、ドゥムノニアにはほかに四十人もいる。王のチャンピオンになるということは、ドゥムノニア第一の戦士になるということだ。もっとも、アーサーが生きているうちは、その地位を要求できる者はいないだろう。それにサグラモールもいる。私は言葉を選びながら言った。「王子、サグラモールのほうがおれより立派な戦士です」アーサー自身はそう呼ばれるのを嫌っているが、グィネヴィアの前では、ときどきは「王子」という称号を使うのを忘れてはいけない。
アーサーは手をふって私の反論を斥けた。「サグラモールは《列石》（ザ・ストーンズ）卿に任命する。あいつはそれ以上のことは望んでいないし」《列石》の領主という地位に任命されれば、サグラモールはサクソン人との国境を警備することになる。たしかに、あの黒い肌に黒い眼のサグラモールなら、戦さに明け暮れるその地位に任命されるのは願ったりかなったりだろう。アーサーは私の胸をつつきながら、「ダーヴェル、おまえがチャンピオンだ」

　私はそっけなく尋ねた。「それで、そのチャンピオンの女房にはだれがなるんです」

「わたしの妹のグウェンフイヴァハよ」グィネヴィアが言った。私にひたと目を当てている。

マーリンからあらかじめ聞かされていてよかった。「おれにはもったいないお話です」私は落ち着いて答えた。
グィネヴィアは満足げににっこりした。私の言葉を承諾と受け取ったらしい。「ダーヴェル、自分が王女と結婚するなんて考えたことがあって？」

「とんでもない」私は言った。グィネヴィアと同じく、グウェンフイヴァハもたしかに王女ではあった。ヘニス・ウィレンの王女。もっとも、ヘニス・ウィレンという国はもう存在しない。悲運の王国はいまではフリーンと呼ばれ、アイルランドからの侵略者、ディウルナハ王に支配されている。

　興奮した犬たちを静めるため、グィネヴィアは引綱を強く引いた。「ドゥムノニアに戻ったら、さっそく婚約式ができるわよ。グウェンフイヴァハは承知してるの」

「殿、ひとつだけ問題があるんです」私はアーサーに言った。

グィネヴィアは、そんな必要もないのにまた引綱をぐいと引いた。どんなことでも反対されるのに我慢できない性質だから、その苛立ちを私ではなく犬にぶつけているのだ。この当時、グィネヴィアは私のことを嫌ってはいなかったが、とくに好いてもいなかった。ランスロットにたいする敵意のことは知っていたし、それが私への偏見につながっていたのはまちがいないが、大した問題とは思っていなかっただろう。彼女にしてみれば、私など大勢いる夫の部将のひとりでしかない。図体ばかり大きくて気のきかない、薄汚れたわら色の髪の男。グィネヴィアがなにより重んじる、洗練された優雅さなど持ち合わせていない。「問題って?」グィネヴィアが陰にこもって尋ねる。

私は頑固にアーサーひとりに向かって話しつづけ、奥方のほうへは目を向けなかった。「王子、おれはあるご婦人に誓いを立ててるんです」そう言いながら、小袋に入った骨のことを考えていた。「約束を交わしたわけでもなし、見込みがあるわけでもないんですが、その人から呼ばれたらおれは従わなくちゃならないんです」

「その人ってだれなの」即座にグィネヴィアが追及してきた。

「それは言えません」

「だれなの」グィネヴィアはあきらめない。

「言う必要はないさ」アーサーがかばってくれた。笑顔になって、「そのご婦人は、いつになったらおまえを誓いから解いてくれるんだ?」

「もう間もなくです」私は言った。「あとほんの数日です」カイヌインがランスロットと婚約すれば、私の誓いはもう意味がないのだから。

「なんだ、そうか」アーサーは元気いっぱいに言って、喜びを分かちあおうとするようにグィネヴィアに笑顔を向けたが、グィネヴィアのほうは怖い顔を崩さない。垢抜けなくて退屈だというので、彼女はグウェンフイヴァハを嫌っていた。さっさとだれかに嫁がせて厄介払いしたいと躍起になっているのだ。アーサーは言った。「なにもかもうまくいけば、ランスロットやカイヌインといっしょに、グレヴムで結婚式が挙げられるな」

グィネヴィアが刺々しく尋ねてきた。「その数日のうちに、わたしの妹と結婚せずにすませる理由をでっちあげるつもりではないでしょうね」

私は真顔で答えた。「奥方さま、グウェンフイヴァハさまと結婚できるなら、こんなありがたいお話はありません」それは嘘ではなかった。グウェンフイヴァハなら、まちがいなく貞淑な妻になるだろう。もっとも、私がよい夫になれるかどうかはまた別問題だ。私がグウェンフイヴァハと結婚する理由はただひとつ、彼女が嫁資としてもたらす高い地位と莫大な富のためなのだから。とはいえ、たいていの男にとっては、それこそが結婚の目的なのだ。それに、カイヌインが得られないならだれと結婚しようが同じことだ。かつてマーリンは、愛情と結婚を混同するなと忠告したものだ。冷笑的な忠告ではあるが、一面の真実も含んでいる。グウェンフイヴァハを愛する必要はない、ただ結婚すればよいのだ。彼女の地位と嫁資は、ラグ谷の長い血みどろの一日を戦い抜いた私への報償である。グィネヴィアの嘲笑の色が感じられないではないが、豪華な贈り物であることに変わりはない。「喜んで結婚させていただきます」私はグィネヴィアに約束した。「誓いを守るよう求められないかぎり」

「求められないことを祈ってるぞ」アーサーは笑顔で言った。そのとき丘の上で叫び声があがり、彼はさっとふり向いた。

ボースが槍を手にうずくまっている。そのかたわらにランスロット。だが、彼は斜面の下の私たちのほうにちらと目をくれた。かれらと私たちのあいだは大きく間隙があいているから、そこを突いて獲物に逃げられるのを心配しているのだろう。アーサーはグィネヴィアを優しく押し戻し、私に合図してきた。斜面を登ってその間隙を狭めようというのだ。

「二頭います！」ランスロットがこちらに声をかける。

「一頭は雌でしょうな」アーサーが叫び返し、何歩か川上に走ってから斜面を登りだした。「どこです？」アーサーが尋ねると、ランスロットは白い柄の槍で茂みを指し示した。だが、私のほうからはまだなにも見えない。

「ほら、あそこ！」ランスロットはいらいらと言い、イバラの茂みのほうへ槍を突き出した。

アーサーと私はさらに数フィート登り、ようやく下生えの奥深くに身をひそめた猪の姿を認めた。大きな古強者で、黄色い牙に小さな眼、黒っぽい傷の残る体毛の下には筋肉が盛り上がっている。あの筋肉が、雷光のように突っ走る瞬発力と、猪の剣である鋭い牙で敵に致命傷を与える技をもたらすのだ。猪の牙にかかって人が死ぬのを見たことがない者はいなかったし、追いつめられた雌連れの雄猪ほど恐ろしい獣はいない。猪を狩る者は、開けた場所に猪が突っ込んでくることを願うものだ。猪の速さと体重を逆手にとって、その巨体に槍を深々と突き刺すことができるからだ。もちろん、突っ込んでくる猪を迎え撃つには度胸と技術が必要だが、こっちから攻撃を仕掛けるのにくらべたらはるかに気楽なものである。

「最初に見つけたのは？」アーサーが尋ねた。

「わがランスロット王です」ボースがランスロットのほうを示した。

「では、あの猪はあなたのものですね」アーサーは、獲物を仕留める名誉を慇懃にランスロットに譲った。

「アーサー卿、あなたに謹んで進呈しますよ」ランスロットは答えた。カイヌインは彼の背後に立っていた。下唇を噛み、眼を大きく瞠(みは)っている。予備の槍を手にしていたが、使うつもりはなさそうだ。ボースの荷を軽くするために受け取ったらしく、おっかなびっくり握っている。

「犬をけしかけましょうよ！」グィネヴィアが追いついてきた。眼が輝き、顔には生気がみなぎっている。ドゥムノニアの宏壮な宮殿では、たいがい退屈していたのだろう。求めてやまない興奮をこの狩場が与えてくれたのだ。

「犬を二頭とも失くす破目になるぞ」アーサーがいましめる。「こいつは手ごわい」彼はじりじりと茂みに近づいていった。どうやって挑発しようかと考えているのだ。と、だしぬけに大きく一歩を踏み出すと、隠れ処からの逃げ道を作ってやるかのように、力いっぱいに槍で茂みを叩いた。猪はうなったが、動こうとはしない。槍の刃が鼻面のほんの数インチ先をかすめても、びくともしなかった。雌は雄のかげに隠れて、こちらをにらんでいる。

「こいつ、前にもやられたことがあるな」アーサーは嬉しそうだ。

ふっと、私はいやな予感に襲われた。「殿、おれにやらしてください」

「私の腕がにぶったとでも思うのか」アーサーは笑顔のままだ。ふたたび藪を槍で打ったが、イバラの茂みはつぶれる気配もなく、猪も頑として動こうとしない。「なかなかしぶといな」アーサーは猪に向かって言い、ついに意を決したように、からみあうイバラの茂みに喊声をあげて突っ込んだ。槍でぞんざいに作った通り道の片側へ跳び、着地と同時に槍を力いっぱい突き出した。きらめく穂先は、猪の肩を少し越えたあたりの左わき腹を狙っている。

猪が首をふったようだった。わずかな動きだったが、槍の刃は牙に当たって逸れ、脇腹をかすった。派手に血は出たが傷は浅い。ここで猪は反撃に出た。強い猪なら、じっと静止した体勢から、瞬時に猛り狂った攻撃に移ることができる。頭を下げて突進し、牙を突き上げて敵のはらわたをえぐるのだ。この猪は、攻撃に出たときにはすでにアーサーの槍の穂先より前にいた。しかもアーサーはイバラに足をとられている。

猪の注意を逸らそうと私は大声でわめき、槍をその腹に突き立てた。アーサーは槍を放り出して仰向けに引っくり返っていた。そこへ猪がのしかかってゆく。犬が吠えたて、グィネヴィアが助けを求めて叫ぶ。私の槍は猪の腹に深く突き刺さり、噴き出す血が槍を持つ手まで飛んでくる。槍をてこ代わりに上げたり下げたりして、手負いの獣を主君から押しのけようとした。猪は、満杯の穀物袋二つぶん以上の体重があり、筋肉は鉄の繊維のようで、突き刺さった槍が激しく震える。私は槍をしっかり握って押し上げようとしたが、そのとき雌猪が突っ込んできて足をすくわれた。私は引っくり返り、その体重がかかって槍の柄が下がる。猪はまたアーサーの胸元にのしかかっていった。

アーサーは、どうにか猪の両の牙をつかみ、渾身の力をふるってその頭を自分の胸から押し戻そうとしていた。雌猪は姿を消していた。川に向かって丘を駆けくだっていったのだ。「こいつを殺せ!」アーサーは叫んだが、同時に半分は笑っていた。あの牙があとほんの数インチ下がれば命はないというのに、この瞬間を楽しんでいる。「殺せ!」また叫ぶ。猪は後足を蹴り、アーサーの顔に泡を吐きかけていた。アーサーの服は猪の血でぐっしょり濡れている。

私は仰向けに倒れ、イバラの棘に顔を裂かれた。あせって立ち上がり、巨大な猪の腹に刺さったまま激しく振れている槍をつかもうとした。だがそれより早く、ボースが猪の首に短剣を突き刺していた。猪の怪力も徐々に弱まり、そのずんぐりして悪臭を放つ血まみれの頭を、アーサーは自分のあばらからじりじりと押しのけてゆく。私は槍をつかみ、刃をねじって、はらわたの奥深くの急所を探した。ボースが短剣でさらにもうひと突きする。

猪は、アーサーにのしかかったままふいに尿を洩らし、必死の力をふり絞って巨大な頭で最後の突きをくれようとしたが、だしぬけにがくりとくずおれた。アーサーは猪の血と尿にまみれ、その巨体の下敷きになっている。

用心しいしい牙から手を放したかと思うと、アーサーは狂ったように笑いだした。私はボースと二人して牙を一本ずつつかみ、力を合わせて猪の巨体を持ち上げてアーサーを救出した。牙の一本がアーサーの胴着に刺さっており、死体を引き上げたはずみに胴着が引き裂けた。猪をイバラの茂みに放り出し、アーサーに手を貸して立ち上がらせる。三人ともにやにやしながら突っ立っていた。衣服は泥にまみれてかぎ裂きだらけで、木の葉と小枝と猪の血にまみれている。「ここにあざができるだろうな」アーサーは言って、自分の胸を叩いた。ふり向いてランスロットに目をやる。気がついてみれば、この格闘のあいだ、ランスロットは応援に駆けつけようとさえしなかった。ごくわずかな間があったが、アーサーはお辞儀をしてみせた。「王よ、高貴な贈り物を感謝します。ただ、私の受け取りかたは高貴にはほど遠かったようですが」アーサーは眼をこすった。「とはいえ、楽しませてもらいましたよ。あなたの婚約の祝宴では、みなにこの猪をふるまえるでしょう」ふと見ると、グィネヴィアは真っ青な顔をしていた。いまにも卒倒しそうに見えた。アーサーがあわてて駆け寄る。「具合でも悪いのか？」

「いいえ。いいえ」グィネヴィアはアーサーの身体に腕をまわし、その血まみれの胸に顔を埋めた。泣いている。彼女が泣くところを見たのは初めてだった。

アーサーは彼女の背中をさすって、「なにも心配することなんかないぞ。大したことじゃなかったんだ。仕留めるのをしくじっただけだよ」

「お怪我はない？」グィネヴィアは尋ねて、アーサーから身を引いて涙を払った。

「かすり傷だけさ」顔と手をイバラに引っかかれてはいたが、それを除けばアーサーは無傷だった。むろん、猪の牙に突かれかかった胸の擦り傷は別だが。グィネヴィアから離れ、槍を拾うや鬨の声をあげた。「この十年、あんなふうに地面に引っくり返ったことはなかったぞ！」

キネグラス王が客人の身を案じて駆けつけてきた。猟犬係たちもやって来て、死んだ猪の足を縛って運んでいった。ランスロットの服装にはしみひとつないのに、私たちはぼろぼろで血まみれになっている。その落差にはみな気がついたにちがいないが、口に出す者はいなかった。だれもが興奮し、みなの無事を喜んでいたし、アーサーが牙をつかんであの巨大な獣を食い止めたようすを、口々に語り合っていたのだ。この話はたちまち広まり、男たちの笑い声が森じゅうに大きく響いていた。笑っていないのはランスロットただひとりだ。「次は、あなたのために猪を見つけなくちゃいけませんね」私はランスロットに言った。私たちふたりは、興奮した人の輪からやや離れて立っていたのだ。人々は猟犬係たちのまわりに見物に集まっている。いまは猪の内臓を抜いて、グィネヴィアの犬に食わせているところだった。

ランスロットは、こちらを値踏みするように横目でちらと見た。私が彼を嫌っているように、向こうも私を嫌っているのだが、ふいに彼は笑顔になった。「それなら、雌豚より雄のほうがいいな」

「どういう意味です」侮辱の気配を感じながら、私は尋ねた。

「きみを襲ったのは雌豚だったろう」そう言ってから、いかにも悪気がなさそうに目を見開いた。「まさか、きみの花嫁のことだと思ったんじゃないだろうね」皮肉たっぷりにお辞儀をしてみせる。「ダーヴェル卿、きみにお祝いを言わなければ。グウェンフイヴァハと結婚するそうじゃないか」

私は怒りを抑え込み、嘲笑を浮かべたランスロットの細面にむりに目を向けた。きれいに整えたあごひげ、黒い瞳、油を塗った長い髪は鴉の濡れ羽のように黒く輝いている。「おれからもお祝いを申し上げます。婚約おめでとうございます」

「なにしろ相手は星だからな」彼は言った。「ポウイスの星だ」じっとカイヌインを見つめる。とぐろを巻いた猪の腸を猟犬係の包丁が断ち切ってゆくさまを、彼女は両手を頬に当てて眺めていた。輝く髪をうなじで束ねた姿は、とても幼く見える。「可愛いと思わないか」ランスロットは、猫が喉を鳴らすような声で私に尋ねた。「はかなげで。美しいと噂には聞いていたが、ゴルヴァジドの胤にあんな宝石が隠れているなどとどうして信じられる？　ところが彼女はほんとうに美しかった。私はまことに運がよい」

「おっしゃるとおりです」

ランスロットは笑って、私に背を向けた。彼は得意の絶頂にある男、花嫁を迎えに来た王であり、そして私の敵でもあった。しかし、私の小袋には彼の運命を握る骨が入っているのだ。猪との格闘で折れてはいないかと触れてみたが、あいかわらず無傷のままだった。袋のなかに潜んで、私が腹を決めるときをじっと待っている。

カイヌインの婚約式の前夜、私の副官のカヴァンが、四十人の槍兵を連れてスウス城へやって来た。シルリアでの仕事は二十人もあれば片づくと踏んで、ギャラハッドが送り返してきたのだ。シルリア人は自国の敗北を黙って受け入れたらしい。王の死の報にもまったく動じることなく、勝利者の要求におとなしく従うだけだったという。カヴァンが言うには、デメティアのエンガス、すなわちラグ谷でアーサーに勝利をもたらしたアイルランド人の王は、割り当てられた奴隷と財物を受け取り、それと同じくらいよけいにちょろまかして、故国へ引き揚げていった。またシルリア人は、名高いランスロットが王になると聞いてあからさまに喜んでいたらしい。「あんな国、あん畜生にくれてやってせいせいしまさあ」カヴァンは言った。彼がやってきたとき、私はキネグラスの広間で敷物を広げて食事をしているところだった。ひげのたかったしらみを掻きながら彼は続けた。「しょぼくれたとこで、シルリアって国は」

「あそこの戦士は強いじゃないか」

「そりゃあ、あんな国から逃げ出すためなら必死で戦いますって」彼は鼻を鳴らした。「殿、その顔の傷はどうしたんで？」

「イバラの棘にやられたんだ。猪と格闘してて」

「おれはまた、ちょっと目を離したすきに嫁さんをもらっちまったのかと思いましたよ。さっそく嫁さんから新婚の贈り物をもらったかと」

「もうすぐもらうことになってるんだ」広間を出て、スウス城に降り注ぐ陽光のなかを歩きながら、私はカヴァンに説明した。モードレッドの守護闘士になり、アーサーの義理の弟になるようにとアーサーから誘われたことを話すと、私がもうすぐ金持ちになると知ってカヴァンは喜んだ。カヴァンはアイルランドからの流民である。槍と剣の腕前でひと財産作ろうと、ユーサーのドゥムノニアにやって来たのだが、どういうわけかその財産はいつも的盤（スローボード）の向こうへ消えてゆくのだった。私よりも倍も年上で、ずんぐりして肩幅が広く、灰色のあごひげを生やしている。指にびっしり嵌めているのは戦士の環、打ち負かした敵の刃物から鍛える環である。私の結婚が黄金をもたらすことに彼はお祝いを言い、その金属をもたらす花嫁については遠慮してことばを濁した。「まあ、姉娘とちがって別嬪じゃねえけど」

「そうだな」私も認めた。

「ほんとんとこ、袋いっぱいの蝦蟇（がま）みてえな醜女（しこめ）ですけどね」遠慮などかなぐり捨てて続ける。

「たしかに不器量だよな」

「けど、女房は不器量がいちばんでさあ」カヴァンはきっぱり言った。彼自身はいちども結婚したことがないのだが、かと言ってひとりでいた例しもない。「それになんせ、おれたちみんなを金持ちにしてくれるんだから」と嬉しそうに付け加える。そしてもちろん、それこそが可哀相なグウェンフイヴァハと私が結婚する理由なのだ。常識で考えれば、小袋のなかの豚の肋骨など信用できないし、家来たちの忠誠に報償で報いるのは私の務めである。なにしろ、昨年はほとんど報償を与えられずにいたのだ。アニス・トレベスの落城のとき、かれらは財産をほとんどすべて失ってしまった。そのうえ、ラグ谷の戦いではゴルヴァジドの大軍相手に悪戦苦闘したのである。家来たちは疲れていたし、おまけに貧乏になっていた。かれらぐらい、主君から報償されるべき男たちはほかにいない。

私の四十人の部下たちは、宿を割り当てられるのを待っているところだった。そのなかにイッサの顔を見つけて私は嬉しくなった。私の槍兵のなかではぴか一なのだ。農民の出の若者で、腕っぷしは強いし、なにしろどんなときでも希望を失わない。戦場ではいつも私の右側を守っている。私はイッサを抱擁し、かれらにたいしてなんの贈り物ももっていないのを詫びた。「だが、褒美はすぐに手に入るぞ」そう付け加えてから、二十人ほどの娘たちにちらと目をやった。どうやらシルリアで引っかけてきたらしい。「それはそうと、たいていの者が自分で褒美を見つけてきたらしいな」

どっと笑い声が起きる。イッサの相手は可愛い黒髪の小娘で、おそらく十四の夏を過ごしたばかりだろう。彼は娘を私に紹介し、「スカラハっていうんです」とその名を得意げに言った。

「アイルランド人か？」私は娘に尋ねた。

彼女はうなずいた。「ラドウィスの奴隷だったんです」スカラハはアイルランド語を話していた。私たちの言葉と似てはいるがかなり違っていて、名前と同様その出自をはっきり物語っている。おそらく、ギンドライスの軍勢がデメティアのエンガス王の領地を襲撃したとき捕らえられたのだろう。たいていのアイルランド人奴隷は、ブリタニアの西海岸の入植地の出身だ。もっとも、フリーンでつかまった奴隷はひとりもいないだろう。よほどの馬鹿でないかぎり、招かれもしないのにディウルナハの領土にあえて足を踏み込む者はいまい。

私は言った。「ラドウィスだって！　いまはどうしてる？」ラドウィスはギンドライスの愛妾だった。黒髪で長身の女で、ギンドライスはひそかにこの女と結婚していた。しかし、ゴルヴァジドがカイヌインとの婚約をちらつかせたとたん、彼はさっさとこの結婚を解消してしまったのだ。

「死にました」スカラハは嬉しそうに言った。「あたしたちが厨房で殺したんです。あたし、あいつの腹に焼き串を突き立ててやりました」

「すごくいい娘でしょ」イッサが勢いこんで言う。

「そうだな」私は言った。「大事にしろよ」イッサは以前にも娘を連れていたが、その娘は彼を棄てて、ドゥムノニアの街道をさまようキリスト教の伝道師のもとへ走ったものだ。だが、この勇ましいスカラハはそんな愚かなことはしないだろう、なぜかそんな気がした。

その日の午後、キネグラスの倉庫の石炭を使って、家来たちは楯に新しいしるしを描いた。ラグ谷の戦いの前夜、私は自分のしるしを持つ栄誉をアーサーに与えられていたのだが、これまで描きなおす時間がなく、ずっとアーサーの熊のしるしをつけたままだったのである。私たちはベノイクの森で戦ったときから兜に狼尾を付けるようになっていたから、それに合わせて狼の面をしるしに選ぶものと家来たちは思っていたようだ。だが、私は五芒星にすると言って譲らなかった。「星ねえ」カヴァンはつまらなそうにうなった。鉤爪や嘴や牙のある恐ろしげなしるしを彼は望んだが、私は星に固執した。「星だ。おれたちは楯の壁の星なんだから」

家来たちはこの説明に納得し、このしるしに救いがたい恋情の気配をかぎつけた者はいなかった。そういうわけで、ヤナギの板に革をかぶせた丸い楯に、まず黒いピッチの被膜をかけて石炭で星を描いた。剣の鞘を使って輪郭をまっすぐに描き、石炭塗料が乾くのを待って、松脂と卵白で作ったニスをかけた。これで、今後何ヵ月かは星の図柄を雨から守ることができる。仕上がった楯をみなでほれぼれと眺めていると、「ま、珍しいかな」とカヴァンがしぶしぶ褒めた。

「すごくいいじゃないか」私は言った。その夜、広間の床で戦士らしく車座を作って食事をしているとき、イッサは楯持ちとして私の背後に立っていた。ニスはまだ乾ききっていなかったが、そのためにかえって星のしるしがきらきら輝いて見える。スカラハが私に給仕をしてくれた。大麦のかゆという粗末な食事だったが、スウス城の厨房はいまそれぐらいが精いっぱいなのだ。翌日の夜の盛大な祝宴の準備で大忙しなのである。実際、城全体がその準備でざわざわしていた。広間は暗赤色のブナの大枝で飾られ、床は掃き清められて新しいイグサが敷かれ、女の館からは、ドレスを作ったりていねいに刺繍をしたりと言った話が聞こえてくる。いまスウス城には少なくとも四百人の戦士が泊まっており、城壁外の野原に建てられた、急ごしらえの粗末な小屋にそのほとんどが寝起きしている。城砦内は、戦士たちの女房子供や飼い犬でいっぱいになっていた。兵士の半数はキネグラス軍の、残り半数はドゥムノニアの兵だったが、つい先ごろ戦をしたばかりだというのにもめごとはまったくなかった。エレ率いるサクソン人の大軍にラタエが陥されたのは、アーサーの裏切りのためだという報が伝わってからも、それは変わらなかった。そのような手段でアーサーがエレから平和を買ったのを、キネグラスはうすうす勘づいていたにちがいない。占領された要砦の灰に眠るポウイスの死者のために、ドゥムノニア軍がかならず復讐するとアーサーが誓うと、彼はそれを受け入れた。

ドルヴォルインの一夜以来、マーリンもニムエも姿を見せなかった。マーリンはスウス城を離れたらしいが、ニムエはまだこの城砦にいて、女の館に潜んでいるという。ほとんどカイヌイン姫のそばを離れずにいるという噂だが、私にはちょっと信じられなかった。ニムエとカイヌインはあまりにかけ離れている。年齢はニムエがいくつか年上なだけだが、黒髪のニムエは気性が激しく、つねに狂気と怒りの境界をあやうく揺れているのにたいして、金髪のカイヌインは穏やかで、マーリンが言うには非常に昔気質である。この二人の女がいったい何を話すことがあるのか、私には想像もつかなかった。たぶん噂はまちがいで、ニムエはマーリンといっしょに出ていったのだろう。そしてマーリンは、大釜を探すために、ディウルナハの恐るべき国へ剣を携えてゆく兵士を募りに行ったのにちがいない。

だが、私はマーリンに従うことになるのだろうか。カイヌインの婚約式の日の朝、私は北に向かい、スウス城の広い谷間を囲むオークの巨木の森に分け入った。私には目当てがあり、それがどこに行けば見つかるかキネグラスに聞いておいたのだ。イッサ——忠実なイッサはついては来たが、この暗い鬱蒼たる森になんの用があるのか、彼はなにも知らなかった。

ここはポウイスの中心部であり、ローマ人の手はあまり入っていない。ローマ人はスウス城のような城砦を建て、川谷に沿ってまっすぐに延びる道をいくつか残したものの、失われた文明の虚飾をドゥムノニアに与えている、広大な荘園（ヴィラ）や町はここにはまったく存在しない。また、キネグラス王の国の中心部にはキリスト教徒も多くはなかった。ポウイスでは、古い神々への信仰がいまも根強く残っている。モードレッドの王国では、王の愛顧と聖地に御堂を建てる権利をめぐってキリスト教徒と異教徒が対立し、その怨恨が信仰心をそこなっているが、ポウイスにはそんな怨恨も見られなかった。ドルイドの聖なる林をつぶしてローマ人の祭壇が建てられることもなく、聖泉のそばにキリスト教徒の教会が建つこともない。ローマ人は一部の祠（ほこら）を破壊したものの、多くはそのまま残していった。昼なお暗い森の奥へイッサと私がやってきたのは、そんな古い聖地のひとつを訪ねるためだった。

それはドルイドの聖地、広大な森の奥深くにあるオークの木立だった。祠を覆う木の葉はまだ黄褐色に褪せてはいないが、まもなく色づいて、木立の中央にある半円形の低い石壁に降りつもるのだろう。その石壁には壁龕（へきがん）がふたつ穿（うが）たれており、人間の髑髏がひとつずつ据えてあった。かつてはこんな場所がドゥムノニアにも数多くあったし、ローマ人が去ったあとにはさらに多くが作り直された。だが、キリスト教徒がしょっちゅうやって来ては髑髏を割り、空積みの壁を崩し、オークの木を伐り倒してしまうのだ。だが、ポウイスのこの祠は、深い森のなかにおそらくは千年も前から建っていたのだろう。この木立に人々が祈りを捧げているしるしに、石と石のあいだに毛織物の小さな端切れが押し込んであった。

オークの木立のなかはしんとしていた。静寂が重くのしかかってくる。木々のあいだに立つイッサに見守られながら、私はひとり半円の壁の中心に歩み入って、そこでハウェルバネを吊るした重い剣帯を外した。

祠の中央を示す平らな石に剣を置いた。ランスロットの結婚を左右する力のある、きれいな白い肋骨を小袋から取り出して、剣のわきに置く。最後に、もう何年も前にカイヌインからもらった小さな黄金のブローチを、その石の上に置いた。そうして、私は腐葉土に身を横たえた。

私は眠った。どうすればよいか夢のお告げがあるかと思ったのだが、なんの夢も訪れてこなかった。眠る前に、鳥か獣を犠牲に捧げるべきだったのかもしれない。そうすれば神を呼び出して、私の求める答えを授かることができたのかもしれない。しかし、答えは得られなかった。ただ静寂があるばかり。剣と骨の力を神々の手にゆだね、ベルとマナウィダン、タラニスとライラウの手に預けたのだが、神々は私の贈り物を受け取ろうとはしなかった。ただ梢の葉を風が揺らし、リスがオークの枝を引っかきながら走りまわり、ときおりキツツキが甲高い音を響かせるばかりだ。

目が覚めてからもじっと横たわっていた。夢は訪れなかったが、それでも自分が何を望んでいるかはわかった。あの骨を手に取って、ふたつに折ってしまいたい。あの《暗き道》をディウルナハの王国目指して歩くことになるのかもしれないが、それならそれでかまわない。だが同時に、アーサーのブリタニアは損ないたくないとも思った。いつまでも無傷で完全な姿であってもらいたい。家来たちには黄金と土地と奴隷と地位を与えてやりたいし、サクソン人をロイギルから追い出したかった。楯の壁が破れたときの絶叫を聞きたい、逃げまどう敵を破滅に追いやる勝ち誇った軍勢の角笛の響きを耳にしたい。広々とした東の平野、自由なブリトン人が一世代も前から見たことのないあの平野へ、星の楯を掲げて進軍したかった。だがそれには、カイヌインをあきらめねばならないのだろうか。

起き上がってみると、イッサがすぐそばに腰をおろしていた。私があの骨を食い入るように見つめているので、いぶかっていたにちがいない。だが、彼はなにも尋ねなかった。

マーリンが作った、小さなずんぐりした骨の塔のことを思い出す。あれはアーサーの夢を表しているというが、ランスロットがカイヌインと結婚しなかったら、その夢がほんとうに崩れることになるのだろうか。ふたりの結婚は、アーサーの同盟を固める鎹(かすがい)とはとても言えない。たんに、ランスロットに玉座を与え、ポウイスにシルリア王家との関係を与える方便にすぎない。結婚が成らなくても、ドゥムノニアとグウェントとポウイスとエルメトは、やはりサイスに向かって軍を進めるだろう。それはわかっている。それはそのとおりなのだが、それでもなお、あの骨はアーサーの夢を揺さぶるかもしれない、という気がした。あの骨をまっぷたつに折った瞬間、私はマーリンの探求に身を捧げることになり、その探求はまちがいなくドゥムノニアに亀裂をもたらす。古い異教は新興のキリスト教を激しく憎悪しており、その憎悪が表面に噴出してくるだろうからだ。

「グィネヴィア」ふいに、その名が口をついて出た。

「は?」イッサがめんくらって訊き返す。

なんでもないと言うかわりに、私は首をふった。実際、グィネヴィアの名を声に出すつもりはなかったのだ。だが、そのときふとわかってしまった。あの骨を折れば、キリスト教の神にたいするマーリンの戦いをあおるだけではなく、グィネヴィアを敵にまわすことになるのだ。私は目を閉じた。主君の奥方を敵にまわす? もしそうなったらどうなる? アーサーは変わらず私を信頼してくれるだろうし、私もそれは同じだ。私の槍と星の楯は、ランスロットのどんな名声よりもアーサーにとって役に立つはずだ。

立ち上がって、ブローチと骨と剣を取り上げた。イッサの目の前で、緑に染めた毛織のマントから糸をほどいて、それを石のあいだに押し込んだ。「アーサーがカイヌインとの婚約の誓いを破ったとき、おまえはスウス城にはいなかったよな」私はイッサに尋ねた。

「はい、殿。話には聞いてますけど」

「あれは婚約の祝宴のときだった。今夜あるのと同じさ。アーサーは主賓の食卓に着いていて、隣にはカイヌインが座っていた。そのとき、広間の端にいたグィネヴィアにアーサーは目を留めたんだ。みすぼらしいマントを着て、猟犬をそばに置いて立ってたっけ。その姿がアーサーの目に入ってから、なにもかも変わってしまった。殿があの赤毛を見かけたせいで、何人の男が命を落としたことやら」私はふり向き、低い石壁を見やった。苔むした髑髏のひとつのなかに、見捨てられた鳥の巣があった。「マーリンが言うには、神々は混沌が好きなんだそうだ」

「混沌が好きなのはマーリンでしょ」イッサが軽い口調で言った。だが、その言葉がどれだけ当たっているか、彼は自分ではわかっていまい。

「そうだな」私は応じた。「だが、たいていの人間は混沌を恐れる。だから秩序を作ろうとするんだ」ていねいに積み上げられた骨の塔が目に浮かんだ。「だけどな、秩序が出来上がってしまうと、もう神々は必要ない。なにもかも整然と秩序立ってしまったら、思いがけないことなんかなにも起きなくなる。なにもかもすっきり見通せるようになったら」私は考え考え言った。「そうしたら、魔法の入り込むすきなんかなくなる。人間は、道に迷って恐ろしくなって、闇に取り巻かれているときでないと、神々にすがろうとしない。神々は人間にすがられるのが好きなんだ。力があるって気分を味わえるからな。だから、神々は人間が混沌のなかで生きることを望むんだ」それは、私が幼いころに教わった教訓だった。マーリンの岩山(トール)で言い聞かせられた教訓。「おれたちは、いま分かれ道に立ってる。アーサーの整然と秩序立ったブリタニアに生きるか、マーリンに従って混沌を選ぶか」

「どっちにしても、おれは殿の選ぶほうについて行きます」イッサは言った。私の言いたいことが通じたとは思えないが、彼はいずれにしても私を信頼していればいいと思い込んでいるのだった。

「どっちを選ぶべきか、わかればいいんだがな」私はぽつりと言った。昔のように、神々がブリタニアを歩きまわっているのならどんなに簡単だろう。神々の姿を見、その声を聞き、こちらから話しかけることもできるのなら。だがいまの私たちは、目隠しをして、イバラの茂みに落ちた留めピンを探している人のようだ。剣帯をまた締めなおし、骨をもとどおり小袋に大事にしまい込む。「みんなに伝言を頼む」私はイッサに言った。「カヴァンはべつだ。あいつにはおれが自分で言うから、ほかのみんなにこう伝えてくれ。今夜、なにか変わったことが起こったら、みんなを誓いから解き放つとな」

イッサは眉をひそめて私の顔を見返した。「誓いから解き放つっていうんですか？」それから激しくかぶりをふって、「おれはいやです」

私はイッサをたしなめた。「いいから伝えるんだ。変わったことなんかなにも起きないかもしれん。だが、なにか起こったときは、おれに忠誠を誓ってるとディウルナハと戦うことになるんだぞ」

「ディウルナハと！」イッサは唾を吐き、右手で魔除けのしるしを結んだ。

「みんなにそう伝えてくれ」

「それで、今夜いったいなにが起きるんですか」イッサは不安げに尋ねた。

「たぶんなにも起きないさ。変わったことはなにもな」この林に神々はなんのしるしも顕してくれなかったし、私はいまだにどちらを選ぶべきか決めかねている。秩序か混沌か。あるいは選ぶまでもないのか。あの骨はたんなる食べかすにすぎず、折ったところでカイヌインへの失恋の記念になるのが関の山だろう。だが、それを確めるつもりなら、あの骨を折るしかない。だが、私にそれだけの勇気があるだろうか。

今宵、カイヌインの婚約の宴が開かれる。

あの年、晩夏の夜に開かれたどの宴より、ランスロットとカイヌインの婚約の宴は盛大なものだった。神々さえ喜んでいるかのように、満月は皓々と冴えていた。婚約の夜にはうってつけのしるしだ。月は日没後まもなく昇り、ドルヴォルインの山頂の上空に、大きな銀の円盤がかかっている。ドルヴォルインの広間で宴が開けるのかと危ぶんでいたのだが、飲み食いする人数の多さを考えて、キネグラスはスウス城で式を行うことに決めていた。

宴の客はあまりに多く、王の広間には入りきれなかった。分厚い木の壁の内側に入ることを許されたのは、身分の高い者だけだ。ほかの者は、晴れた夜を恵んでくれた神々に感謝しながら戸外に腰を据えることになった。週のはじめに降った雨で地面はまだ湿っていたが、わらはいくらでもあったから乾いた席を作るのは造作もない。ピッチに浸した松明が杭にくくりつけてあり、月が昇ってまもなくその松明に火がともされ、王城のうちは躍る炎でにわかに明るくなった。光の神グウィディオンと太陽の神ベレノスの祝福が得られるように、結婚式は昼間に行われるのだが、婚約を祝福するのは月の神なのである。ときおり、松明から火の粉がふわりと飛んでわらに火が移る。するとどっと笑い声が起き、子供たちが悲鳴をあげ、犬が吠え、火が消えるまでひとしきり大騒ぎになるのだった。

キネグラスの広間には百人を超す客が集まっていた。灯心草ろうそくの束があちこちで揺らめき、梁を渡した高いわら葺き屋根の屋根裏に奇妙な影を躍らせている。その屋根裏には、今年最初の実をつけた柊の枝とブナの小枝を束ねて飾ってあった。広間でただひとつの卓は壇上にしつらえられていた。卓の背後の壁にはずらりと楯が掛かっており、その下に一本ずつろうそくが置かれて、楯の革に描かれた図案を照らしている。中央にあるのは、ポウイス王キネグラスの翼を広げた鷲の楯で、その鷲のいっぽうにはアーサーの黒い熊、もういっぽうにはドゥムノニアの赤いドラゴンが輝いている。月を戴いた牡鹿というグィネヴィアのしるしが熊の隣に掛かっており、ランスロットの海鷲は鉤爪に魚をつかんでドラゴンの隣を飛んでいる。グウェントからはだれも出席していなかったが、アーサーのたっての望みで、エルメトの赤い馬とシルリアの狐面と並んで、テウドリックの黒い雄牛も見えた。数々の王のしるしは壮大な同盟の象徴であり、サクソン人を海へ追い戻す大いなる楯の壁の象徴だった。

　沈む太陽の最後の光芒がはるかアイリッシュ海にたしかに没すると、ポウイス第一のドルイドたるイオルウェスが儀式の始まりを宣言し、高位の客人たちが壇上の席に姿を見せはじめた。私たちはすでに広間の床に腰をおろして、この夜のためにとくに醸造された、強いことで知られるポウイスの蜂蜜酒（ミード）を早くもお代わりしはじめている。高位の客たちが現れると、歓声と喝采が沸き起こった。

　最初に現れたのはイレイン女王、ランスロットの母である。青いドレスをまとい、首には黄金の首環（トーク）をかけ、白髪交じりの髪を頭に巻きつけて黄金の鎖でまとめていた。次にキネグラスとヘレズ女王が現れると、耳を聾する歓呼の叫びがあがる。王の丸顔は今宵の式典への期待に輝き、垂れ下がった口ひげには、祝いのしるしに細く白いリボンが結びつけてある。アーサーは地味な黒い服で登場したが、そのあとに続いて壇に登ったグィネヴィアは、淡い黄金色の亜麻のガウンで豪華に装っていた。巧みに裁断され縫製されて、煤と蜂の巣の樹脂でみごとに染めあげた高価な布は、グィネヴィアのすらりとした肢体の線をはっきり浮き上がらせていた。腹部はほとんど膨れているようには見えず、見上げる男たちのあいだにその美貌への賛嘆のつぶやきが広がってゆく。ガウンの布地には小さな鱗状の黄金板が縫いつけてあり、アーサーのあとから壇の中央にゆっくりと進んでゆく姿はまばゆく輝いていた。彼女は微笑んだ。見る者の情欲をかき立てているのをよく知っているのだ。そしてこれこそ彼女の望むところだった。今宵カイヌインがどんなに豪奢に装おうと、グィネヴィアはそれより上手をゆくつもりでいたからである。頭に黄金の環をはめて波打つ赤毛を押さえ、腰には黄金の環をつないだベルトを巻いていた。またランスロットへ敬意を表して、首に留めた黄金のブローチは海鷲をかたどったものだ。イレイン女王の両頬に口づけし、次いでキネグラスの片頰に口づけをし、ヘレズ女王には軽く会釈して、キネグラスの右手の席に腰をおろす。アーサーのほうはヘレズの隣のあいた席に滑り込んだ。

空席がふたつ残っている。だが、そのどちらも埋まらないうちに、キネグラスが立ち上がり、こぶしで卓を叩いた。ざわめきが鎮まる。その静寂のなか、キネグラスは無言のまま、壇の手前端を身ぶりで示した。卓から垂れ下がる亜麻布の前には、ずらりと宝物が並んでいたのだ。

それは、ランスロットからカイヌインへの贈り物だった。その豪華さに、嵐のような喝采が広間を揺すった。私たちはみな、その贈り物をためつすがめつしていたし、ベノイク王の気前のよさを絶賛する者の話を私はぶすっとして聞いていた。黄金のトークがあり、銀のトークがあり、黄金と銀を組み合わせて作ったトークがある。トークの数があまり多いので、ほかのもっと貴重な贈り物を積み上げる台にされているほどだった。ローマの手鏡があり、ローマのガラス壜があり、ローマの装身具の山がある。首飾り、ブローチ、水差し、ピン、留め金。王の身代金になるほどのきらめく金銀、エナメル、珊瑚、宝石。そのすべてが、燃えるアニス・トレベスから持ち出されたものなのだ。猛り狂うフランク人にたいして剣をふるおうともせず、ランスロットはその宝物を抱いて、虐殺の都から真先に船で逃げ出したのである。

贈り物への賞賛の声がまだやまないうちに、得意満面のランスロットが現れた。アーサーと同じく黒装束だったが、ランスロットの黒い衣装は珍しい黄金の布で縁取りされていた。黒髪には油を塗り、幅の狭い頭蓋になでつけて背中に流していた。右手は黄金の指環できらきら輝いていたが、左手にはびっしりとはめた戦士の環が鈍く光っている。あのなかには戦場で獲得した環などひとつもありはしないのだ、と私は苦々しい思いだった。首にはどっしりした黄金のトークを掛け、そのトークの先端には宝石が輝いている。そして胸元には、カイヌインに敬意を表して、ポウイス王家のしるしである翼を広げた鷲のしるしをつけていた。王の広間に刃を持ち込むのは禁じられているので、武器は帯びていなかったが、腰にはかつてアーサーに贈られたエナメルをかけた剣帯を巻いている。ランスロットは手を挙げて歓声に応え、まず母の頬に、次にグィネヴィアの手に口づけをし、ヘレズに会釈をしてから腰をおろした。

空席はただひとつになった。竪琴弾きが演奏を始めたが、その物悲しい響きは会衆のざわめきに呑まれてほとんど聞こえなかった。肉をあぶる芳香が広間に流れ込み、奴隷女が水差しの蜂蜜酒を注いでまわる。ドルイドのイオルウェスが広間をせかせかと行き来して、イグサを敷いた床に座った男たちをかき分けて通路を作っていた。彼はじゃまな男たちをどかし、通路ができると王に一礼し、そこで杖を上げて静粛を求めた。

広間の外で、はじけるような歓声が上がった。

高位の客たちは広間の奥から入ってきた。夜の闇のなかから直接壇上に姿を現したのだ。だが、カイヌインは広間正面の大きな扉を通って入場することになっていた。そしてその扉にたどり着くには、松明に照らされた庭で待つ、大勢の祝い客のあいだを歩いて来なければならない。外から聞こえてくるのは、女の館から進み出てきたカイヌインを讃える客たちの歓声だったのだ。いっぽう、王の広間のうちは静まりかえっていた。だれもが固唾を呑んで彼女の登場を待ち受けている。竪琴弾きでさえ、弦から指を浮かせて扉に目を向けていた。

最初に子供がひとり入ってきた。白い亜麻布のドレスを着せられた幼い少女で、イオルウェスがカイヌインのために作った通路を後ろ向きに歩いてくる。敷いたばかりのイグサのうえに、干した春の花々の花びらを撒いているのだった。口を開く者はない。目という目が扉に釘付けになっていた。ただ私だけは、壇上をひたとにらんでいた。ランスロットは、顔に薄く笑みを浮かべてじっと扉を見つめている。キネグラスは嬉し涙を拭うのに忙しい。平和をもたらしたアーサーは微笑んでいる。かつてこの広間で見くだされていた彼女が、この広間の正当な主である王女を、いま結婚という形でここから追い出そうとしているのだ。

私はグィネヴィアに眼を当てたまま、右手で小袋から骨を取り出した。肋骨は手になめらかだった。私の背後には、イッサが楯を手にして立っている。黄金と炎に輝く月夜に、こんな食べかすを持ち歩くことになんの意味があるのかと、彼はめんくらっていたにちがいない。

広間の大きな扉のほうを私がふり向いたとき、ちょうどカイヌインが姿を現した。その瞬間、広間を揺るがす大歓声が起きる前に、驚愕のあまりだれもがいっせいに息を呑んだ。ブリタニアじゅうの黄金をもってしても、かつてのどんな女王でも、あの夜のカイヌインの輝きをしのぐことはできなかっただろう。グィネヴィアに目を向けるまでもない。この美しい夜に、彼女が完全にしてやられたのは明らかだった。

確か、これはカイヌインにとって四度めの婚約式だった。いちどはアーサーとの婚約のためにこの広間へ入ってきたのだが、アーサーはグィネヴィアへの恋のとりこになって誓いを破った。その後、カイヌインは遠くヘレゲドの王子と婚約したものの、王子が熱病で命を落としたために結婚にはいたらなかった。次に、これはさほど昔のことではないが、シルリアのギンドライス王のために彼女は婚約の端綱を捧げた。だが、ギンドライスはニムエの無慈悲な手にかかって絶叫しつつ息絶えて、かくしてカイヌインはいま、四人めの男に端綱を捧げようとしている。ランスロットは山のような黄金を贈ったが、定めに従って彼女が返礼として捧げるのは、なんの変哲もない雄牛の端綱である。それは、この日より彼の権威に服するというしるしなのだ。

ランスロットは立ち上がった。薄い笑みは大きくほころんで歓喜の表情に変わる。それも道理、カイヌインの美しさはまばゆいばかりだった。以前の婚約式には王女にふさわしく盛装して臨み、装身具と銀、黄金と華麗なドレスで着飾っていたのに、このときはただ簡素な純白のドレスに、淡青色の組紐を腰に締めているだけだった。紐の先端は房になり、簡素なドレスの脇に下がっている。髪を飾る銀も首に掛ける黄金も見えず、宝飾のたぐいはいっさい着けていなかった。ただ亜麻のドレスと、淡い黄金色の髪に優しい小花の冠を戴いているだけ。この夏最後の青いスミレで編んだ花冠。靴さえ履かず、素足で花びらを踏んで歩いてくる。王族の表章も、富のしるしも身に着けず、ただ平凡な農家の娘のように質素なドレスをまとって、彼女は広間に姿を現した。そして、その美しさはたとえようもなかった。男たちが息を呑んだのも、その後に大歓声が沸き起こったのも不思議はない。

彼女は、はにかみながらゆっくりと、客人のあいだを縫って歩きはじめた。キネグラスは嬉しさに声をあげて泣き、アーサーは喝采の音頭をとり、ランスロットは油を塗った髪をなでつけ、その母親は称賛の笑みを浮かべている。しばしグィネヴィアは複雑な表情になったが、やがて微笑んだ。純然たる勝利の微笑。カイヌインの美しさにはかなわなかったかもしれないが、今夜の主役がグィネヴィアであることに変わりはない。かつてのライバルが、グィネヴィア自身のお膳立てした結婚に従うさまを見届けようとしているのだから。

グィネヴィアの顔に浮かぶ勝ち誇った作り笑い。私の心を決めさせたのは、その舌なめずりせんばかりの満足げな表情だったのかもしれない。あるいはランスロットへの憎悪のためか、カイヌインへの恋慕のためか、さもなければマーリンの言うとおり、神々が混沌を愛するゆえかもしれない。突然の怒りに駆られて、私は両手で骨を握った。マーリンの魔法が及ぼす影響のことも、キリスト教徒にたいする彼の憎悪のことも、もう念頭になかった。大釜探求のためにディウルナハの王国で全員が命を落とすかもしれないのに、そんな危険も忘れ果てていた。アーサーの美しい秩序のことももはや頭にはない。あのとき私にわかっていたのは、カイヌインが憎い男のものになろうとしていること、ただそれだけだった。ほかの客たちとともに私は立ち上がり、戦士たちの頭ごしにカイヌインの姿を見つめていた。いまは、広間の高い天井を支える中央のオークの柱まで来ていて、押し寄せる凄まじい歓声と口笛の嵐に取り囲まれている。その広間で押し黙っているのは私ひとりだった。彼女に目を当てたまま、両の親指を肋骨の中央にあてがい、両端をしっかり握りしめた。さあマーリン、この大悪党、いまこそあんたの魔法を見せてくれ。

骨は折れた。周囲の歓呼の声に呑まれ、骨が折れる音は私の耳にさえ入らなかった。

ふたつに折れた骨を小袋に突っ込んだ。髪に花を飾って夜の闇から歩み出てきたポウイスの姫君を見つめながら、私の心臓はたしかに鼓動を止めていた。

彼女がふいに立ち止まったのだ。実と葉をつけた小枝の下がる、大きな柱のすぐ横で、彼女は立ち止まっていた。

広間に入ってきたときから、カイヌインはずっとランスロットを見つめていた。その瞳はあいかわらず彼に向けられていたし、顔にはいまも笑みが浮かんでいる。だが、彼女は立ち止まっている。なんの理由もなく立ち止まったその姿に、とまどったような静寂が人々のあいだに広がってゆく。花びらを撒いていた少女は困ったような顔をして、助けを求めるようにあたりを見まわしていた。カイヌインは動かない。

アーサーはいまも笑みを浮かべていた。緊張で足がすくんだのだと思ったのだろう、励ますように手招きをした。カイヌインの手で端綱が小刻みに揺れている。竪琴弾きがためらいがちに弦をはじいて、そこで手を止めた。

最後の一音が静寂に呑まれて薄れてゆく。そのとき、柱の向こうの人群れのなかから、黒いマントをはおった人影が現れた。

ニムエだった。左の黄金の眼球が火明かりにきらめき、広間のだれもがあっけにとられている。

カイヌインは、ランスロットからニムエへと視線を移した。そしてゆるゆると、白い袖に包まれた手をあげた。ニムエはその手をとり、問いかけるような表情で王女の眼をのぞき込む。鼓動一拍ぶんほどの間があって、ふとカイヌインは小さくうなずいてみせた。広間はたちまち、切迫した話し声に沸き立つようだ。カイヌインが壇に背を向け、ニムエに手を引かれて人垣に突っ込んでゆく。

話し声はすぐに静まっていった。なにが起きようとしているのか、だれにも説明がつかなかったからだ。壇上に取り残されたランスロットは、ただ眼を剝いて見つめるだけだ。アーサーはぽかんと口をあけ、キネグラスは椅子から腰を浮かせ、人込みをかき分けてゆく妹の姿を、信じられないという表情で目で追っていた。傷痕の残るニムエの顔には突き刺すような侮蔑の表情が浮かび、それを目にして群衆はふた手に分かれてゆく。グィネヴィアはいまにも人を殺しそうな顔をしていた。

ついに、ニムエが私の目をとらえてにやりとした。罠にかかった野生の獣のように、私の心臓は躍り狂っている。そのとき、カイヌインがこちらを見てにっこりした。とたんにニムエの顔は見えなくなった。目に入るのはカイヌインだけ。愛しいカイヌインが、雄牛の端綱を捧げ持ち、広間の男たちをかき分けて、私のもとへ近づいてくる。戦士たちはわきへよけたが、私は石に化したかのように、動くことも口をきくこともできなかった。カイヌインが、眼に涙を浮かべて私の前で立ち止まる。なにも言わず、ただ手にした端綱を差し出してきた。周囲で驚愕のつぶやきが湧きはじめていたが、そんなことはもうどうでもいい。私はひざまずき、その端綱を受け取った。カイヌインの両手をとって自分の顔に押し当てる。私の顔も、やはり涙に濡れていた。

怒りと抗議と驚嘆の声で広間は爆発しそうだ。イッサは私の頭上に楯を掲げて立ちはだかっていた。王の広間に刃物を持ち込むことは許されないが、彼は五芒星の楯を構えて、この驚愕の瞬間に異を唱える者があれば叩き伏せてくれるとばかりに足を踏ん張っている。もういっぽうの側にはニムエが立ち、広間じゅうに呪いの言葉をまき散らし、姫君の選択に反対してみよと挑みかかっていた。

カイヌインがひざまずき、私の顔に顔を寄せてきた。「いつか誓ってくださいましたわね、わたしを守ると」彼女はささやいた。

「はい、姫」

「お望みならば、その誓いからあなたを解き放ちます」

「とんでもない」

わずかに身をひいて、「ダーヴェル、わたしはだれとも結婚しません」と低い声で言った。私の眼にひたと眼を当てながら。「あなたにすべてを捧げます——結婚の誓いのほかは」

「姫、私にはじゅうぶん過ぎるぐらいです」私は答えた。胸がいっぱいで、目は幸福の涙にかすんでいる。私は微笑み、端綱を差し出した。「これはお返しします」

この仕種にカイヌインも笑みを浮かべ、端綱をわらを敷いた床に落とすと、私の頬にそっと口づけをした。そして、悪戯っぽく私の耳にささやきかける。「わたしたち、この席にいないほうがいいと思わない？」私たちは立ち上がった。質問の声も抗議の声も、わずかばかりの歓呼の声さえも無視して、手に手をとって月の輝く夜に歩み出した。背後には混乱と怒りが沸き起こり、行く手にはめんくらった群衆がいる。そのあいだを、私たちはふたり並んで歩いていった。「ドルヴォルインのふもとの家が、わたしたちを待っているわ」カイヌインが言った。

「リンゴの木のある家ですね」子供のころにカイヌインが夢見たという、小さな家の話を思い出した。

「ええ、その家よ」

広間の扉のまわりに集まってきた人々をそのままにして、私たちは松明に照らされたスウス城の門に向かって歩いていった。剣と槍を取りに行っていたイッサが追いかけてくる。ニムエはカイヌインの横を歩いている。カイヌインのおつきの侍女が三人、あたふたと駆けつけてきたし、二十人ほどの私の家来たちも合流してきた。「ほんとうにいいんですか」私はカイヌインに尋ねた。まるで、いまのいまになって引き返して、ランスロットに端綱を渡すことができるかのように。

カイヌインは落ち着いて答えた。「いいの。これでいいんだって、こんなに自信をもって言えるのは生まれて初めてよ」愉快そうに瞳を輝かせて、「ダーヴェル、わたしの気持ちを疑っていたわけではないでしょうね？」

「自分で自分を疑っていました」

私の手をぎゅっと握りしめて、彼女は言った。「わたしはだれのものにもならないわ。わたしはわたしのものなの」心の底から嬉しそうに笑ったかと思うと、彼女はふいに私の手を放して一目散に駆けだした。髪に飾ったスミレの花をあとに撒き散らしながら、目もくらむ歓喜に身をまかせて、カイヌインは野を駆けてゆく。私もあとを追って駆けだした。ぼうぜんとしている広間の人々をあとに残して。扉口で、アーサーが戻って来いと呼びかけている。

だが、私たちは駆けつづけた――行く手には混沌が待っている。

翌日、ふたつに折った骨の断端を、鋭い短刀できれいに切り落とした。そして、用心に用心を重ねながら、ハウェルバネの木製の柄に長く細い切れ込みをふた筋入れた。イッサがスウス城からにかわを手に入れてきてくれたので、それを火にかざして溶かす。ふた筋の切れ込みが、骨の断片の形にぴったり合っているのを確認してから、イッサの手を借りてその切れ込みににかわを塗り、二本の骨の断片をはめ込んだ。余分なにかわを拭き取ると、木にしっかり収まるように、獣の腱で作った紐を骨の上から巻きつける。「象牙みたいだ」細工が終わると、イッサがほれぼれと言った。

「ただの豚の骨さ」私はそっけなく言ったが、確かにその二本の断片は象牙そっくりで、おかげでハウェルバネがますます立派に見えた。この剣の名は、その最初の持ち主だったハウェルにちなんでつけたものだ。ハウェルはマーリンの管財人で、私は彼に剣の扱いを教わったのである。

「けど、魔法の骨なんでしょ?」イッサが熱っぽく尋ねる。

「マーリンの魔法だよ」私はそれ以上のことは説明しなかった。

午(ひる)ごろ、カヴァンがやって来た。草地にひざまずき、頭を垂れたが、なにも言わない。言う必要はなかったのだ。彼がなんのためにやって来たのか、私にはもうわかっていた。「カヴァン、好きなようにしていいんだぞ。誓いから解き放つからな」私は言った。カヴァンは顔をあげて私を見たが、誓いを解かれるというのは彼にとってはあまりに重大なことで、なにも言えずにいるようだ。私は笑顔で言った。「もう若くないんだし、おまえなら黄金と楽な暮らしを保証してくれる主君がいくらでも見つかるさ。おれに仕えて《暗き道》に行ったって、この先どうなるかわからないもんな」

ようやく声が出るようになって、彼は言った。「殿、おれはアイルランドで死ぬつもりなんで」

「故郷に帰るのか」

「そうです。けど、尾羽打ち枯らして帰るわけにゃいかねえ。黄金が要るんで」

「それじゃあ、的盤を火にくべることだな」

カヴァンはにやりと笑って、ハウェルバネの柄に口づけをした。「怒ってねえですか、殿」心配そうに尋ねる。

「まさか。おれで力になれることがあったら、遠慮せずに言ってきてくれ」

カヴァンは立ち上がり、私を抱擁した。彼はアーサーの軍に戻るのだろう。そして家来の半分は彼についてゆくはずだ。私について来ると決めたのはわずか二十名だった。ほかはディウルナハを恐れているか、財産を作ることに熱心なのだ。責めることはできない。私に仕えた年月に、かれらは名誉と戦士の環と狼尾の兜飾りは手にしたものの、黄金はほとんど稼げなかった。今後も兜に狼尾は付けてよいと私は許可してやった。あれは、ベノイクでの血も凍る戦闘のなかでかれらが勝ち取った名誉なのだから。しかし、楯に描いたばかりの星のしるしは塗りつぶすように命じた。

その星は、私に従う二十人の兵士のしるしなのだ。その二十人は、私の槍兵のなかで最も若く、たくましく、そして向こう見ずな連中だった。そうでなければならないのだ。あの骨をふたつに折ったとき、私はかれらを《暗き道》に結びつけたのだから。

いつマーリンから呼び出しがあるかわからないので、あの月夜にカイヌインに連れて来られた小さな家で私は待っていた。その家は、ドルヴォルインの北東の小さな谷間にある。険しい谷間で、太陽が朝の空をなかばまで昇らないうちは、谷底から影が去らないほどだった。急な両斜面にはオークが鬱蒼と生い茂っていたが、家のまわりだけは狭い畑が開けていて、二十本ほどリンゴの木が植わっていた。家はおろかその谷にさえ名前はなく、たんにクム・イサヴ、「下流の谷間」と呼ばれていた。いまはそれが私たちの住処なのだった。

家来たちは、谷の南斜面の木々のあいだに小屋を建てた。二十人の兵士とその家族をどうやって養ったものか、私は途方にくれていた。クム・イサヴの狭い畑では、軍勢どころか野ネズミの集団さえ養うのに四苦八苦だろう。だが、カイヌインは黄金をもっていたし、私たちが飢えるのを彼女の兄が放っておくはずがないと請け合った。この畑はもともと彼女の父のもので、ゴルヴァジドの富を支えてきた、国じゅうに散らばる何千もの小作地のひとつだという。最後にここを借りていたのは、スウス城のろうそく係のいとこだったのだが、その男はラグ谷の戦いのずっと前に亡くなって、そのあとは小作人を決めないままになっていたのだ。家そのものは粗末な造りで、小さな四角の石壁に、ライ麦のわらとワラビで屋根を厚く葺いてあるが、屋根は傷みきって大がかりな修理が必要だった。なかには部屋が三つ。中央のひと部屋はもとはわずかばかりの家畜用だったのだが、私たちはそこを掃き清めて居間にした。残りのふた部屋は寝室である。ひとつはカイヌインの、もうひとつは私のだ。

寝室を分ける理由を、カイヌインは最初の夜にこう説明した。「マーリンに約束したのよ」

私は全身の毛が逆立つのを感じた。「約束したって、何を?」

彼女は顔を赤らめたにちがいないが、クム・イサヴの深い谷に月光は射し込まない。顔は見えず、ただ指が強く握られるのがわかっただけだ。彼女は口ごもりながら言った。「約束したの——大釜が見つかるまでは、娘のままでいるって」

このときになって、私はようやくマーリンの抜け目のなさがわかってきたのだった。なんと抜け目がなく、底意地が悪く、また賢いことだろう。フリーンへの旅には彼の身を守る戦士が必要だし、大釜を見つけるには処女（おとめ）が必要だというので、彼は私たちをふたりともいいように操っていたのだ。「だめだ！」私は反対した。「女がフリーンに行くなんて、もってのほかだ！」

「大釜は処女にしか見つけられないのよ」暗闇のなかから、ニムエがうなるように言った。「ダーヴェル、あんた、子供を連れてゆけっていうの」

「カイヌインをフリーンに連れてはいけない」私は言い張った。

「やめてよ」カイヌインが私を制した。「約束したんですもの。行くと誓ったのよ」

「フリーンがどういうところか知ってるのか」私はカイヌインに尋ねた。「ディウルナハがどんなやつか、わかって言ってるのか？」

「わたしにわかっているのはね、フリーンに行くのは、ここであなたと暮らすための代償だということよ。それに、マーリンに約束したんですもの」彼女はまた言った。「行くと誓ったの」

そういうわけで、その夜私はひとりで眠ったのだが、朝になって、槍兵や召使たちとともに乏しい朝食を分かちあったあと、そして骨の断片をハウェルバネの柄に埋め込む前のこと、カイヌインと私はクム・イサヴの岸辺を川上に向かって歩いた。《暗き道》に行ってはいけない理由を私が熱をこめて並べ立てるのを、彼女は黙って聞いていた。だが最後に、マーリンがついているのにだれが刃向かえるというのか、というひとことで一蹴されてしまった。

「ディウルナハなら刃向かえるかもしれない」私は陰にこもって言った。

「でも、あなたはマーリンについて行くのでしょう」

「うん」

「それならなぜ止めるの」彼女は頑固だった。「わたしはあなたのそばを離れないわ。いつもいっしょにいるの」

それ以上はなにを言っても耳を貸そうとしなかった。カイヌインは男の言いなりになる女ではない。もう心を決めてしまったのだ。

そしてそれからは、もちろんここ数日間の出来事を話し合った。いくら話しても話は尽きなかった。私たちは恋愛のまっただなかにいて、アーサーがグィネヴィアに狂ったのに負けず劣らず狂っていた。相手のしてきたことや考えたことを、いくら聞いても聞き足りない。例の豚の骨を見せ、最後の最後までふたつに折るのを引き延ばしていたことを話すと、彼女は笑った。

「ランスロットから逃げ出す決心がつくかどうか、ほんとうは自信がなかったの」カイヌインは白状した。「だって、その骨のことは知らなかったんですもの。決心がついたのは、グィネヴィアのおかげだと思っていたわ」

「グィネヴィアの？」私は驚いて尋ねた。

「あの得意そうな顔を見たら、我慢できなくなったのよ。ひどい話だと思う？　なんだかあのひとの子猫になったみたいな気がして、耐えられなかったの」彼女はしばし口をつぐんだ。木々から舞い落ちてくる葉は、まだほとんど色づいていない。あの朝、クム・イサヴの夜明けに初めて目覚めたとき、わら葺き屋根からつばめが飛び立つのが見えた。それきり帰ってはこなかったから、来年の春までもう見ることはないだろうと思った。カイヌインは、私と手をつないで岸辺を素足で歩いていた。「それに、髑髏の寝床の予言のことも気になっていたし」ややあってまた口を開く。「あれはたぶん、わたしはもう結婚することはないという意味だと思うの。ダーヴェル、だってわたし、三回も婚約したのよ！　そして三回が三回とも許婚者を失ったんですもの。これが神々の思し召しでなくてなんだと思って？」

「ニムエみたいなことを言うんだな」

カイヌインは笑った。「わたし、あの人好きよ」

「あなたたちふたりが仲良くなれるとは夢にも思わなかったよ」

「あら、どうして？　あの激しいところがわたしは好きだわ。生まれてきたからには自分の望みをかなえなくちゃ。人の言いなりではつまらないもの。ダーヴェル、わたしね、生まれてからずっと人の言うとおりにしてきたの。ずっといい子だったのよ」と、「いい子」という言葉に皮肉たっぷりに力を込めた。「ずっと、絵に描いたような従順な女の子、お行儀のよい娘でいたの。それがつらかったというわけではないのよ。父はあまり人に心を許す人ではなかったけれど、わたしのことは可愛がってくれたわ。欲しいものはなんでも与えてもらったし、それにはただ、きれいで従順な女の子でいればよかったんですもの。そしてわたしは、それはそれは従順な女の子だった」

「それにきれいな女の子だったし」

カイヌインは、すねたように私の脇腹をひじで小突いた。前方の川を覆う霧のなかから、白鶺鴒(はくせきれい)の群れが飛び立つ。「ずっと従順な女の子だったの」カイヌインはもの思わしげに言った。「結婚しなさいと言われた相手と結婚しなくちゃいけないのはわかっていたけれど、そんなに気にはならなかったわ。それが王の娘の務めですもの。だから、初めてアーサーに会ったときは天にも昇るような気持ちだった。これでもう一生幸運が続くのだと思ったものよ。あんなすばらしい人を与えられたんですものね。それがどうかしら、その人は急にいなくなってしまったの」

「あのとき、あなたはおれに気づきもしなかった」

カイヌインと婚約するためにアーサーがスウス城へやって来たとき、私は彼の衛兵のうちでいちばんの若造だった。いまも身に着けている小さなブローチを、カイヌインがくれたのはあのときのことだ。彼女はアーサーの衛兵全員に贈り物をしたのだが、そのとき私の胸にこれほどの火を点じたとは夢にも思わなかっただろう。

「もちろん気がつきましたとも」彼女は言った。「こんなにのっぽでぶきっちょで、わら色の髪をした大男をだれが見過ごすものですか」彼女は笑って、私の手を借りて倒れたオークの木を乗り越えた。前夜と同じ亜麻布のドレスを着ていたが、純白のドレスのすそは泥と苔で汚れている。「そのあと、ヘレゲドのカイルギン王子と婚約したの」と先を続ける。「あのときは、もうそんなに自分が幸運だとは思えなかったわ。カイルギン王子はむっつりした粗野な人だったけれど、槍兵を百人と婚資の黄金をお父さまに約束したの。だから、ヘレゲドに行かなければならないとしても、やっぱりわたしは幸せになれるんだと自分に言い聞かせたわ。でも、王子は熱病で亡くなってしまって、そのあとがギンドライスだった」それを思い出して、カイヌインは眉をひそめた。「そのとき気がついたの。わたしはただ、戦のための捨て石でしかないんだって。お父さまはわたしを可愛がってはくれたけれど、それでもやっぱりギンドライスのもとへ行かせるんですもの。アーサーに向ける槍が増えさえすれば、わたしがどうなろうとかまわないのよ。そのとき初めてわかったの。自分で幸福をつかまないかぎり、けっして幸福にはなれないんだって。あなたとギャラハッドがわたしたちに会いに来たのは、ちょうどそんなときだったのよ。憶えてる?」

「忘れやしない」結局むだに終わったが、和平使節として派遣されたギャラハッドに私もついて来た。そのときゴルヴァジドは、私たちを侮辱するために女の館で食事をとらせたのだった。ろうそくの光のもと、竪琴弾きのかなでる楽の音を聞きながら、私はカイヌインに話しかけ、彼女を守ると誓いを立てたのである。

「あなたはわたしの幸せを気にかけてくれたわね」

「あなたに夢中だったからな」私は白状した。「星に向かって吠える犬と同じさ」

カイヌインは微笑んだ。「そして、こんどはランスロットだった。ランスロットはすてきだわ。うっとりするほど美男子で。ブリタニアにわたしぐらい幸運な娘はいないってみんなが言ったわ。でも、わたしがどう思ったかわかる？　わたしはただ、ランスロットの持ちものになるだけなんだって思ったの。もうじゅうぶんすぎるくらい、ランスロットはものを持っているみたいなのに。それでも、どうしたらいいか決心がつかなかった。そうしたらマーリンが話をしに来て、ニムエを残していってくれたの。ニムエからそれはいろんな話を聞いたけれど、自分の気持ちはもうわかっていたわ。もうだれのものにもなりたくないって思っていたのよ。生まれてからずっと、わたしは男の人の持ちものだったんだもの。だから、ニムエといっしょにドヌ女神に誓いを立てたの。この手で自由をつかむ強さを与えてくれるなら、一生結婚はしませんって。わたし、あなたをずっと愛するわ」きっぱり言って、私の顔を見上げた。「でも、もう二度と男の人の持ちものになる気はないの」

おそらく彼女は意志を貫くだろう。だがそれでも、私と同じくマーリンのゲームの駒であることに変わりはないのだ。マーリンは——マーリンとニムエは、なんと忙しく手をまわしていることか。だが私はそのことは言わず、《暗き道》のことも口にせず、ただこう言った。「だけど、これでグィネヴィアは敵にまわるよ」

「そうね。でも、それはいまに始まったことではないわ。アーサーをわたしから奪うと決めたときから、グィネヴィアはわたしの敵にまわったんだもの。でも、あのころわたしはまだ子供で、どんなふうに闘っていいかわからなかった。ゆうべはとうとう反撃に出たけれど、これからはグィネヴィアの目に触れないようにするつもり」

カイヌインはにっこりした。「あなたはグウェンフイヴァハと結婚することになっていたんでしょう」

「うん」私は正直に答えた。

「かわいそうなグウェンフイヴァハ」カイヌインは言った。「ここで暮らしていたころ、あの人はいつだってとても優しかったわ。でも、お姉さんが部屋に入ってくるとすぐに逃げてしまうの。グウェンフイヴァハがまるまる太ったネズミなら、グィネヴィアは猫だったわ」

その日の午後、この下流の谷間にアーサーはやって来た。骨片が外れないように、ハウェルバネの柄に塗ったにかわがまだ乾ききらないころだった。小さなわが家に面するクム・イサヴの南斜面には、木々のすきまを埋めるようにアーサーの戦士たちが並んでいる。もっとも威嚇するために来たのではない。懐かしいドゥムノニアに戻る長い行軍の途中に、少し寄り道をしたというだけだ。ランスロットの姿も、グィネヴィアの姿も見えない。アーサーはただひとり歩いて川を渡ってきた。剣も楯も持っていない。

私たちは戸口でアーサーを迎えた。彼はカイヌインにお辞儀をして、笑顔でただ「姫」と呼びかけた。

「お腹立ちでしょうね」カイヌインが不安げに尋ねる。

アーサーは渋面を作って、「妻はそう思っているようですが、答えは否です。腹を立てる資格なぞありませんよ。昔、私も同じことをしたんですからね。まだ誓いを立てないうちだったわけですから、姫のほうがご立派だ」そう言ってまた笑顔になった。「私にとってはいささか面倒なことになるかもしれませんが、それも自業自得というものです。少しダーヴェルをお借りできますか」

私たちは、午前中にカイヌインと歩いたのと同じ道をたどった。槍兵たちの目が届かなくなるのを待って、アーサーが肩に腕をまわしてくる。「よくやった、ダーヴェル」低声で言った。

「ご迷惑をかけて、申し訳ありません」

「馬鹿を言うな。私も以前同じことをしたんだ。おまえはやったばかりだから新鮮だろう、うらやましいよ。たしかに状況は変わったが、さっきも言ったようにいささか面倒なだけさ」

「モードレッド王のチャンピオンにはなれなくなりました」

「そうだな。しかし、だれかがなるだろう。私の一存で決められるものなら、おまえたちふたりとも故郷へ連れて帰るところだ。おまえをチャンピオンにして、いままでの借りをそっくり返してやりたい。だが、物事はいつでも思いどおりに進められるわけじゃないから」

私はずけずけと言った。「つまり、奥方さまが私を赦してくださらないわけですね」

「そうだ」アーサーも手厳しい。「それからランスロットもな」ため息をついて、「ランスロットをどうしたものか」

「グウェンフイヴァハと結婚させて、ふたりいっしょにシルリアに埋めてしまえばいいんです」

アーサーは笑った。「そうできればいいんだが。もちろんランスロットはシルリアに送るつもりだが、あそこで我慢できるとは思えん。あんな小さな王国には収まりきれないほどの野心家だからな。カイヌインと結婚して子供ができれば落ち着くかと思ったんだが、そうもいかなくなったし」アーサーは肩をすくめた。「ほんとうは、あの王国をおまえに与えられればなによりなんだが」私の肩にまわしていた腕をほどいて、アーサーは私と向かい合った。「ダーヴェル・カダーン卿、そなたを誓いから解き放つつもりはない」と口調を改めた。「そなたはいまも私の家来だ。私が使いをよこしたらただちに馳せ参じよ」

「承知しました」

「春になるだろう。サクソン人には三月の和平を誓ったから、その誓いは守る。三月が過ぎるころは冬のさなかで、しまい込んだ槍を取り出すわけにはいくまい。だが、春になったら進軍する。そのときは、私の楯の壁におまえの軍勢が必要だ」

「かならず参ります」

アーサーは両手を私の肩に置いた。「マーリンにも忠誠を誓ってるのか」と、眼をのぞき込んでくる。

「はい、殿」私は正直に答えた。

「では、ありもしない大釜を追いかけてゆくのか」

「探しにゆくつもりです」

アーサーは目を閉じた。「なんと馬鹿げた！」手をおろし、また目を開く。「ダーヴェル、私は神々の存在を信じている。だが、神々にとってブリタニアはいまも存在しているんだろうか。昔のブリタニアは、もうどこにもないのだぞ」激した口調で彼は言った。「昔は、たしかにブリトン人は純血だったのかもしれん。だが、いまはどうだ？　ローマ人は、世界のありとあらゆる場所から人間を連れてきた。サルマティア人、リビア人、ガリア人、ヌミディア人、ギリシア人！　その血が私たちの血と混じり合っているんだ。かつてはローマ人の血にどっぷり浸かり、いまはサクソン人の血と混じり合っている。ダーヴェル、昔は昔、いまはいまだ。この国にはいま、古い神々のほかに百もの神々が住んでいるんだ。時間を戻すことはできん。大釜があろうと、ブリタニアのあらゆる宝物を集めようと、過ぎた時代は還っては来ないんだ」

「マーリンはそうは思ってません」

「それでマーリンは、私がキリスト教徒と戦って、古い神々の支配に手を貸すと思っているのか。馬鹿な、ダーヴェル、私は断じてそんなことはせんぞ」本気で腹を立てていた。「ありもしない大釜を探しにゆきたければゆくがいい。だが、私がマーリンのゲームに加わってキリスト教徒を迫害すると思ったら大まちがいだ」

私は弁解した。「マーリンは、キリスト教徒の運命は神々に任せると思います」

「しかし、人間が神々の道具でないとしたら、いったい何だというんだ」アーサーは切り返す。「ともかく私は、たんに信じる神がちがうというだけで、ほかのブリトン人と戦うつもりはない。ダーヴェル、おまえにもそんなことは許さん。私に忠誠を誓っているかぎりはな」

「もちろんです」

アーサーはため息をついた。「神々のことでいがみ合うのはもうたくさんだ。だが、グィネヴィアに言わせると、私には神々のことがてんでわかってないんだそうだ。それが私のたったひとつの欠点だと、あいつは言ってる」彼は笑顔になった。「マーリンに従うと誓っているのなら、ついて行くしかあるまい。どこに行くつもりなんだ、マーリンは？」

「モン島（アニス・モン）です」

しばらくものも言わず、アーサーは私の顔をまじまじと見つめていたが、ふいにぞっと身を震わせた。「フリーンに行くのか」正気を疑うように尋ねた。「フリーンから生きて帰った者はいないんだぞ」

「おれは帰ってきます」私は虚勢を張った。

「そうだな、ダーヴェル。きっと帰ってきてくれ」沈んだ声で言う。「サクソン人を打ち負かすにはおまえの力が必要だ。サクソン人を負かしたあとなら、おまえもドゥムノニアに帰ってこられるだろう。グィネヴィアはすんだことをいつまでも根にもつような女ではないから」それはどうかと思ったが、私は黙っていた。アーサーは続けた。「春になったら呼び寄せるから、フリーンから生きて帰ってこいよ」私の腕をとって、彼は家のほうへ戻りはじめた。「人に訊かれたらな、こっぴどく叱責されたと言うんだぞ。怒鳴りつけられて、おまけに殴られたんだからな」

私は笑った。「殴られたことは赦してさしあげますよ、殿」

「私に叱責されたんだぞ」彼は言った。「おまえはブリタニアで二番めに幸運な男だと言ってな」

世界でいちばん幸運な男だ、と私は思った。今生の願いがかなったのだから。

いや、まだかなったわけではない。だが、神々の加護があれば、マーリンの今生の願いがかなったあとで、私の願いもかなうだろう。

槍兵たちが出立するのを、私は立って見送った。木々のあいだにアーサーの熊の旗印がちらと見えた。アーサーは手をふり、馬の背にひらりとまたがって去ってゆく。

こうして、私たちは別れた。

だから、アーサーが凱旋したとき私はドゥムノニアにはいなかったのだ。惜しかったと思う。国じゅうがアーサーは助からないと考えて、卑劣漢どもにその代わりをさせようと企んでいるところへ、英雄として帰還したのだから。

その秋は食糧が不足していた。突然の戦火に今年の収穫ははや食い尽くされていたのだ。しかし、飢饉というほどではなかったし、アーサーの軍勢は税を公平に徴収した。大した改善とは思えないだろうが、近年にないことだったから国じゅうがどよめいた。王庫に税を納めるのは裕福な者たちだけである。黄金で納める者もいるが、たいていは穀物、皮革、亜麻布、塩、羊毛、干し魚で納める。そしてそれは、小作人から取り立てた品々である。ここ数年、裕福な者たちは王にほとんど税を納めず、そのくせ貧しい者からは容赦なく搾りとっていた。アーサーに槍兵を派遣して、どれだけ税を取り立てられたか貧しい者たちに尋ね、その答えに基づいて富める者から取り立てたのだ。この収益のうち、収穫の三分の一を彼は教会と執政官たちに戻して、冬の食糧を分配させた。この行為ひとつとっても、ドゥムノニアに新たな権力者が登場したのは明らかだった。富める者たちは不平をこぼしたが、楯の壁を作ってアーサーに刃向かおうという者はひとりもいない。アーサーはモードレッドの王国の将軍であり、ラグ谷の勝者であり、王を殪(たお)す者であり、彼を恐れぬ敵はいなくなっていた。

　モードレッドはキルフッフに任されることになった。アーサーのいとこで、荒っぽいが正直な戦士である。しかし、手のかかる幼い子供の将来など、キルフッフにとってはどうでもいいことだっただろう。ドゥムノニアの西の奥地でイスカのカドウィ公が反乱を起こしており、キルフッフはその鎮圧に忙殺されていた。聞くところでは、あの広大な荒野(ムーア)を彼の軍勢は疾風のように駆け抜け、そこから南に転じて荒涼たる沿岸地域に攻め入ったという。キルフッフはカドウィ公の領国の心臓部を荒らしまわり、ローマ人の建てたイスカの古い要砦に籠もる反逆の公に襲いかかった。城壁はもともと崩れかけていたから、ラグ谷の強者どもはその壁を乗り越えて殺到し、通りという通りで反逆者を狩りたてた。カドウィ公はローマ人の社(やしろ)でつかまり、その場で首を刎(は)ねられた。アーサーは、公の胴体の部分はドゥムノニアの町々でさらしものにし、両頬の青い刺青ですぐに見分けのつく首は、反逆を煽っていたケルノウのマーク王のもとへ送りつけた。マーク王はこれに応えて貢ぎものを送ってきた。錫の鋳塊と桶ひとつの燻製の魚、それに磨きあげた海亀の甲羅を三つ。この甲羅は、荒涼たる彼の国の海岸に打ち上げられたものだ。そしてこれらの貢ぎものには、カドウィの反乱にはいっさい関わっていなかったと白々しい弁明が添えてあった。

キルフッフは、カドウィの要砦を攻め落としたとき、そこで書状を見つけてアーサーに送ってきた。それは、ラグ谷の戦いで終わったアーサーの遠征が始まる前に、ドゥムノニアのキリスト教徒の一派が書き送った書状で、ドゥムノニアからアーサーを追い出す計画の全貌を明かすものだった。キリスト教徒は以前からアーサーを恨んでいた。税金や融資から教会を免除するという、大王ユーサーの定めを廃止したからである。それで、自分たちの神がゴルヴァジドの手を借りてアーサーに大敗をもたらすだろうと、キリスト教徒は固く信じるようになっていたのだ。彼の敗北はまずまちがいないと考えて、かれらは自分たちの構想を書面に残す気になり、そしてその書面がいまアーサーの手に落ちたのだった。

書状からは、不安に駆られたキリスト教徒がアーサーの死を望みつつも、ゴルヴァジド率いる異教の槍兵たちの来襲を恐れていたことが読み取れた。みずからの生命と財産を守るために、かれらはモードレッドを喜んで見捨てるつもりでいたのだ。アーサー不在のドゥルノヴァリアに進軍し、モードレッドを殺してからゴルヴァジドに王国を引き渡すよう、書状はカドウィ公にそのかしていた。キリスト教徒は協力を約束し、ゴルヴァジドが王国を征服したのちには、カドウィの槍に保護されることを期待していたのだった。

この書状がかれらにもたらしたのは、しかし保護ではなく懲罰だった。ドゥムノニアに服属するベルガエのメルウァス王は、アーサーに敵対したキリスト教徒の側に立っていたため、カドウィの領国の新たな支配者に任命された。もちろん報償ではない。メルウァスは自分の領民から遠く引き離され、アーサーの膝元に移されて厳しく監視されることになったのだ。モードレッドの保護者に任命されていたキリスト教徒の執政官ナビルは、その保護者の地位を利用してアーサーに敵対する党派を育てていた。モードレッド殺害をそそのかす書状をしたためたのも彼である。かくして、ナビルはドゥルノヴァリアの円形劇場で十字架に磔(はりつけ)にされた。もちろん、近ごろでは聖人にして殉職者と呼ばれているが、私の記憶するナビルは、みょうになれなれしい嘘つきの悪党でしかなかった。そのほかに、司祭がふたり、執政官がもうひとり、さらに地主がふたり死刑に処せられた。陰謀の首謀者のうち最後まで残ったのがサンスム司教である。しかし、彼は自分の名前を書面に残すほど馬鹿ではなかった。それに、アーサーの異形の姉モーガンが、彼女自身は異教徒なのになぜかサンスムと親しかったため、そのおかげもあって彼は命拾いをしたのだった。彼はアーサーに永遠の忠誠を誓い、王を殺そうなど考えたこともないと十字架に手を当てて断言し、かくしてウィドリン島(アニス・ウィドリン)の《聖なるイバラの教会》の堂守の地位にとどまることになった。たとえ鉄の鎖で縛りあげ、喉元に剣を突きつけていても、サンスムは蛇のようにするりと逃げのびてしまうのだ。

　サンスムの異教徒の友人モーガンは、かつてはマーリンの最も信頼する巫女だったが、はるかに年下のニムエにその地位を奪われていた。しかし、マーリンもニムエも不在のいま、モーガンはアヴァロンのマーリンの領地では事実上の支配者だった。火事のために焼け爛(ただ)れた顔を黄金の仮面で隠し、変形した身体は黒いローブで覆って、モーガンはマーリンの権力を行使していた。岩山(トール)のマーリンの館の再建を果たしたのは彼女であり、アーサーの領地の北部で税金の取立を指揮したのも彼女だった。モーガンは、アーサーの信頼篤い相談相手のひとりになっていた。それどころか、その秋にベドウィン司教が熱病で没したあとは、先例という先例に反して、モーガンを正式な顧問官に任命しようとさえアーサーは提案した。ブリタニアでは、王の顧問会議に女が連なったことはなく、モーガンはその最初の女になっていたかもしれないのだが、グィネヴィアがそれを阻んだ。自分が顧問官になれないのに、ほかの女がその地位に就くことをグィネヴィアが許すはずがない。おまけに彼女は醜いものを嫌っており、気の毒なモーガンは黄金の仮面を着けていてさえ醜怪だった。そういうわけで、モーガンはウィドリン島にとどまり、いっぽうグィネヴィアはリンディニスの新しい宮殿の建築を監督している。

それは豪奢な宮殿だった。ギンドライスが火をかけた古いローマ人の屋敷（ヴィラ）が再建され、回廊つきの翼棟が増築された。その回廊に囲まれたふたつの広い中庭では、大理石の水路を水が流れている。リンディニスは、カダーン城（カイル・カダーン）の王の丘にほど近く、ドゥムノニアの新たな都になる予定だった。しかし、左足のねじれたモードレッド王を、この宮殿にけっして近寄らせないようグィネヴィアは周到に取り計らっていた。リンディニスには美しいものしか入ることを許されないのだ。アーケードに囲まれた中庭に、グィネヴィアはドゥムノニアじゅうの荘園や神殿から彫像を集めていた。キリスト教の聖堂はなかったが、女の守り神たる女神イシスを祀る大きな黒い館をグィネヴィアは築いていた。また、ランスロットのために贅沢なひと続きの部屋が用意してあった。このシルリアの新王がドゥムノニアを訪問したときのためである。ランスロットの母イレインはその部屋に住み、かつてアニス・トレベスを美しく飾った彼女は、いまはグィネヴィアがリンディニスの宮殿を美の殿堂に仕上げるのに手を貸しているのだった。

アーサーはリンディニスにはほとんどいなかったらしい。サクソン人との決戦の準備に駆けずりまわっており、ドゥムノニア南部に点在する古い土盛りの要砦の再強化に着手していたのだ。国のはるか中心部にあるカダーン城でも、壁の補強がなされ、城壁には新たに攻撃用の櫓が組まれた。しかし、最も大がかりな作業が進んでいたのはアンブラ城（カイル・アンブラ）だった。ここは《列石（ザ・ストーンズ）》から東へ歩いてわずか半時間の城砦で、アーサーはここをサイスと戦う新たな拠点にする考えだった。この要砦を築いたのは《古き人々》だが、その秋から冬にかけて奴隷たちはここでさんざんこき使われた。要砦を囲む古い土塁は高く土を盛りあげ、そのてっぺんに新たな矢来と攻撃用の櫓が造られたのだ。さらに、アンブラ城の南でも要砦の補強が進んでいた。アーサーが北でエレと戦をしていればそのすきを衝こうとするに決まっているから、サーディック率いる南のサクソン人からドゥムノニア南部を防衛するためである。おそらくローマ人が去って以来、ブリタニアで土がこれほど掘り返され、材木がこれほど割られたことはなかっただろう。アーサーの公平な課税では、この工事費の半分もまかなうことはできなかった。そこで、南ブリタニアに勢力を張るキリスト教の教会にたいして徴発が行われることになった。そもそもこれらの教会は、ナビルとサンスムを支持してアーサーを追い落とそうとした教会なのだ。それでもこの徴発はしまいには返済されたし、異教のサクソン人に目を付けられるという恐怖からキリスト教徒を守ることにもつながったのだが、かれらはアーサーをけっして赦さなかった。また、いまなお財産をもっていた数少ない異教の神殿も徴発はまぬがれなかったのに、それには気づこうともしないのだった。

キリスト教徒がみなアーサーに敵対していたわけではない。少なくともアーサー軍の槍兵の三分の一はキリスト教徒だったし、異教徒に負けず劣らず忠義を尽くしていた。アーサーの支配に感謝しているキリスト教徒も多かった。しかし、教会の指導者たちは、欲得ずくで忠誠の相手を決める者ばかりで、アーサーに敵対しているのはそういう輩だった。かれらは、自分たちの神がいつかこの地上に戻ってきて、死すべき人のように人々のあいだを歩きまわる日がくると信じていたが、あらゆる異教徒が改宗してその神をあがめるようになるまではその日は訪れてこないという。アーサーが異教徒なのを知っていて、説教師たちは呪詛を投げかけてきたが、彼は気にしなかった。アーサーは休むまもなくブリタニア南部を巡行していた。きょうサグラモールとともにエレとの国境にいたかと思うと、翌日にはサーディックの襲撃団――サーディックは、南の国境を侵して川谷に触手を伸ばしてきていた――と戦い、次の日には馬を飛ばしてドゥムノニアを北上し、グウェントのイスカに入って、そこで地元の族長たちと西グウェントあるいは東シルリアからどれだけ槍兵を出せるか協議する、という目まぐるしさだった。ラグ谷の戦い以後、アーサーはもはやドゥムノニアの貴族の頭とかモードレッドの後見人というにとどまらず、全ブリタニアの将軍となっていた。ブリタニア全軍の押しも押されもせぬ指揮官であり、あえて彼を斥ける王はなく、またあのころは斥けたいと望む王もいなかったのだ。

しかし、私はこの目でそれを見たわけではない。私はスウス城にいて、カイヌインとともにいて、恋の季節のただなかにいた。

そして、マーリンを待っていた。

マーリンとニムエがクム・イサヴにやって来たのは、冬至の数日前のことだった。山の尾根に暗雲が低く垂れ込め、裸のオークの梢にのしかかっている。朝の霜が午後になっても溶け残り、谷川にはあちこちに氷が張り出し、水はその氷のあいだを縫ってちょろちょろと流れている。落ち葉はぱりぱりになり、谷間の土は石のように固まっている。中央の部屋で火を焚いていたから、家のなかは暖かかったが煙で息がつまりそうだった。丸木のままの梁のまわりで煙は渦を巻き、最後にようやく棟にあけた小さな穴から出てゆく。谷間のあちこちに私の槍兵たちが小屋を建てていて、そこからも炉の煙が立ち昇っていた。かれらの小屋は小さいが頑丈な造りで、土の壁に板とワラビで屋根を葺き、屋根の押さえに石が載せてあった。私たちは家の裏に家畜小屋を建て、雄牛一頭に雌牛二頭、雌豚三頭に雄豚一頭、それに羊を十頭に鶏を二十羽飼って、夜は狼から守るためにその小屋に入れていた。この谷間の森には狼がうようよしており、夕方ともなれば決まって遠吠えが響き、夜中には家畜小屋の裏を引っかく音がすることもあった。羊は怯えて鳴き、鶏はけたたましく騒ぎ立て、イッサでもだれでもそのとき見張りに立っていた者が、大声をあげて森のとば口めがけて燃え木を放り込む。すると、狼たちは足音も軽く逃げてゆくのだった。ある朝、起き抜けに川に水を汲みにいったとき、年を経た大きな雄狼と目が合ったことがある。向こうは水を飲んでいたのだが、私が藪から姿を現したのに気づいて灰色の鼻先をあげ、こちらをじっと見つめている。声をかけると、それを待っていたかのように駆け去った。ひと声も発することなく、身軽に川上のほうへ駆けてゆく。吉兆にちがいないと私は思った。マーリンを待っていたあの時期、私たちはなんにでも前兆を見いだしていたのだ。

また狼狩りもした。キネグラスが長毛のウルフハウンド（狼狩り用の大型の猟犬）を三つがい与えてくれたのだが、グィネヴィアがドゥムノニアで飼っている名高いポウイスのディアハウンドよりも、この犬たちは大きくて毛がふさふさしていた。狩りは槍兵たちにとって鍛錬にもなるし、山上の森で過ごすこの長く寒い日々を、カイヌインさえ楽しんでいた。彼女は革のズボンに長靴を履き、革の胴着（ジャーキン）を着て、腰には長い山刀を吊っていた。金髪を三つ編みにして後頭部でひとつにまとめ、岩をよじ登り涸れ川をくだり倒木を乗り越えて、馬毛の長い引綱をつけたつがいの猟犬のあとについてゆくのだった。狼を狩るには弓矢を使うのがいちばん簡単だが、弓矢を使える者がほとんどいなかったので、私たちは犬と戦槍と短刀を使って狩りをしていた。それでも、マーリンが戻ってくるころには、キネグラスの納屋に狼皮が山になっていたほどだ。王は私たちにスウス城へ戻ってくるよう勧めたが、マーリンの試練が迫っていることをべつにすれば、カイヌインと私は幸福だった。それで、この小さな谷間にとどまって、過ぎてゆく日数をかぞえていたのだ。

それにこのクム・イサヴが気に入ってもいた。カイヌインは、これまで召使がやってくれたことを一から十まで自分でやって、子供のように喜んでいた。ただ、どういうわけか鶏の首をひねることがどうしてもできず、彼女が雌鶏をつぶすのを見るたびに私は笑っていたものだ。ほんとうはそんなことをする必要はなかったのだ。召使たちはだれでも鶏ぐらいつぶせたし、私の家来たちもカイヌインのためならなんでもした。ところがカイヌインは、自分も仕事を分担すると言って聞かなかった。もっとも、雌鶏やアヒルや鵞鳥をつぶす段になると、どうしてもまともにできない。彼女が思いついた唯一の方法は、哀れな鳥を地面に寝かせ、小さな足でその首を踏んづけて、目をしっかりつぶっておいて、鳥の頭をぐいと思いきり引っ張るというものだった。

糸紡ぎはもう少しうまくいった。よほど裕福な家庭はべつとして、ブリタニアの女はみは、糸巻棒と紡錘を手から放すことがない。羊毛を糸に紡ぐのは果てしない仕事だ。太陽が空をまわり終える日まで、この仕事は延々と続くにちがいない。今年の羊毛がすべて糸に変わるころには、もう次の年の羊毛が納屋に集まってくる。女たちはエプロンいっぱいに羊毛を抱え、洗って梳いて、また糸紡ぎを始めるのだ。歩きながら紡ぎ、話しながら紡ぎ、ほかに手を使う仕事をしていないときはいつでも紡いでいる。単調で頭の要らない仕事だが、やはり慣れないうちはむずかしい。最初のうち、カイヌインは情けないほどぼろぼろの毛糸を少ししか作れなかったが、だんだん上達していった。もっとも、ふつうの女たちの手早さにはとても追いつけなかった。なにしろ彼女たちは、糸巻棒を握れる年齢になるが早いか糸紡ぎを始めるのだから。夜になると、彼女は腰をおろしてその日のできごとを話しながら、左手では糸巻棒をまわし、右手では重りをつけた紡錘をはじく。紡錘は糸巻棒から下がっていて、引き出される糸は長く撚れてゆく。紡錘が床まで下りてくると、彼女はそれに糸を巻きつけ、その巻いた糸を骨製のクリップで紡錘のてっぺんに留め、また最初から紡ぎはじめる。その冬、カイヌインが作った糸はやたらこぶだらけか、細すぎてすぐに切れてしまうかだったが、その糸から彼女が作った肌着を、私は文句も言わずに擦り切れるまで着ていたものだ。

キネグラスはひんぱんに訪ねてきたが、彼の妃のヘレズはいちども顔を見せなかった。ヘレズ女王こそ本物の昔気質で、カイヌインのしたことをどうあっても赦そうとはしなかった。「一族の名折れだと思っているのさ」キネグラスはこともなげに言ったものだ。アーサーやギャラハッドと同じく、彼は私の大切な友人になっていた。スウス城で、キネグラスは孤独なのではないだろうか。イオルウェスや若いドルイド数名のほかには、狩りや戦以外の話ができる相手はほとんどいない。彼にとって私は、早く亡くなった兄弟たちの代わりだったのだろう。王になるはずだった長兄は落馬で亡くなり、次兄は熱病で、そして末の弟はサクソン人との戦で命を落としているのだ。カイヌインが《暗き道》へ行くことには、キネグラスも私に劣らず反対してはいたが、斬り殺してでもしないかぎり止めることはできない、とも言っていた。「愛らしい優しい女の子だと思われているが、あいつはほんとうは鉄の意志の持ち主でね。たいへんな頑固者だよ」

「鶏は殺せませんがね」

「あれがそんなことをする日がくるとはな！」キネグラスは笑った。「しかし、妹は幸せそうだ。ダーヴェル、礼を言うぞ」

あれは幸福な日々だった。私たちの過ごした幸福な生涯のうちでも、とくに幸福な日々だったと思う。だが、マーリンがいつかやって来て、誓いの実行を迫るのだという思いが、その幸せにいつでも影を落としていた。

彼は霜の溶けきらぬ午後にやって来た。私は家の外で、伐ったばかりの丸太をサクソンの戦斧で割って、家の中を煙だらけにする薪を作っていた。カイヌインは中にいて、侍女たちと短気なスカラハとのあいだに持ち上がった口論を鎮めようとしていた。谷に角笛が響きわたったのはそのときだった。クム・イサヴに他所者が近づいているという槍兵からの合図である。斧をおろして顔をあげると、木々のあいだを大股に歩くマーリンの長身が目に飛び込んできた。ニムエもいっしょだった。ランスロットの婚約式の夜から一週間はここで過ごしていたが、ひとことの説明もなくある夜姿を消した。それがいま、長く白いローブをまとった主人と並んで、黒ずくめの姿で戻ってきたというわけだ。

カイヌインが家から出てきた。顔は煤で汚れ、兎を切り分けていたせいで両手は血まみれだ。「軍勢を連れてきたのかと思ったのに」青い眼でマーリンの姿を追いながら言った。立ち去る前に、ニムエがそう言っていたのだ。《暗き道》を無事に乗り切るためにマーリンは軍勢を集めているのだと。

「川のほうに残してきたのかもな」

カイヌインは顔にかかった髪の房をかきあげ、煤だらけの顔に血のしみまで付けて、「寒くないの」と尋ねてきた。薪割りをするので、私は上半身裸になっていたのだ。

「まだだいじょうぶだ」とは言ったものの、マーリンが長い脚で川を飛び越えてくるのを見ながら、毛織の肌着を頭からかぶった。知らせを待ちかねた私の部下たちが、それぞれ小屋を出てぞろぞろついて来ていたが、そんな槍兵たちを外に残して、マーリンは長身をかがめて私の家の低い戸口をくぐってしまった。

挨拶の言葉すらなく、私たちの前を素通りして彼は中へ入り、ニムエがそれに続く。カイヌインと私が入っていったときには、ふたりはすでに火のそばにうずくまっていた。マーリンは薄い手を火にかざし、長々とため息を洩らしたようだ。それきり彼はなにも言わない。そして私もカイヌインもこちらからあえて尋ねる気にはなれずにいた。マーリンにならって私は火のそばに腰をおろした。カイヌインは切り分けかけた兎を器に入れ、手についた血をぬぐい、手を振ってスカラハと侍女たちを下がらせてから、私の横に腰をおろした。

マーリンは身震いして、ほっと肩の力を抜いたようだった。細長い背中を丸め、前かがみになって眼を閉じる。長いことそのままじっとしていた。褐色の顔には深く皺が寄り、ひげはまぶしいほどに白い。ドルイドの常で頭の前半分の髪を剃り落としていたが、いまではその剃髪部分が短い白髪にうっすらと覆われている。剃刀も青銅の鏡ももたずに長いこと旅路にあったことを、それがはっきりと物語っていた。その日、彼はひどく年老いて見えた。火のそばで身を丸くしている姿は弱々しくさえ思えた。

ニムエはマーリンの向かいに腰をおろし、やはり黙りこくっている。いちど立ち上がり、大梁の釘に掛けてあったハウェルバネを取り、柄にふたつの骨片が嵌めこんであるのに気づいて笑顔になった。鞘を払い、火の最も煙の濃いあたりに刃をかざした。鋼が煤で黒くなると、わらくずでその煤に慎重に文字を書きつける。それはいま私が書いているような、ブリトン人もサクソン人も使うような文字ではなく、古い魔法の文字だった。ドルイドや魔法使いだけが使う、ただの縦の筋に横棒を渡したような文字である。鞘を壁に立てかけて、剣はまた元通り釘に掛けたが、書いたものの意味については説明しようとしなかった。マーリンは気づいたそぶりも見せない。

彼はふいに目をあけた。すると見せかけの弱々しさはたちどころに消えて、代わって身も凍る残忍さが剝き出しになる。おもむろに口を開き、「シルリアの者どもに呪いあれ」そう言って火を指で払うと、ぱっと明るい炎があがって薪がしゅうしゅうと音を立てた。「作物は枯れ、牛は仔を産まず、異形の子が生まれ、剣はなまり、敵が勝ち誇るように」彼はうなるように言った。マーリンにしてはずいぶん穏やかな呪いではあるが、その押し殺した声には悪意が満ちている。「そしてグウェントには疫病が起こり、夏に霜がおり、女の胎は干からびて空(から)莢(ざや)になるように」炎に唾を吐きかけた。「エルメトでは涙が湖になり、疫病が墓を満たし、ネズミが家々を占領するであろう」また唾を吐く。「ダーヴェル、兵を何人連れてゆける？」

「ここにいる者は全員連れてゆきます」それがどんなに少ないか白状したくはなかったが、しまいには彼の質問に答えた。「二十人です」

「いまもギャラハッドに従っている家来はどうだ」ふさふさした白い眉毛の下から、こちらにちらと目をくれる。

「あちらからは何人来る?」

「連中からはなんの便りもありません」

マーリンは鼻を鳴らした。「あやつらはランスロットの宮殿の衛兵になっておる。ランスロットが手放そうとせん。弟を門番にしておるのだ」ギャラハッドはランスロットの異母弟だが、これほど似ていない兄弟もめずらしい。マーリンはカイヌインに顔を向け、「ランスロットと結婚しなかったのは上出来でしたな、姫」

カイヌインは私に笑みを向けた。「わたしもそう思います」

「ランスロットはシルリアに飽き飽きしておる。それは無理もないが、あやつはドゥムノニアの安楽を欲しがって、アーサーの身中の虫になることだろうて」マーリンはにやりとした。「姫、あなたはあやつの玩具にされるところだったのですぞ」

「ここのほうがようございます」そう言って、カイヌインはごつごつした石壁と煙にくすんだ屋根の梁を指し示した。

「しかし、ランスロットはあなたに思い知らせようとしますぞ」マーリンは釘を刺した。「あの男の誇りはライラウの鷲より高く舞い上がっておるし、グィネヴィアはあなたを呪っておる。グィネヴィアはイシスの神殿で犬を殺し、その皮を脚の悪い女にかぶらせて、その女にあなたの名前をつけておる」

カイヌインは青ざめ、魔除けのしるしを結んで火に唾を吐いた。

マーリンは肩をすくめた。「もっとも、その呪いは私が無効にしておいた」彼は長い両腕を伸ばし、頭を大きく後ろにそらした。リボンを結んだお下げ髪が、背後のイグサを敷いた床に触れんばかりだった。「イシスは外国の女神であって、その力はこの国ではさして強くはない」マーリンはそらしていた頭をもとに戻し、長い指で眼をこすった。「私は空手（からて）で戻ってきたのだ」陰鬱な声で言う。「エルメトには名乗り出る者はひとりもおらず、ほかの国でもそれは同じであった。槍はサクソン人の腹に突き刺すことに決めておると、こうぬかしおる。私が差し出したのは黄金でも銀でもなく、ただ神々のために闘う機会だけだったし、やつらが差し出してきたのは祈りだけだ。女どもに子供や家庭や牛や土地の話を吹き込まれて、やつらは尻尾を丸めて逃げ出しおったのよ。八十人だ！　私が欲しいのはそれだけなのだ。ディウルナハは二百の兵で守りを固めておるだろう。もう少し多いかもしれん。だが、八十の兵がいれば足りるはずだ。ところがついて来ようという者は八人もおらぬ。兵士の主君どものほうは、いまではアーサーに忠誠を誓っておる。ロイギルを取り返すまで待っても大釜は逃げぬというのだ。サクソン人の土地とサクソン人の黄金を手に入れることばかり考えておる連中に、私が差し出せるものは《暗き道》の血と寒さだけなのだからな」

沈黙が落ちた。焚き火の薪が崩れて、黒ずんだ屋根に火花の星座を吹き上げた。「ただのひとりも、槍を差し出す者はいなかったんですか」私は茫然として尋ねた。

「いくらかはおったとも」マーリンはそっけなく言った。「しかし、信用できそうな者はおらぬ。大釜にふさわしいような者はな」口をつぐむと、彼はまた疲れたようすに見えた。「サクソンの黄金という餌だけならまだしも、私はモーガンとも闘わねばならんのだ。あれは私に敵対しておる」

「モーガンが？」私は驚きを隠せなかった。モーガンはアーサーのいちばん上の姉であり、ニムエにその座を奪われるまではマーリンの最も信頼する同志だった。モーガンがニムエを憎んでいるのは知っていたが、その憎悪がマーリンにも向けられるとは思わなかったのだ。

「そうだ」マーリンはそっけなく言った。「あれはブリタニアじゅうに噂を広めておる。神々が私の探求を喜んでおらんので探求は失敗するとか、つき従う者は私の死に巻き込まれるとかな。モーガンはそのような夢を見たと言うておって、みながその夢の話を信じておるのだ。私は老いぼれて、頭にも身体にもがたが来ておると、あれはそう言うておる」

ニムエが低声で付け加えた。「モーガンは、マーリンは女に殺されると言っていますよ。ディウルナハではなく」

マーリンは肩をすくめた。「モーガンがなにを企んでおるのか、私にはまだわからぬのだ」彼はローブのポケットのなかを引っかきまわして、結び目のある干からびた草をいくつか摑み出した。私にはどの結び目も草も同じように見えたが、彼はそのなかからひとつを選び出して、カイヌインに差し出した。「姫、あなたを誓いから解き放ってさしあげる」

カイヌインは私にちらと眼をくれ、草の結び目にまた顔を向けた。「マーリンさまはやはり《暗き道》に行かれるのですか」彼女はマーリンに尋ねた。

「さよう」

「わたしがいなくても、大釜は見つけられますの」

マーリンは肩をすくめ、その問いには答えなかった。

「どうしてカイヌインが必要なんですか」私は尋ねた。なぜ大釜を見つけるのが処女でなければならないのか、またその処女がなぜカイヌインでなければならないのか、私にはいまだにわからなかったのだ。

マーリンはまた肩をすくめた。「大釜は、昔からひとりの処女に守られておったのだ。私の夢が真実を伝えているとすれば、いまもひとりの処女がそれを守っておって、その隠し場所を知ることができるのはやはり処女だけなのだ。姫はその隠し場所を夢に見るはずです」と、カイヌインに顔を向けた。「いっしょに来てくださるならば」

「ごいっしょします」カイヌインは言った。「お約束ですもの」

マーリンは、結んだ草をもとどおりポケットに突っ込んで、細長い手でまた顔をこすった。なんの感情も交えずに彼は言った。「出立は二日後だ。パンを焼き、干し肉と干し魚を荷造りし、武器を研ぎ、防寒に毛皮を用意せねばならん」ニムエに向かって、「スウス城に泊まるぞ。行こう」

「ここに泊まってください」私は言った。

「イオルウェスに話があるのだ」立ち上がると、マーリンの頭は垂木に触れそうだった。「そなたたちふたりを誓いから解き放つ」彼は重々しい口調で言った。「だが、いずれにしても同行してもらいたい。さりながら、かつてない厳しい旅になるであろう。どんな悪夢にも見たことがないほど厳しい旅になるであろう。私はこの命をかけて大釜を探し出すと誓っておるからだ」私たちを見おろす彼の顔には、言い知れぬ悲しみが浮かんでいた。「《暗き道》に足を踏み入れたその日から、私は死にはじめる。それが私の誓いなのだ。この誓いが私を成功に導いてくれるかどうか確かなことはわからぬ。だが、探求が失敗すれば私は死に、おまえたちはフリーンに取り残されることになる」

「ニムエがいます」カイヌインが言った。

「さよう、だがニムエのほかに頼りはないのですぞ」マーリンは暗い声で言うと、身をかがめて戸口をくぐった。

ニムエがあとを追う。

私たちは黙って座っていた。私はまた薪を火にくべたが、それはまだ生木だった。ここで使っている薪はみな、乾燥していない伐ったばかりの材木からとったもので、煙がひどいのはそのせいだった。煙はもくもくと立ち昇り、垂木のまわりで渦を巻く。私はそれを見るともなく見ていたが、ふとカイヌインの手をにぎった。「フリーンで死にたいのか」と叱りつける。

「いいえ。でも、大釜を見てみたいの」

私は火を見つめた。「マーリンは大釜を血で満たすつもりなんだ」そっとつぶやいた。

カイヌインの指が私の指を愛撫する。「子供のころ、古いブリタニアのお話をよく聞かされたわ。神々が人々といっしょに生きていて、みんなが幸せに暮らしていたって。飢饉も疫病もなくて、ブリトン人と神々だけが平和に生きていたんですって。ダーヴェル、わたしそんなブリタニアを取り戻したいの」

「アーサーは、過ぎた昔は還ってこないと言っていた。昔は昔、いまはいまだと」

「あなたはどっちを信じるの。アーサー、それともマーリン？」

私は長いこと考えていたが、ついに答えた。「マーリンだ」たぶん私は、あらゆる悲しみが魔法のように消え去るという、マーリンのブリタニアを信じたかったのだ。アーサーの夢見るブリタニアも愛していたが、それには戦争とつらい仕事がつきもので、正しく扱えば人間は正しく行動すると信じなければならない。マーリンの夢のほうが、失うものは少なく得るものは大きかった。

「それなら、マーリンについて行きましょうよ」カイヌインは言った。ふとためらって、私の顔をのぞき込んだ。

「モーガンの予言のことが心配なの？」

私は首をふった。「モーガンには力がある。だけど、マーリンには及ばない。それにニムエにも及ばないんだ」

ニムエとマーリンは、ふたりとも賢者の三つの傷を受けているが、モーガンは肉体の傷を受けているだけで、心の傷も誇りの傷も受けたことがない。しかし、モーガンの予言はよくできた話だった。ある意味では、マーリンの企ては神々への挑戦だからだ。彼は気まぐれな神々を飼い馴らそうとしている。そしてその見返りに、だれもが神々をあがめる国をよみがえらせようとしているのだ。しかし、神々がどうして飼い馴らされることを望むだろう。神々はより力の劣るモーガンをみずからの道具に選び、マーリンの干渉を斥けようとしているのかもしれない。そうでなかったら、モーガンの敵意をどう説明できるというのか。あるいはモーガンも、アーサーと同じく、マーリンの探求をたわごとだと思っているのかもしれない。ローマ軍（レギオン）の訪れとともに消え去ったブリタニアを探し求めるのは、かなうはずもない老いぼれの夢だと思っているのだろうか。アーサーにしてみれば、もういちど戦争ができさえすればいいのだ。つまり、サクソンの王たちをブリタニアから放り出すための戦争である。とすれば、彼は姉のささやく予言を支持するにちがいない。その予言を支持することで、ディウルナハの血塗りの楯の前に、ブリタニアの槍をむだに折らずにすむのだ。アーサーは姉を利用して、貴重なドゥムノニア人の生命がフリーンで散るのを防ごうとしているのだろう。私と私の家来たち、そして愛しいカイヌインの生命は別として——なぜなら、私たちは誓いで縛られているから。

だが、マーリンは私たちをその誓いから解き放ったのだから、私は最後にもういちど、ポウイスにとどまるようカイヌインを説得しようとした。大釜はもう存在しないというアーサーの考えを話してきかせた。ローマ人に奪われて、巨大な宝物庫たるローマに送り込まれ、そこで溶かされて櫛だのマントのピンだの貨幣だのブローチだのにされてしまっただろう、と。すべて言い尽くして私がとうとう口をつぐむと、カイヌインは微笑んだ。そして、マーリンとアーサーのどちらを信じるのかとまた尋ねてきた。

「マーリンだ」私はまた答えた。

「わたしもよ」とカイヌイン。「だから行くの」

私たちはパンを焼き、糧食を荷造りし、武器を研いだ。翌日の晩、つまりマーリンの探求に旅立つ前夜、ついに雪が降りだした。初雪だった。


キネグラスにもらった二頭の小馬に糧食と毛皮を背負わせ、星を描いた楯を負い革で背負って、私たちは北へ続く道を歩きはじめた。イオルウェスが祝福を与えてくれ、キネグラスの軍勢が最初の数マイルは同行してくれた。しかし、スウス城の北の丘陵地帯を越え、ドゥールの沼という氷に閉ざされた広い沼沢地を過ぎたあたりで、軍勢は道の脇へよけて立ち止まり、先へ進んでゆくのはついに私たちだけになった。出立の前、わが命にかえても彼の妹は守ると私はキネグラスに約束した。彼は私を抱擁し、耳元でささやいた。「ダーヴェル、妹を殺してやってくれ。ディウルナハの慰みものになるくらいなら」

彼の眼に光る涙を見て、私の決心はぐらついた。「殿が行くなとお命じになれば、姫も耳を貸すかもしれません」

「無理だよ。だいたい、あいつはいまぐらい幸せだったときはないんだ。それに、イオルウェスはおまえたちが戻ってくると言っている。行くがいい、友よ」そう言って彼は抱擁を解いた。キネグラスは餞別にひと袋の黄金の鋳塊をくれ、いまそれは小馬の運ぶ荷にしまい込んである。

雪道は北のグウィネズに続いていた。この王国に足を踏み入れたのは初めてだったが、そこは粗野な荒涼とした国だった。ローマ人は来るには来たが、ここでは鉛と黄金を掘っていっただけだ。ほとんどなんの足跡も残さず、法律など与えもしなかった。人々はずんぐりした暗い小屋に住み、そんな小屋が寄り集まっている丸い石壁の内側から、犬が私たちに吠えかかった。石壁の上には、悪霊を寄せつけないように狼と熊の髑髏が並べてある。丘の頂きには目印に石塚が置かれ、数マイル行くごとに道端に柱が打ち込まれていて、ぼろぼろの衣服をまとった人骨がぶら下がっている。樹木はほとんど見当たらず、川は凍りつき、道はあちこちで雪に塞がっていた。夜になると、寄り集まって建つ小屋に一夜の宿を頼み、火の温もりの謝礼として、キネグラスの黄金の鋳塊を割ったかけらを渡した。

私たちは毛皮にくるまっていた。カイヌインと私、それに家来たちも、しらみのたかった狼の毛皮と鹿皮に身を包んでいたが、マーリンは大きな黒熊の毛皮から作った服を着ていた。ニムエは灰色のかわうその毛皮を着けており、私たちの毛皮よりずっと薄いのに、ほかの者が寒そうにしていてもひとり平気な顔をしていた。武器をたずさえていないのはニムエだけだ。マーリンはいつもの黒い杖を持っており、これは戦闘では恐るべき武器になる。私の家来たちはもちろん槍と剣を持っていたし、カイヌインでさえ軽い槍を持ち、刀身の長い山刀を鞘におさめて腰に吊っていた。黄金のひとつも帯びていなかったから、宿を貸してくれた人々は彼女の身分など思いつきもしなかった。ただ、その明るい髪の色に目を留めて、ニムエと同じくマーリンの巫女のひとりだと決め込んでいた。人々はマーリンを愛していた。みなマーリンのことを知っていて、身体の不自由な子供たちを連れてきては手触れを求めるのだった。

六日でガイ城（カイル・ガイ）にたどり着いた。ここは、グウィネズ王カドゥアロンが冬を過ごす町である。カイルじたいは丘の頂きに建つ砦であり、その砦の足元には深い谷間が口をあけていて、険しい斜面には高い木々が生い茂っていた。そしてその谷の底に、木の矢来に丸く囲まれて、木造の館、数戸の納屋、それに二十戸ばかりの粗末な住居が建っているのだ。すべてがひっそりと白い雪に包まれ、軒からは長い氷柱が下がっている。カドゥアロンは気むずかしい老人で、その館の広間はキネグラスの広間の三分の一ほどしかなく、戦士たちがひしめいているさまからして、その土の床に寝床を増やすのは容易なことではなさそうだ。私たちが入ってゆくと不承不承に場所があけられ、ニムエとカイヌインのためにひと隅に仕切りが作られた。その夜、カドゥアロンは歓迎の宴を張ってくれた。出されたのは塩漬けの羊肉とニンジンの煮物という質素な料理だったが、ここの貯えからすれば精いっぱいのもてなしだった。王は寛大にも、カイヌインを引き受けて八番めの妻にめとろうと申し出たが、断られても立腹の気色も落胆の表情も見せなかった。すでに七人もいる王の妻は、みな黒髪のむっつりした女たちで、一軒の丸い小屋にいっしょに住み、罵りあったり互いの子供たちをいじめあったりして暮らしているのだ。

カイル・ガイは、王の住まいでありながらむさ苦しいところだった。ドゥムノニアのユーサー以前に、カドゥアロンの父キネザ王が大王だったとはとても信じられない。その栄光の時代以降の不作続きで、グウィネズの兵力はがた落ちなのだ。同じく信じがたいのは、いまは氷と雪に輝く高山のふもとのこの谷間で、かつてアーサーが育てられたということだ。ユーサーに棄てられたあとアーサーの母が身を寄せたという家を、私は見に行ってみた。それは土壁の館で、大きさもクム・イサヴの私たちの家とほとんど変わらない。館を囲む樅の木々は、雪の重みで枝を低く垂らしている。館は《暗き道》の続く北に面して建っており、いまは三人の槍兵が家族や家畜とともに住み着いていた。アーサーの母はカドゥアロン王の腹ちがいの姉妹であり、王はアーサーのおじに当たる。だがアーサーは庶出の子でもあり、春のサクソン人討伐に王が親戚のよしみで多くの槍兵を派遣してくるということはなさそうだった。それどころか、ラグ谷ではアーサーに敵対する側にカドゥアロン王は兵を送ったのだ。しかし、この増援はポウイスとの友好関係を保つための予防措置であって、グウィネズ王がドゥムノニアを憎んでいるというわけではない。カドゥアロンの槍は、おおむね北のフリーンに向けられているのだ。

王は世嗣のバルシグを宴に呼び、私たちは彼からフリーンの話を聞くことができた。バルシグ王子はずんぐりした小男で、左のこめかみから走る傷痕が、つぶれた鼻梁を横切って濃いあごひげにまで達していた。歯が三本しか残っていないため、肉を咀嚼するのはひと苦労のうえに見苦しい。肉をつまんで一本きりの前歯にこすりつけ、ずたずたにすり切れると蜂蜜酒で呑み下すのだが、こんな苦労のあとでは、嚙みちぎった肉の切れ端と肉汁のために、剛く黒いあごひげはべとべとになってしまう。カドゥアロン王は、この王子の嫁にならないかと例の陰気な口調でカイヌインに勧めたが、またしても丁重に断られたのに、やはり気にしたふうも見せなかった。

バルシグ王子の話によれば、フリーン岬のはるか西、ボディアンの城砦にディウルナハは住んでいる。海越えのアイルランド人君主のひとりだが、デメティアのエンガス王とちがって、ディウルナハの軍勢は単一のアイルランド部族出身の兵士から成っているのではなく、さまざまな部族からの逃亡者の集まりだという。「あいつは、海を越えてくる者ならどんな悪党でも受け入れる。凶暴なやつほど歓迎するんだ」バルシグは言った。「アイルランド人は、ディウルナハを利用して無法者を厄介払いしてやがる。おまけにこのごろじゃ、無法者がありあまっているんだ」

「キリスト教徒どものせいだ」うなるような声でカドゥアロンがそっけなく説明し、唾を吐いた。

「フリーンはキリスト教国なんですか」私は驚いて尋ねかえした。

「そうではない」カドゥアロンは、私の無知を叱るようにぴしゃりと言った。「だが、アイルランドはキリスト教の神にひれ伏しておる。国を挙げてな。それゆえ、その神に我慢できん者がフリーンに逃げてくるわけよ」口から骨のかけらを引っ張り出して、陰気な顔でそれを眺めた。「そろそろ一戦交えねばなるまいて」

「ディウルナハの兵の数は増えておるのかな」マーリンが尋ねた。

「そう聞いておる。もっとも、大して噂も聞こえて来んがな」カドゥアロンは答えて、ふと目をあげた。広間の熱気で、傾斜した屋根の雪がゆるんだようだ。こするような音がしたかと思うと、くぐもった音が響いた。わら葺き屋根から雪が帯状にまとまって滑り落ちたのだ。

歯が抜けているために空気の洩れるような音を立てながら、バルシグが説明した。「ディウルナハは、ただ放っておいてほしいだけでな。こっちが手出しをしなければ、ときたま思い出したようにちょっかいを出してくるだけで満足しておる。ディウルナハの兵は奴隷をつかまえにやって来るが、北にはもう残っている者はあまりおらんし、連中はそう遠くまで足をのばそうとはせん。しかし、軍勢が膨れ上がってフリーンの畑で養いきれなくなれば、どこかよそに新しい土地を見つけようとするだろう」

「モン島は名高い豊作の土地ではないか」マーリンが言った。モン島は、フリーンの北の沖にある大きな島である。

「たしかに、モン島なら千人は養える」カドゥアロンが応じた。「だが、それは島の者が邪魔されずに、耕したり収穫したりできればの話だ。ところが、あそこには邪魔が入りっぱなしなのだ。分別のあるブリトン人はみな何年も前にフリーンを棄ててしもうたし、残っておる者は恐ろしさに縮こまっておる。ディウルナハが欲しいものを探しにくれば、だれでもそうするて」

「欲しいものとは？」私は尋ねた。

カドゥアロンは私に目をくれ、しばし口ごもったが、やがて肩をすくめて言った。「奴隷よ」

マーリンが猫撫で声で尋ねる。「あんたはそういう貢ぎものを送っておるのかな」

「平和のささやかな代償よ」カドゥアロンはあっさり片づけた。

「何人だね」マーリンが追及する。

「年に四十人」カドゥアロンがしぶしぶ答えた。「ほとんどは孤児さ。何人か囚人を送ることもある。だが、あやつがいちばん喜ぶのは若い女なのだ」と、暗い目でカイヌインを見た。「若い女がいくらいても足りんらしい」

「そういう男のかたはたくさんいますわ」カイヌインはそっけなく答えた。

「だが、ディウルナハにはかなわんさ」カドゥアロンが脅すように言った。「やつの魔法使いどもは、処女の皮をなめして楯に張っておれば、戦場では向かうところ敵なしだと教えておるのだ」肩をすくめて、「わしは試してみたことはないがな」

「それで子供を送っておられるのですか」カイヌインがなじるような口調で言った。

「ほかにどんな処女がおるというのだ」カドゥアロンがやり返す。

「たぶん、あいつは神々に依り憑かれているんだ」バルシグが言った。ディウルナハがなぜ処女を貪欲に求めるのか、それで説明がつくと言わんばかりだった。「あいつはどう見ても狂人だ。片方の眼が赤くてな」言葉を切って、灰色の羊肉を前歯にこすりつける。肉が薄くすり切れてしまうと、また言葉を継いだ。「あいつは楯に皮を張って、それに血でしるしを描いている。それで、自分たちのことを《血の楯》族と称しているんだ」カドゥアロンが魔除けのしるしを結んだ。バルシグがまた言葉を続ける。「ディウルナハは娘の肉を喰らうのだという者もいるが、ほんとうかどうかはわからん。狂人のやることはわからんよ」

「狂人は神々に近いのだ」カドゥアロンがうなった。彼は見るからにこの北の隣人を恐れていたが、それも無理はないと私は思った。

「神々に近い狂人もおる」マーリンが言った。「だが、すべてではない」

「ディウルナハは神々に近い」カドゥアロンは譲らない。「あやつは好きなことを、好きな相手に、好きなように仕掛ける。神々があやつの身を守って、好き勝手をやらせておるのだ」こんどは私が魔除けのしるしを結ぶ番だった。ふいに遠いドゥムノニアが恋しくなった。裁判所と宮殿と長いローマ道のあるあの国が。

マーリンが言った。「槍兵が二百もあれば、ディウルナハをフリーンから追い払えるだろう。海に追い落としてやればよいのだ」

「いちど試してみた」カドゥアロンが答える。「一週間で五十人の兵が赤痢で死に、五十人は自分の糞にまみれて震えておった。しかも四六時中、敵の兵どもが小馬に乗ってこちらを取り囲んで吠えておるのだ。夜になれば、どこからともなく長槍が雨あられと降ってきおる。ようようボディアンにたどり着いてみれば、高い城壁には死にかけた人間がずらりと掛けてある始末よ。まだ血を流して悲鳴をあげておる人間が、鉤に引っかけられて身悶えしておるのだ。兵士はだれひとり、あのような凄まじい壁によじ登ろうとはせなんだわ。わしとてそれは同じよ」王は認めた。「かりにわしがよじ登ったとして、それでどうなる？　あやつはモン島に逃げおったであろうし、船を集め、海を渡って追いかけたならば何日も何週間もかかったであろう。ディウルナハを海に追い散らそうにも、時間も槍兵も黄金も足らんのだ。だからわしは子供を送っておるのよ。そのほうが安上がりだからな」彼は大声で奴隷を呼び、蜂蜜酒の追加を命じた。いやな目つきでカイヌインをちらと見やり、「この娘をディウルナハにくれてやるがいい」とマーリンに言った。「そうすれば大釜をくれるかもしれんぞ」

「大釜のために、あやつにくれてやるものなどなにもない」マーリンが切って捨てるように言った。「そもそもあやつは、大釜が存在することすら知らんのだ」

「いまは知ってるぞ」バルシグが口をはさんだ。「あんたがなんのために北に向かってるのか、ブリタニアじゅう知らぬ者はおらんからな。それに、やつの魔法使いどもが大釜を欲しがっておらんとでも思うか？」

マーリンは笑顔になった。「王よ、槍兵を貸してくだされば、大釜とフリーンがいちどに手に入りますぞ」

カドゥアロンはこの申し出に鼻を鳴らした。「マーリン、ディウルナハはよき隣人はどうあるべきか教えてくれるぞ。この国を通行するのに許そう。そうせんとあんたの呪いが恐ろしいからな。しかし、兵士はひとりもつけてやるわけにゆかん。あんたの骨がフリーンの砂に埋められたときには、あんたがここを通ったのはわしには関わりのないことだとディウルナハには言うまでよ」

「私たちがどの道を行ったか、あやつに伝えるつもりかな」マーリンは尋ねた。ここから北へ通じる道は二本あるのだ。ひとつは海岸沿いの道であり、冬場に北に向かう者はたいていこの道を通る。もうひとつが《暗き道》で、冬にはとても通れないと思われている。この《暗き道》を選ぶことで、ディウルナハの裏をかこうとマーリンは考えていたのだ。そうすれば、来たことさえろくに気づかれないうちに、モン島から戻って来られるかもしれない。

カドゥアロンは、その夜初めて笑顔を見せた。「ディウルナハはもうとっくに知っておる」王はまたカイヌインにちらと目をやった。煙の垂れ込める暗い広間で、彼女はひときわ明るく輝いている。「まちがいなく、あんたが来るのを待ちかねておるだろう」

ディウルナハは、私たちが《暗き道》を通る計画なのを知っているのだろうか。それともカドゥアロンの憶測にすぎないのか。いずれにせよ、私たち全員をわざわいから守るために、私はとりあえず唾を吐いた。冬至は目前に迫っている。生命が弱まり、希望が色あせる一年で最も長い夜、悪鬼が跳梁するその夜を、私たちは《暗き道》で迎えることになるのだ。
カドゥアロンは私たちを愚か者と思い、ディウルナハは手ぐすねひいて待ち構えている。そんな状況で、私たちは毛皮にくるまって眠った。

翌朝は太陽が輝いていた。谷間を囲む山々の頂きを見上げると、純白に輝く光の棘が目に突き刺さってくる。空にはほとんど雲はなかったが、積もった雪が強風に舞い上がり、きらきら光る粒子の雲となって白い世界を漂っていた。私たちは小馬に荷物を背負わせ、カドゥアロンがしぶしぶ差し出した羊皮の贈り物を受け取って、《暗き道》に向かって歩きはじめた。この道はガイ城のすぐ北から始まっている。途上には集落も農地もなく、宿を借りようにも住む者もいない。ただひたすら、でこぼこの道が荒涼とした山地を延びてゆくばかり。この山地が天然の要害となり、カドゥアロンの国の中心部をディウルナハの血染めの楯から守っているのだ。道の始まりの目印に二本の柱が立っており、どちらのてっぺんにも襤褸布(ぼろぬの)をひっかけた人間の髑髏が載せてあった。髑髏から下がる長い氷柱が風に揺れて高い音を立てる。髑髏は北のディウルナハのほうを向いていた。わざわいを山のかなたにとどめておくための、これはふたつの護符なのだ。その髑髏のあいだを通るとき、見ればマーリンは首にかけた鉄の護符に触れていた。それで、マーリンの恐ろしい誓いのことを思い出した。《暗き道》に足を踏み出した瞬間から死にはじめるという死の誓い。乱す者とてなかった雪を、私たちの長靴が踏みしだき、踏み崩してゆく。その音を聞きながら、彼の死の誓いがいまこそ働きはじめたことを私はさとっていた。とはいえ、気をつけて見ていたが、マーリンに苦しげなようすはなかった。その日はずっと、山奥へと続く上りの道を進み、雪に足をすべらせ、白い息の雲に包まれて私たちは歩きつづけた。夜には見捨てられた羊飼いの小屋で眠った。幸いにも、古い木の梁や垂木に支えられて、穴だらけながら屋根は残っていたし、腐りかけたわらもあった。そのわらで起こした焚き火は、弱々しく明滅しながら雪の闇を照らしていた。

翌朝、まだ四分の一マイルも進まないうちに、背後の高所から角笛が響いた。みな立ち止まり、ふり向いて目のうえに手をかざすと、私たちが前夜すべり降りた山の頂きに黒い人の列が登ってきていた。十五人いる。全員が楯と剣と槍で武装していた。こちらの注意を惹いたと見てとると、走ったり滑ったりして雪の危険な斜面をくだりはじめた。進むにつれて派手に雪の雲が噴き上がり、それが風で西へ吹き流されてゆく。

家来たちは私の命令を待たずに列を作り、楯の負い革をほどいて槍を構え、道幅に広がって楯の壁を築いた。カヴァンの役割を引き継いだイッサが、兵士たちにひるむなと怒鳴りはじめる。だが、彼が怒鳴りだすより早く、私は近づいてくる楯のひとつに目を留めていた。奇妙な模様が描かれている。十字のしるし。あのキリスト教のしるしを楯に描いている男を、私はひとりしか知らない。ギャラハッドだ。

「味方だ！」イッサに向かってそう叫ぶが早いか、私は駆けだしていた。いまでは近づいてくる男たちの姿がはっきり見える。全員が、シルリアに残ってランスロットの宮殿の衛兵をさせられていた私の家来たちだった。その楯にはいまもアーサーの熊のしるしが描いてあるが、それを率いるのはギャラハッドの十字のしるしだ。彼は手をふりながら叫んでいたが、私も同じことをしていたから、なんと言っているのか聞こえない。私たちはついに駆け寄って抱き合った。「王子、よく来てくれた」私は彼に挨拶し、あらためて固く抱擁した。この世で得たあらゆる友人のうちで、彼にまさる友はいなかったから。

ギャラハッドは金髪に丸顔で、目鼻だちがはっきりしている。異母兄のランスロットが細面で繊細な顔だちなのと正反対だ。アーサーと同じく、ひと目で信用できると思わせるところがあって、キリスト教徒がみなギャラハッドのようだったら、私はあの若いころに十字架に帰依していただろうと思う。「ゆうべはずっとあの尾根の向こうで眠ったんだ」と、彼はくだってきた道のうえのほうを示した。「私たちが凍えそうになっているときに、きみたちはあそこで休んでいたんだな」こんどは、いまも薄い煙が立ち昇る私たちの焚き火あとを指さした。

「そうとも、ぬくぬくとな」私は答えた。

追いかけてきた家来たちはもとの仲間と再会を喜びあっていたが、それが一段落すると、私はかれら全員を抱擁し、カイヌインに紹介した。新参の家来たちはひとりずつひざまずいて、カイヌインに忠誠を誓った。彼女が婚約の宴から逃げ出して私を選んだという話は知れわたっており、家来たちはそのゆえに彼女を愛し、抜き身の剣の刃を差し出して王族の手触れを求めているのだ。「残りの者たちは?」私はギャラハッドに尋ねた。

「アーサーの軍に加わりにいった」彼は顔をしかめた。「残念だが、キリスト教徒はひとりも来なかったよ。私はべつだが」

「異教の大釜に、こんなことをするだけの価値があると思うのか?」私は尋ね、行く手に延びる寒々とした道を示した。

「この道の先にはディウルナハがいる」ギャラハッドは言った。「悪魔の穴から這い出してきたどんな化物にもまさる悪の王だと聞いている。悪と戦うのはキリスト教徒の務めだ。だから来たのさ」マーリンとニムエに挨拶したあと、彼はカイヌインを抱擁した。彼は王子で、彼女と同等の身分だからである。「あなたは幸運なかただ」とささやくのが聞こえた。

カイヌインは微笑み、彼の頬に口づけをした。「ますます幸運になりますわ、あなたが来てくださったんですから」

「きっとご期待に添いますよ」ギャラハッドは抱擁を解いて、私に目を向け、またカイヌインの顔に目を移した。「ブリタニアじゅう、あなたたちの噂でもちきりですよ」

「ブリタニアじゅう、しゃべくるしか能のない暇人だらけだからさ」マーリンが吐き捨てるように言った。突然の刺々しい口調にだれもがぎょっとする。「道は長いのだ。くだらぬ噂話などしている暇はないぞ」マーリンはやつれた顔をし、ひどくいらいらしていた。だが、私はそれをマーリンの高齢のせいにし、また寒さ厳しい時期につらい旅をしているせいにして、彼の死の誓いのことは考えまいとしていた。

その山地を越えるのにさらに二日かかった。《暗き道》は長くはないが、楽な道ではなく、険しい山をのぼったかと思うと、深く裂けた谷間にくだってゆく。そしてそんな谷間では、かすかな音さえうつろにこだまし、切り立った斜面は氷に閉ざされてしんしんと冷えるのだった。《暗き道》に出て二日めの夜は、見捨てられた村を見つけてそこで過ごした。人の身長ほどの壁に囲まれて、石造りの小屋が寄り集まって建っている。その壁の上に歩哨を三人立てて、月光に輝く氷の斜面を見張らせた。火を起こす材料がなかったので、身を寄せ合って腰をおろし、歌を歌い、物語を語って、血染めの楯のことは考えないように努めた。その夜、ギャラハッドはシルリアのようすを語ってくれた。彼の兄は、前王ギンドライスの都ニディムをそのまま継承するのを拒否しているという。ドゥムノニアからあまりに遠いうえに、ローマ時代の無味乾燥な町並みのほかにはなんの施設もないからだ。そこで、彼はシルリアの都をイスカに移した。アスク川のほとりにあるローマ時代の巨大な城砦で、国境のすぐ近くにあってグウェントから石を投げれば届くほどだ。シルリアにとどまっていながら、これほどドゥムノニアに近づける場所はほかにない。「兄はモザイクの床と大理石の壁が好きでね。イスカにはそれがけっこうあるから、まずまず満足なんだ。あそこにシルリアじゅうのドルイドを集めている」

「シルリアにはドルイドなどおらん」マーリンがうなった。「少なくともまともなドルイドはな」

「では、自分でドルイドと名乗っている者をです」ギャラハッドが辛抱強く言う。「とくにランスロットが重んじてるのがふたりいて、そのふたりに呪いをかけさせているんだ」

「おれを呪って？」私は尋ね、ハウェルバネの柄の鉄に触れた。

「きみだけじゃない」ギャラハッドはカイヌインのほうをちらと見て、十字を切った。「兄もそのうち忘れるよ」安心させようとして付け加える。

「死ぬまで忘れるものか」マーリンが言った。「死んだあとでさえ、恨みを抱えて剣の橋を渡るようなやつだ」

彼は身を震わせたが、ランスロットの敵意が恐ろしかったからではなく、寒かったからだ。「それで、とくに重んじられておるふたりのドルイドもどきというのは？」

「タナビアスの孫たちです」それを聞いて、冷たい手にじわりと心臓をつかまれたようだった。タナビアスを殺したのは私なのだ。彼の魂を奪う権利を与えられていたのはたしかだが、それにしてもドルイドを殺すのは向こう見ずな愚か者だけだ。いまわのきわのタナビアスの呪いは、いまも私のまわりに漂っている。

翌日、旅はなかなかはかどらなかった。ペースが落ちたのはマーリンのせいだ。自分は元気だと言い張って手を借りようとしないのだが、しょっちゅう足がもつれていたし、顔は黄ばんでやつれ、息を切らして激しくあえいでいる。夜が来る前に最後の峠を越えたいと思っていたのだが、峠への道を登っている途中で、早くも短い昼の光は薄れはじめていた。午後いっぱい、山頂に向かってくねくねとのびる《暗き道》をたどった。もっとも、あれを道と呼んでは道に失礼だろう。石ころだらけの危険な細道で、凍った川と何度も交わっている。川はあちこちで小さな滝になっていて、その滝の縁から氷が分厚く垂れ下がっていた。小馬はしょっちゅう足を滑らせ、ときにはてこでも動こうとしなくなる。牽いているときより、後ろから押しているときのほうが多いような気さえするほどだった。それでも、最後の陽光が西に冷たく吸い込まれてゆくころには、どうにか峠にたどり着くことができた。ドルヴォルインの頂きで、身の毛もよだつ夢に見たとおりの場所だった。同じように荒涼として寒かったが、行く手に立ちふさがる黒い悪鬼は現れなかった。峠を越えると《暗き道》は急にくだってフリーンの狭い海岸平野に連なり、そこから北の海岸まで続いている。

そしてその海岸の向こうに、モン島はあった。

この祝福された島を見るのは初めてだった。子供のときからしじゅう聞かされてその魔力のことは知っていたし、《暗黒の年》にローマ人によって踏みにじられたのを惜しんではいたが、この目で見るのは初めてだったのだ——あの夢で見たのはべつとして。いま冬の夕暮れに見るその島は、夢に見た美しい幻影とは似ても似つかなかった。陽光はなく、雲の影に包まれた大きな島は、暗く不気味に見えた。低い山並みのあちこちに黒い池が見え、そのにぶい輝きがいっそう陰惨な印象を深めている。ほとんど雪は積もっていなかったが、ごつごつした海岸に鉛色の暗い海が白く波立っていた。島を目にするなり、私はひざまずいた。だれもがひざまずいていた。立っているのはギャラハッドだけだったが、その彼もしまいには敬意を表して片膝をついた。キリスト教徒として、彼はローマに行くことを夢見たり、さらにかなたのエルサレム（そんな場所がほんとうにあるとすればだが）に行きたいとさえ考えることもあったのだが、私たちにとってはモン島こそがローマでありエルサレムなのだ。私たちはいま、その聖なる地を目にしているのである。

聖地を目にすることは、またフリーンに足を踏み入れることでもあった。標識があるわけではないが、私たちはついに国境を越えたのである。眼下に広がる海岸平野に点在するわずかばかりの集落、あれはディウルナハの所有物なのだ。畑は薄く雪に覆われ、小屋からは煙が立ち昇っている。しかし、この陰鬱な空間には動く人影らしきものは見えなかった。たぶんだれもが、どうやってあの島へ渡るのかといぶかっていたにちがいない。それを見透かしたようにマーリンが言った。「あの海峡には渡し船がある」私たちのなかでモン島に渡ったことがあるのはマーリンだけだが、それはもう何年も前のこと、大釜がいまも存在するとわかるよりずっと前のことだった。当時はまだ、グィネヴィアの父レオデガン王がこの土地を治めていた。ディウルナハのぼろぼろの船がアイルランドから渡ってきて、レオデガンと彼の母なしの娘たちをその王国から追い払ったのはそのあとのことになる。マーリンが言った。「朝になったら、海岸まで歩いていって渡し守に手間賃を払えばよい。われらがこの国に入り込んだことをディウルナハが知るころには、もうおさらばしておるという寸法よ」

「しかし、ディウルナハはモン島まで追いかけてくるのでは」ギャラハッドが不安げに言った。

「そのころには、こんどはモン島からおさらばしておる」マーリンは言ってくしゃみをした。ひどく寒そうだった。鼻水が垂れ、頬は青ざめて、ときどき震えが止まらなくなる。しかし、小さな革袋から薬草の粉を取り出して、ひとすくいの溶かした雪とともに呑みくだしては、もう大丈夫だと言い張るのだった。

翌朝はさらに具合が悪そうだった。前夜は岩場の裂け目で過ごしたのだが、恐ろしくて火を焚くことはできなかった。もっとも、道を登ったあたりで見つけたケナガイタチの頭蓋骨を使って、ニムエが雲隠れの魔法をかけてはいたのだが。歩哨を立てて海岸平野を見張らせたところ、三箇所に小さな焚き火の明かりが見え、人間がいることを示していた。ほかの者たちは、岩の裂け目の奥深くで身を寄せあい、震えながら寒さに悪態をつき、ほんとうに夜は明けるのかと不安に駆られていた。それでも、ついに朝は訪れた。しかし、病みやつれた陽光が徐々にしみ込んでくると、かなたの島はいっそう黒々と、いままで以上に恐ろしげに見えた。しかしニムエの魔法が効いたらしく、《暗き道》の果てに槍兵の姿は見えなかった。

マーリンはがたがた震えており、弱っていてとても歩けそうにないので、マントと槍で作った担架に乗せて槍兵四人で運ばせることにした。私たちは坂を滑りながらじりじりと進み、ついに風にねじくれたフリーンの低木の茂みのはたまで達した。道はここで急に下っており、わだちの跡はかちかちに凍りついている。よじれたオークの木々、ひょろひょろの柊(ひいらぎ)の木、そして打ち棄てられた狭い畑のあいだを、道はくねくねとのびてゆく。マーリンはうめきながら身を震わせている。引き返したほうがいいのではないかとイッサが言いだした。「あの山をいままた越えたら」ニムエが答える。「まちがいなく死ぬわ。進むしかないのよ」

道がふた股に分かれるところまで来て、初めてディウルナハの気配が感じられた。馬毛の縄で結わえた骸骨が柱から下がっていて、その乾いた骨が身を切るような西風にからからと鳴っている。その人骨の下には、三羽の鴉が柱に釘で打ちつけてあった。そのこわばった死体にニムエは鼻を近づけて、どんな魔法がその死骸に吹き込まれているのか確かめようとした。「小便をかけい！　小便を！」担架に横たわったマーリンがやっと声をあげる。「ぐずぐずするな、ニムエ！　小便をかけるのだ！」マーリンはすさまじく咳き込み、頭をめぐらして痰を溝に向かって吐いた。「死なんぞ」彼はつぶやいた。「死ぬものか！」マーリンがまたぐったりと横たわったのを見て、ニムエは柱のそばにうずくまった。「われらの到着は知られておるぞ」マーリンが私に警告した。

「このあたりにいるんですか」私はマーリンのそばにしゃがんで尋ねた。

「だれかがおる。油断するな、ダーヴェル」目を閉じてため息をつく。「私は老いた」消え入りそうな声だった。「老いさらばえた。そのうえここには邪悪が満ちておる。あたり一面に」首をふって、「あの島へ連れていってくれ。それだけでよい。あの島に着きさえすれば。大釜がすべてを癒してくれる」

ニムエは排尿を終えて、尿の湯気がどちらに流れるか見守っていた。湯気は風に吹かれて右手の道のほうへ流れてゆく。その前兆で進むべき道が決まった。出発する前、一頭の小馬の背負った革袋から、ニムエは小妖精の石鏃（エルフボルト）と鷲の安産石をひとつかみ取り出して、槍兵たちに配って歩いた。「お守りよ」と言って蛇石（スネークストーン）をマーリンの担架に置くと、「出発」とみなに号令をかけた。

私たちは午前中いっぱい歩きつづけた。マーリンを運んでいるのでそう早くは進めない。人っ子ひとり見えず、まるで死者の国に足を踏み入れたかのようで、家来たちは総毛立つような恐怖に囚われていた。低木の茂みではナナカマドや柊が実をつけており、ツグミやコマドリが枝に遊んではいたが、牛も羊も、それを飼う人の姿も見えなかった。いちど集落から煙のすじが風に吹かれているのを見るには見たが、それははるか遠く離れていて、集落を囲む丸い壁からこちらを見張っている者はいそうもなかった。

しかし、この死の国にやはり人はいた。それがわかったのは、小さな谷間で休憩をとったときだった。凍った岸のあいだを川がものうげに流れ、風にねじけた小さな黒いオークの木々が川に覆いかぶさるように茂り、その入り組んだ枝の一本一本が白い霜で繊細に飾られている。その木の下で休憩をとっていたとき、しんがりで見張りに立っていた槍兵のグウィリムが私を呼んだのだ。

オークの茂みの端まで出てゆくと、山の斜面のふもと近くで火が焚かれているのがわかった。炎は見えず、どろりと濃い灰色の煙が見えただけだ。煙は激しく噴き上がってから、上空で西風に吹き散らされてゆく。グウィリムは槍の穂先でその煙を指し示し、わざわいを寄せつけないよう唾を吐いた。

ギャラハッドが私のかたわらにやって来て、「狼煙（のろし）だろうか」と尋ねる。

「たぶんな」

「では、私たちがここにいるのは知られているんだな」ギャラハッドは十字を切った。

「知られてるわ」ニムエが加わった。マーリンの重く黒い杖を持っている。この冷たく死に絶えた土地で、彼女ひとりが身内に情熱をたぎらせているように見えた。マーリンは病み、私たちはみな恐怖にすくんでいたが、ディウルナハの暗黒の王国の奥深く入り込むほどに、ニムエの闘志はいよいよ燃え盛る。彼女はいま大釜に近づいているのだ。大釜の誘引力は、彼女の骨を燃やす炎のようだった。「あたしたちは見張られてるのよ」

「魔法で隠れられないか？」もういちど雲隠れの魔法をかけてもらいたくて、私は尋ねた。

ニムエは首をふった。「ダーヴェル、ここは敵の国なのよ。ここでは向こうの神々のほうが力が強いの」ギャラハッドがまた十字を切るのを見て、ニムエは鼻を鳴らした。「あんたの釘付けにされた神なんか、クロム・ドーにはかなわないわ」

「ここにいるのか」私はぞっとして尋ねた。

「そのものでなくても、それに似たのがね」彼女は言った。クロム・ドーは暗黒の神であり、恐ろしい悪夢を与える異形の邪悪な恐怖の神だ。ほかの神々はクロム・ドーを避けるというから、私たちはこの神のなすがままということになる。

「じゃあ、もうおしまいだ」グウィリムが平板な声で言う。

「お黙り！」ニムエが嚙みついた。「おしまいになるのは、大釜を見つけそこなったときだけよ。そうなったら、どっちみちなにもかもおしまいになるのさ。ダーヴェル、いつまであの煙を見てるつもりなの」

私たちは歩きつづけた。マーリンはもう口をきくこともできず、毛皮をこんもりかぶせても、歯の鳴るのは止まらなかった。「死にかけてるのよ」ニムエが私に静かに言った。

「じゃあ、隠れ場所を見つけて火を焚かなきゃ」

「それであったまりながら、ディウルナハの槍兵に皆殺しにされようっていうの？」ニムエは嘲笑った。「ダーヴェル、マーリンが死にかけてるのはね、夢に近づいてる証拠なのよ。神々と取引をしたからなの」

「大釜と引換えに、命を投げ出すってこと？」私をはさんでニムエの反対側を歩いていたカイヌインが尋ねた。

「そういうわけじゃないわ」ニムエが答える。皮肉な口調になって、「だけど、あんたたちふたりがあの小さなおうちを飾り立てているあいだに、あたしたちはイドリスの座（カダイル・イドリス）に行ってたんだ。そこで犠牲を捧げたのよ。古い犠牲を捧げて、マーリンは自分の命を差し出したの。大釜のためじゃなく、この探求のためにね。大釜が見つかれば死なないけど、探求に失敗したら死んで、犠牲に捧げられた男の影の魂は、時がつづくかぎりマーリンの魂を所有できるわけ」

　その古い犠牲の儀式のことは知っていたが、いまの時代に行われたという話はついぞ聞いたことがない。「その犠牲ってだれだ？」私は尋ねた。

「あんたは知らないわ。あたしたちはみんな知らない。名もない男よ」ニムエは平然と言った。「だけど、そいつの影の魂はそのへんからあたしたちを見ていて、失敗するのを待ってる。マーリンの命を欲しがっているのよ」

「もう関係ないじゃないか。どっちみちマーリンが死ぬんなら」私は言った。

「死にやしないわ、なんてこと言うの！　大釜を見つければいいのよ」

「わたしに見つけられるかしら」カイヌインが心もとなげに言う。

「もちろん」ニムエは自信たっぷりだ。

「どうやって？」

「あんたは夢を見るわ。その夢が大釜に導いてくれる」

本土と島とを分ける海峡にたどり着いたとき、私はふと気がついた。ディウルナハは、私たちが大釜を見つけることを望んでいるのだ。あの狼煙からして彼の手下どもがこちらを見張っているのはまちがいないのに、かれらは姿を現しもせず、行く手を阻もうともしなかった。ディウルナハはマーリンの目的を知っていて、探求が成功したら大釜を横取りするつもりなのだろう。そうでなかったら、私たちがこんなにやすやすとモン島にたどり着くのを黙って見ているはずがない。

海峡は広くはなかったが、鉛色の潮が渦を巻き、岸を洗い、激しく泡立ちながら流れていた。狭い海峡を抜けようとして、潮流はあるいは剣呑な渦を巻き、あるいは隠れた岩礁にぶつかって白く砕け散っている。だがその海も、かなたの岸の不気味さにはかなわない。ぽっかりと虚ろで暗く荒涼として、訪れる者の魂を呑み込もうと待っているかのようだ。草むした斜面を見やると身震いが走り、はるかに遠い《暗黒の日》のことを思わずにはいられない。この岩だらけの海岸に立って、ローマ人も向こう岸を眺めたのだ。ドルイドがずらりと並んで、この外国の戦士たちに恐ろしい呪いの言葉を投げかけていただろう。呪いは効き目をあらわさず、ローマ人は海峡を渡り、モン島は死に絶えた。そしていま、私たちはその同じ場所に立ち、過ぎた年月を呼び戻そうとこれを最後の絶望的な戦いに乗り出している。悲しみと苦難の数世紀を巻き戻して、ローマ人がやって来る前の祝福されたブリタニアをよみがえらせようというのだ。マーリンのブリタニア、神々のブリタニア。サクソン人のいない、黄金と宴の間と奇跡に満ちたブリタニアを。

私たちは海峡の最も狭い箇所を目指して東に進み、岩の岬をまわった。そして、ぬうっとそびえる見捨てられた土の砦の足元で、小さな砂利の浜に二艘の小舟が引き上げられているのを見つけた。十二人の男たちが、その小舟とともに待っていた。まるで私たちが来るのを知っていたようだった。「渡し守なの？」カイヌインが私に尋ねてきた。

「ディウルナハの水夫どもだ」私は言って、ハウェルバネの柄の鉄に触れた。「おれたちを島に渡らせようとしてるんだ」王が手を貸そうとしているのが恐ろしかった。

船乗りたちはこちらを恐れるそぶりも見せない。ずんぐりした武骨な連中で、ひげにも分厚い毛織の服にも魚のうろこをこびりつかせていた。魚をおろす包丁と銛を別にすれば、武器は帯びていない。ディウルナハの槍兵を見なかったかとギャラハッドが尋ねたが、言葉がわからないというように肩をすくめるだけだ。ニムエが母語のアイルランド語で話しかけると慇懃に応じて、《血の楯勢》はひとりも見なかったと断言した。しかし、潮が満ちるまで待たなければ渡れないという。潮が満ちきらないと、安全に舟を渡すことはできないらしい。

小舟にマーリンの寝床を作り、イッサと私は無人の砦に登って内陸のほうを眺めた。ねじくれたオークの谷間から、また煙の柱が空へと立ち昇っている。だがほかには変わったようすはなく、敵の姿は見えなかった。しかし敵はいる。すぐそばに迫っていることは、その血塗られた楯を見なくてもわかる。イッサは槍の刃に手を触れて、「モン島ってのは、死ぬにはいい場所みたいですね」

私はにやりとした。「生きるのにいい場所になるさ」

「けど、あれは祝福された島なんだから、あそこで死んだ者の魂はぶじに異世に行き着けるんでしょ」イッサは不安げに尋ねた。

「もちろんさ」私は請け合ってやった。「剣の橋を渡るときはいっしょだぞ」そして、カイヌインは私より一歩か二歩だけ先に渡ることになるのだ、と胸のうちで決めていた。ディウルナハの兵士どもに手を触れさせる前に、私がこの手にかけるのだ。私はハウェルバネを抜いた。長い刀身はまだ煤に汚れ、ニムエが呪文を書いたあとが残っている。切っ先をイッサの顔に突きつけて命令した。「誓いを立てよ」

イッサは片膝をついた。「なんでも誓います」

「イッサ、おれがカイヌインより先に死んだら、ディウルナハの兵士の手に落ちないように、剣のひと振りで殺してやってくれ」

イッサは剣の切っ先に口づけをした。「誓います、殿」

潮が満ちると渦巻く潮流は消え、海は静まりかえった。風の起こす波が、砂利浜に浮き上がった二艘の舟を揺らしているばかりだ。私たちは小馬を先に乗せた。舟は細長く、べたつく魚網に囲まれて腰を落ち着けると、すぐに水を掻い出せと舟人たちが身ぶり手ぶりで指示してくる。タールを塗った板のすきまから海水がしみ込んでくるのだ。兜を使って冷たい海水を汲んでは捨て、水夫たちが長い櫂を櫂栓のあいだに差し入れるのを見ながら、私は海神マナウィダンに加護を祈った。マーリンは震えていた。顔は見たこともないほど白くなっていたが、いやな黄色みを帯びていて、口の隅から吹き出す唾が点々と泡を散らしている。意識はなかったが、うなされて奇妙なうわごとをつぶやいていた。

水夫たちは、櫂をあやつりながら奇妙な歌を歌っていたが、海峡のなかばに達すると口をつぐんだ。そこで手を止めると、どちらの舟でもそれぞれひとりの水夫が、あとにしてきた陸地のほうを指さした。

私たちはふり向いた。最初のうちは、黒くのびる海岸線と、かなたの雪をいただく紫がかった黒の山並みが見えるばかりだったが、やがて岩だらけの海岸の向こうに、黒いものが動くのが目に入った。ぼろぼろの旗印だ。竿に結びつけた細長いぼろきれが翻っているだけだが、それが見えたと思うまもなく、忽然と戦士の列が海峡の岸に姿を現した。かれらは嘲笑っていた。その耳障りな笑い声は冷たい風に乗って海面を渡り、舟ばたを洗う波の音を圧してはっきりと聞こえてくる。戦士たちはみな毛深い小馬にまたがり、ずたずたに裂けた黒いぼろ布のようなものをまとっていた。そのぼろ布が、微風に吹かれてはためいている。楯をかまえ、アイルランド人好みのやたらに長い戦槍を持っていたが、私が恐ろしかったのはその楯でも槍でもなかった。襤褸(ぼろ)をまとい蓬髪をなびかせた粗野な風体を見ているうちに、なぜかふいに全身に悪寒が走った。それともあれは、鉛色の海面にさざ波をたてる西風に、みぞれが混じりはじめたせいだったのだろうか。

ぼろぼろの黒い人影は、舟がモン島の浜に乗り上げるのを見守っていた。マーリンをおろし、小馬をぶじ上陸させるのを手伝うと、水夫たちはまた舟を海に戻して漕ぎ出してゆく。

「あの舟を引き止めておかなくていいのか」ギャラハッドが尋ねてきた。

「どうやって？」私は尋ねかえした。「それには兵士をふた手に分けなくちゃならん。いっぽうは舟を見張り、もういっぽうはカイヌインやニムエについて行くことになる」

「それじゃあ、どうやって本土に戻るんだ」とギャラハッド。

私はニムエの自信たっぷりな口調をまねして答えた。「大釜があれば、なんだってできる」ほかになんと答えようがあっただろうか。打ち明ける勇気はなかったが、本音を言えば私は命運尽きたと感じていた。はるか昔にドルイドのかけた呪いが、いまでも私たちの魂の周囲にこごっているような気がした。

浜から北へ向かった。カモメがこちらに向かって騒ぎ立て、空を舞うみぞれを突いて頭上を旋回している。その下で、私たちは岩場から荒涼たる荒野(ムーア)へ登っていった。見渡すかぎりのムーアには、あちこちに岩の露頭が見えるばかりだ。ローマ人がやって来てモン島を破壊する以前には、ここには聖なるオークの木々が鬱蒼と生い茂り、その木々のあいだでブリタニア最大の秘儀が行われていたのである。その儀式の知らせは、ブリタニアやアイルランドはもちろん、ガリアでも季節季節を支配していた。ここは神々が地上にくだる場所、人間と神々のつながりが最も強い場所だった。それが、ローマ人の突き出す短い剣によって断ち切られたのである。ここは聖なる土地ではあるが、進むには困難な土地でもあった。たった一時間歩いただけで広大な沼沢地にぶつかり、島の内奥に通じる道が断たれたように思われた。沼地の縁に沿って歩きまわり、道を探したが見つからなかった。日も翳りはじめたので、尖った草の茂る藪や、ずぶずぶと足の沈む危険な沼に槍の柄を突き立てて、できるだけ固い通り道を探して進んだ。足は凍った泥に浸かり、みぞれが毛皮の内に忍び込んでくる。小馬の一頭はついに動こうとしなくなり、もう一頭は頭がおかしくなって暴れだしたため、残っていた荷物を背からおろし、みんなで分担して運ぶことにして、小馬はその場に捨ててゆくしかなかった。

苦しい道のりは続いた。ときどきは丸い楯のうえに座って休憩をとった。楯は浅い網代舟のようにしばらくは体重を支えてくれるが、やがては半塩水が縁を越えて入ってきて、結局は立ち上がらなければならないのだった。みぞれはしだいに濃く激しくなり、強さを増す風のために横なぐりに吹きつけてくる。風は沼沢地の草をなぎ倒し、寒さを骨の髄にまでたたき込んできた。マーリンは奇妙な言葉を叫び、頭を激しく左右に振っている。兵士たちにも弱ってくる者が出はじめた。寒いせいばかりではない。この荒れはてた土地をいま支配しているのがどんな神々か知らないが、かれらの悪意にも私たちはさらされているのだ。

湿地の向こう側へ最初にたどり着いたのはニムエだった。彼女は草むらから草むらへと飛び移り、進む道筋を示していたが、とうとう固い地面に達すると、そこで飛んだり跳ねたりして、もう少しで楽になると知らせて励ました。と、彼女はふいに凍りつき、ややあってマーリンの杖をあげて、もと来た方角を指し示した。

ふり向くと、あの黒い騎馬兵たちがついて来ていた。いまでは数が増えている。襤褸をまとった《血の楯》の大軍が、そろって湿地の向こう側からこちらを眺めているのだ。三本のぼろぼろの旗が頭上で翻り、皮肉な挨拶として一本が高く掲げられたかと思うと、騎馬兵たちは小馬を東に向けた。「こんなところへ連れてくるんじゃなかった」私はカイヌインに言った。

「ダーヴェル、わたしは連れて来られたんじゃないわ。自分の意志で来たのよ」手袋をはめた手で、カイヌインは私の顔に触れた。「だから、去るときも自分の意志で去るわ」

湿地を過ぎると道は上りになり、私たちは低い尾根を越えた。そこから、沼沢地や孤立した岩場の点在する狭い野を眺めわたす。今夜を過ごすねぐらを見つけなければならない。やがて、八軒の石の小屋から成る集落が見つかった。そのぐるりには、槍ほどの高さの壁が丸く築かれていた。人けはなかったが、人が住んでいるのは明らかだった。小さな石の小屋は掃き清めてあったし、炉の灰に触れるとまだわずかに温かい。一軒の屋根の芝草をはがして梁や垂木を割り、それを薪にしてマーリンのために火を起こした。マーリンはいまでは震えながらうわごとを言っている。私たちは見張りをひとり立ててから、毛皮を脱ぎ、濡れた長靴と湿ったすね当てを乾かそうと努めた。

灰色の空から洩れる太陽の光がついに消えようとするころ、私は壁のうえに立って周囲を見まわした。なにも見えなかった。

夜の前半の見張りに私も含めて四人が立ち、次にギャラハッドとほか三人の槍兵が歩哨に立って、雨の闇を夜通し見張りつづけた。だが、風の音と小屋の中で火がはじける音のほかは、物音を耳にした者はいなかった。なにも聞こえず、なにも見えなかった。それなのに、朝の弱々しい光が射しそめたときには、切られたばかりの羊の首が壁の一角に載せられて、血を滴らせていた。

ニムエはいまいましげに羊の首を壁の笠石から叩き落とし、空に向かって挑戦の雄叫びをあげた。小袋から灰色の粉を取り出して羊の鮮血にふりかけると、マーリンの杖で壁を叩き、邪悪な力は撃退されたと言った。だれもが彼女のことばを信じた。信じたかった。同じように、マーリンは死なないとも信じたかった。だが彼は死人のように青ざめ、呼吸に浅くなり、もうひとことも発しなくなっている。最後のパンを食べさせようとしたが、彼はそのかけらを弱々しく吐き出した。ニムエが静かに言った。「きょうじゅうに大釜を見つけないと。マーリンが死なないうちに」私たちは荷物をまとめ、楯を背にかつぎ上げ、槍を手にとって、ニムエについて北に向かった。

ニムエは先頭に立って歩いてゆく。マーリンは、この聖なる島について知っていることをすべて彼女に教えており、その知識がこの午前中いっぱい私たちを北に導いたのだ。ねぐらを出るとすぐに《血の楯》の軍勢が姿を現した。もう目的地は近いというので大胆になり、いつ見ても二十人ほど、ときにはその三倍もの数の兵が姿をさらしていた。私たちを取り巻くゆるやかな輪を作っていたが、槍の届く範囲内に近づかないよう、じゅうぶん距離をおいていた。夜明けとともにみぞれはやみ、ただ冷たい湿った風がムーアの草をなぎ倒し、ぼろ雑巾のような騎馬兵の黒いマントをはためかせている。

正午を少し過ぎるころ、ニムエによればフリン・ケリグ・バッハという場所にたどり着いた。その名は「小石の湖」という意味で、沼沢地に囲まれた暗い湖には浅く水が張っていた。古きブリトン人が最も神聖な儀式を行っていた場所だ、とニムエは言った。そしてここから私たちの探求は始まるのだと。だが、ブリタニア最大の宝を探すにしては、そこはあまりに荒涼とした場所に思えた。西には小さな浅い海峡があり、その向こうにはまた別の島がある。南と北にはただ農地と岩山があるだけで、東はちっぽけだが険しい丘になっており、てっぺんに載っている一群の灰色の岩は、その朝通り過ぎてきた二十もの岩の露頭に似ていた。マーリンは死んだように横たわっている。かたわらにひざまずいて耳を顔に近づけなければ、苦しげな呼吸のかすかにきしるような音も聞こえない。手をひたいに置いてみると冷たかった。彼の頬に口づけをして、「がんばってください」と私はささやいた。「がんばって」

ニムエが、槍兵のひとりに地面に槍を突き刺すよう命じた。固い地面にどうにか穂先が突っ立つと、ニムエはマントを六枚集め、それを槍の柄に掛けて、すそに石で重しをして、一種の天幕をこしらえた。黒い騎馬兵たちは私たちのぐるりに輪を作っていたが、かなり離れていたから、向こうもこちらも相手にちょっかいを出すことはできなかった。

ニムエはかわうその毛皮の下を探って、私がドルヴォルインで薬を飲んだあの銀の杯と、蠟で栓をした陶製の小壜を取り出した。天幕の下にもぐりこみ、カイヌインに手招きする。

私は待った。湖の面に風が黒いさざ波を立てている。と、カイヌインの悲鳴が響いた。ややあって、ふたたび身も凍る悲鳴。思わず天幕へ駆け寄ろうとして、イッサの槍にさえぎられた。ギャラハッドはキリスト教徒なのだから、この手のことは信じていないはずだ。それなのに、その彼までイッサと並んで立ち、私に向かって肩をすくめて言った。「はるばるやって来たんだ。最後まで見届けようじゃないか」

カイヌインがまた悲鳴をあげた。それに応えるように、こんどはマーリンがかすかに哀れっぽいうめき声を洩らす。私はマーリンのかたわらにひざまずき、ひたいをなでた。あの黒い天幕のなかで、カイヌインがどんな恐怖を夢に見ているのか考えたくなかった。

郵便はがき

料金受取人払郵便

新宿局承認

7985

差出有効期限
2020年9月
30日まで

切手をはらずにお出し下さい

1 6 0 - 8 7 9 1

3 4 3

(受取人)
東京都新宿区
新宿一-二五-一三

原書房

読者係 行

1 6 0 8 7 9 1 3 4 3 7

図書注文書 (当社刊行物のご注文にご利用下さい)

書名	本体価格	申込数
		部
		部
		部

お名前　　　　注文日　　年　　月　　日

ご連絡先電話番号 □自宅 (　　　)
(必ずご記入ください) □勤務先 (　　　)

ご指定書店(地区　　　) (お買つけの書店名をご記入下さい)　帳

書店名　　　書店 (　　　店)　合

5622
小説 アーサー王物語 神の敵 アーサー［上］

愛読者カード　バーナード・コーンウェル 著

＊より良い出版の参考のために、以下のアンケートにご協力をお願いします。＊但し、今後あなたの個人情報（住所・氏名・電話・メールなど）を使って、原書房のご案内などを送って欲しくないという方は、右の□に×印を付けてください。　□

フリガナ
お名前　　　男・女（　　歳）

ご住所　〒　　－

市　町
郡　村
TEL　（　　）
e-mail　@

ご職業　1 会社員　2 自営業　3 公務員　4 教育関係
5 学生　6 主婦　7 その他（　　）

お買い求めのポイント
1 テーマに興味があった　2 内容がおもしろそうだった
3 タイトル　4 表紙デザイン　5 著者　6 帯の文句
7 広告を見て（新聞名・雑誌名　　）
8 書評を読んで（新聞名・雑誌名　　）
9 その他（　　）

お好きな本のジャンル
1 ミステリー・エンターテインメント
2 その他の小説・エッセイ　3 ノンフィクション
4 人文・歴史　その他（5 天声人語　6 軍事　7　　）

ご購読新聞雑誌

本書への感想、また読んでみたい作家、テーマなどございましたらお聞かせください。

「殿……」イッサが私を呼んだ。

身体ごとふり向いて見ると、イッサは南に目をやっている。新たな騎馬集団が現れて、《血の楯》の輪に加わろうとしているのだった。新参の騎馬兵もほとんどが小馬にまたがっていたが、ひとりだけ痩せた黒馬にまたがっている者がいる。あの男がディウルナハにちがいない。その背後で旗印が風になびいているが、それは竿に渡した横木に、ふたつの髑髏と黒いリボンの束を吊るしたものだった。王は黒いマントをはおり、黒馬には黒い鞍敷が掛かり、手に持つ長大な槍も黒い。その槍をまっすぐ空に突き上げたかと思うと、王はゆっくりと馬を進めてきた。たったひとりで進み出てきて、ついにあと五十歩のところまで近づくと、負い革で吊っていた丸い楯をとり、これ見よがしに上下さかさまにひっくり返して、戦いに来たのではないことを示した。

私は出迎えに歩み寄った。背後の天幕では、カイヌインがあえぎ、うめき声をあげている。それをかばうように、家来たちが天幕のぐるりに輪を作った。

王はマントの下に黒い革の胸甲を着けていたが、兜は着けていない。手に持つ楯は、赤さび色の塗料が剝がれかけているように見えるが、あの薄膜は乾いた血にちがいない。とすれば、楯を覆う革も、噂どおり奴隷女からはいだ皮なのだろう。その不気味な楯を黒い長剣の鞘のわきに吊るし、彼は馬を止めた。長大な槍の柄の末端を地面におろす。「ディウルナハだ」彼は言った。

私は会釈をして、「ダーヴェルと申します」

彼は微笑んだ。「モン島へようこそ、ダーヴェル・カダーン卿」名前と称号を先刻承知なのを見せつけて、驚かせようとしたのは明らかだ。だが私にとっては、彼の整った顔だちのほうがはるかに驚きだった。悪夢から迷い出たような鷲鼻の悪鬼を予想していたのに、ディウルナハは中年に差しかかったばかり、広いひたいに大きな口、短く刈った黒いあごひげがたくましいあごを強調し、その容貌には狂気のかけらも見当たらない。ただ、見ればたしかに片眼は赤く、それだけでもじゅうぶんに恐ろしげだった。彼は槍を馬の脇腹に立て掛け、小袋からオート麦のビスケットを取り出した。「ダーヴェル卿、ひもじそうな顔をしておるぞ」

「冬はひもじい季節ですから」

「だからと言って、まさか私の贈り物を断りはすまいな」と、ビスケットをふたつに割って、片方を放ってよこした。「食え」

私はビスケットを受け取りはしたが、ためらった。「目的を果たすまでは、なにも口にせぬと誓っておりますので」

「目的とな!」嘲笑うように言って、手にした半分のビスケットをゆっくりと口に入れた。食べ終えると、彼は言った。「毒は入っておらんぞ」

「なぜそんなことを言われるのですか」

「それは私がディウルナハだからさ。私は敵をさまざまな方法で殺すからな」また微笑んで、「ダーヴェル卿、おまえの目的とは何だ」

「祈ることです」

「ほう!」長々と感嘆の声を引く。それですべての謎が解けたと言わんばかりに。「ドゥムノニアでは、そんなに祈りに効果がないのか」

「ここは聖地でございますから」

「そしてまた私の領地でもあるのだぞ、ダーヴェル・カダーン卿。許しもなく他所者がここの土を糞で汚したり、小便を壁に引っかけたりするのを捨ててはおけん」

「お気を悪くされたのなら、お詫び申します」

「もう遅い」彼は穏やかに言った。「もう私の領地に入り込んでおるし、はやおまえたちの糞のにおいがぷんぷんする。もう遅い。さてどうしたものかな」その声は低く、優しいと言ってもいいほどで、ものの道理のわからぬ男ではないと語っているかのようだった。「さて、おまえたちをどうしたものかな」彼はふたたび尋ねたが、私は黙っていた。黒マントの騎馬兵たちは身じろぎもせず、空には雲が垂れ込め、カイヌインの苦悶の叫びは小さな泣き声に変わっている。王は楯をあげたが、脅すためではなく、腰にかかる重みが不快になったせいだった。

そのとき、楯の下端を目にして私はぞっとした。人間の腕と手の皮がぶら下がって、手の皮の太い指が風に揺れている。私の顔色が変わったのを見て、ディウルナハは微笑んだ。「これは私の姪の皮だ」ふと私の背後に眼をやったかと思うと、その顔にまたじわりと笑みが浮かんでくる。「雌ギツネが巣穴から出てきたぞ、ダーヴェル卿」

ふり向くと、カイヌインが天幕から這い出ようとしている。狼の毛皮は脱ぎ捨てて、婚約の宴に着てきた純白のドレス姿だった。亜麻布のすそはいまも、スウス城から逃げ去ったときにはねあげた泥で汚れていた。素足で、黄金の髪は乱れている。夢うつつの境にあるようだ。「カイヌイン姫だな」ディウルナハが言った。

「そのとおりです」

「まだ生娘（きむすめ）だと聞いたが?」その問いに私は答えなかった。ディウルナハは前かがみになり、馬の耳を愛しげにもてあそんだ。「王女の身ならば、わが国に来たおりは王に挨拶するのが礼儀だとは思わないか」

「姫もここへ祈りを捧げに来たのです」

「祈りが通じるとよいな」ディウルナハは笑った。「ダーヴェル卿、姫をこちらに渡せ。さもないと、このうえなくゆるやかな死を味わうことになるぞ。私の家来たちなら、人の生皮を一寸きざみに剝いでいって、しまいにはむき出しの肉と血の塊に変えてしまうこともできる。そんな姿になっても、まだ立っていられるのだ。歩くことさえできるのだぞ！」黒い手袋をはめた手で馬の首を軽く叩き、またこちらに笑みを向けた。「自分の糞を喉に詰めて窒息死した者もおるし、石で圧しつぶされた者もおる。焼き殺したことも、生き埋めにしたこともある。毒蛇を寝床にもぐり込ませたり、溺れさせたり、飢え死にさせたり、なかには恐怖のあまり死んだ者さえおるぞ。おもしろい方法はいくらでもある。だが、カイヌイン姫をくれたら、明るい星が落ちるのと同じほどにすみやかな死を与えてやろう」

カイヌインは西に向かって歩きはじめていた。私の家来たちはマーリンの担架をあわてて持ち上げ、マントや武器や荷物をかき集めて、カイヌインのあとを追おうとしている。私はディウルナハを見上げた。「王よ、いつの日かあなたの首を穴に放り込んで、その穴を奴隷の糞で埋めてさしあげます」そう言い捨てて、彼に背を向けて歩きだした。

ディウルナハは笑って、私の背中に声をかけてきた。「ダーヴェル卿、神々の食い物がなにか知っているか？生き血だ！　おまえの血なら、さぞかしうまい酒が作れるだろう！　私の床で、おまえの女にその酒を飲ませてやるからな！」彼は拍車のついたかかとで馬腹を蹴り、馬首をめぐらして自分の家来たちのほうへ戻っていった。

私が追いつくのを待って、ギャラハッドが言った。「向こうは七十四人だ。兵と槍が七十四。こっちは槍が三十六に、死にかけた男がひとりに女がふたりなんだぞ」

「まだ攻めてこないさ」私は請け合った。「大釜が見つかるまで待つはずだ」

あの薄いドレスに長靴もはかずに、カイヌインは骨まで凍えているにちがいない。それなのに、まるで夏の日のように汗をかきながら、よろよろと草地を歩いてゆく。歩くのはおろか立っているのさえつらそうで、身体を痙攣させていた。ドルヴォルインの頂きで銀の杯を飲み干したとき、私もあんな痙攣に襲われたものだ。だが、カイヌインの横にはニムエがついていて、話しかけながらその身体を支えてやっている。しかし、なぜかカイヌインを引っ張って、行きたがっている方向へ行かせまいとしているようだ。ディウルナハの黒い騎馬集団は、こちらに歩調を合わせて進んでいた。《血の楯》の輪がゆっくりと動いてゆく。小さく固まった私たちを中心にして、ゆるやかに大きな輪が島を渡ってゆくのだ。

ふらついているくせに、カイヌインはいまではほとんど駆け足になっていた。ろくに意識もないようで、わけのわからない言葉をつぶやき、眼はうつろだ。ニムエはカイヌインを引っ張る手を休めず、羊道をたどらせようとしている。その道は途中で北に折れて、灰色の岩を載せた小山を迂回しているのだが、頂きにそびえる苔むした岩に近づけば近づくほど、カイヌインの抵抗は激しくなるようだった。ニムエは、そのしなやかな身体から力のありったけをふりしぼって、細い羊道から逸れないようにカイヌインを引きずっている。黒い騎馬兵の輪の先端は、すでにその険しい小山を通り過ぎており、小山は私たちと同じくその輪の中に取り込まれていた。カイヌインは泣き声をあげて抵抗していたが、やがてニムエの手を打ちはじめた。しかし、ニムエは手を放さず、あいかわらず彼女を引きずりつづけている。そしてそのあいだも、ディウルナハの兵は私たちとともに移動していた。

岩を載せた険しい小山の頂きに、羊道はしだいに近づいてゆく。最も近づく地点まで引っ張っていってから、ついにニムエはカイヌインの手を放し、声を限りに叫んだ。「あの岩よ！　みんな！　あの岩へ走るよ！」

私たちは走りだした。ニムエが何をしようとしていたのかやっとわかった。どこを目指しているのかわかるまでは、ディウルナハはこちらに手出しをしようとはすまい。しかし、カイヌインが岩を載せた小山に向かっているのがわかったら、槍兵を十人ばかり送ってあの頂きを守らせ、残りの兵で私たちを捕虜にしていたにちがいない。だがいま、ニムエの機転のおかげで私たちは絶好の掩蔽（えんぺい）を手に入れた。急坂をなす小山の頂きに、ごたごたと積み重なる巨岩。カイヌインが正しいとしたら、四世紀半以上ものあいだ、あの巨岩は深まる闇からクラズノ・アイジンの大釜を守りつづけてきたのだ。「早く！」ニムエが叫ぶ。周囲では、敵は小馬に笞をくれて輪の内側に走り込もうとしていた。黒マントの騎馬兵たちは、輪を狭めて私たちの行く手を阻もうとしているのだ。

「早く！」ニムエがまた叫んだ。私はマーリンを運ぶのに手を貸し、カイヌインはすでに岩をよじ登り、ギャラハッドは家来たちに檄を飛ばし、岩のあいだに足場を見つけて槍を上げよと命じている。イッサは私のそばを離れず、黒い騎馬兵が近づいてきたらお見舞いしようと槍をかまえていた。グウィリムとほか三人の家来たちが、私たちの手からマーリンをひったくって岩場の足元に運び上げる。それと同時に、先頭を切って走っていた二人の血の楯が追いついてきた。鬨の声をあげながら、小馬の腹を蹴って小山を登らせてくる。先頭の男の長槍を楯で受け止めて払うと、私は槍を棍棒のようにふるって、小馬の頭蓋をその鋼の刃で叩き割った。小馬は悲鳴をあげてどうと横ざまに倒れ、イッサの槍が乗り手の腹に突き刺さる。間髪を入れず、私は槍を返して二番めの騎馬兵に向けた。敵はそれを自分の槍の柄で払いのけ、私のかたわらをすりぬけた。私は死にもの狂いで敵のぼろぼろのマントをふんづかみ、小馬の背からあおむけに引きずりおろした。落ちながらも敵は打ちかかってくる。私は敵の喉首を長靴で踏みつけ、槍をあげるや心臓めがけて力いっぱい突きおろした。ぼろぼろの外衣（チユニカ）の下には革の胸甲を着けていたが、槍がそれを突き抜けたかと思うと、ふいに敵の黒いひげが血の混じった泡にまみれた。

「退（さ）がれ！」ギャラハッドが叫ぶ。すでに高い岩の頂きにぶじたどり着いた家来たちに、イッサと私は楯と槍を投げ渡し、岩をよじ登りにかかった。黒い柄の槍が飛んできて、かたわらの岩に跳ね返る。とそのとき、強い手が伸びてきて私の手首をつかみ、ぐいと引き上げてくれた。マーリンも同様にして岩のうえに引っ張りあげられ、とりあえず頂きの中央に下ろされた。そこは、巨大な岩の輪に囲まれて、椀のように深くくぼんでいたのだ。カイヌインはくぼみの中にいて、その岩の椀を満たしている小石を狂った犬のように掘り返している。自分が嘔吐していることに気づいたそぶりもなく、彼女は吐物にまみれた冷たい石を素手で引っかいているのだった。

その小山は守るには理想的な場所だった。手足を使って岩をよじ登るしか近づく方法がなく、こちらは頂きの岩陰に隠れていて、敵が来るのを待って撃退すればよいのだ。近づこうとした者もいたが、顔を剣で斬られて悲鳴をあげる破目になった。槍が雨あられと降ってはきたものの、高く掲げた槍にはじき飛ばされて、こちらにはなんの被害もない。私は六人の兵士を中央のくぼみに下ろして、楯でマーリンとニムエとカイヌインを守らせた。ほかの槍兵たちは頂きの外縁を守っている。《血の楯》勢は小馬を乗り捨て、いまいちど突撃をかけてきた。しばらくは刺したり突いたりで忙しかったものの、この短い戦いで負傷した味方はただひとり、それも腕に槍の切り傷を受けただけで、ほかはみな怪我もなかった。だが、《血の楯》のほうは四人の死者と六人の負傷者を小山のふもとに運び下ろすことになった。「処女の皮の楯なんざこんなもんさ」私は家来たちに言った。

次の攻撃を待ったが、敵はもう攻めてこなかった。代わりにディウルナハが、馬にまたがってひとりで斜面を登ってきた。「ダーヴェル卿」と、うわべばかりの快い声で呼びかけてくる。私がふたつの岩のあいだから顔を出すと、落ち着いた笑みを浮かべてみせた。「条件が厳しくなったぞ」王は言った。「すみやかな死の代価に、カイヌイン姫と大釜を要求する。おまえたちの目当ては大釜なのだろう?」

「あれは全ブリタニアの大釜です」私は言った。

「ほう! それで、私には大釜の守護者の資格がないと思うのだな」彼は悲しげに首をふった。「ダーヴェル卿、おまえはふたことめにはひとを侮辱する男だな。なんと言ったかな――私の首を穴に放り込んで奴隷の糞で埋める、だったか。おまえの考えることはその程度か。私の頭に浮かぶことといったら、自分でもあんまりだと思うことがあるほどだぞ」彼はいったん言葉を切り、空をふり仰いだ。あとどれぐらいで暗くなるか推し量っているようだ。「わが軍勢には、戦士がありあまっているわけではない」ややあって、例の理性的な声で続けた。「これ以上、おまえの槍で失うわけにはゆかん。だが、おまえたちとていつかはそこから出て来なければなるまい。それまで私は待つ。待てば待つほど、私の考えることは凄まじく大胆になってゆくのだ。カイヌイン姫によろしく伝えてくれ。近づきになるときを心から楽しみにしておるとな」彼はいかにも親しげに槍をあげて挨拶すると、黒マントの騎馬兵の輪へと戻っていった。いまでは、その輪は完全にこの小山を取り囲んでいる。

小山の中心のくぼみに身を沈めたとき、私は悟った。ここでなにが見つかるとしても、マーリンにとってはもう遅すぎる。その顔にはすでに死相が表れていた。口は開いたままで、眼は世界と世界のはざまのように虚ろだった。歯がいちど鳴って、彼がまだ生きていることはわかったが、すでにか細い糸になった生命は、急速に擦り切れてゆこうとしている。ニムエはカイヌインの山刀をとり、山頂の穴を埋めている小石を引っかいていた。カイヌインは疲れ切ったようすで岩にぐったりと寄りかかり、ニムエが穴を掘っているさまを震えながら眺めていた。カイヌインが陥っていた夢うつつの境がどんなものだったにしても、もうその魔力は消えていた。私は彼女の汚れた手を拭き、狼皮の服を見つけて着せかけてやった。

手袋をはめながら、「夢を見たわ」と彼女はささやいた。「最後を見たの」

「おれたちの最後を?」私はぎょっとして尋ねた。

彼女は首をふる。「モン島の最後よ。兵士たちが何列にもなって押し寄せてくるの。ローマのスカートと胸甲を着けて、青銅の兜をかぶってた。大がかりな狩りをするみたいに列を作って、剣をもつ腕は肩まで血まみれなの。さんざんに殺してきたからよ。森をずかずか歩きながら、ただもう殺してゆくの。腕を振り上げ振りおろして。女子供はみんな逃げるんだけど、逃げるところなんてどこにもなくて、兵士たちが追ってきては斬り殺してゆくの。小さな子供たちまでよ、ダーヴェル！」

「それで、ドルイドは？」

「みんな死んだわ。でも三人だけ残っていて、その三人が大釜をここへ運んできたの。ローマ人が海峡を渡る前に、あらかじめ穴を掘っておいたのね。ここに大釜を置いて、湖の石ころで埋めてから、その上に灰をかぶせて素手で火を起こしたの。ここにはなにも埋まっていないとローマ人に思わせようとしたのね。そうして、歌を歌いながら森へ入っていって、そこで死んだの」

ニムエがぎょっとしたように叫び声をあげた。身体をよじって見ると、小さな骸骨が出てきたところだった。ニムエはかわうその毛皮の内を探って革袋を取り出すと、その口を開いて干した植物を取り出した。細長い葉に、褪せた黄金色の小さな花。アスフォデルの花を供えて、骨と化した死者を慰めようとしているのだ。「ドルイドが埋めた子供の骨だわ」カイヌインが、骨が小さい理由を説明した。「大釜の守り手よ。三人いたドルイドのひとりの娘だったの。髪を短く切って、手首には狐の毛皮の飾りを巻いていたわ。だれかが見つけるまで大釜を守るように、生きたままで埋められたのよ」

大釜の守り手の死せる魂をアスフォデルの花でなだめると、ニムエは小石に埋もれた少女の骨をどけ、深くなってゆく穴をさらに山刀で掘りはじめた。こっちに来て手伝え、と私に向かって怒鳴りつける。「ダーヴェル、剣で掘ってよ！」と命令されて、私は言われたとおりハウェルバネの切っ先を穴に突っ込んだ。

大釜は見つかった。

最初は、汚れた黄金がちらと見えただけだった。ニムエが手で土を払うと、分厚い黄金の縁が現れる。私たちが掘っていた穴よりずっと大きかったので、イッサともうひとりの兵士に命じて、穴を広げるのを手伝わせた。兜で小石をすくい、無我夢中で働いた。その長い生涯の終わりに揺らめいて、マーリンの魂は消えてゆこうとしている。ニムエは息を切らし、涙を流しながら、ぎっしり詰まった小石を掘り返していた。その小石は、聖なる湖フリン・ケリグ・バッハからこの山頂へ運ばれたものなのだ。

「死んでるわ！」カイヌインが叫んだ。マーリンのかたわらにひざまずいている。

「死んでるもんか！」ニムエは食いしばった歯のあいだからうなるように言い、両手で黄金の縁をつかんで、渾身の力をふりしぼって大釜を引っ張りはじめた。私もいっしょになって引っ張ったが、この巨大な釜が動くとは思えなかった。なにしろ、深い釜の底にはまだ石がぎっしり詰まっているのだ。だがこれも神々の助けか、どうにかその巨大な黄金と銀の塊を暗い穴から引きずり出すことができた。

こうして、失われたクラズノ・アイジンの大釜を、ついに日の光の下によみがえらせたのだ。

それは巨大な釜だった。まっすぐ伸ばした男の両手の幅ほどもあり、深さは山刀の刀身ほど。分厚いでこぼこの銀製で、短い黄金の脚が三本ついており、黄金の狭間飾り（トレーサリー）でぜいたくに飾られていた。縁には黄金の環が三つついており、火のうえに吊るせるようになっている。ブリタニア最大の宝であり、私たちはそれを墓場から強引に引っ張り出して石をどけたのだった。黄金でできた戦士や神々や鹿の像で飾られていたが、鑑賞しているひまはなかった。ニムエは狂ったように釜の底から石を放り出し、大釜をふたたび穴にすえると、マーリンの身体を包んでいた黒い毛皮をむしり取った。「手を貸して！」彼女はわめき、私たちは力を合わせて、穴の中へ、そして大きな銀の釜の底へ、マーリンの身体を丸めて入れた。脚を黄金の縁の中へ押し込み、上からマントをかけたところで、ようやくニムエは岩に寄りかかった。凍りつくような寒さだったが、顔は汗で光っている。

「もう死んでたわ」カイヌインが小さな怯えた声で言った。

「死んでないったら」ニムエが疲れた声で言い張る。「ぜったいに死んでない」

「冷たくなってたのよ！」カイヌインも譲らない。「冷たくなってたし、息もしてなかった」カイヌインは私にしがみつき、声を殺して泣きはじめた。「マーリンは死んだのよ」

「死んでないわ」ニムエが噛みつくように言った。

また雨が降りはじめていた。小雨は風にあおられてぱらぱらと降りかかり、岩をなめ、血に濡れた槍の刃に水滴を作る。マントに覆われたマーリンは、大釜の穴に身じろぎもせずに横たわっている。灰色の岩の縁ごしに、家来たちは敵を見張っている。黒マントの騎馬兵たちは小山をぐるりと囲んでいる。ブリタニアの最果ての、暗くて寒いこんな荒涼とした場所へ、私たちはどんな狂気に導かれてやって来たのだろうか。

「これからどうするんだ」ギャラハッドが尋ねる。

「待つのよ」ニムエが有無を言わさぬ声で言った。「待つの」

あの夜の寒さは忘れられない。岩の表面にはびっしりと霜がおり、槍の刃に触れると、凍った鋼鉄にはりついて皮膚が剥けた。身を切る寒さだった。雨は夕方には雪に変わり、やがてやんだ。雪がやんだあとには風もやみ、雲は東に流れ去って、驚くほど大きな満月が海の上に姿を現した。しるしに満ちた月、大きく膨らんだ銀の球が、遠くの雲からの反射にかすんで、ゆるやかに黒と銀の波をたてる海の上に浮かんでいる。あれほど星々が明るく見えたことはなかった。巨大なベルの戦車が頭上に輝き、私たちが鱒座と呼ぶ星座を永遠に追いかけている。神々は星のあいだに住んでいるのだという。あのはるかかなたの明るい火まで届けようと、私は凍った空気に祈りを飛ばした。

うとうとしている者もいたが、疲れきって寒さと恐怖に震える者の、それは浅い眠りだった。敵は槍をかまえて小山のぐるりを取り囲み、その場で火を焚いていた。《血の楯》勢は小馬で薪を運んできたのだ。炎は闇を焦がして燃え上がり、晴れた夜空に火花を吹きあげている。

大釜の穴からはこそとも音がしない。高く突き出した岩の影になって、マントをかけられたマーリンの身体に月光は届かない。その突き出した岩に私たちは順番に見張りに立ち、焚き火の明かりに浮き上がる騎馬兵たちの影を眺めていた。ときおり、長槍が闇のなかから飛んできて、穂先を月光にぎらりと輝かせる。だが、岩に当たって跳ね返るだけだった。

「それで、あの大釜で何をするつもりなんだ」私はニムエに尋ねた。

「なんにも。サムハイン祭まではね」彼女はぼんやりと答えた。この頂きの穴に投げ込まれた荷物のそばにぼろ雑巾のように横たわり、穴から必死でかき出した石の山に足を乗せている。「なにもかもちゃんとしてなきゃいけないのよ、ダーヴェル。満月の夜でなきゃいけないし、天気のこともあるし、それに十三の宝物がみんなそろってなくちゃ」

「その宝物のことを教えてくれないか」ギャラハッドが穴の向こう側から言った。

ニムエは唾を吐いた。「聞いて嗤(わら)おうっていうのね、キリスト教徒が」喧嘩腰だった。

ギャラハッドは笑みを浮かべた。「ニムエ、きみを嗤ってる者はいくらでもいるよ。神々は死んだんだから、

原書房

〒160-0022 東京都新宿区新宿 1-25-13
TEL 03-3354-0685 FAX 03-3354-0736
振替 00150-6-151594

新刊・近刊・重版案内

2019 年 3 月　表示価格は税別です。

www.harashobo.co.jp

当社最新情報はホームページからもご覧いただけます。
新刊案内をはじめ書評紹介、近刊情報など盛りだくさん。
ご購入もできます。ぜひ、お立ち寄り下さい。

世界史を彩る両雄たちの物語!

世界史を作ったライバルたち

上・下

アレクシス・ブレゼ／ヴァンサン・トレモレ・ド・ヴィレール／
清水珠代・神田順子・大久保美春・田辺希久子・村上尚子共訳

アレクサンドロス大王 vs ダレイオス１世からゴルバチョフＶＳエリツィンまでの 20 組をとりあげ、世界史の重要なターニングポイントを形成した偉大な人物たちに焦点をあてて、専門分野の執筆者によってそれぞれの時代の迫真のドラマを浮き彫りにする。

四六判・各 2000 円（税別）（上）ISBN978-4-562-05644-6
（下）ISBN978-4-562-05645-3

世界中の現場を取材——貴重なルポルタージュ

世界の核被災地で起きたこと

フレッド・ピアス/多賀谷正子・黒河星子・芝瑞紀共訳

人類は核の被害をいかに被ってきたか。ベテランジャーナリストが、福島はもちろん世界各地の事故・被曝現場、放射性廃棄物を抱える地域を取材。原爆以降の人類の核被災の歴史を一望し、いま世界が直面する問題をリアルに説く。

四六判・2500円(税別) ISBN978-4-562-05639-2

全米ユダヤ図書賞受賞! 世界6カ国で出版の話題作

ナチスから図書館を守った人たち

囚われの司書、詩人、学者の闘い

デイヴィッド・E・フィッシュマン/羽田詩津子訳

見つかれば命はない。それでも服の下に隠して守ったのは、食料でも宝石でもなく、本だった。最も激しいホロコーストの地で図書館を運営し、ナチスから本を守ったユダヤ人たちの激闘を描くノンフィクション。

四六判・2500円(税別) ISBN978-4-562-05635-4

これからは人間を信じるべきだ、アーサーに従うべきなんだと言って。そういう連中は、大釜やマントや包丁や角笛を探すのは、モン島とともに死んだただの迷信だと思ってる。この探求に兵を送ろうとした王が何人いた?」この凍てつく夜に、少しでも居心地をよくしようと彼は身じろぎした。「ひとりもなしだ。ニムエ、ひとりもいなかった。王たちはきみを嗤っているんだ。もう手遅れだと思ってるんだ。ローマ人がすべてを変えてしまった。分別のある人間なら、大釜はアニス・トレベスと同じように滅びたと言うだろう。キリスト教徒は、きみのしていることは悪魔の業だと言っている。それなのに、このキリスト教徒は槍を持ってここまでついて来たんだ。もう少し愛想よくしてくれてもいいじゃないか」

おそらくマーリンはべつにして、ニムエはだれかに叱責されたことがほとんどない。だから、ギャラハッドにやんわりとたしなめられて身をこわばらせたが、やがて機嫌を直した。マーリンの熊皮を両肩にしっかり巻き付けて、前かがみになる。「十三の宝物は、神々が人間に遺したものなの。もうずっと昔、この広い世界にブリタニアしかなかったころに。世界にはほかに陸地はなかったの。ブリタニアと広い海だけがあって、全体が深い霧に包まれていた。そのころ、ブリタニアには十二の部族があって、十二人の王がいて十二の宴の間があって、神々も十二柱しかいなかったの。神々は人間とおんなじように地面を歩いていて、ベルは人間の女と結婚までしたのよ。ここにいる王女さまは」と、どの槍兵にも劣らず熱心に耳を傾けているカイヌインのほうを示して、「その結婚から生まれた一族の子孫なの」

火を焚いている敵兵の輪から叫びがあがり、ニムエははっと口をつぐんだ。だが、その叫びは攻撃の前触れではなかった。やがて夜の静寂が戻ってくると、ニムエはまた言葉を継いだ。「だけど、ブリタニアを治めている十二の神々を、ほかの神々は妬んでいたのね。そういう神々が星の世界から降りてきて、十二の神々からブリタニアを奪おうとして、その戦いに巻き込まれて十二の部族は苦しんだの。神がいちど槍を投げれば百人の人が死ぬし、地上の楯では神の剣を受け止めることはできないからね。十二の神々はブリタニアを愛していたから、十二の部族に十二の宝物を与えたの。宝物はひとつひとつ王の館に大切に保管されて、この宝物があるかぎり神々の槍はその館にも、そこの人々にも落ちてくることはなかったのよ。宝物といっても大げさなものじゃなかったわ。立派なものだったら、ほかの神々が見たときその目的に思い当たって、自分たちの身を守るために盗もうとするかもしれないでしょう。だから、この十二の贈り物はなんの変哲もないものだったの。剣に籠に、角笛に戦車に端綱、包丁に砥石、袖つきの上衣にマントに皿、それから的盤（スローボード）に戦士の環。十二の平凡な品物よ。神々が人間に望んだのは、この十二の宝を大事にして、しっかりと守って敬うことだけだったの。そうすれば、宝物に守ってもらえるだけじゃなくて、それぞれの部族がその贈り物を使って神々を呼び出すことができたの。呼び出すのは一年に一度だけしか許されなかったけど、神々の恐ろしい戦いのとき、それが十二の部族にいくらかは力を与えてくれたのね」

ニムエは口をつぐみ、薄い肩に毛皮をしっかりかき寄せた。「そういうわけで、十二の部族がそれぞれ宝物をもらったわけ。でもね、ベルは妻にした人間の女をとても愛していたから、その女に十三番めの宝を与えたの。それがこの大釜よ。そしてね、歳をとったと思ったら、いつでもこの大釜に水を入れて身を浸せばいいって教えたの。そうすれば若返ることができるのよ。それで、その女はいつまでも美しいままでベルと並んで歩くことができたのね。しかも、見たとおりこの大釜はみごとな宝だったの。黄金と銀でできていて、とても人間には作れないほどすばらしい品だったわけ。ほかの部族はそれを見て嫉妬して、それでブリタニアに戦争が始まったの。空では神々が戦い、地上では十二の部族が戦って、そのうちに、宝はひとつひとつ奪われたり、槍兵と交換されたりしたものだから、神々は怒って人間を保護するのをやめてしまったの。大釜は盗まれて、それでベルの妻は歳をとって死んでしまって、それでベルは人間に呪いをかけたの。その呪いのせいで、ほかの国が生まれて、ほかの人間が生まれたのよ。でもベルはこう約束したの。サムハインの日に、十二の部族の十二の宝物を集めて正しい儀式を行えば、そして、だれも飲まないけれどそれなしではだれも生きられない水を十三番めの宝物に満たしたら、また十二の神々が人間を助けに来てくれるって」ニムエは話し終えると肩をすくめ、ギャラハッドに目を向けた。「つまりそういうこと。あんたが剣をもってここへ来たのはそのためだったわけ」

沈黙が長く続いた。月光が岩の奥へ忍び入ってきた。薄いマントをかぶってマーリンの横たわる穴の縁へ、その光が少しずつ近づいてくる。

「十二の宝はみんな見つかったの？」カイヌインが尋ねた。

「だいたいね」ニムエがはぐらかすように答えた。「だけど、たとえ十二の宝がなくても、この大釜にはとてつもない力があるのよ。ものすごい力がね。ほかの宝物をぜんぶ合わせたより、ずっと強い力をもってるの」穴の反対側にうずくまるギャラハッドを、ニムエは食いつきそうな眼で睨んだ。「その力を見たら、あんたはどうするつもり」

ギャラハッドは微笑んだ。「この探求の旅に、私が剣をもって馳せ参じたことを思い出してもらうよ」ささやくように言った。

「おれたちみんなだ。おれたちは大釜の戦士なんだ」イッサが静かに言う。彼にそんなところがあるとは思いもしなかったが、その言葉にちらとひらめく詩心に、ほかの槍兵たちは笑みを浮かべた。ひげには霜がおり、手は布と毛皮の切れ端で包まれ、眼は落ちくぼんでいる。それでも、かれらは大釜を見つけだしたのだ。偉業をなし遂げたという誇らしさに顔を輝かせている。たとえ日の光が射しそめると同時に、《血の楯》の兵士に立ち向かわねばならないとしても。もう助かる道はないという、みな薄々勘づいている現実に直面せねばならないとしても。

カイヌインは私に身を寄せ、狼皮のマントにいっしょにくるまっていた。ニムエが眠るのを待ってカイヌインは顔をあげた。すぐそばに彼女の顔がある。「マーリンは死んだわ、ダーヴェル」悲しげな声で小さく言う。

「わかってる」大釜の穴には動く影もなく、なんの物音も聞こえない。

「顔と手にさわってみたの」彼女はささやいた。「氷みたいに冷たかった。山刀の刃を口のそばに持っていっても曇らなかったわ。死んだのよ」

私は黙っていた。マーリンは私の父親代わりであり、私は彼を愛していた。夢がかなったこの勝利の瞬間に死んでいるなどとは、どうしても信じることができなかった。だが、生きた姿をまた見られると希望を抱くこともできない。「ここに埋めてあげましょうね」カイヌインが低声で言う。「大釜のなかに」やはり私は黙っていた。

彼女の手が私の手を探し当てた。「これからどうなるのかしら」

死ぬだけだ、と思ったが、私はこんども答えなかった。

「わたしを敵に渡したりしないわよね」カイヌインがささやく。

「するもんか」

「ダーヴェル・カダーン卿、いままで生きてきたうちで、あなたに会った日がいちばん幸せな日だったわ」その言葉に涙がこみ上げてきたが、あれは歓喜の涙だったのだろうか。それとも悲嘆の涙か——冷たい朝が明けたら、すべてを失うことになるのだから。

やがて私はうとうとと眠り込み、夢を見ていた。黒マントの騎馬集団に囲まれているのに、沼に足をとられて身動きができない。しかもそのへばりつく泥沼を、向こうは魔法のようにゆうゆうと渡ってくるのだ。楯の腕を上げようとしたが上がらない。右肩に剣がふり下ろされようとしている。そこではっと目が覚め、とっさに槍をつかんだ。だが、私の肩に触れたのはグウィリムだった。見張りに立つために岩によじ登ろうとして、うっかりぶつかったのだ。「すんません、殿」彼は低声で言った。

カイヌインは私の腕のなかで眠り、私の身体をはさんで反対側にはニムエがうずくまっている。金色のひげを霜で白くして、ギャラハッドはかすかに鼾をかいていた。ほかの槍兵たちはうとうとしているか、寒さに痺れたようになって横たわっている。月はほぼ真上に昇っていた。月光は積み重ねた楯に描かれた星を照らし、頂きのくぼみに私たちが掘った穴にも射し込んで、その側面の岩肌を輝かせている。海上に昇ったばかりのときは、月の面はきらきら輝くもやに覆われていたが、それもいまは消えていた。月はただ冴え冴えと冷たく澄みわたり、その輪郭は鋳造したての硬貨のようにくっきりしている。母が教えてくれた月に住む男の名を思い出しかけたが、もうひと息のところで出てこない。母はサクソン人で、私が腹にいるときにシルリアの襲撃隊に捕らえられた。まだシルリアで生きていると聞いたが、ドルイドのタナビアスが私を母の手から奪い、死の穴に投げ落としたあの日から、一度も会っていなかった。その後、私はマーリンに育てられてブリトン人になり、アーサーの友となり、ポウイスの星をその兄の館からさらって来たのだ。なんと数奇な人生だろう。ここブリタニアの聖なる島で、その人生が断ち切られてしまうとはなんと悲しいことか。

「どこかにチーズはなかったかな」マーリンの声がした。

私は目を見開いた。きっとまだ夢を見ているのだ。

「白っぽいチーズだ」マーリンは熱心に言う。「さくさくしたやつだ。固くて黄色の濃いのではないぞ。あれは我慢ならん」

マーリンは穴のなかに立ち、真顔で私を見つめている。身体を覆っていたマントを、ショールのように肩に掛けていた。

「お館さま……」私は消え入りそうな声で言った。

「チーズだ、ダーヴェル。聞こえなかったのか。チーズを食いたいのだ。いくらかあっただろう。亜麻布でくるんであった。そう言えば、私の杖はどこだ？　ちょっと横になって寝ておるとすぐに杖を盗まれてしまうとは、この世にはもう道徳など残っておらんのか。なんという世の中よ。チーズも道徳も杖もない」

「お館さま！」

「お館さま！」

「そんな大声を出さいでも耳は聞こえる。ただ腹が減っておるだけだ」

「なんだ、こんどは泣くのか。わあわあ泣かれてはかなわん。ただチーズをひとかけら欲しいと言うただけなのに、子供みたいに泣きだすとはなんたることだ。ああ、杖はここにあったか。よしよし」マーリンはニムエのわきにあった杖をつかみ、それを使って穴から身体を引き上げた。ほかの槍兵たちもみな目を覚まし、ぽかんと口をあけてマーリンを見つめている。ニムエが身じろぎし、カイヌインが息をのんだ。マーリンは、チーズを探そうと荷物の山をひっかきまわしはじめた。「ダーヴェル、おまえはみなを苦境に追い込んでおるのだな。敵に囲まれておるのだろう」

「そうです」

「数でも負けておるのだな」

「はい」

「まったく、なんたるざまだ。それでよく部将がつとまるな。おお、チーズだ！　あると思っておったのだ。よかったよかった」

私は震える指で穴を指さした。「お館さま、大釜が」大釜が奇跡を起こしたのかどうか尋ねたかったのだが、驚きと安堵で混乱してうまく言葉にならなかった。

「それも実にみごとな大釜だぞ、ダーヴェル。口が広くて底は深く、大釜に人が望む条件はすべて満たしておる」チーズの塊にかぶりついて、「腹ぺこだ！」さらにひと口かみ切ると、腰を下ろして岩によりかかり、私たちに笑顔を向けた。「多勢に無勢で、しかもすっかり囲まれておるとは！　やれやれ！　次はいったいなんだ？」チーズの最後のかけらを口に押し込み、手を払った。カイヌインにとっておきの笑顔を向け、長い腕をニムエに差し延べる。「大事ないか」

「ええ、なんにも」ニムエは平然と答え、マーリンの腕に身を任せた。彼の出現にも、打って変わった元気そうな姿にも、ニムエだけは眉ひとつ動かさなかった。

「敵に囲まれ、数でも負けておる以外はな！」マーリンはからかうように言った。「さてどうするかな。ふつう、こういう危急の際にいちばんよいのは、だれかを犠牲に捧げることだ」ぎょっとして凍りついた兵士の輪を、マーリンは期待をこめた眼で見まわした。顔には赤みが戻り、いつもの底意地の悪い活力も戻ってきていた。「ここはやはり、ダーヴェルに泣いてもらうか」

「マーリンさま！」カイヌインが叫ぶ。

「姫を！　いやいや、とんでもない！　あなたにはもうじゅうぶんしていただいた」

「犠牲はなしにしてくださいませ」カイヌインが哀願する。

　マーリンは笑顔になった。ニムエはその腕のなかで眠り込んでしまったようだが、ほかの者はもう眠るどころではない。そのとき、槍が飛んできて下方の岩にはね返った。その音にうながされるように、マーリンが杖を私に差し出す。「岩の上に登れ、ダーヴェル。そしてこの杖を西に向けるのだ。まちがえるなよ、東ではないぞ。気晴らしに、まっとうなことをしてみるのも悪くなかろうが。それはもちろん、仕事を間違いなく果たすには人任せにしてはならんのだが、いまはニムエを起こしたくない。さあ、行け」

　私は杖をとり、岩によじ登って小山の最も高い場所に立った。マーリンの指示どおり、西のはるかな海へ杖を差し出す。

「突つくのではないぞ！」マーリンが下から声をかけてくる。「指すのだ！　杖の力を感じるのだ。その杖は雄牛の突き棒ではないぞ、ドルイドの杖なのだからな」

　私は杖を西へ向けた。ディウルナハの黒マントの騎馬兵たちも、魔法のにおいを嗅ぎつけたにちがいない。魔法使いたちがふいに吠え声をあげ、一群の槍兵が斜面をよじ登って、こちらをめがけて槍を投げはじめた。

　その槍が私の足元に飛来しはじめると、マーリンは言った。「さあ、ダーヴェル、こんどはその杖に力を送るのだ。力を送れ！」私は杖に意識を集中したが、実のところはなにも感じられなかった。だが、マーリンは私の努力に満足したらしい。「もう下りてきてよいぞ。少しは休まねばな。朝になったらまたかなり歩くことになる。まだチーズはあったかな？　袋ひとつでも食えそうだ」

　私たちは寒さに震えながら横たわっていた。マーリンは大釜のことも自分の病気のことも話そうとはしなかったが、この場の雰囲気が変わったのはまぎれもなかった。なぜか希望が湧いてきて、助かりそうな気がしてきた。救済の道に最初に気づいたのはカイヌインだった。私の脇腹をつつき、それから空の月を指さす。見上げると、くっきりしていた月の面が、輝くもやの輪に囲まれているではないか。それは、細かい宝石をちりばめたトークのようだった。銀色の満月のまわりで、その細かい宝石が鋭く明るく輝いている。

マーリンは月のことなど気にも留めず、あいかわらずチーズのことばかり言っている。「昔、ディン・セイロに住んでおった女が、まことに美味な軟らかいチーズを作っておった。たしかイラクサの葉で包んでおったが、雄羊の小便に浸した木の器で半年は寝かさねばならんと言うのだ。雄羊の小便とは！　世の中には途方もない迷信を信じておる人間がいるものだ。それはともかく、その女のチーズはじつに素晴らしかった」マーリンはくすくす笑って、「気の毒なのは女の亭主よ。雄羊の小便を集める仕事を押しつけられたのだからな。いったいどうしておったものやら。とても尋ねてみる気にはならなんだ。角を押さえて、くすぐってやりでもしたのだろうか。ひょっとしたら、何食わぬ顔で自分の小便をもっていっておったのかもな。私ならそうしただろうな。ところで、暖かくなってきたのではないか？」

月を取り巻いてきらめく氷のもやは薄れていたが、月の輪郭はいっこうにはっきりして来なかった。ぼんやりした霧に包まれてかえってぼやけている。霧は西からの微風に乗ってたゆたい、たしかに暖かくなってきていた。明るく輝いていた星々はかすみ、岩を覆ってきらきらしていた霜は溶け、岩肌は濡れて優しく光っている。いつのまにか身体の震えは止まり、槍の刃にもさわれるようになっていた。霧はしだいに深くなってくる。

「ドゥムノニア人は、自分たちのチーズがブリタニア一だと言うておる」マーリンは熱心に話しつづける。チーズについての講釈を聞くのが、私たちにとっていちばん大事なことであるかのように。「もちろん、ドゥムノニアのチーズが不味いというわけではないが、固すぎることが多くてな。いまでも憶えておるが、リンディニスの近くの農園でできたチーズをかじろうとして、ユーサーは歯を折ったことがある。きれいにまっぷたつに割れてな。気の毒に、ユーサーは何週間も痛い思いをした。あれは、どうしても歯を抜こうとしないやつでな。魔法で治してくれとずいぶん頼まれたが、おかしなことに、魔法は歯には効かんのだ。眼には効くし、腹には間違いなく効果がある。ときには脳にも効くことがある。もっとも、このごろのブリタニアには治したいほどの脳をもっておる者はおらんがな。ところがだ、歯には魔法はぜったいに効かぬのだ。いつか暇ができたら研究せねばならん。そうは言っても、私は歯を抜いてやるのが好きでな」彼は大げさににやりと笑って、若い者にも珍しい、一本の欠けもないみごとな歯を見せびらかした。アーサーも同じように立派な歯をしているが、たいていの者は歯痛には泣かされているのである。

見上げると、頂上の岩は霧のためにほとんど見えなくなっていた。霧はみるみる濃くなってゆく。これはドルイドの霧なのだ。月の下で白く濃密に漂い、その分厚い蒸気のマントでモン島全体をすっぽりと覆っていた。

マーリンは続ける。「シルリアでは、白っぽいどろどろのを椀に入れて出して、それをチーズと呼んでおる。ネズミさえそっぽを向きそうなしろものよ。だが、シルリアのような国ではそれもしかたがあるまい。ダーヴェル、言いたいことでもあるのか。なにを興奮しておるのだ」

「霧です、お館さま」私は言った。

「なんと目敏い男であることよ」マーリンはいかにも感心したように言った。「さて、では大釜を穴から出してくれ。そろそろ帰る時間だぞ」

そこで、私たちはモン島をあとにしたのだった。

第二部　裏切られた大義

「こんなのってないわ！」積み上げた羊皮紙の最後の一枚をご覧になるや、イグレインさまはたちまち不満の声をあげた。

「お気に召しませんか」私は丁重に尋ねた。

「こんなところで終わりだなんて、ひどいじゃないの。このあとどうなったの？」

「もちろん、歩いて帰ったのです」

「もう、ダーヴェルったら！」女王は羊皮紙を放りだした。「台所の下働きだって、もっと上手にお話をしてくれるわよ。どうなったのか話してくれなきゃだめよ！」

そこで、私は話してさしあげた。

すでに明け方も近く、霧は羊毛のように濃くなっていた。岩から下りて、小山の頂きの草地に集まってみると、一歩足を踏みだしただけで早くもお互いを見失いそうになった。マーリンの指示で私たちは列を作り、前を歩く者のマントを握って進むことにした。私は背中に大釜をくくりつけ、みんなで一列になってそろそろと山を下る。マーリンは腕を伸ばして杖を構え、先頭に立って歩いてゆき、ぐるりを取り巻いていた《血の楯》の兵士たちのあいだをすり抜けていった。敵のだれひとり、私たちの姿に気づかなかった。散開せよと怒鳴るディウルナハの声が聞こえたが、黒マントの騎馬兵たちはこれが魔法の霧なのを知っていて、火のそばに寄り集まっているほうを選んだのだ。とはいえ、この最初の行程が、私たちの旅で最も危険な瞬間だったのは間違いない。

女王は納得しなかった。「だけどお話では、みんな霞のように姿を消したっていうじゃないの。ディウルナハの家来たちは、あなたたちは空を飛んで島から逃げたんだって言ってるわ。有名なお話じゃないの！　お母さまだってそう言ってらしたわ。ただ歩いて帰ってきただなんて、そんなはずないでしょう！」

「ですが、実際そうだったのですよ」

「ダーヴェル！」

私は辛抱強く説明した。「私たちは消えたのでもなく、また空を飛んだのでもございません。お母上さまがなんとおっしゃろうと」

「それで、それからどうなったの？」そうお尋ねになったものの、地道な脱出劇にあいかわらずがっかりしておられる。

私たちは何時間も歩いた。先頭に立つニムエは、暗闇のなかでも霧のなかでもけっして迷わないという、超人的な能力の持ち主だ。ラグ谷の前夜、私の軍勢を導いてくれたのもニムエだった。そしてこんどは、モン島の濃い冬の霧のなかを、彼女は《古き人々》の作った巨大な草むした塚に私たちを導いた。マーリンはそこを知っていた。それどころか、何年も前にそこで眠ったこともあると言う。彼に言われて、塚の入口を塞いでいる石を槍兵が三人がかりでどけた。塚からは、草むした湾曲する土手が角のように二つ突き出しており、入口はその土手のあいだの奥まったところにあった。入口が開くと、私たちはひとりずつ四つんばいになって、塚の真っ暗な中心部へと這い進んだ。

この塚は墳墓であり、巨大な岩を積み上げて作られていた。中央の通廊から六つの小さな部屋が分かれている。廊下と部屋が完成すると、《古き人々》はそのうえに石板の屋根を載せ、さらにそのうえに土を盛り上げたのである。私たちとちがって遺体を焼く習慣はなく、またキリスト教徒ともちがって、冷たい土に埋めることもしなかった。死者はこのような石の部屋に納められて、いまも宝物とともにそこに横たわっているのだ。角製の杯、牡鹿の枝角、石で作った槍の穂先、火打ち石の短刀、青銅の皿、そして、ぼろぼろになった腱の糸でつないだ貴重な黒玉（ジェット）の首飾り。ここでは死者が主人なのだから、その平安を乱してはならぬとマーリンが強く戒めるので、骨の横たわる玄室には入らず、私たちは中央の通廊に寄り集まっていた。そこで歌を歌ったり物語を語ったりして過ごしたのだ。マーリンは、ブリトン人が来る前、《古き人々》がブリタニアの守り手であった時代について語った。彼によると、そのような人々がいまも生きている場所があるのだという。原野の忘れられた深い谷間を訪れ、かれらの魔法もいくつか教わったというのだった。たとえば、その年最初に生まれた仔羊をヤナギの枝で縛って牧草地に埋めると、それ以後生まれる仔羊はみな強く健康に育つのだ、とマーリンは語った。

「おれの田舎じゃ、いまでもそうしてますよ」イッサが言う。

「それは、おまえの祖先が《古き人々》から教わったからだ」マーリンが答える。

ギャラハッドが言った。「ベノイクでは、最初の仔羊の皮を剝いで、木に釘付けしています」

「それでもよいのだ」マーリンの声は、ひんやりと暗い廊下に反響する。

「かわいそうな仔羊」カイヌインの言葉に、みながどっと笑った。

霧は晴れたが、塚の奥深くにいると夜も昼もわからない。とは言え、ときどきはだれかが外へ這い出すので入口を開けなければならない。そうでないと糞にまみれて暮らすことになってしまうからだ。外へ出たときがたまたま昼間だったときは、入口を石で塞いでから塚の角状の土手のあいだに隠れて、黒マントがうろついていないか見張ったものだ。かれらは、野原、洞穴、荒野、岩場、小屋、ねじけた木々の生える小さな林など、いたるところを捜索していた。捜索の続いていた長い五日間、私たちは最後に残った食糧の切れ端を食べ、塚の屋根からしみ入ってくる水を飲んでしのいでいたが、私たちの魔法に負けたとディウルナハもあきらめて、ついに捜索を打ち切った。それからさらに二日待ち、隠れ処から誘い出すための罠ではないことを確かめて、ようやく私たちは出立した。場所を借りたお礼に死者の宝物に黄金を付け加え、もとどおり入口を塞いでから、冬の太陽の下を東に向かって歩いた。海岸にたどり着くと、剣にものを言わせて二艘の漁船を徴用し、こうして聖なる島をあとにして東に向かったのだ。死ぬまであのときのことは忘れない――ぼろぼろの帆船に乗って安全な対岸まで渡るとき、大釜の黄金の装飾と分厚い銀の本体が、日の光にまぶしく輝いていたものだ。舟で海を渡りながら私たちは歌を作った。それが『大釜の歌』である。吟唱詩人（バード）の歌に比べるとお粗末だが、この歌はいまでもときどきは歌われている。私たちはコルノヴィアで上陸し、そこから歩いてエルメトを突っ切り、味方の国ポウイスにたどり着いたのだった。「マーリンが消えたという話が生まれたのは、そういうわけだったのですよ」と、私は話を締めくくった。

　イグレインさまは眉をひそめた。「黒マントの騎馬兵は、その塚のなかを調べなかったの？」

「二度やって来ました。ですが、入口の石をどかすことができるとは知らなかったのです。さもなければ、塚の死者の霊を恐れたのでしょう。それに、もちろんマーリンが雲隠れの魔法をかけていましたし」

「飛んで逃げたんだったらよかったのに」と残念そうに言われる。「そのほうがずっと面白くなるのに」女王は夢破れてため息をついた。「でも、大釜のお話はそれだけでは終わらないんでしょう」

「はい、残念ながら」

「じゃあ、その先は……」

「その先は、適当なところでお話しいたします」と私はさえぎった。

女王はふくれっ面をなさる。きょうは、かわうその毛皮の縁取りのある灰色の毛織のマントを着てておられて、とてもお美しい。いまだにお子を授かる気配がないところを見ると、生涯お子を持たない運命(さだめ)なのか、あるいは夫のブロフヴァイル王が愛妾のヌイレにばかりかまけているのだろう。きょうは寒い。風が窓から吹き込み、炉の小さな火を吹き消しそうだ。炉のほうは、これより十倍も大きな火でもゆうに起こせそうなのだが、サンスム司教はこれ以上に盛大に火を燃やすことをお許しにならない。わが修道院の料理係ブラザー・アリンを、聖人が叱っておられるのが聞こえる。今朝のかゆが熱すぎて、聖ティドゥアルが舌を火傷したのだ。ティドゥアルはこの修道院で教育されている子供で、キリストなるイエスの信仰における司教の親しき道連れである。昨年、サンスム司教はティドゥアルを聖人と宣せられた。悪魔は、真の信仰への道にさまざまな落とし穴を仕掛けるものだ。

「つまり、あなたとカイヌイン姫のことだったのね」イグレインさまが私をなじった。

「何がですか?」

「あなたが姫の愛人だったわけでしょ」

「生涯通して」私は認めた。

「それなのに結婚しなかったの?」

「いたしませんでした。姫は誓いを立てていましたから。お忘れですか」

「でも、お産のときに身体が二つに裂けたりはしなかったのね」

「三人めのときは危うく命を落とすところでした。ですが、ほかの子のときははるかに楽でしたよ」イグレインさまは火のそばにかがみ込み、白い手を弱々しい炎にかざした。「ダーヴェル、あなたは幸運な人ね」

「そうでしょうか」

「だって、そんな恋をしたんですもの」沈んだ口調だった。女王は、私が初めて会ったころのカイヌインといくつもちがわないし、カイヌインと同じぐらいお美しい。吟唱詩人が歌うような恋愛にふさわしいかたなのだ。

「たしかに幸運でした」私は認めた。窓の外では、ブラザー・マイルグウィンが修道院で使う薪の山をこしらえていた。大槌と小槌を使って丸太を割りながら、歌を歌っている。せっせと働きながら歌っているのは、ハラザーフとモラグの愛の歌だ。あんな歌を歌っていたら、聖サンスムに大目玉を食らうだろう。いまはアリンをこってり絞っておられるが、それがすんだらすぐにも。私たちはキリストにおいて兄弟であり、愛によってひとつなのだと聖人はいつも言われるのだが。

「キネグラス王は、妹があなたと逃げてしまったのに腹を立てなかったの」イグレインさまが尋ねる。「ほんの少しも？」

「はい、毛筋ほども」私は答えた。「スウス城に戻って来るようにと言われたぐらいです。もっとも、私たちはふたりともクム・イサヴが気に入っておりました。それに、カイヌインは義理の姉上があまり好きではなかったのです。ヘレズ妃は口やかましいかたでしたし、妃のふたりのおば上もきついかたがたでした。三人ともカイヌインのふるまいをとんでもないことと思っておられて、いわゆる醜聞が流れたのも、ひとつにはこのかたがたのせいだったのです。ですが、私たちは醜聞とはまったく縁のない生きかたをしておりました」私はしばし口をつぐみ、あの若かった日々を思い出していた。「実際は、たいていの人がとてもよくしてくれました」私は言葉を継いだ。「ポウイスでは、ラグ谷の戦いのことでやはり恨みつらみがたまっておりましたからね。父や兄弟や夫を喪った人が大勢いましたし。ですから、カイヌインの反乱にいわば胸がすっとしたのだと思いますよ。アーサーとランスロットが恥をかかされるのを見て、溜飲を下げていたのです。ですから、ヘレズ妃とその恐るべきおば上のほかは、私たちにつらく当たる者はおりませんでした」

「ランスロットは、あなたと戦って姫を取り戻そうとはしなかったの⁉」イグレインさまはショックを受けたようだった。

「そうしてくれればよかったのですがね」私はそっけなく言った。「さだめし面白かったことでしょう」

「でも、カイヌイン姫がそんなことを自分で決心したって、ほんとなの」女がそんな大胆なことをするとは、イグレインさまには考えるだに信じられないことなのだった。立ち上がって窓辺に歩み寄り、しばらくマイルグウィンの歌を聞いていた。「かわいそうなグウェンフイヴァハ」ふいに言った。「あなたの書いたのを読むと、とっても不器量で太っちょで退屈な人みたいじゃないの」

「残念ながら、まったくそのとおりのかたでしたから」

「みんながみんなきれいに生まれるわけじゃないわ」と、きれいに生まれついた者の確信をもって女王は言われた。

「おっしゃるとおりです。ですが、平凡な者の話などだれも聞きたいとは思いますまい。奥方さまは、アーサーのブリタニアが情熱で輝いていたとお思いになりたいでしょう。そして私は、グウェンフイヴァハにはなんの情熱も感じられませんでした。だれかを愛せと命じることはできません。それができるのは美と情欲だけです。この世が公平なところであればよいと思われるなら、王も女王も、貴族も情熱も魔法もない世界を想像してごらんなさい。そんな退屈な世界に暮らしたいと思われますか」

「それは美醜とは関係ないわ」イグレインさまが反論する。

「とんでもない、隅から隅まで関係があります。奥方さまのご身分は、生まれという偶然でなくてなんでしょう。奥方さまがお美しいのも、これまたもうひとつの偶然ではありませんか。神々が」と言ってしまってから、私はあわてて言いなおした。「神が人間を平等にしようと望まれていたら、平等にお創りになったはずです。そして、もし人間がみな同じであったなら、どこにロマンスなど生まれるでしょう」

イグレインさまは議論を続けるのをあきらめて、「ブラザー・ダーヴェル、あなたは魔法を信じてるの」と新手を繰り出してきた。

私はしばらく考えた。「信じております。キリスト教徒であっても、魔法を信じることはできます。そもそも、奇跡が魔法でなくて何でしょうか」

「マーリンはほんとうに霧を魔法で作ったの?」

私は眉をひそめた。「奥方さま、マーリンのしたことは、魔法を持ち出さなくても説明がつくことばかりです。霧は海から上がってくるものですし、失われたものが見つかるなどというのはざらにあることですから」

「でも、死んだ人が生き返るっていうのは?」

「ラザロは生き返りましたよ。そしてもちろん、われらが救い主も」私は十字を切った。

イグレインさまも神妙に十字を切った。「でも、マーリンは死んでから生き返ったんでしょう」と詰め寄ってくる。

「死んでいたかどうかはわかりません」私は慎重に答えた。

「でも、カイヌイン姫はそう言ってたんでしょ」

「死ぬ間際までそう信じておりました」

イグレインさまは、ドレスの組紐のベルトを指でねじりながら、「でも、大釜は魔法だったわけでしょう。死者を甦らせることができたんでしょう」

「そう言われておりました」

「それに、カイヌイン姫が大釜を見つけたのは、たしかに魔法じゃないの」

「そうかもしれません。ですが、常識で考えればわかることでした。マーリンは何ヵ月もかけて、断片的に残っていたモン島についての伝えを集めていました。ドルイドの信仰の中心地がどこだったか知っていましたし、それはあのフリン・ケリグ・バッハのそばにあったのです。カイヌインはただ、大釜が安全に隠せそうな最寄りの場所に私たちを導いただけなのですよ。もっとも、たしかに夢は見ていましたが」

「あなたも見たんでしょう」イグレインさまが言った。「ドルヴォルインのうえでね。マーリンがあなたに飲ませたのは何だったの」

「フリン・ケリグ・バッハでニムエがカイヌインに飲ませたのと同じものですよ。たぶんレッドキャップの浸出液でしょう」

「あの毒きのこ！」ぞっとしたように叫んだ。

私はうなずいた。「身体が痙攣して、立っていられなかったのはそのせいなのです」

「でも、それじゃ死んだかもしれないのに」

私は首をふった。「レッドキャップで死ぬ者はあまりおりません。それに、ニムエはそういうことにはくわしかったのです」レッドキャップの害を抑えるいちばんの方法は、魔法使いが自分で食べて尿をとり、それを夢に見る者に飲ませることなのだが、それは伏せておくことにした。「あるいは麦角を使ったのかもしれません。私はレッドキャップだと思いますが」

　異教の歌をやめよと、聖サンスムがブラザー・マイルグウィンを叱っている。イグレインさまは眉をひそめた。このごろ、聖人は常にもましてご機嫌が悪い。たぶん石が溜まっているのだろう、排尿のときに痛みがあるのだ。私たちは聖人のために祈っている。

「それで、このあとはどうなるの」サンスムの怒鳴り声を無視してイグレインさまは尋ねた。

「家に戻ったのですよ。ポウイスの家に」

「アーサーのもとにも戻ったんでしょ？」と身を乗り出してくる。

「おっしゃるとおりです」私は言った。なぜなら、これはアーサーの物語なのだから。敬愛してやまぬ将軍、地に正義を実現した者、われらがアーサーの物語なのだ。


　その年、クム・イサヴの春は輝いていた。もっとも、愛に包まれているときは、すべてが完璧に、明るく輝いて見えるものなのかもしれない。だが、あれほど世界が花々に満ちていたときはなかったような気がする。キバナノクリンザクラ、ヤマアイ、ブルーベル、すみれ、百合、一面のノラニンジンのじゅうたん。青い蝶が飛び交う林間の草地でリンゴの木はピンクの花をつけ、私たちはその木の下で、絡みあうシバムギの茂みを切り裂いていった。リンゴの花のなかでアリスイが歌い、川のそばではシギが遊び、クム・イサヴのわら葺き屋根の下にセキレイが巣を作った。私たちは仔牛を五頭飼い、どれも元気で餌をよく食べ、優しい眼をしており、そしてカイヌインは身ごもっていた。

　モン島から戻ると、私は相愛の環をふたつ作った。十字を彫り込んだ指環だが、キリスト教の指輪ではない。

若い女は、娘から女になったあとによくこんな環をしている。たいていは、恋人にもらったわらを環にして、記章代わりに指にはめるのだが、恋人が槍兵なら、戦士の環に十字を刻んだものをはめるのがふつうだ。身分の高い女性は、そんな指環をはめることはめったになく、卑しい風習だと見下しているものだ。男でもはめている者はいる。ラグ谷で命を落としたポウイスの族長ヴァレリンも、十字を刻んだ相愛の環をしていたものだ。ヴァレリンは、グィネヴィアがアーサーに会う以前に彼女の許婚者だったのである。

私たちの指環は、どちらもサクソンの斧の刃から作った戦士の環だったが、じつはマーリンと別れる前に（彼はさらに南へ旅を続けてウィドリン島へ戻ったのだ）、私はこっそり大釜の飾りの一部を折って手に入れておいた。小さな黄金の戦士が持っていた小さな黄金の槍で、簡単に折ることができたのだ。私はその黄金を小袋に隠しておいて、クム・イサヴに戻ってから、その黄金のかけらと戦士の環をふたつ金細工師のもとへ持っていった。そして、彼がその黄金を溶かしてふたつの十字をかたどり、それを鉄の環に焼き付けるのを見張っていた。ほかの黄金と取り替えられてはなんにもならないからだ。そうしてできあがった環のいっぽうをカイヌインに渡し、もういっぽうを自分ではめた。指環を見て、カイヌインは声をたてて笑った。「ダーヴェル、わたしはわらの環っかでもよかったのに」

「大釜からとった黄金のほうが、ずっと力があるに決まってる」私は答えた。私たちはその指環をいつでもはめていて、ヘレズ妃を大いに不快がらせたものだった。

その美しい春に、アーサーは私たちを訪ねてきた。彼がやってきたとき、私は上半身裸になってシバムギを抜いているところだった。羊毛を紡ぐのと同じく、これも果てることのない仕事である。アーサーは川岸から声をかけてきて、大股に斜面を登って近づいてくる。灰色の亜麻布のシャツに、黒っぽい長いズボンを穿いていた。

剣はもっていない。「人が汗水たらして働いているのを見るのはいいものだ」彼はからかうように言った。「手伝いに来てくれたんですか？」

「シバムギを抜くのは、戦争よりきつい仕事ですよ」私はうなり、腰に両手を当てた。

「キネグラスに会いにきたんだ」そう言って、草地のあちこちに植わっているリンゴの木のそばの石に腰をおろした。

「戦ですか」私は尋ねた。アーサーがポウイスに来る用があるとすれば、戦の話以外にないのはわかりきっているのに。

彼はうなずいた。「槍を集めるときが来たんだ。とくに」と笑みを浮かべて、「大釜の戦士の槍をな」そして、もう十回も聞いているにちがいないのに、ぜひすっかり話して聞かせてくれと熱心に頼むのだった。私が話し終えると、大釜の存在を疑ったことについて潔く詫びの言葉を口にした。とはいえ、たわごとだという思いは変わっていなかったにちがいない。それも、危険きわまりないたわごとだとさえ思っていたかもしれない。私たちの探求の成功は、ドゥムノニアのキリスト教徒を怒らせていたからである。ギャラハッドが言ったように、かれらは大釜の探求を悪魔の業だと思っていたのだ。マーリンは貴重な大釜を持ち帰り、ウィドリン島の塔に保管していた。いずれその途方もない力を呼び覚ますことになるだろうと彼は言っていたが、キリスト教徒の敵意にもかかわらず、ただそこにあるというだけで、大釜はドゥムノニアに新たな自信を与えつつあった。「正直言って、私は槍兵が集まっているのを見るほうが、よほど自信がつくけどな」アーサーは言った。「キネグラスは、来週には兵を率いて発つと言っているし、ランスロットのシルリア軍はイスカに集まってきている。テウドリックの兵士ももう行軍の準備を整えている。今年は雨が少ない年になりそうだ。戦争にはもってこいの年になるぞ」

私も同感だった。トネリコの木がオークより先に若葉を芽吹かせたし、これは晴天つづきの夏が来るという前兆だ。そして晴天の夏は地面を固くし、楯の壁が作りやすくなる。「おれは家来をどこに率いていけばいいんですか」私は尋ねた。

「もちろん私の軍に加わるんだ」アーサーはふと口をつぐみ、いたずらっぽい笑顔を見せた。「てっきり、お祝いを言ってもらえると思っていたんだがな」

「殿にですか？」私はとぼけた。アーサーに、自分の口からうれしい知らせを伝えさせようとしたのだ。

彼はたちまち相好を崩して、「ひと月前に、グィネヴィアが子供を産んだんだ。男の子だぞ、元気な男の子だ！」

「ほんとですか！」私はいかにも驚いたように大声を出したが、実際には一週間も前にその話は聞いていた。

「とにかく元気でな、よく乳を飲むんだ。吉兆だ」アーサーは手放しで喜んでいたが、彼はもともと日常のごくありふれたことに人一倍喜びを感じるたちだった。なにしろ、よく手入れされた畑に囲まれた頑丈な造りの家で、健康な家族とともに暮らすのが憧れ、というのだから。「名前はグウィドレというんだ」と言って、愛しげにくりかえした。「グウィドレとな」

「いい名前ですね」そう言ってから、こんどはカイヌインが妊娠したことを私が伝える番だった。アーサーは即座に、生まれるのは女の子にちがいないから、将来はグウィドレの嫁にもらうと言い切るのだった。彼は私の肩に腕をまわし、ふたりして家まで歩いていった。家では、カイヌインが深皿のミルクからクリームをすくい取っているところだった。アーサーは心をこめて彼女を抱擁し、クリーム作りは召使に任せて、陽光のあふれる戸外に出て話に加わるようにと強く勧めた。

私たちは、おもてのベンチに腰掛けた。イッサが作ってくれたもので、家の入口の脇に生えているリンゴの木の下にすえてある。カイヌインはグィネヴィアのことを尋ねた。「お産は楽でした?」「さいわい楽でしたよ」と、アーサーは首に掛けた鉄の護符に触れた。「じつに安産でね、もうすっかり元気ですよ」ふと顔をしかめて、「子供を産むと老けると言って少し気にしているんだが、そんな馬鹿なことはない。私の母はいつまでも若々しかった。子供をもつのは、グィネヴィアにとってもよいことだと思うな」彼はまた微笑んだ。自分と同じくらい熱烈に、グィネヴィアが息子を愛するさまを想像しているのだろう。言うまでもなく、グウィドレは彼の最初の子供ではない。アイルランド人の愛妾アランが産んだ双子の息子アムハルとロホルトは、もう楯の壁に加わってもおかしくないほどの年齢になっている。しかし、アーサーはその双子にとくに会いたいとは思っていないようだ。私がかれらのことを尋ねると、「あいつらは私のことが嫌いなんだよ」とみずから認めた。「だが、ランスロットのことは気に入ってるらしい」この名前を口にするとき、彼は私たちふたりになんとも恐縮そうな眼差しを向けた。「あのふたりはランスロットの軍に加わることになった」

「戦になるんですの」カイヌインが不安げに尋ねた。

アーサーは優しい笑みを浮かべて、「じつは、私はご主人を連れ去りに来たのですよ」

「きっと連れて帰ってきてくださいましね」カイヌインはやっとそれだけ答えた。

「王国をひとつ買えるぐらいの財産をつけてお返ししますよ」アーサーは約束したが、ふとふり向いて、クム・イサヴの家の低い壁とわら葺き屋根を見やった。屋根は保温のために分厚く葺かれ、切妻壁の向こうでは堆肥が湯気を立てている。ドゥムノニアのたいていの農家に比べても大きくはないが、ポウイスの豊かな自由民がもちそうな小農場で、私たちは気に入っていた。このつましい暮らしと、将来の富とを比較してアーサーがなにか言おうとしているのだと思い、クム・イサヴを弁護しようと待ち構えていたのだが、彼はどういうものか悲しげな顔をして言った。「おまえがうらやましいよ、ダーヴェル」

「殿なら、こんな家ぐらいいくらでももてるじゃありませんか」彼の声に羨望を感じとって、私は言った。

「私は、大理石の柱と雲つく破風(ペディメント)に囲まれて暮らす運命なんだ」彼は笑いとばした。「私は明日発つ。キネグラスは、十日後には追いかけると言っている。キネグラスといっしょに来てくれないか。もっと早く発てるならそのほうがいい。それから、糧食を持てるだけ持ってきてくれ」

「どこへ行けばいいんです？」

「コリニウムだ」立ち上がり、谷間を一瞥してから、笑顔で私を見下ろした。「ちょっと話せるかな」

このあからさまな仄めかしを受けて、「スカラハがミルクを煮立ててないか、見てこなくては」とカイヌインは言った。「ご武運をお祈りしています」とアーサーに言って立ち上がり、別れのあいさつに抱擁した。

アーサーと私は、谷を上流に向かって歩いた。編んだばかりの垣根や、剪定したリンゴの木、川をせき止めて作った小さな養魚池を見て、アーサーはいちいち褒めた。「あんまりここに根を生やさないでくれよ、ダーヴェル。いずれドゥムノニアに戻ってきてもらうからな」

「そのときを心待ちにしています」私が故郷に戻れないのはアーサーのせいではなく、アーサーの妻とその共謀相手のランスロットのせいなのだ。

アーサーは笑顔になったが、私の帰国についてはもうそれ以上は口にしなかった。「カイヌインはとても幸せそうだ」

「幸せにやってます。おれたちふたりとも」

彼はしばしためらったが、父親になったばかりの男の自信をもって言った。「妊娠中は、女は気むずかしくなるもんだぞ」

「いまのところは、そういうことはありませんが。もっとも、まだほんの最初の数週間だから」

「おまえは女房運がいい」彼はつぶやくように言った。いま思い返してみると、アーサーがグィネヴィアについて批判めいたことを口にするのを聞いたのは、このときが初めてだったように思う。だが、彼はあわてて付け加えた。「妊娠中というのはつらい時期だからな。おまけに、戦争の準備と重なってしまって、どうしても思うようにそばについていてやれなかった」彼は古いオークの木のそばで足をとめた。その木は以前雷に打たれて、黒焦げになった幹はまっぷたつに裂けている。だがそれでも、古い木は新緑を芽吹かせようとしていた。「おまえに頼みがあるんだ」と低声で言った。

「なんなりと」

「安請け合いをするな、ダーヴェル。なにを頼まれるか聞くまではな」と口ごもる。これほど口にするのをためらうからには、ゆゆしい頼みごとにちがいない。なかなか口に出せないようすで、谷の南側の林に目をやって、鹿とかブルーベルがどうこうともごもご言っていた。

「ブルーベルですって?」てっきり聞き違いだと思って私は尋ねた。

「いや、どうして鹿はブルーベルを食わないのかと思ってな」彼ははぐらかした。「ほかのものはなんでも食うのに」

「おれにもわかりません」

さらに鼓動一拍ぶんほどためらっていたが、意を決したように私の眼を見た。「コリニウムで、ミトラの集会を開くよう要請したんだ」と、ようやく打ち明ける。

次になにが来るか見当がついたので、私は心を鬼にする覚悟を決めた。戦は私に数々の報償を与えてくれたが、ミトラの信徒に加えられたことぐらい貴重な報償はほかになかった。ミトラはローマの軍神だが、ローマ人が去ったあともブリタニアにとどまった。その秘儀にあずかれるのは、信徒によって選ばれた男だけである。信徒にはありとあらゆる王国の者がいて、味方として戦うこともあるが、敵どうしとして戦いあうことも少なくない。それでも、ミトラの広間では仲間として集い、勇者のなかの勇者だけを信徒仲間として選ぶのである。ミトラの信徒に選ばれるのは、ブリタニア最高の戦士という誉れを授かることであり、おいそれと与えられるような名誉ではなかった。言うまでもないが、女にはミトラを礼拝することは許されない。それどころか、その秘儀を見ただけで殺されるのだ。

「集会を要請したのは、ランスロットの入信を決めてほしいと思ってな」彼が説明したその理由を、私は聞く前からすでに悟っていた。前の年、私はグィネヴィアから同じことを頼まれていた。その後の数ヵ月間、その話が立ち消えになることを願っていたのだが、戦の前夜になってまたぶり返してきたわけである。

私は逃げを打った。「サクソン人を打ち負かすまで、ランスロット王には待っていただいたほうがいいのではありませんか。そうすれば、たしかに王が戦うのをみんなその目で見られるし」ランスロットが楯の壁で戦っているさまを、これまでだれも見たことがなかった。実のところ、この夏に彼を戦場で見かけたら、私は仰天していただろうと思う。ただ、決断を下す恐るべき瞬間を、さらに何ヵ月か先に延ばそうとしたのだった。

アーサーは、私の提案はいささか的はずれだと言うように、なにかあいまいな仕種を見せた。「いますぐ選ぶようにと圧力がかかっていて」と言葉を濁す。

「圧力とは?」

「ランスロットの母上が病気でな」

私は笑った。「殿、それはミトラの信徒を選ぶ理由にはちょっとなりませんよ」

アーサーは顔をしかめた。自分の論拠が弱いことは百も承知なのだ。「ダーヴェル、ランスロットは王だ。王の軍勢を率いて戦さに加わるんだ。彼はシルリアを好かないようだが、それも無理はない。アニス・トレベスの詩人や竪琴弾きや広間に恋い焦がれているんだからな。だが、ランスロットがあの王国を失ったのは、私が誓いを守らず、軍勢を率いて彼の父親の救援に行かなかったからなんだ。私たちはランスロットに借りがあるんだよ、ダーヴェル」

「おれにはありません」

「あるんだ」アーサーは譲らない。

「ミトラに加わりたいのなら待つべきだと思いますね」私はきっぱりと言った。「いま殿がランスロットの名前を出しても、たぶん否決されますよ」

私がそう言うのをアーサーは恐れていたのだが、それでもあきらめようとはしなかった。「おまえは私の友だ」と言って、私が言葉をはさもうとするのを手をふってさえぎった。「私は、ポウイスで讃えられている友が、ドゥムノニアでも讃えられるところを見たい」雷に打たれたオークの幹を見下ろしていたが、その目をひたとこちらに向けた。「リンディニスに来てもらいたいんだ。ミトラの広間で、ほかでもないおまえがランスロットの名を支持してくれたら、きっとほかの者も賛成するだろう」

アーサーの言葉は短かったが、はるかに多くのことが言外に隠されていた。ランスロットを選ぶように推しているのがグィネヴィアであり、この頼みを私が聞き入れれば、グィネヴィアの目に反逆と映った私の行為も赦されるだろうと、アーサーはそれとなく仄めかしたのだ。ランスロットをミトラ信徒に選びさえすれば、私はカイヌインを連れてドゥムノニアに戻ることができ、モードレッドのチャンピオンとなる栄誉と、それにともなう富と領地と地位を得ることができる、そうアーサーは言っているのだった。

私は、家来たちが一団となって高い北の丘から下ってくるのを眺めていた。ひとりは仔羊をあやしている。たぶん親をなくした仔羊だろう。カイヌインが手ずから乳をやることになるわけだ。たいへんな仕事である。乳に浸した布を吸わせて育てなければならないし、仔羊というのはすぐに死んでしまう。しかし、カイヌインはどうしても放っておくことができないのだ。彼女は仔羊をヤナギで縛って埋めることも、その皮を木に釘付けすることも絶対に禁じていたが、その儀式を怠ったことで羊の群れに災難がふりかかることはないようだ。私はため息をもらした。「ではコリニウムで、殿はランスロットを推薦するつもりですか」

「いや、私ではない。ボースが推薦することになっている。ボースは、ランスロットが戦うところを見ているから」

「では、ボースが黄金の舌をもっていることを祈りましょう」

アーサーはにっこりした。「いま返事を聞かせてはくれないのか」

「殿が聞きたいような返事はできません」

彼は肩をすくめて、私の腕をとって引き返しはじめた。「こんな秘密の結社なんてものはなくしたらいいんだ」彼は穏やかに言った。たぶん、それは彼の本心なのだろう。私が入会を認められたのはもう何年も前のことだが、ミトラの集会の場でアーサーの姿を見たことは一度もなかった。「ミトラのような秘密の宗教は、人を結束させるのに役立つと思われているが、ほんとうは離反させているだけなんだ。妬みを生むからな。だがときには、悪と戦うために別の悪と手を組まなければならないこともある。だから、新しい戦士の結社を作って、サクソン人に対抗して武器をとる者全員を入会させようと思ってる。それを、全ブリタニアで最も名誉ある結社にするんだ」

「きっと、ブリタニアで最大の結社になるでしょうね」

「徴集兵は含めない」アーサーはそう付け加えた。こうして、土地のしがらみからではなく、忠誠の誓いにおいて槍をもって参じる者だけに、その栄誉ある結社への加入を限ったのである。「どんな秘密結社より、私のこの結社にみんなが加わりたがるようにするんだ」

「その結社の名前はなんというんです？」

「さあな。ブリタニア戦士団とか、同志会とか、カダーンの槍なんてのはどうかな」軽い口調だったが、本気なのはよくわかった。

「それで、ランスロットがそのブリタニア戦士団に加わったら、ミトラに入れなくても気にしないだろうと殿は思われるんですか」と、彼があげた名前のひとつを借りて私は尋ねた。

「それもある」彼は認めた。「しかし、それが第一の理由ではない。この結社に加わる戦士たちに義務を課すつもりなんだ。これに加わる者は、二度と互いに争うことはしないと血の誓いを立てねばならん」たちまち笑顔になって、「ブリタニアの王たちがいくらもめても、戦士どうしが戦えなければ戦争にはならんからな」

「それはどうでしょうか」私はずけずけと言った。「王への忠誠の誓いは、どんな誓いより優先しますからね。殿の血の誓いだってかないませんよ」

「それでも、戦いにくくはなる」アーサーは言い張った。「私が平和を実現するからな。ダーヴェル、きっと平和を実現してみせる。そしておまえは、ドゥムノニアで私といっしょに平和を味わうんだ」

「楽しみにしています」

アーサーは私を抱擁した。「コリニウムで待ってるぞ」私の槍兵たちに手をあげて挨拶し、またこちらに目を向けた。「ランスロットのことを考えてくれ、ダーヴェル。大きな平和を得るために、小さな誇りを捨てることもときには必要なんだ。そこのところをよく考えてみてくれ」

そう言うと、アーサーは大股で去っていった。私は家来たちに野良仕事の季節は終わったと告げに言った。槍を尖らせ、剣を研ぎ、楯は塗りなおしてニスをかけ、きつく締めなおさなくてはならない。戦場に戻るときが来たのだ。

私たちは、キネグラス軍より二日早く出立した。ポウイス西部の山岳地帯から、砦に住む族長たちが粗末な毛皮をまとった戦士を率いてくることになっており、キネグラスはその族長たちの到着を待っていたのだ。ポウイス軍は一週間以内にコリニウムに着くとアーサーに伝えてくれと言ってから、キネグラスは私を抱擁して、カイヌインの身は命に代えても守ると誓ってくれた。カイヌインはスウス城に戻ることになっていた。キネグラスの出征中に王の家族を守るため、城にはわずかな手勢が残される手はずなのである。もっとも、カイヌインはクム・イサヴを離れるのを嫌がっていた。スウス城の女の館は、ヘレズ妃とそのおば上たちが支配していたからだ。しかし、グィネヴィアのイシス神殿で、犬が殺されて足の悪い女がその皮をかぶっているというマーリンの話を思い出して、私のためだと思って城に避難してくれと懇願すると、しまいにはカイヌインも折れた。

家来のうち六名をキネグラスの宮殿の衛兵隊に加え、残りの兵士を率いて私は南に向かった。みな「大釜の戦士」であり、カイヌインの五芒星を楯に帯びている。それぞれ二本の槍とひと振りの剣をたずさえ、二度焼きしたパン、塩漬けの肉、固いチーズと干し魚のかさばる包みを背中にくくりつけていた。また進軍できるのはうれしかったが、ただ、私たちのとった道はあのラグ谷を通る道だった。野猪が死骸を掘り返したため骨が散乱し、谷の野は見るも無残なありさまになっていた。この骨を目にしたら、キネグラスの兵士たちが敗北を思い出すのではないかと心配になり、私はぜひにもと言い張って、半日かけて遺体を埋めなおした。遺体はみな、最初に埋められるときに片足を叩き切られていた。いつでも遺体を火葬にできるわけではないので、死者の大半は土葬される。しかし、魂が地上をさまよい歩くことがないように、埋める前に片足を切ることになっているのだ。かくして、私たちは片足の死者たちを埋めなおしたのだが、そうして半日かけて苦労したあとでさえ、その場で虐殺が行われたことはごまかしようがなかった。途中で、私は死者を埋める手を休めて、ローマ人が残した谷間の神殿に入ってみた。私の剣がドルイドのタナビアスを斬り殺し、ニムエがギンドライスの魂をひねりつぶした場所。蜘蛛の巣まみれの髑髏の山に囲まれて、ふたりの血の染みがいまも残る床に私は横たわり、ぶじにカイヌインのもとへ戻れるようにと祈りを捧げた。

翌晩はマグニスに泊まった。霧に包まれた大釜や、ブリタニアの宝物の由来を語る夜話からは、世界の端と端ほどにもかけ離れた町だ。ここはキリスト教の支配する王国グウェントであり、なにもかもが戦時色に染まっていた。鍛冶屋は槍の穂先を鍛え、皮なめし屋は楯の覆いや剣の鞘やベルトや長靴を作り、町の女たちは数週間の行軍にそなえて固く薄いパンを焼いていた。テウドリック王の兵士たちは、青銅の胸甲に革のスカートに長いマントという、ローマふうの軍服に身を固めている。そんな兵士が百人、すでにコリニウムに向かって出発しており、さらに二百人がすぐにも続くことになっていた。もっとも、かれらを率いるのは王ではなかった。テウドリックは病いに臥せっており、その息子でグウェントの世嗣マイリグが、名ばかりの指揮官を務めることになっているのだ。もっとも、実際に兵を指揮するのはアグリコラである。もう老人だったが、いまでも背筋はぴんと伸びていて、傷だらけの腕はじゅうぶんに剣をふるうことができる。ローマ人よりローマ人らしいと言われた武将で、そのいかめしい渋面が私は以前からいささかおっかなかった。だが、その春の日にマグニスの城外で私を出迎えた彼は、こちらを対等に扱ってくれた。短く刈り込んだ白髪頭を天幕の入口からのぞかせると、ローマふうの軍服姿でまっすぐこちらへ歩いてきた。そして驚いたことに、私を抱擁したのである。

私の率いてきた三十四人の槍兵を、アグリコラは査閲した。きれいにひげを剃ったグウェントの兵士と並ぶと、いかにもむさ苦しく粗野な姿に見えたが、アグリコラは武器の状態を褒め、私たちが持参した豊富な食糧については激賞した。彼はうなるように言った。「槍兵を戦場に送っても、糧食を山ほど持たせなければ何にもならん。もう何年間も口を酸っぱくしてそう言っておるのに、シルリアのランスロット王ときた日には。百人の槍兵を送ってきたはいいが、すべて合わせてもパンひとかけほどの糧食も持たせておらんのだ」彼は私を天幕に招いて、酸っぱい薄いワインを勧めた。「ダーヴェル卿、あんたに謝らねばならん」

「そんな必要はないと思いますが」これほど親しく扱われて、私はどうも落ち着かなかった。相手は名高い武将であり、しかも私の祖父と言ってもとおるほどの年長者なのだ。

アグリコラは私の謙遜に手をふって、「わが軍は、ラグ谷に駆けつけるべきだったのだ」

「勝てるとは思えない戦さでした。おれたちは追い詰められてたけど、お国はそうじゃなかったんですから」

「だが、あんたがたは勝ったじゃないか」彼はうなって、ふり向いた。風がさっと吹き込み、木を削った薄皮を飛ばしそうになったのだ。彼の台の上にはそんな薄皮が何十枚も載っていて、いずれにも兵員数と糧食が記録してある。角製のインク壺でその束に重しをしてから、またこちらに顔を向けた。「雄牛の集会が開かれるそうだな」

「はい、コリニウムで」私はうなずいた。アグリコラは、主君のテウドリックとちがって異教徒だった。もっともブリタニアの神々には目もくれず、信仰するのはただミトラだけである。

「ランスロットを選ぶためらしいが」アグリコラはむっつりと言う。野営地の列で命令を叫ぶ声が響いたが、自分が飛び出してゆくまでもないと判断し、こちらに目を戻した。「ランスロットについてなにか知っておるかね」

「いやというほど知ってます」私は言った。「少なくとも、けなしたくなるぐらいには」

「アーサーにそむくつもりか」驚いたように言う。

私は苦々しい思いで答えた。「アーサーにそむくか、ミトラにそむくかです」魔除けのしるしを結んで、「となれば、やはりミトラは神ですから」

「アーサーは、ポウイスから戻る途中で立ち寄って話をしていった。ランスロットを選べば、ブリタニアの結束が固まるとな」いったん言葉を切り、むずかしい顔をした。「ラグ谷に駆けつけなかった埋め合わせに、賛成票を投じるべきだと匂わせておった」

アーサーは、なりふりかまわず票を買っているようだ。「では、賛成なさってください」私は言った。「ひとりでも反対すれば、入会は認められません。おれの票だけでいいわけですから」

「ミトラ神に嘘はつけん」アグリコラはぴしゃりと言った。「それにランスロット王は虫が好かんしな。ふた月前にここへ来た。鏡を買いに」

「鏡ですって」私は笑わずにはいられなかった。ランスロットは昔から鏡を集めていたのだ。父王の宮殿、アニス・トレベスに高くそびえる広々とした海辺の宮殿では、ひと部屋の壁をローマの鏡で埋め尽くしていたものだ。フランク人の大群が王宮の城壁を越えたとき、放たれた火にあの鏡はすべて溶けてしまったにちがいない。そしていま、ランスロットはまた蒐集を始めているらしい。

「テウドリック王から、みごとな琥珀金(エレクトラム)の鏡を一枚買っていった」アグリコラは言った。「楯ほども大きさのある、それは立派なものだった。たいそう澄んでおって、晴れた日に黒い水溜まりをのぞくようにはっきり映るのだ。エレクトラム、つまり金銀合金の鏡はじつに稀少なのだ。「鏡とはな」アグリコラは吐き捨てるように続ける。「鏡を買っているひまに、シルリアで王の務めを果たしておればよいのだ」そのとき町から角笛が響き、彼は剣と兜をひっつかんだ。角笛が二度鳴り響くと、アグリコラはその意味を悟ってまたうなった。「世嗣どのだ」彼に従って明るい戸外へ出ると、たしかにマイリグだった。馬にまたがって、マグニスのローマの城砦から進み出てくる。儀仗兵が二列に整列するのを眺めながら、アグリコラは私に言った。「私がここに野営しておるのは、あの司祭どもから逃れるためでな」

マイリグ王子はキリスト教の司祭四人に付き添われていた。世嗣の馬に遅れまいと、司祭たちは走ってついてくる。王子はまだ若かった。私が初めて見かけたときはほんの子供だったし、それはそう昔のことではない。しかし、愚痴っぽくいつもいらいらしているせいで、あまり若いようには見えなかった。背が低く、顔色が悪くて痩せていて、薄い褐色のひげを生やしている。法廷での詭弁や教会のささいな論争が大好きで、細かいことで理屈をこねるので評判が悪いが、彼の博識は有名だった。ブリタニアのキリスト教会を苦しめている、異端のペラギウス主義を論破させたらだれにも負けないというし、ブリタニアの部族法十八章をそらんじているとか、ブリタニアの十の王国の系図を二十世代前までさかのぼれるうえに、その氏族と部族の家系をすべて言うことができるという話だった。しかも、崇拝者たちが言うところでは、それは彼の知識のほんの一端でしかないという。崇拝者たちにとっては、マイリグは若いながら学識の権化であり、ブリタニア一の修辞学者なのである。だが私に言わせれば、父王の知能はすべて受け継いでいても、その知恵のほうはさっぱりだと思う。ラグ谷以前に、アーサーを見捨てるようグウェントに説いたのはほかでもないマイリグであり、その一事をとってもまったく好きになれない人物だが、王子が馬を下りるときには私もうやうやしく片膝をついた。

「ダーヴェルだったな」と妙に甲高い声で言う。「憶えているぞ」立てとも言わず、私を押しのけて天幕に入っていった。

アグリコラが中に入るよう手招きしてくれたので、息を切らしている四人の司祭とともに待つ破目にならずにすんだ。この司祭たちは、王子にくっついている以外にここにはなんの用事もないのだ。王子はトーガをまとい、どっしりした木の十字架を銀の鎖で首から掛けている。彼は私の同席にむっとしたようだった。こちらにしかめつらをして見せてから、アグリコラに向かってまたぶつぶつと苦情を並べはじめる。しかし、ふたりはラテン語で話していたので、私にはなんの話かまったくわからなかった。マイリグは、自説を補強するように一枚の羊皮紙をアグリコラの面前でふっていたが、アグリコラのほうはこの長広舌にじっと耐えていた。

マイリグはしまいに議論をあきらめて、羊皮紙を丸めてトーガの内側に押し込んだ。こちらに顔を向けると、またブリトン語で言った。「おまえの槍兵に、食糧を与えよと言うのではないだろうな」

「王子、私どもは糧食を持参しております」私はそう答えてから、父王の容体を尋ねた。

「父上は、鼠蹊(そけい)に瘻孔(ろうこう)ができておられるのだ」マイリグはきいきい声で説明した。「湿布を当てて、医師に定期的に瀉血をさせているのだが、病状の回復を神がよしとは見たまわぬ」

「マーリンをお呼びになったらいかがです」私は言った。

マイリグは眼をぱちくりさせた。彼はひどい近眼で、いつも不機嫌な顔をしているように見えるのはそのせいかもしれない。馬鹿にしたように短く鼻を鳴らして笑うと、尊大に言った。「そういえば、気を悪くしないでほしいのだが、おまえはあの有名な馬鹿どものひとりだったな。ディウルナハと戦う危険を冒して、ドゥムノニアに鉢を持って帰ったとか。料理用の鉢と聞いたが？」

「大釜でございます」

マイリグの薄い唇に笑みが浮かんだが、それはすぐに消えた。「ダーヴェル卿、わが国の鍛冶屋なら、同じ日数で大釜など十個でも作れただろうに」

「なるほど、このつぎ鍋が入り用になったら、どこへ行けばよいかこれでわかりましたよ」私は答えた。この皮肉にマイリグはむっとしたようだが、アグリコラはにやにやしていた。

マイリグが去ると、アグリコラは私に尋ねた。「なんの話かわかったか？」

「ラテン語はわかりませんので」

「族長のひとりが税を納めておらんというので、文句を言いにきたのだ。燻製の鮭三十尾に、材木を荷車二十台ぶん納めねばならんのに、鮭は一尾もなしで、材木は五台ぶんしか納めておらん。だが、この冬カリグの部族は疫病に襲われたうえに、ワイ川は密漁ですっかり荒らされておる。そこのところを王子はわかろうとせんのだ。それでも、カリグは二十四の槍兵を率いて来てくれておるというのに」アグリコラは憤然として唾を吐いた。「日に十度だ！　王子は、日に十度はここへつまらぬ問題を持ち込んでくる。どれもこれも、頭の足りん金庫の書記でも二十数えるうちに解決できそうな問題ばかりだ。あれの父親が、股に包帯でも巻いて玉座に戻ってくれればよいのだが」

「テウドリック王の病気はそんなに重いのですか」

アグリコラは肩をすくめた。「王は病気ではない、疲れておるだけよ。玉座を放り出してしまいたいのさ。剃髪して司祭になると言うておる」彼はまた天幕の床に唾を吐いた。「だが、あの世嗣をなんとか手なずけなくてはな。ご婦人がたをぜひとも戦場に連れてゆこう」

「ご婦人がたとは?」私は尋ねた。この言葉を発したときのアグリコラの辛辣な口調に興味をそそられたのだ。

「ダーヴェル卿、王子の眼の悪さはミミズそこのけだが、女についてはネズミを見つける鷹より目敏いのだ。マイリグ王子はまことにご婦人がたがお好きでな、わんさと抱えておるのよ。べつだん悪いことではない。それが王子というものだからな」アグリコラは剣帯をはずして、天幕の柱に打ってある釘に引っかけた。「出発は明日か?」

「はい、殿」

「では、今夜は私と食事をしていってくれ」彼は私を誘って天幕を出ると、眼をすがめて空を見上げた。「今年は晴天つづきの夏になるぞ。サクソン人を血祭りにあげるのにぴったりだ」

「この夏は、偉大な歌がいくつも生まれるでしょう」私も勢い込んで応じた。

「よく思うのだが、われわれブリトン人の悪いところは、歌を歌うことに熱中しすぎて、サクソン人を殺す手間を惜しんでいることではないかな」アグリコラが陰気に言った。

「今年はそんなことにはなりませんよ。今年こそは」なぜなら、今年はアーサーの年だからだ。今年はサイスを虐殺する年であり、完全な勝利の年になるよう私は祈った。

マグニスを出ると、私たちはローマの道を進軍した。この道はまっすぐに延びてブリタニアの心臓部をひとつにまとめている。旅は思ったより楽で、わずか二日でコリニウムにたどり着いた。ふたたびドゥムノニアに戻った喜びを、私たちはみなかみしめていた。楯に描いた五芒星は奇妙なしるしに見えたかもしれないが、田舎の人々は私の名を耳にしたとたんにひざまずいて祝福を求めてくる。私はダーヴェル・カダーンであり、ラグ谷を持ちこたえた勇者であり、大釜の戦士であるからだ。どうやら私の名声は、わが祖国では天に届くほどに轟いているようだった。少なくとも異教徒のあいだではそうだった。町や大きな村はキリスト教徒が多いので、そこでは説教に迎えられることのほうが多い。それによると、サクソン人と戦うことで私たちは神の意志に従って行軍しているのだが、古い神々を拝みつづけるなら、戦いで命を落としてもやはり魂は地獄に落ちるというのだった。

私は、キリスト教徒の地獄よりもサクソン人のほうが恐ろしかった。サイスは恐るべき敵だ。捨て身で迫ってくる数えきれない貧民の群れ。コリニウムに入ると不吉な噂が耳に入ってきた。ブリタニアの東海岸には、毎日のように新しい舟が到着しているという。そしてどの舟も、凶暴な戦士とその飢えた家族をぎっしり乗せているというのだった。侵略者どもの目当ては土地であり、その土地を奪うために何百という槍や剣や両刃の斧を集めているのだ。しかし、それでも私たちには自信があった。愚かとしか言いようがないが、あの戦にほとんど浮き浮きと出かけていったのだ。ラグ谷の惨劇を生き延びたことで、負けることなどあり得ないと思い込んでしまったのだと思う。私たちは若くたくましく、神々に愛されている。それにアーサーがついているのだから、と。

コリニウムでギャラハッドに再会した。ポウイスで別れたあと、彼はマーリンに手を貸して大釜をウィドリン島に運び、その後はアンブラ城で春を過ごしていた。再建されたその城砦から、サグラモールの軍勢とともにロイギルの奥深くへ侵攻をくりかえしていたのだ。サクソン人はこちらの攻撃に備えている、とギャラハッドは警告した。私たちの来襲をいち早く連絡するため、丘という丘に狼煙用の塔を建てているという。ギャラハッドがコリニウムに来ていたのは、アーサーが召集した大規模な軍議に出るためだった。北のフリーンに行くのを拒否した、カヴァンをはじめとする私のもと家来たちも、ギャラハッドとともにここに顔をそろえていた。カヴァンは片膝をついて、私にたいする忠誠の誓いを部下ともども新たに立てなおしたいと願い出てきた。「あのあと、おれたちゃだれにも誓いを立ててねえんです」彼は請け合った。「アーサー殿はべつですが、そのアーサーに、殿さえよかったらまた仕えさせてもらえって言われて」

私はカヴァンに言った。「いまごろはもう金持ちになって、アイルランドに帰っていると思ってたぞ」

彼はにやりとした。「まだ的盤（スローボード）を捨ててねえもんで」

私は喜んで彼の誓いを受け入れた。カヴァンはハウェルバネの刃に口づけをして、自分たちの楯にまた白い星を描かせてほしいと言った。

「描いてもいいが、四芒の星にしてくれ」

「四芒の？」カヴァンは私の楯をちらと見て、「殿のは五芒星なのに」

「五芒の星は、大釜の戦士のしるしだから」カヴァンは寂しそうな顔をしたが、文句は言わなかった。これを知ったらアーサーはいい顔をしないだろう。もっともなことだが、五芒と四芒の区別をするのは、ある集団がべつの集団よりすぐれているという意味になるからだ。しかし、戦士たちはこの区別立てが気に入っていた。危険をかえりみず《暗き道》に乗り出した戦士たちには、それだけの資格がある。

私は、カヴァンに従う兵士たちに挨拶しに行った。かれらはコリニウムの東を流れるチャーン川のほとりに野営していたが、この小さな川のほとりに少なくとも百人の兵士が野宿させられていた。ローマの城壁の周囲に集まっている大勢の戦士は、とうてい町には収まりきれなかったのだ。軍勢そのものはアンブラ城の近くに集結しているのだが、軍議にやってきた指揮官たちはみな家来を何人か引き連れていたし、その家来たちだけでもチャーン川の氾濫原にちょっとした軍勢を出現させるのにじゅうぶんな数だった。積み上げた楯はアーサーの戦略の成功を示している。ちらと見ただけで、グウェントの黒い雄牛にドゥムノニアの赤いドラゴン、シルリアの狐、アーサーの熊、それに私のように自分のしるしをつける名誉を許された者の楯もある。星、鷹、鷲、猪、サグラモールの恐ろしげな髑髏のしるし、そしてギャラハッドひとりがつけているキリスト教の十字も見えた。

アーサーのいとこキルフッフも、家来たちといっしょにここで野営しており、私を出迎えに駆け寄ってきた。彼にまた会えるのは喜びだった。ベノイクで並んで戦って以来、私はキルフッフを実の兄のように愛していたからだ。下品なひょうきん者で、陽気で頑固で礼儀知らずの荒くれだが、戦場で隣にいてこれほど頼もしい男もいない。「王女さまのかまどにパンを仕込んだんだってな」私を荒っぽく抱擁しながら彼は言った。「うまいことやりやがって。マーリンに魔法をかけてもらったんだろう」

「千回もな」

彼は笑った。「おれも不平は言えん。いまじゃ女が三人もいるんだ。どいつもこいつもお互いの目玉をほじくろうとしてやがって、おまけに三人とも腹ぼてと来てる」にやりとして、股を掻いた。「しらみが多くてどうしようもないんだ。ま、ちびのモードレッドもたかられてるのがせめてもの慰めさ」

「われらが国王さまだろう」私はからかった。

「あのちび」憎々しげに言う。「いいかダーヴェル、血が出るほどぶん殴ってやっても、あいつの性根はちっとも直りゃしねえんだ。うす汚ねえヒキガエルが」キルフッフは唾を吐いた。「それで、明日はランスロットに反対するつもりなんだって？」

「どうして知ってるんだ」あの固い決意については、アグリコラを除けばだれにも話していない。だがどういうわけか、噂は私より先にコリニウムに届いていた。あるいは、シルリア王への私の反感はあまりに知れ渡っていて、だれにでも予想がつくことだったのかもしれない。

「知らないやつはいないぜ。それにみんなおまえを支持してる」キルフッフは私の背後に目をやって、ふいに唾を吐いた。「鴉どもだ」うなるように言った。

ふり向くと、キリスト教の司祭の行列がチャーン川の対岸を歩いていた。十二人の司祭たち。みな黒いガウンをまとい、ひげをたくわえ、かれらの宗教の聖歌を全員で詠唱している。司祭たちのあとに続くのは二十名の槍兵だが、驚いたことに、その楯に描かれているのはシルリアの狐か、あるいはランスロットの海鷲だった。「儀式は二日後じゃなかったのか」私はギャラハッドに言った。彼はまだ私といっしょに残っていたのだ。

「二日後だよ」彼は答えた。それは戦の前に行われる儀式で、味方の兵士に神々の祝福を求めるものであり、キリスト教の神だけでなく異教の神々にたいしても行われるはずだった。「でも、これは洗礼式のようだけど」と付け加える。

「そいで、その洗礼式ってのはいったい何だ?」キルフッフが尋ねた。

ギャラハッドはため息をついた。「神の恩寵によって罪が洗い浄められたことを、目に見える形で表す儀式だよ」

この説明を聞いてキルフッフが野太い声で笑いだしたので、司祭のひとりが顔をしかめた。その司祭はガウンのすそをベルトにたくしこんで、浅い川に入っていた。竿を使って、洗礼式にふさわしい深みを探しているのだ。その危なっかしい仕種に興味をそそられて、イグサの生い茂るこちら岸に、退屈した槍兵たちが集まってきていた。

しばらくは大したことは起きなかった。シルリアの槍兵たちが居心地が悪そうに護衛を務める前で、剃髪した司祭たちはむせび泣くような歌を歌い、川に入ったひとりの司祭は長い竿の端で川底をつつきまわしている。その竿のてっぺんには銀の十字架がついていた。「そんなもんじゃ鱒は獲れないぞ」キルフッフが怒鳴った。「銛を使えよ！」見物の槍兵たちがどっと笑い、司祭たちは眉をひそめながらも単調な歌を歌いつづける。川岸までついてきた町の女たちが、その詠唱に加わった。「女の宗教だ」キルフッフが唾を吐く。

「キルフッフ、言っておくけど私も信じているんだぞ」ギャラハッドがぼそぼそと言った。ベノイクでの長い戦のあいだじゅう、このふたりはずっとこの調子で議論しつづけていたが、ふたりの友情と同じく、その議論が尽きることは一度としてなかった。

司祭はついに適当な深みを見つけた。深すぎるくらいで、腰まで浸かるほどだった。そこの川床に竿をしっかり立てようとするのだが、水の勢いが強くて十字架はどうしても倒れそうになる。そしてそのたびに槍兵たちが声をそろえて野次るのだった。見物のなかにはキリスト教徒の槍兵もいくらかはいたものの、野次を止めようとはしなかった。

危なっかしくはあったが、しまいにはどうにか十字架を立てるのに成功して、司祭は川岸に戻っていった。痩せた生白い脚が現れたのを見て、槍兵たちが口笛を吹いてはやし立てる。司祭はあわててびしょ濡れのガウンのすそをおろした。

そのとき第二の行列が現れ、それを見てこちら岸の人だかりに沈黙が落ちた。表敬の沈黙だった。十二人の槍兵を従えてやって来たのは白い亜麻布を掛けた牛車であり、ふたりの女とひとりの司祭が乗っていた。女のひとりはグィネヴィアで、もうひとりはランスロットの母のイレイン女王だ。だが、それよりなにより司祭のほうこそ驚きの的だったのである。司教のしるしをすべて身に着けて盛装していた。かさばる派手な大外衣（コープ）に、刺繍をほどこした肩掛け、首にはどっしりした純金の十字架を掛けている。剃髪した前頭部は日に焼けて赤くなっており、その後ろでは黒髪がネズミの耳のように突っ立っていた。ニムエはいつも、彼のことをルティゲルン、ネズミの王さまと呼んでいた。「グィネヴィアはサンスムが嫌いなのかと思っていたが」私は言った。グィネヴィアとサンスムは以前から激しく対立しあっていたはずだ。それがいま、そのネズミの王さまがグィネヴィアの牛車に乗ってこの川岸にやって来ようとしている。「それに、サンスムは失脚していたんじゃないのか」

「糞もたまにゃ浮かぶってことよ」キルフッフがうなる。

「それに、グィネヴィアはキリスト教徒でもないんだぞ」私は言いつのった。

「もうひとり糞がついて来るぜ」と、キルフッフが指さすほうを見ると、ごとごとと進む牛車のあとから六騎の騎馬集団がついて来る。その先頭を進むのはランスロットだった。青毛の馬にまたがり、簡素な細身のズボンに白いシャツのほかはなにも身に着けていない。そのあとに続くのはアーサーの双子の息子、アムハルとロホルトだ。ふたりは完全武装で、羽飾りのついた兜をかぶり、鎖かたびらに長靴という姿だった。その後ろを進む三人の騎馬兵のうち、ひとりは甲冑姿だったが、残るふたりはドルイドの白い長衣を着けている。

「どうして洗礼式にドルイドが来るんだ」私は言った。

　ギャラハッドは肩をすくめた。彼にも説明がつかないらしい。ふたりのドルイドはどちらも筋骨たくましい若い男で、浅黒い整った顔だちをしていた。濃い黒いひげに、長い黒髪をていねいにまとめて、わずかに剃髪した前頭部から後ろになでつけている。ふたりは先端に宿り木を飾った黒い杖を持ち、ドルイドにはめずらしく鞘に収めた剣を腰に吊っていた。ドルイドと並んで馬を進めている戦士は、見ればなんと男ではなく女だった。すらりとした背筋をぐいと伸ばした赤毛の女。その信じられないほど長い髪は、銀の兜の下から滝のように流れ落ちて馬の尻にまで届いていた。「アーデだ」キルフッフが言った。

「だれだ」私は尋ねた。

「だれだと思うよ。料理女のわけないだろうが。あいつの寝床をあっためてる女さ」キルフッフはにやりとした。

「だれかを思い出さないか?」

私が思い出したのは、ギンドライスの愛妾ラドウィスだった。シルリアの王は、男のように馬にまたがって剣を佩く愛妾をもつ定めなのだろうか。アーデは腰に長剣を佩き、手には槍をもち、腕にかけた楯には海鷲が描かれている。「ギンドライスの愛妾を思い出すな」私はキルフッフに言った。

「あの赤毛を見て言ってんのか」キルフッフがそっけなく言う。

「グィネヴィアか」言われてみれば、イレイン女王と並んで牛車に堂々と座るグィネヴィアに、アーデはたしかによく似ている。イレイン女王は顔色こそ青白かったが、命も危ういと噂に聞くほど重い病には見えなかった。グィネヴィアはいつもどおりの美貌で、こちらもまたとても出産の苦しみを経験したようには見えない。赤児は連れてきていなかったが、まさか連れてくるはずもない。グウィドレはまずまちがいなくリンディニスにいるのだろう。乳母の手にぶじ守られて、泣き声でグィネヴィアの安眠が妨げられないよう遠ざけられているのだ。

アーサーの双子はランスロットの背後で馬を下りた。まだ子供と言ってもいい年ごろで、ようやく槍を持って戦場に行けるようになったばかりだ。このふたりには何度も会っているが、アーサーの現実的な感覚をまったく受け継いでおらず、どうしても好きになれなかった。幼いころからあまやかされて育ち、乱暴でわがままで欲深い若造になって、父を恨み、母のアランをさげすみ、庶子に生まれた腹いせに、アーサーの子だと思ってやり返そうとしない相手に八つ当たりしている。見下げはてた卑劣漢どもだった。ふたりのドルイドは馬の背からすべり下り、牛車の横に立った。

ランスロットが何をしようとしているのか、最初に気がついたのはキルフッフだった。「洗礼とやらを受けたら、ミトラの信徒にはなれないよな？」彼は私に向かってうなった。

「ベドウィンはなってたじゃないか。司教だったのに」

「ベドウィンは、的盤の両側で勝負してやがったんだ。ベドウィンが死んだとき、あの爺さんの家にはベルの像が飾ってあったんだぜ。かみさんが言うには、その像にいつも犠牲を捧げてたんだとさ。いいや、おれの言うとおりだから見てろって。ランスロットのやつ、ミトラ入りを拒絶されずにすまそうってんだ」

「神の手に触れられたのかもしれないじゃないか」ギャラハッドが反論する。

「そんなら、おまえの神はいまごろ必死で手を洗ってるぜ」キルフッフもやり返した。「おっとすまん、おまえの兄貴だってことを忘れてた」

「腹違いの兄だ」ギャラハッドは、ランスロットとの関わりをできるだけ避けたがっているのだ。

牛車は川岸のすぐそばで止まっている。サンスムは川岸を這い下りて、豪華なローブのすそをからげようともせずに、イグサをかき分けて川へ入っていった。馬を下りたランスロットが川岸で見守るなか、司教は十字架に歩み寄ってその竿をつかんだ。サンスムは小男なので、薄い胸にかけた重い十字架まで水に浸かりそうだ。いつのまにか会衆にされていた私たちに顔を向け、彼は朗々たる声を張り上げた。「今週のうちに、おまえたちは敵に槍を向けにゆく。それゆえに、神はおまえたちを祝福されるであろう。神の加護のあらんことを！　そして本日、おまえたちはこの川で神の力をまのあたりにすることになる」イグサの茂る川岸で、キリスト教徒は十字を切り、キルフッフと私のような異教徒は魔除けに唾を吐いた。

「ここにおられるはランスロット王なるぞ！」サンスムはわめき、見物人のだれひとり気づいていなかったかのように、片手でランスロットを指し示した。「これなるはベノイクの英雄、シルリアの王、海鷲の君主であるぞ！」

「なんの君主だって⁉」キルフッフが尋ねた。

サンスムは続ける。「そして今週、まさにこの週のうちに、王は忌まわしきミトラの結社に加えられることになっておられた。血と怒りの偽りの神の結社に」

「だれがあんなやつを」キルフッフがうなった。この野にはほかにもミトラの信徒たる兵士がいて、かれらのあいだからも同様のつぶやきが沸き起こった。

そのつぶやきをサンスムの声が圧倒する。「だが昨日、高貴なる王はまぼろしを見られた。まぼろしであるぞ！酔っぱらった魔法使いが見せるたわけた悪夢ではない。黄金の翼に乗って天から送られた、純粋な美しい夢を見られたのだ。聖人の見るまぼろしを！」

「アーデがスカートをまくって見せたんだろ」キルフッフがつぶやく。

「祝福された神の聖母がランスロット王のもとに来られたのだ」サンスムは声を張り上げた。「聖母マリアそのひと、悲しみの聖母、その汚れなき完璧な胎から、全人類の救い主たる幼子キリストを産み落とされた聖母が。そして昨日、まばゆい光に包まれ、黄金の星々の雲に乗って、聖母はランスロット王のもとに降（くだ）られた。そして、そのうるわしき御手にてタンラドウィルに触れられたのだ！」と、ふたたび背後を身ぶりでしめす。タンラドウィル、「輝く殺戮者」という名のランスロットの剣を、アーデがうやうやしく抜いて高く掲げて見せる。太陽の光がその鋼に鋭く反射して、一瞬目がくらんだ。

サンスムはわめきつづける。「この剣にかけて、ありがたき聖母は王に約束なさった。王こそがブリタニアに勝利をもたらすであろうと。この剣は、釘を打たれたわが子の手によって触れられ、その母の愛撫によって祝福されたと。本日より、この剣はキリストの刃と呼ばれるであろうとわれらが聖母はのたまわれたのだ。なぜなら、これは聖なる剣であるからと」

ランスロットの名誉のために言うが、この説教を聞いて、彼は穴があったら入りたそうな顔をした。実際、こんな儀式は苦痛以外のなにものでもなかったにちがいない。彼は誇り高く、ささいな侮辱にも耐えられない男なのだ。それでも、ミトラへの入会を拒絶されておおっぴらに恥をかかされるよりは、川に浸かるほうがまだしもに思えたのだろう。ミトラに拒絶されるのはあまりに確実だったから、こうして異教のあらゆる神々を公然と否認する行為に走るほかなかったのだ。グィネヴィアはあからさまに川から目をそらし、コリニウムの土と木の城壁に掲げられた軍旗のほうを眺めている。彼女は異教徒であり、イシスの信者だった。実際、彼女のキリスト教嫌いは知らぬ者とてないほどだ。それでも、ミトラの侮辱からランスロットを救うため、この衆人環視の儀式を支持しなければならないとなったら、その根深い嫌悪感さえも棚上げにされてしまったらしい。ふたりのドルイドは、ときおり低声(こごえ)で話しかけてはグィネヴィアを笑わせていた。

サンスムはランスロットをふり向いて、「王よ」と呼ばわった。その大声はこちら岸の私たちにさえ聞こえた。「さあ、おいでなされ! いまこそこの生命の水に入るのです。幼子としてここへ来て洗礼を受け、唯一の真の神を讃える祝福された教会にお入りなされ」

グィネヴィアはゆっくりと頭をめぐらして、ランスロットが川に歩み入るさまを見守った。ギャラハッドが十字を切る。向こう岸のキリスト教の司祭たちは、両手を大きく広げて祈りの姿勢をとっている。町の女たちがひざまずいてうっとりと見つめる前で、見目うるわしい長身の王は川を渡ってサンスム司教に近づいていった。陽光が水にきらめき、サンスムの十字架から黄金をはじく。ランスロットはずっと目を伏せたままだった。この屈辱的な儀式をだれに見られているか、その目で確認するのがつらいかのように。

サンスムは手をあげて、ランスロットの頭頂部に置いた。見物人すべてに聞こえるような大声で、「唯一の真の信仰に身をゆだねると誓われるか。唯一の信仰、人間の罪のために死なれたキリストの信仰に?」

ランスロットはたぶん「はい」と答えたのだろうが、その返事はこちらにはまったく聞こえなかった。

サンスムはさらに声を張り上げて言った。「そしてそれによって、ほかのあらゆる神々とあらゆる信仰、あらゆる悪霊と悪鬼と偶像と、その汚らわしい行為によってこの世を惑わす悪魔の子らを否定すると誓われるか」

ランスロットはうなずき、もごもごと肯定の言葉を口にした。

サンスムは舌なめずりせんばかりに続ける。「さらにまた、ミトラ礼拝を糾弾し、嘲笑されるか。サタンの穢れにして主イエス・キリストの恐怖であると、正しく断じられるか」

「はい」こんどは、ランスロットの返事も見物人全員の耳にはっきりと届いた。

「では、父と子と聖霊の名において、汝をキリスト教徒と宣言する」サンスムは怒鳴り、大きく背伸びをしてランスロットの油を塗った髪を押さえつけ、チャーン川の冷たい水に王の頭を押し込んだ。ずいぶん長いこと押さえつけているので、あのろくでなしが溺れ死にはしないかと思ったが、ついにサンスムは手を放した。ランスロットが顔をあげ、咳き込んで水を吐き出している。それを横目に、サンスムは演説を締めくくった。「ここに宣言いたします。いまこそ王は祝福され、キリスト教徒となり、キリストの聖戦士の軍の一員となられました」グィネヴィアはどう応じたものかためらったようだが、礼儀正しく拍手をした。町の女たちや司祭たちがいっせいに新たな歌を歌いだす。意外にも、それはキリスト教徒の歌にしてはずいぶん威勢のよい曲だった。

キルフッフがギャラハッドに尋ねる。「聖なる売女の聖なる名にかけてだな、聖霊って何だ?」

だが、ギャラハッドには答えているひまはなかった。兄の洗礼に感極まって、ギャラハッドは川に飛び込んでいたのだ。早くも川を渡りきり、顔を赤くしている異母兄とほとんど同時に向こう岸に上がっていた。ここで彼に会うとは思っておらず、一瞬ランスロットは顔をこわばらせた。ギャラハッドが私と親しいことを思い出していたのだろう。だがそのとき、キリスト教の博愛の義務をたったいま自分に課したばかりなのを急に思い出して、ギャラハッドの熱烈な抱擁を甘んじて受けた。

「おれたちもあの野郎に口づけをしにゆくか?」キルフッフがにたにた笑いながら言う。

「ほっとこう」私は答えた。ランスロットはこちらに気づいていなかったし、気づかせる必要もないと思っていたからだ。だがちょうどそのとき、すでに川から上がっていたサンスムが、重いローブの水を絞りながら私の姿に目を留めた。ネズミの王さまは敵を挑発する機会を見過ごすような男ではなく、それはこのときも例外ではなかった。

「ダーヴェル卿!」司教は大声で呼びかけてくる。

私は聞こえないふりをした。グィネヴィアは、私の名を耳にするやさっと目をあげた。それまでランスロットや彼の異母弟と話をしていたのだが、即座に牛飼いに鋭く声をかけた。牛飼いは突き棒で牛の脇腹をつつき、牛車はがたんと揺れて動きだした。その動きだした牛車にランスロットはよじ登り、随員たちを川岸に放り出して去っていった。アーデがランスロットの馬のくつわをとってついて行く。

「ダーヴェル卿!」サンスムがまた叫ぶ。

私はしぶしぶ司教のほうへふり向いた。「司教、なにか用か」

「ランスロット王にならって、この癒しの川に入るよう説得して進ぜようか」

「風呂にならこのあいだの満月に入ったからけっこうだ」そう叫び返すと、こちら岸の戦士たちから笑い声が起こった。

サンスムは十字を切った。「神の仔羊の聖なる血で身を浄めよ。ミトラの穢れをぬぐい去るためにな！　ダーヴェル、この汚らわしいけだものめ。罪深き偶像崇拝者、悪魔の子、サクソンの落とし胤にして、淫売の主人めが！」

最後の侮辱が私の怒りに火をつけた。ほかの侮辱は聞き流してしまえばなんということもない。しかし、サンスムは抜け目のない男だが、おおっぴらな対決の場ではけっして用心深いほうではなく、カイヌインにたいする最後の侮辱を胸に収めておくことができなかったのだ。この挑発を耳にして、私はただちに走りだした。チャーン川の東岸に集まる戦士たちからどっと歓声があがる。サンスムが泡を食って逃げだすと、歓声はいよいよ高まった。彼は私よりずっと先を走っていたし、身軽で足も速かったが、重ね着したかさばる濡れたローブが足にまつわりつき、思うように走れなかった。向こう岸に上がると、ほんの数歩で私は彼に追いついた。槍で足を払い、ひな菊とキバナノクリンザクラの咲き乱れるなかに大の字なりに転がしてやる。

ハウェルバネを抜き、その刃をサンスムの喉首に突きつけた。「司教、あんたが最後に言った言葉がよく聞こえなかったんだがね」

サンスムは声も出せず、ランスロットの四人の連れが近づいてくるのにちらと目をやっただけだ。アムハルとロホルトは剣を抜いているが、ふたりのドルイドは鞘に収めたまま、ただこちらを見つめている。表情からはなにを考えているのか読めない。すでにキルフッフも川を渡り、ギャラハッドとともに私のそばに立っている。ランスロットの槍兵たちは不安げに遠くからこちらを眺めていた。

「司教、何と言ったのだ?」ハウェルバネで喉をくすぐってやった。

「淫売というのはバビロンのことだ!」サンスムは死にもの狂いでわめいた。「異教徒がみな礼拝する女だ。緋色の服を着た女で、けもので! 反キリストのことだ!」

私はにやりとした。「おれはまた、あんたがカイヌイン姫を侮辱したのかと思った」

「そんな、滅相もない!」サンスムは両手をしぼった。「まさか!」

「たしかだろうな」

「もちろん! 聖霊にかけて誓う!」

「司教、あいにくおれは聖霊に知り合いはない」ハウェルバネの切っ先で、彼の喉仏を軽くつつきながら言った。「この剣にかけて誓え。剣に口づけをしろ。そうしたら信じてやる」

このときから、サンスムは私を激しく憎悪するようになった。以前から嫌っていたのだが、いまは憎むようになったのだ。それでも唇をハウェルバネの刃に当てて、その鋼に口づけをした。「王女を侮辱するつもりはなかった。誓います」

しばし刃に唇を当てさせたままにしておいてから、私は剣を引っ込めてサンスムを立ち上がらせた。「司教、あんたはウィドリン島で、聖なるイバラのお守りをしているはずじゃなかったのか」

サンスムは濡れたローブから草をはたき落としながら、「より重要な務めを果たすよう、神が私をお呼びになったのだ」ぴしゃりと言った。

「その話を聞かせてもらおうか」

彼は憎悪に眼を光らせて私を見上げたが、恐怖には勝てなかった。「神が私をランスロット王のおそばへお呼びになったのだ。王のごひいきのおかげで、グィネヴィア王女のお怒りもやわらいだ。王女が主の永遠の光を目にされるときも来るのではないかと思っておる」

私は嘲笑った。「王女にはイシスの光がある。司教、あんたも知っているはずだ。汚らわしいやつめ、王女はきさまを嫌ってるじゃないか。何を差し出して気を変えさせたんだ」

「何を差し出したかだと?」彼は陰険に問い返してきた。「私ごときが王女に何を差し出すというのだ。私は何ももっておらん。神に仕える貧しいしもべ、卑しい司祭にすぎんのだ」

「この蝦蟇めが。きさまなど、おれの長靴の泥にも劣る」私はハウェルバネを鞘に収め、魔除けに唾を吐いた。彼の言葉から推して、ランスロットに洗礼を勧めたのはサンスムの発案にちがいない。そしてその案は、ミトラ信徒に拒絶されるという恥からシルリア王をたしかに救った。しかし、その提案だけで、サンスムと彼の宗教にたいするグィネヴィアの敵意がやわらぐとは思えない。何かを差し出すか約束するかしたにちがいないが、それを白状させることはできそうもなかった。私がまた唾を吐くと、これを放免のしるしと受け取って、サンスムはほうほうの体で町へ走り去った。

「なかなか気の利いた見世物だった」ふたりのドルイドのいっぽうがあざけるように言った。

もういっぽうが口を開く。「ダーヴェル・カダーン卿については、気が利いているという噂はついぞ聞かぬがな」

私が睨みつけると、彼は軽く頭を下げて「ディナスだ」と名乗った。

「私はラヴァイン」相棒が言う。ふたりとも長身の若者で、戦士のような体格、自信に満ちた厳めしい顔をしていた。ローブはまばゆいほど白く、ていねいに梳いた長い黒髪ともども、その几帳面さを示している。それがなぜか不気味に思えたのは、ふたりの静かさのせいだった。サグラモールのような戦士に備わっているのと同種の静かさ。アーサーにはそういうところがない。彼はあまりにせっかちなのだ。だが、サグラモールのような恐るべき戦士たちには、こんな静かさを身に付けている者が多く、戦場でそういう男に出くわすとひやりとする。騒々しい男は恐ろしくはないが、敵が落ち着いているときは気をつけなくてはならない。そういう敵が最も危険なのである。そしてこのふたりのドルイドには、その種の自信に満ちた落ち着きが感じられた。かれらはよく似ており、兄弟にちがいないと私は思った。

「双子なのだ」私の考えを読んだらしく、ディナスが言った。

「アムハル、ロホルトと同じでな」ラヴァインが付け加えて、あいかわらず抜き身の剣を持ったままのアーサーの息子たちのほうを身ぶりで示す。「見分けはつくだろう。私はここに傷があるから」と、ラヴァインは自分の右頰にふれた。白い傷痕が剛いひげに埋もれている。

「この傷はラグ谷でついたのだ」ディナスが言った。兄弟そろって並みはずれて低い声をしている。若さに似合わぬその声が耳障りだった。

私は言った。「ラグ谷でタナビアスには会った。イオルウェスもいたな。だが、ゴルヴァジド軍にはほかにドルイドはいなかったと思うが」

ディナスが笑みを浮かべた。「ラグ谷では戦士として戦っていたのでな」

「そして、相応にドゥムノニア兵を殺したのだ」ラヴァインが付け加える。

「剃髪したのは戦闘のあとだ」とディナス。彼のまばたきもせぬ眼で見つめられると、落ち着かない気分になる。

「いまはランスロット王に仕えている」静かに付け加えた。

「王の誓いはわれわれの誓いだ」ラヴァインが言う。そのことばは脅しを含んでいたが、あくまでも遠まわしなもので、挑戦的な脅しではなかった。

「ドルイドがどうしてキリスト教徒に仕えられるんだ」私は喧嘩腰で尋ねた。

「もちろん、キリスト教の魔法とともに古い魔法を働かせるのさ」ラヴァインが答えた。

「そう、私たちは魔法を使えるからな」ディナスが言って、空っぽの手のひらをあげて見せた。それをこぶしに握り、くるりと上向けて開くと、手のひらにはツグミの卵が載っていた。無造作にその卵を放り出す。「私たちはみずから選んでランスロット王に仕えているのだ。王の味方はわれらの味方」

「王の敵はわれらの敵だ」ラヴァインがディナスに代わって言う。

「そしておまえは」と、アーサーの息子ロホルトが口をはさんだ。この挑発に加わらずにはいられなかったのだ。

「われらが王の敵だ」

私は、この年若い双子に目をやった。うぬぼればかり強くて知恵の足りない、身をもてあまし気味の青二才。ふたりとも父親ゆずりの骨ばった長い顔をしているが、けちな根性と恨みつらみがその顔を曇らせている。「おれがあんたの王の敵とは、どういうことだ」私はロホルトに尋ねた。

彼はなんと答えてよいかわからず、代わって答えてやる者もいなかった。ディナスとラヴァインはここで決闘を始めるほどの馬鹿ではない。ランスロットの槍兵がすぐそばに控えているとは言え、私の背後にはキルフッフとギャラハッドがいたし、わずか数ヤード向こう、流れのゆるやかなチャーン川の対岸には、私の味方が何十人といる。ロホルトは顔を真っ赤にしたが、なにも言わなかった。

ロホルトの剣をハウェルバネで払いのけ、私はずいと一歩近づいて静かに口を開いた。「ひとつ忠告させてもらいたい。敵を選ぶときは、味方を選ぶときより慎重に選べ。おれはあんたになんの恨みもないし、ここで果たし合いをしようとも思わん。だがそちらが望むのなら、いくらおれがあんたの父上を尊敬していようと、いくらあんたの母上が好きであろうとも、ハウェルバネをその腹に突き刺して、魂を糞の山に埋めるのをためらいはせんぞ」

彼は激しくまばたきをしたが、果たし合いを挑むほどの肝っ玉はない。馬のほうへ歩きだし、アムハルもそれに従った。ディナスとラヴァインは笑いだし、ディナスなどは私にお辞儀さえしてみせた。「さすが!」とはやす。

「こちらは大敗だな」ラヴァインが言った。「しかし、相手が相手だからしかたがあるまい。なにしろ大釜の戦士だ」その称号を、彼はからかうように口にした。

「おまけにドルイド殺しだ」ディナスが言ったが、こちらはからかうような口調にはほど遠い。

「タナビアスは私たちの祖父でな」とラヴァイン。それで思い出した。《暗き道》で、このふたりのドルイドの敵意についてギャラハッドから忠告されていたのだ。

ラヴァインが耳障りな声で続ける。「ドルイドを殺すのは賢いことではないと言われているのに」

こんどはディナスが、「とくに私たちの祖父だからな。祖父は私たちの父親代わりだった」

「父は亡くなったのだ」ラヴァインが言う。

「私たちがまだ幼いころに」とディナス。

「悪疾でな」

またディナスが言った。「父もドルイドで、魔法を教えてくれた。私たちは麦を枯らすことができる」

「女を嘆かせることもできる」こんどはラヴァインだ。

「ミルクを酸っぱくすることも」

「それも、まだ乳房の中にあるうちからな」ラヴァインは付け加えて、だしぬけにくるりとふり向いた。驚くほど身軽にひらりと鞍にまたがる。

相棒も自分の馬に飛び乗って、手綱をとった。「だが、ミルクを腐らせることしかできないわけではないぞ」ディナスは言って、陰にこもって馬上からこちらを見下ろすと、先ほどと同じように空っぽの手を挙げてまたこぶしを握り、上向けて開いてみせた。その手のひらには、羊皮紙に描いた五芒の星が載っていた。にやりとして、羊皮紙を細かく引き裂くと、草地にばらまく。「星々を消すこともできる」別れの挨拶がわりにそう言うと、かかとで馬腹を蹴った。

駆け去るふたりを見ながら、私は唾を吐いた。キルフッフが、私の落とした槍を拾ってきてくれた。「いったいだれだ、あいつら」

「タナビアスの孫だとさ」魔除けにもういちど唾を吐く。「よこしまなドルイドの餓鬼どもだ」

「星々を消すことができるって?」うさんくさげに言う。

「どんな星でもってわけじゃない」馬で去ってゆくふたりの背中を、私は睨みつけた。カイヌインが兄の館で安全に守られているのはわかっている。しかし、ずっと守りつづけるためには、あのシルリアの双子を殺さねばならない。タナビアスは私に呪いをかけ、その呪いにはディナスとラヴァインという名がついているのだ。私は三度めに唾を吐き、幸運を祈ってハウェルバネの剣の柄に触れた。

「ベノイクで、おまえの兄貴を殺しておくんだったぜ」キルフッフがギャラハッドに向かってうなった。

「神よ、赦したまえ」ギャラハッドが言う。「でも、きみの言うとおりだ」

二日後にキネグラスが到着し、その夜は軍議が開かれた。そして軍議が終わると、欠けゆく月の光と燃える松明の明かりを受けて、サクソン人との戦に槍を捧げると私たちは誓った。ミトラの戦士は刃を雄牛の血に浸したが、新たな信徒を選ぶための集会は開かれなかった。その必要もなかったのだ。ランスロットは洗礼を受けて、落選の恥をまぬがれた。もっとも、キリスト教徒がドルイドを召し使うことがどうしてできるのかは謎で、だれに聞いてもわからなかったが。

その日、マーリンがやって来た。異教の儀式を仕切ったのは彼である。ポウイスのイオルウェスが補佐していたが、ディナスとラヴァインは影も形もなかった。私たちはベリ・マウルの戦闘歌を歌い、槍を血で洗って、サクソン人の皆殺しをみずからに誓った。翌日は出陣である。

ロイギルには、有力なサクソン人の指導者がふたりいた。ブリトン人と同じく、サクソン人にも族長や小王がいるし、実際いくつかの部族に分かれてもいるのだ。そんな部族のなかには、みずからをサクソン人とは呼ばず、アングル人とかジュート人とか称しているところもあった。しかし、私たちに言わせればかれらはみなサクソン人であって、有力な王はふたりしかいない。そのふたりの頭目は、名をエレとサーディックといった。このふたりは互いに反目しあっている。

言うまでもなく、このころはエレのほうが名高かった。彼はみずからブレトウォルダ、すなわちサクソン語で「ブリタニアの支配者」を名乗っており、その領地はテムズ川の南から、はるかエルメトの国境にまで延び広がっていた。彼の競争相手がサーディックで、こちらの領地はブリタニアの南岸沿いにあり、国境を接しているのはエレの領地とドゥムノニアのみである。またエレのほうが年上で、豊かな土地を支配し、軍隊も強力だった。そういうわけで、エレこそがブリトン人の第一の敵となったのだ。彼を倒せば、サーディックも必然的に倒れると私たちは信じていた。

グウェントのマイリグ王子は、軍議の席にトーガで盛装して現れた。淡褐色の薄い髪に滑稽にも青銅の花冠を載せて、彼は独自の戦略を提案した。いつもの傲岸さとわざとらしい謙遜ぶりを漂わせながら、サーディックと同盟を結ぶべきだと主張したのだ。「サーディックに戦わせればよいのです！　やつが南からエレを攻めているあいだに、こちらは西から攻める。もちろん、私は戦略については素人でありますが」と言葉を切って作り笑いを浮かべた。だれかがそんなことはないと言うのを待っているのだが、私たちはみな口をぎゅっとつぐんでいた。

「しかし、敵はふたりよりひとりのほうがよい。このことは、いかに知性に乏しい者の目にもあまりに明白ではないでしょうか」

「しかし、実際敵はふたりいるのです」アーサーがあっさりと言った。

「もちろんおっしゃるとおりです。その点は、私もよく承知しているつもりです。ただ私が言いたいのは、アーサー卿にはこの点をわかっていただきたいのですが、その敵のいっぽうを味方につけようということなのです」マイリグは手を握りあわせ、アーサーに向かって眼をぱちぱちさせた。「つまり同盟しようということです」まだわからないか、と言わんばかりに付け加える。

サグラモールが例のひどいブリトン語でうなった。「サーディックには名誉心などかけらもない。カササギが雀の卵を割るのと同じぐらい簡単に、誓いを破る男です。あの男とは和平など結べない」

「私が言いたいのは――」マイリグが反論しようとする。

「あの男とは、和平は結べません」王子のことばをさえぎり、サグラモールは子供に言って聞かせるように一語一語ゆっくりと言った。マイリグは赤くなって黙り込んでしまった。グウェントの世嗣は、この長身のヌミディア人戦士を死ぬほど怖がっていたのだ。それも無理はない。サグラモールについては、その外見にも劣らず恐ろしい噂が飛び交っていた。いまではストーンズ卿となった長身の彼は、ひどく痩せていて身のこなしは笞のように素早い。髪も顔もピッチのように真っ黒で、戦さに明け暮れる毎日のために顔には十文字の傷が走っていた。その顔はいつでも渋面を作っており、それがひょうきんな、むしろ優しい人がらを隠している。いつまで経ってもブリトン語がうまくならないが、野営の焚き火のそばで彼がはるかな異国の物語を始めれば、だれもが何時間でも夢中になって聞き入るのだった。だがたいていの者は、最も苛烈なアーサーの戦士としての彼しか知らない。無慈悲なサグラモール、戦場では恐ろしく、戦場の外では陰気な男と。サクソン人はサクソン人で、黄泉から送り込まれた黒い魔神だと信じている。しかし、私は彼のことをよく知っているし、好いてもいる。私をミトラの秘儀に導いてくれたのはサグラモールだった。ラグ谷のあの長い一日、ずっといっしょに戦っていたのもサグラモールだ。この軍議の席で、キルフッフが私の耳元でささやいた。「あいつ、いまはサクソンの大女と暮らしてるんだぞ。森の木みたいにのっぽで、わら山みたいな髪をした女だ。サグラモールが太れないのも無理ないぜ」

「あんたは女房を三人も抱えてるけど、丸々してるじゃないか」私はキルフッフの肉付きのよい脇腹をつついた。

「ダーヴェル、おれはな、女は見かけじゃなくて料理の腕で選ぶんだ」

「キルフッフ卿、なにか提案でもあるのかな」アーサーが尋ねてきた。

「いやいや、お気遣いなく！」キルフッフは陽気に答える。

「では、話を先に進めよう」アーサーは、サーディック軍がエレに味方して戦う公算はどれぐらいか、とサグラモールに尋ねた。この冬じゅうサクソンとの国境を守ってきたヌミディア人は、肩をすくめて、サーディックならどんなことでもしかねないと答えた。ふたりのサクソンの王は面談して贈り物を交換したという話だが、実際に同盟が結ばれたという報告はまったくないという。エレの力が弱まれば、サーディックはそれで満足するのではないか、というのがサグラモールの予想だった。そしてドゥムノニア軍がエレと戦っているすきに、沿岸部を攻撃してドゥルノヴァリアを取ろうとするのではないだろうか。

「サーディックと和を結んでおけば……」マイリグがまた口をはさもうとする。

「それはできない」キネグラス王がそっけなく言った。この軍議ではマイリグより身分の高い者は王だけであり、その王にそう言われてマイリグはまた黙り込んだ。

「最後にひとつ言っておきたいことがあります」サグラモールが釘を刺す。「サイスどもは犬を使います。大きな犬です」両手を広げて、サクソンの軍犬の巨大さを示す。私たちはみな、その軍犬の話を聞いて恐れていた。サクソン人は楯の壁が崩れる寸前に犬を放すという。犬が楯の壁に大きな穴をあけ、そこへ敵の槍兵がなだれ込んでくるというのである。

「犬は私がなんとかしよう」マーリンが言った。この軍議で彼が発言したのはこのときだけである。だが、その落ち着いて自信に満ちた言葉は、不安に駆られた一部の者を安堵させた。思いがけずマーリンが軍に同行しているというだけで、兵はじゅうぶんに力づけられていた。いままではマーリンは大釜さえ掌中に収めており、多くのキリスト教徒の目にさえ、いままで以上に恐るべき力をもった人物と映っていたのだ。大釜の目的を理解している者はあまりいなかったが、このドルイドが進んで軍に同行すると表明したときはだれもが喜んだ。先頭にアーサー、側面にマーリンがいるとなれば、敗けようとしても敗けられはしない。

アーサーは万事ぬかりなく手配していた。サーディックに備えるため、ランスロット王にはシルリアの槍兵とドゥムノニアの分遣隊を指揮して南の国境を守ってもらう、とアーサーは発表した。そのほかの兵はアンブラ城に集結し、テムズ川の流域に沿って真東に進軍する。ランスロットは、エレと戦う本軍から離されるのに不本意そうな顔をしてみせたが、この命令を聞いたキルフッフは、感心したように首をふった。「ダーヴェル、あいつまた戦闘に出なくてすむらしいぜ」と私に耳打ちする。

「サーディックが攻撃を仕掛けてこないかぎりはな」

キルフッフはちらとランスロットに目をやった。両側に、例の双子ディナスとラヴァインをはべらせている。

「おまけに、女保護者のそばにとどまるわけだ、そうだろ」とキルフッフ。「グィネヴィアからあんまり離れるわけにゃいかないんだな。そばにいて支えてもらわにゃならねえからよ」

私は気にしなかった。ランスロットとその家来が本軍から外れると知って、胸をなでおろしていたのだ。正面のサクソン人だけで手いっぱいなのに、背後にタナビアスの孫やシルリア人がくっついていて、いつ短剣を突きつけられるか心配しているのではやり切れない。

かくして進軍は始まった。わが軍はブリタニアの三つの王国から派遣された軍勢の寄せ集めだが、さらに遠方の同盟国からも応援が駆けつけることになっていた。エルメトや、ケルノウさえも兵の提供を約束しており、かれらはローマの道を通って追いかけてくるはずだった。この道はコリニウムから南東に延びて、そこから東に折れてロンドンまで続いている。

ロンドン。ローマ人はロンディニウムと呼び、それ以前にはただロンドという名前だった。昔マーリンが教えてくれたのだが、これは「荒れ地」という意味だという。そしていま、この町が私たちの目標になっているのだ。ローマ時代のブリタニアでは最大の都市だったが、いまではエレに奪われた領土にあって崩れ去ろうとしている。かつてサグラモールは、いまも語り草になっている襲撃行の途上でこの古い都を訪れたことがあるが、そこで出会ったブリトン人は、新しい主君を恐れて小さくなって暮らしていたという。しかし、こんどはかれらを救い出せるかもしれない。そんな希望が野火のように軍全体に広がっていた。しかし、アーサーはそれを一貫して否定していた。われわれの目的はサクソン人を戦闘に引きずり込むことであり、廃墟と化した都にかかずらっているひまはない。だがこの点については、マーリンはアーサーに反対していた。「私はひと握りのサクソン人の死体を見にきたのではない」マーリンは、私に向かって鼻を鳴らした。「サクソン人を殺すのに私がなんの役に立つ」

「なにを言われるんです」私は反論した。「お館さまの魔法で、敵を震え上がらせてくださいよ」

「馬鹿なことを言うな。しかめつらをして敵軍の前で飛び跳ねて、呪いの言葉を浴びせることぐらい、どんな阿呆にでもできる。サクソン人を震え上がらせるのに技など要らん。それぐらいのことなら、ランスロットの連れておる愚劣なドルイドにもできるだろうさ。もっとも、あやつらは本物のドルイドではないがな」

「ちがうんですか」

「当たり前ではないか！　本物のドルイドになるには修行が必要なのだ。試験も受けねばならん。ちゃんと自分の仕事がわかっておるところを、ほかのドルイドに見せねばならんのだ。あのディナスとラヴァインをドルイドが試験したという話は聞いたことがない。タナビアスが試験したのならべつだがな。だがタナビアスにしてからが、どんなドルイドだったと思う。どう考えても大したドルイドではない。さもなくば、おまえがここに生きておるわけがないからな。あやつが無能だったのが残念だ」

「でも、あのふたりは魔法が使えるんですよ」

「魔法が使えるだと！」マーリンはあざけった。「恥知らずにもそやつがツグミの卵を出してみせたからといって、おまえはそれを魔法だと思うのか。ツグミはいつでも卵を産んでおるが、あれが魔法か。羊の卵を出してみせたというのなら、多少は感心してやってもよいがな」

「星も出してみせたんです」

「ダーヴェル！　おまえはまた、なんと単純な愚か者よ」彼は嘆いた。「ハサミと羊皮紙で作った星がなんだというのだ。心配するな、その星の話は聞いたが、おまえの大事なカイヌインに危険はない。ニムエと私で髑髏を三つ埋めておいたからな。おまえはくわしいことは知らんでよいが、ともかく安心しておれ。その詐欺師どもがカイヌインに近づこうものなら、毒ももたぬ草蛇に変身する破目になるだけよ。そうなれば、死ぬまで卵が産めるだろうて」

私はマーリンに礼を言い、エレとの戦に手を貸すつもりがないのなら、なぜ宣に同行しているのかと尋ねた。

「もちろん、あの巻物のためだ」マーリンは汚れた黒いローブのポケットを叩いて、巻物がぶじ収まっていることを示した。

「カレジンの巻物ですか」

「ほかに何がある」

カレジンの巻物とは、マーリンがアニス・トレベスから持ち出した宝物である。彼にとっては、ブリタニアの十三の宝物をすべて合わせても足りないほど貴重なものだが、それも当然だった。その古文書には、ブリタニアの宝物の秘密が書かれているのだ。ドルイドはなにごとも文字にして書き残すことを禁じられている。呪文を記録すると、それを書いた者は魔法をふるう力を失うと信じられているからだ。つまり、ドルイドの経験や儀式や知識は、すべて口頭で伝えられてきたわけである。ところが、ブリタニアの信仰を大いに恐れていたローマ人は、モン島を攻撃する前にカレジンというドルイドを買収し、知っていることをすべてローマの書記に口述させた。かくして、カレジンの裏切りから生まれた巻物が、ブリタニアの古代の知識をすべて保存することになったわけである。かつてマーリンが語ったところでは、その知識の多くは何世紀も経つうちに忘れられていった。ローマ人がドルイドを徹底的に迫害したため、古い知識の多くは時に呑まれて消え失せたのだ。だがこの巻物があれば、その失われた力を再生することができる。私は思い切って尋ねた。「それで、その巻物にロンドンのことが書いてあるんですか」

「いやはや、好奇心の強いやつだな」マーリンはからかうように言った。だが、その日は天気がよかったし、彼もめずらしく上機嫌だったのだろう、口調をやわらげて話しだした。「ブリタニアの最後の宝物はロンドンにあるのだ。いや、あったのだ」彼はあわてて付け加えた。「あの町に埋まっているはずでな。おまえに鍬をもたせて掘って来させようかとも思ったのだが、おまえはへまをやるに決まっておる。モン島でおまえのしでかしたことを見よ！　数にまさる敵に囲まれるとは、じつに赦しがたい。そこで自分で探すことにしたのだ。むろん、まずどこに埋まっておるのか調べねばならんが、それが一筋縄ではゆかんかもしれん」

「犬を連れてきたのはそのためなんですか」私は尋ねた。マーリンとニムエは、気の荒い不潔な雑種犬を集めて連れて歩いていたのである。

マーリンはため息をついた。「ダーヴェル、ひとつ忠告してやろう。犬を飼っておきながら自分で吠えるのは愚の骨頂だぞ。私はあの犬どもの使い道を知っておるし、ニムエも知っておる。だがおまえは知らん。それが神々の摂理というもの。まだなにか訊きたいことがあるのか？　そろそろ朝の散歩に行かせてもらいたいのだがな」マーリンは大股に歩きだした。断固として足を踏み出すごとに、黒い大きな杖を芝土に突き刺してゆく。

カレヴァを過ぎたところで、巨大な狼煙（のろし）に迎えられた。あの火はわが軍が見えてきたという敵の合図であり、サクソン人はこの煙の柱を見ると、命令どおりかならず土地を捨てる。穀物倉をからにし、家々には火をかけ、家畜を追い立てて逃げてゆくのだ。エレはたえず撤退してゆき、つねにわが軍より一日先を走っている。こうして荒れ地の奥深く誘い込もうというのだ。森林を抜けるところでは、道はかならず倒木によって塞がれている。その倒れた幹をどけようと骨折っていると、矢や槍が葉むらの向こうから飛んできて、ときには兵士の命が奪われることもあった。下生えの奥から、サクソンの大きな軍犬がよだれを垂らしながら飛び出してくることもある。

だが、エレからの攻撃はそれだけであり、楯の壁はさっぱり見かけなかった。彼はあくまで後退し、私たちは前進し、敵の槍や犬のために兵士がひとりふたり犠牲になる、それが毎日続いた。

それよりも、わが軍をはるかに悩ませていたのは疫病だった。ラグ谷の前にも経験したことだが、大人数の軍勢が集まると、神々はかならず疫病を送ってよこすのである。病人のために進軍の速度は大きく落ちた。歩けない病人は安全な場所に寝かせて、護衛の槍兵をつけなくてはならない。翼側にはサクソンの小軍勢がうろついているからだ。その証拠に、昼はかなたに見すぼらしい集団が見え、夜はかれらの焚く火が地平線にちらついて見える。しかし、行軍がなかなか進まない最大の原因は疫病ではなかった。これほど大勢の人間を動かすという、そのことじたいが厄介千万なのである。不思議でならないのだが、三十の槍兵なら一日二十マイルぐらい楽に進むことができるのに、兵の数がその二十倍になると、どんなにがんばっても八、九マイルしか進めないのはいったいどうしてなのだろう。私たちはローマ人が道端に据えた石を目印に進んでいた。それにはロンドンまでのマイル数が刻んであるのだが、しばらくするとその数字を見てがっかりするのが嫌になり、私は石を見るのをやめてしまったものだ。

牛車にも足を引っ張られた。四十台の大きな農家の荷車に、糧食や予備の武具を積んで運んでいたのだが、この荷車はしんがりをかたつむりのようにのろのろと進んでいた。後衛を任されたマイリグ王子はこの荷車のことで大騒ぎをして、とり憑かれたようにその数をかぞえ、前方の槍兵が早く進みすぎると文句を言いどおしだった。

先頭を進むのはアーサーの名高い騎馬隊だ。このころは五十騎になっており、全員が毛深い大きな馬にまたがっていた。ドゥムノニアの中心部近くで育てられた馬である。鎖かたびらに身を固めたアーサー隊のほかにも騎馬兵はいたが、かれらは斥候(せっこう)として本隊の先を進んでいた。だが、ときおり戻ってこないことがある。そんなときは、かれらの斬られた首が行く手に待ち受けているのが常だった。

軍の主力は五百の槍兵から成っていた。アーサーは徴集兵は連れてゆかないと決めていた。徴集される農民は、まともな武具などまず持っていないからである。したがって、わが軍の戦士はみな忠誠の誓いによって集まった者ばかりであり、全員が槍と楯を持っていた。もっとも、わずかながら剣をたずさえていない者もいた。だれもが剣を持つ財力があるわけではないのだ。しかし、アーサーはドゥムノニアじゅうに命令を発して、すでに軍務に用いると誓ったもののほかに剣を所有している家族に、それを残らず供出させていた。こうして集められた八十振りが、剣を持たない者に配られている。なかにはサクソン人から略奪した戦斧を持っている者もいたが、その扱いにくさから、私と同じくこの武器を嫌う者も多かった。

だが、この費用はどこから出ていたのだろう。この剣、新しい槍、新しい楯、荷車に雄牛に穀物粉、長靴に軍旗にくつわ、鍋釜や兜やマントや短剣、馬蹄に塩漬け肉の支払いはどうなっているのか。私が尋ねると、アーサーは笑った。「ダーヴェル、キリスト教徒に感謝するんだな」

「まだ残ってたんですか」私は尋ねた。「てっきりもう干上がってると思ってました」

アーサーは憂鬱そうに言った。「さすがにもう干上がっているよ。だが、その堂守を殉教者にしてやると持ちかけると、キリスト教徒の聖堂がどれだけ金を吐きだすものか、ちょっと信じられないぐらいだ。返済している額を聞いたら腰を抜かすぞ」

「サンスム司教には返済したんですか」私は尋ねた。ウィドリン島のサンスムの修道院から、アーサーは膨大な財産を借りていた。ラグ谷の戦いで終わった昨秋の出征のおり、私たちはその金でエレから平和を買ったのである。

アーサーは首をふった。「おかげでしょっちゅう催促されている」

私は言葉を選びながら言った。「司教は新しい友人を作っているようですね」

遠まわしに仄めかそうとしたつもりだが、それを見透かしてアーサーは笑いだした。「ランスロットおつきの司祭になったのさ。どうやら司教どのは沈んだままではいられないらしい。水樽に入れたリンゴのように、すぐにぽんと浮き上がってくる」

「それに、奥方さまとも和解してますよ」

「和解するのはよいことだ」彼はひかえめに言った。「だが、サンスム司教は近ごろ妙に味方を増やしているな。グィネヴィアは文句を言わないし、ランスロットには引き立てられるし、モーガンにまでかばわれている。どう思う？　モーガンにかばわれるとは！」アーサーは姉のモーガンが好きで、彼女がマーリンと疎遠になっているのに心を痛めていた。モーガンはウィドリン島の支配に熱意を燃やし、敏腕を発揮していた。自分のほうがニムエよりすぐれた相棒だとマーリンに見せつけようとしているかのようだ。だが、マーリンの第一の巫女の座をめぐる争いにはとうに敗れてしまっている。マーリンは彼女を重んじているが、アーサーが言うにはモーガンの願いは愛されることなのだ。だが、火事であれほどひどい傷を負い、身体がしなび、変形した女を愛することのできる男がどこにいるだろうか。アーサーは悲しげに言った。「マーリンは、モーガンの愛人だったことはないんだ。以前はそうだったようなことをモーガンは言っているし、マーリンはそう言われても気にしない。みんなから変人だと思われれば思われるほどうれしい人だからな。だが実のところ、仮面をつけていないモーガンを、マーリンはまともに見ることもできないんだ。姉は寂しいんだよ」してみれば、異形の姉がサンスム司教と親しくしているのをアーサーが喜ぶのは無理もない。しかし、私にはどうも合点がいかなかった。ドゥムノニア一激烈なキリスト教の擁護者が、モーガンとどうして親しくできるのか。彼女は魔力で名高い異教の巫女だというのに。あのネズミの王さまは、蜘蛛のようにひどく奇妙な巣を紡いでいる。前回はアーサーを捕らえようとして失敗したが、こんどはだれを狙ってせっせと巣を張っているのだろう。

最後の同盟軍が合流してきてから、ドゥムノニアの噂はまったく聞こえてこなかった。いまではわが軍は味方から切り離され、サクソン人に完全に取り囲まれている。もっとも、故国から届いた最後の知らせは朗報だった。サーディックはランスロットの軍勢に戦いをしかけようとはせず、またエレに加勢するために東に進軍するようすもないという。同盟軍のうち最後に合流してきたのはケルノウの軍勢だった。その軍勢を率いるのは私の古い友人であり、彼は列に沿って馬を駆けさせてきた。私を見つけると馬からすべり下り、勢いあまって私の足元でつんのめる。それはまさしくトリスタン、ケルノウの世嗣たる王子だった。彼は立ち上がり、マントから埃を払うと私を抱擁した。「ダーヴェル、もう安心だぞ。ケルノウの戦士が駆けつけたからな。これでなにもかもうまくゆく」

私は笑った。「王子、元気そうですね」実際そのとおりだったのだ。

「父から解放されたからな。やっと檻から出されたんだ。たぶん、私の頭にサクソン人が斧を叩き込んでくれないかと思っているんだろう」そう言って、死にかけた男のおどろおどろしい表情をまねしてみせた。私はあわてて魔除けに唾を吐いた。

トリスタンは、たくましい身体つきの美丈夫だった。黒髪に、二股に分けたあごひげと長い口ひげを生やしている。肌が青白くていつも憂わしげな顔をしているが、きょうは溌剌として幸福そうだった。ラグ谷の戦いのとき、彼はわずかな手勢を率いて駆けつけてくれたのだが、それは父の命令にそむく行為だった。そのせいでこの冬はずっと、ケルノウの北岸にあるわびしい城砦に閉じ込められていたのだという。だがマーク王もようやく怒りを解いて、息子をこの戦に送り出す気になったらしい。「また家族ができたからな」トリスタンは言った。

「また？」

「わが父上は新しい花嫁をめとったのさ」と皮肉に言った。「ブロセリアンドのイアレ王女だ」ブロセリアンドはアーモリカに残るブリトン人の王国で、ビュディク・アプ・カムラン王に治められている。その妃はアーサーの姉アンナだから、イアレはアーサーの姪にあたるわけだ。

「何番めでしたっけ。六番めの義理の母上ですか」

「七番めだ。まだ十五の夏しか過ごしていないんだぞ。父は少なくとも五十にはなっているのに。私だってもう三十だ」トリスタンは憂鬱そうに言った。

「王子は結婚は？」

「まだだ。なにしろ父が私のぶんまで結婚しているからな。イアレもかわいそうに。四年もしたら、ほかの妃と同じように死ぬんだ。だが、父はいまのところは上機嫌だ。ほかの妃もみんなそうだったが、あの娘も使い捨てにされるんだな」彼は私の肩に腕をまわして、「結婚したんだって？」

「結婚はしてませんが、手綱はつけられてますよ」

「噂に高いカイヌイン姫にか！」彼は笑った。「よくやった、大したもんだ。いつか私も自分のカイヌインを見つけなくては」

「早く見つかるようお祈りしてます」

「まったくだ。急がないとよぼよぼになってしまう。このあいだ白いものを見つけたんだ。ひげのこのあたりに」

と、自分のあごをつついてみせた。「目立つか」心配そうに尋ねる。

「目立つかですって？　穴熊みたいに白黒まだらですよ」もちろん冗談である。黒いひげに三本か四本白いものが交じっているようだが、ただそれだけだった。

トリスタンは笑って、道のわきにちらと目をやった。引綱をつけた十二頭の犬をつれて奴隷が走っていたのだ。

「非常用の食糧か？」と私に尋ねる。

「マーリンの魔法ですよ。でも、何に使うのか教えてくれないんです」ドルイドの犬たちは頭痛の種だった。多くもない食糧を餌に与えなければならないし、夜は吠え声がうるさくて眠れず、兵士が連れているほかの犬たちに悪鬼のように喧嘩をしかける。

トリスタンが加わった翌日、軍はポンテスにたどり着いた。ここで道はテムズ川と交わり、そこにはローマ人が築いた奇跡のような石橋が架かっている。橋は落とされているだろうと思っていたが、斥候によれば無事だという。そして驚いたことに、わが軍の槍兵がたどり着いたときにも、やはりそのまま架かっていた。

その日は、行軍を始めてからいちばん暑い日だった。アーサーは、荷車が軍の本体に追いついてくるまで橋を渡ることを禁じたので、兵士たちは川のそばに広がって待っていた。橋は十一のアーチから成っていたが、実際に川に架かっているのは七つだけで、残る四つは両岸にふたつずつ立って橋床を高めている。橋の上流側には木の幹などの浮きくずが大量に引っかかっており、そのため上流にあたる西側のほうが東側より川幅が広くなり、また水深も深くなっていた。この自然にできたダムのせいで、石の橋脚のあいだを水は泡立ちながら激しく流れていた。向こう岸にはローマ人の建てた集落が残っている。石造りの一群の建物が盛土の壁に囲まれているが、その壁はいまは崩れかけていた。こちら側の橋の入口には大きな塔が建っている。道をまたぐアーチのうえにそびえて、下を通る者ににらみをきかせているのだ。アーチは崩れかけてはいたが、いまもローマ人の刻んだ銘文が残っていた。アーサーが訳してくれたところでは、この橋は皇帝ハドリアヌスの命令で築かれた、と書いてあるのだという。私は石の銘板をじっと見上げて言った。「あのインペラトルというのが、皇帝という意味ですか」

「そうだ」

「皇帝というのは王よりえらいんですか」

「皇帝は諸王の王だよ」アーサーは言った。この橋を見て、彼はなぜか鬱いでいた。陸側のアーチによじ登って見てまわり、それから塔に歩み寄って石組に手を当てる。例の銘文を見上げながら、アーサーは私に話しかけてきた。「いまこういう橋を築くとしたら、どうすればよいと思う?」

私は肩をすくめた。「材木で作るんですね。丈夫な楡を脚にして、残りはオークの板で作ればいい」

アーサーは顔をしかめた。「そんな橋が、曾孫や玄孫の代まで残っていると思うか?」

「曾孫や玄孫は自分で橋を架けますよ」

アーサーは塔の壁をなでた。「いまではこんなふうに石を削れる者はひとりもいない。川床に石の橋脚を建てる方法を知っている者もいない。方法を憶えている者さえ残っていないんだ。ダーヴェル、私たちは宝の山に囲まれているようなものだ。その山は日に日に小さくなってゆくのに、それを食い止めることも、新しい宝を作ることもできない」彼がちらと後ろをふり向くと、マイリグの荷車の列の先頭がようやく見えてきたところだった。道の両側に生い茂る森の奥深くまで探らせたが、サクソン人は影も形もないと斥候は報告してきていた。しかし、アーサーは警戒を解かなかった。「私がサクソン人だったら、軍の本体に橋を渡らせておいて、荷車を攻撃するだろう」そこで、アーサーは前衛部隊にまず橋を渡らせることにした。次に荷車を渡して対岸の集落の崩れかけた土壁の内に避難させておく。それから軍の本体に川を渡らせるのだ。

前衛部隊に任命されたのは私の軍勢だった。対岸には木々はさほど密生してはいなかったものの、小軍勢なら隠れられるほどの木立は残っている。だが、私たちの行く手を阻もうとする者は現れなかった。サクソン人の存在をうかがわせるのは、橋の中央に待っていた血みどろの馬の首だけだった。家来たちはだれひとりそこから先へ進もうとせず、ニムエが進み出てきてその魔力を払ってくれた。といっても、その首に唾を吐きかけただけだ。サクソンの魔法には大した力はないのだと彼女は言った。魔が払われると、イッサと私はその首を橋の欄干ごしに投げ捨てた。

家来たちは土壁の警備について、荷車とその護衛兵たちが渡ってくるのを待っていた。いっしょに来ていたギャラハッドとともに、私は壁の内側の建物を調べてまわった。サクソン人はどういうわけかローマ人の建てた集落を毛嫌いしていて、わら葺き屋根の木造の館を建てて住むほうを好む。だが、ここにはつい最近まで人が住んでいたらしく、炉には灰が残っていたし、きれいに清掃されている床も目についた。「ブリトン人かもしれないな」ギャラハッドが言った。サクソン人と交じって暮らしているブリトン人も大勢いる。多くは奴隷にされているが、自由民として外国人の支配を受け入れている者もいるのだ。

ここの建物はもとは兵舎だったようだが、住宅らしい建物も二軒あった。大きな穀物倉のような建物もあったが、壊れた扉を押し開いてみたところ、家畜小屋に使われていたのがわかった。狼から守るために、夜はここに牛を入れていたのだろう。床にはわらと糞が厚く積もって泥沼のようになり、凄まじい悪臭を放っていた。すぐにその場を立ち去りたかったのだが、ギャラハッドが奥の陰になにかが見えたというので、彼のあとについて湿って粘りつく床を歩いていった。

建物の奥は平らな切り妻壁ではなく、半円形のくぼみが作られていた。そのくぼみを覆う漆喰はしみだらけだったが、その壁の高い位置にひとつのしるしが描かれていた。長い歳月に埃や汚れがこびりついてかすれてはいるものの、大きな×印にPの字が重ねてあるようだ。ギャラハッドはそのしるしを見上げて十字を切った。「ダーヴェル、ここはむかし教会だったんだよ」彼は畏怖に打たれたように言った。

「すごい臭いだ」

ギャラハッドはうやうやしくしるしを見つめて、「ここにキリスト教徒がいたんだ」

「昔の話さ」私は鼻も曲がりそうな悪臭に身震いして、顔のまわりを飛びまわるハエをむなしく叩き落とそうとした。

ギャラハッドは悪臭など気にも留めなかった。固まった牛の糞と腐ったわらを槍の柄でつつきまわして、とうとう床の小部分を露出させた。そこに何を見たのか、彼はさらに熱を入れて仕事を続けた。そのおかげで、細かいモザイク・タイルで描かれた人物像の上半分がついに姿を現した。司教のようなローブを着て、頭のまわりには光輪が描かれている。掲げた手のひらに載っているのは、貧弱な胴体に毛深い大きな頭をした小さい獣である。

「聖マルコとライオンだ」ギャラハッドが言った。

「ライオンはもっと大きな動物かと思っていた」私はがっかりして言った。「馬より大きくて熊より獰猛だって、サグラモールは言ってたのに」糞に汚れた獣の絵を私は見つめた。「これじゃ子猫だ」

「象徴としてのライオンなんだよ」ギャラハッドがたしなめる。彼はもっと広い範囲をきれいにしようとしたが、汚穢はあまりに古く、かちかちに固まってこびりついていた。「私もいつか、こんな大きな教会を建てたいものだな。広大な教会を。みんなが神の前に集まることができるように」

私はギャラハッドを戸口に引き戻そうとしながら言った。「それでおまえが死んだら、どこかの馬鹿が冬にはそこに牛の群れを十も集めて、おまえに感謝してくれるだろうよ」

彼はもう少しそこに留まると言ってきかなかった。私に楯と槍をもたせておいて両手を大きく広げ、古い場所で新しい祈りを捧げる。ようやく私のあとから陽光あふれる戸外に出てくると、彼は興奮した口調で言った。「これは神が送って来られたしるしだよ。ダーヴェル、きっとロイギルにキリスト教を復活させることができる。これは勝利のしるしだ！」

ギャラハッドにとっては、それは勝利のしるしだったのかもしれない。だがその古い教会は、あやうくわが軍に敗北をもたらすところだった。翌日、私たちは東に向かって進軍を開始した。ロンドンはもうかなり近づいており、目にするときが待ちきれないほどだ。だが、マイリグ王子はポンテスにぐずぐずしていた。護衛部隊の大半をつけて荷車は先に送りだしたのだが、五十の兵士をあとに残して、教会にぎっしり詰まった汚穢を掃除させようとしたのである。ギャラハッドと同じく、マイリグもこの古い教会の存在に大いに感銘を受けていた。そこでこの聖堂をふたたび神に捧げようと決め、槍兵たちに具足を外させて建物の糞とわらを清掃させた。清掃がすんだら同行の司祭たちに必要な祈りを唱えさせて、その建物の聖性を回復させようというのだった。

そのときだ。後衛部隊がこうして熊手で糞をかいているときに、わが軍を尾けていたサクソン人が橋を渡って襲いかかってきたのである。

マイリグは逃げた。彼は馬を持っていたから助かったが、糞の掃除をしていた槍兵はほとんどが殺され、司祭もふたり犠牲になった。さらにサクソン人は道を攻めのぼって荷車を襲った。荷車を守っていた後衛部隊は反撃したが、数にまさるサクソン人に側面にまわり込まれて圧倒された。のろのろと荷車を牽いていた雄牛は虐殺され、一台また一台と荷車は立ち往生して敵の手に落ちていった。

そのころには、前衛のほうでも騒ぎを聞きつけていた。軍勢は歩みを止め、アーサーの騎馬兵が殺戮の喧騒めざして後方へ駆け戻った。暑い日のことで、一日じゅう具足に身を固めて馬を進めるわけにはいかないので、騎馬兵はだれも戦闘用のこしらえを整えてはいなかったのだが、かれらの突然の出現にサクソン人は驚いて逃げ出した。しかし、そのころにはすでに大きな被害が出ており、荷車四十台のうち十八台は動かなくなっていた。荷車を牽く雄牛がいなければ捨てるしかない。その十八台のほとんどは略奪されていたし、貴重な穀物粉の樽は道に引っくり返されていた。できるかぎりすくってマントに包んだものの、埃や小枝が混じっているから、この粉ではろくなパンは焼けないだろう。この襲撃がなくてさえ、すでに食糧の割当は切り詰められていた。それで二週間ぐらいはもたせるはずだったのだが、食糧のほとんどは後衛の荷車に積まれていたため、あと一週間で行軍を切り上げねばならないという事態に追い込まれてしまった。それでも、カレヴァかアンブラ城へぶじ戻るのに食糧が足りるかどうか、ぎりぎりのところなのだ。

「川には魚がいますよ」マイリグが指摘する。

「もう魚はこりごりだ」キルフッフがぼやいた。アニス・トレベス最後の日々の食糧不足を思い出したのだ。

「ひとつの軍を養えるほどの魚はいない」アーサーが腹立たしげに言った。できればマイリグを怒鳴りつけて、自分の愚かさを思い知らせてやりたいところだったのだろう。だがマイリグは王子であり、礼儀を重んじるアーサーには王子を叱りつけることはできなかった。後衛部隊を分散させて荷車を危険にさらしたのがキルフッフや私だったら、アーサーは怒りを爆発させていただろう。だが、マイリグはその生まれで守られているのだ。

私たちは、道の北側で軍議を開いていた。このあたりでは、道は単調な草原を貫いてまっすぐ延びている。草原のあちこちに木立が見え、またエニシダやサンザシの茂みも散在していた。軍議には指揮官の全員が顔をそろえており、何十人という下位の兵士たちも、話し合いを聞こうと集まってきている。もちろん、マイリグは責任を全面的に否定した。もっと後衛に兵が割り当てられていれば、こんな問題は起きなかったはずだというのだ。

「それに、この点を指摘させていただきたいのですが——もっとも、だれの目にも明らかなことで説明の必要もないとは思いますが、神をないがしろにする軍は勝利などおぼつかないものです」

「それならなぜ、神はこの軍を無視されたのかね」サグラモールが尋ねた。アーサーがしっと言ってサグラモールを黙らせる。「すんだことはしかたがない。問題はこれからどうするかだ」

しかし、これからどうするかはエレしだいであり、こちらには手の打ちようもない。エレは最初の勝利を得たわけだが、それがどのていどの勝利かたぶん把握していないだろう。わが軍は何マイルも彼の領土の奥に入り込んでおり、いまは飢えに直面している。エレの軍勢に追いついて打ち負かし、まだ作物の残っている土地を襲うよりほかに、飢えをまぬがれる道はないのだ。斥候は鹿を獲ってきたし、ときには牛や羊に出くわすこともあったが、そんなごちそうにありつけることはめったにない。とてもではないが、失った穀物粉や干し肉の埋め合わせにはならなかった。

「エレはロンドンを防衛しようとするのではないか?」キネグラスが言った。

サグラモールは首をふって、「ロンドンに住んでいるのはブリトン人です。サクソン人はあの町を嫌っている。エレはロンドンが取られても気にしないでしょう」

「それにしても、ロンドンには食糧があるだろう」とキネグラス。

「しかし、それがどれぐらいもつでしょうか」アーサーが言った。「ロンドンを取ったとして、それからどうします？　エレが攻めてくるのを待って、ずっとぶらぶらしているのですか」彼はじっと地面を見つめていた。その長い顔に厳しい表情を浮かべて考え込んでいる。エレの戦術はもう明らかだった。こちらには行軍するだけ行軍させておき、向こうはつねに私たちの先を進んで食糧をきれいさっぱり片づけてゆく。こちらが疲れて士気が低下してきたら、ナタソン人の大群が四方八方から殺到してくるのだろう。アーサーは言った。「エレをおびき寄せるしかない」

マイリグは眼をしばたたかせた。「どうやって？」馬鹿なことを言うなと言わんばかりだ。

マーリンとイオルウェスのほかに、ふたりのポウイスのドルイドが軍に同行していたが、かれらはみな固まって会議場のいっぽうに座っていた。マーリンはちょうどそこにあった蟻塚を椅子にしていたが、座ったまま杖を掲げてみなの注目を求めた。彼は穏やかに尋ねた。「貴重なものを手に入れようとするとき、人はどうするかな」

「奪えばいい」アグラヴェインがうなるように言った。アーサーが心おきなく全軍の指揮に没頭できるように、アーサーの重装騎兵の指揮はいまアグラヴェインに任されていた。

マーリンは説明を修正した。「神々から貴重なものを手に入れようとするときは？」

アグラヴェインは肩をすくめた。ほかには答えようとする者はいない。

マーリンは立ち上がった。その長身が会議場全体を圧倒する。生徒に言って聞かせる教師さながら、マーリンは噛んで含めるように説明しはじめた。「欲しいものがあるときは、代わりになにかを差し出さなければならん。供え物をし、犠牲を捧げなければならんのだ。私はこの世の何物にも増して大釜が欲しいと思い、そこでその探求にわが命を捧げた。それで願いを聞き届けられたのだ。しかし、私が自分の魂を捧げていなかったならば、あの宝は手に入らなかったであろう。つまり、欲しいものがあるときは、なにかを犠牲にせねばならんということよ」

キリスト教徒のマイリグは気分を害し、このドルイドをあざけらずにはいられなかった。「マーリン卿、あなたの命を捧げましょうか。この前それでうまくいったのなら」彼は声をたてて笑いながら、生き残りの司祭たちに目を向けた。司祭たちも笑いだす。

しかし、その笑い声はすぐにやんだ。マーリンが黒い杖を王子に突きつけたのだ。杖は小ゆるぎもせずに、マイリグの鼻先ほんの数インチのところでぴたりと止まっている。笑い声がやんだあとも、マーリンはいっこうに杖をおろそうとはしない。耐えがたいほどに沈黙が長引く。主君たる王子を擁護しなければと思ったらしく、アグリコラが咳払いをした。だが、どんな抗議をしようとしたにせよ、黒い杖がぴくりと動くとアグリコラも声は出せなかった。マイリグは居心地が悪そうに身じろぎしたが、口をきくことができないようだ。顔を赤くし、しきりにまばたきをしながらもじもじしている。アーサーは眉をひそめていたが、なにも言わなかった。ニムエは王子の運命を予感して微笑んでいる。ほかはみな黙りこくって見つめるばかりで、なかには恐怖に震えている者もいた。あいかわらずマーリンは微動だにしない。ついに緊張に耐えかねて、マイリグはやけくそで叫ぶように言った。「冗談ですよ！　悪気はなかった」

「おや王子、何か言われたかな？」マーリンが心配そうに尋ねた。恐慌をきたしたマイリグの声に夢から覚めたと言わんばかりだ。杖をおろすと、「どうやら白昼夢を見ておったようだ。なんの話だったかな。そうそう、犠牲の話だ。アーサー、いまのわれわれにとって、最も貴重なものといったら何だ？」

アーサーはしばらく考えてから答えた。「黄金があります。銀に、私の武具もある」

「つまらん」マーリンが切って捨てるように言う。

しばらくは声もなかったが、やがて議場の外の兵士たちが口々に答えを言いはじめた。首からトークを外して頭のうえで振って見せる者もいれば、武器を提供しようという者もあり、アーサーの剣エクスカリバーの名を叫ぶ者さえいた。キリスト教徒はなんの提案もしなかった。これは異教のやりかたであり、キリスト教徒は祈りのほかはなにも捧げないからだ。しかし、あるポウイス人がキリスト教徒を犠牲にしたらと提案すると、どっと歓声が沸き起こった。マイリグがまた顔を赤くする。

それ以上答える者がいなくなると、マーリンは言った。「私はときどき、阿呆に囲まれて生きる運命(さだめ)なのかと情けなくなる。私のほかは、世界じゅう脳たりんばかりなのか。おまえたちの眼は節穴か。いまのわれわれにとって最も貴重なものは何か、こんなわかりきったことも答えられぬのか。ただのひとりもわかる者はおらぬのか？」

「食糧だ」私は言った。

「でかした」マーリンがうれしそうに叫んだ。「眼が節穴のわりにはよくやったぞ。もちろん食糧に決まっておる。馬鹿者ぞろいが」マーリンは軍議の出席者に悪口雑言を浴びせかけた。「エレは、こちらの食糧が不足していると考えて戦術を立てておる。であるから、そうでないというところを見せてやらねばならん。キリスト教徒が祈りを垂れ流すように、食糧をむだに費やすのだ。虚空に食糧を投げ散らし、盛大に濫費し、投げ捨てる。そして」そこで間をおいて次のことばを強調する。「犠牲に捧げるのだ」マーリンは反対の声があがるのを待っていたが、口を開く者はいなかった。そこで、彼はアーサーに命じた。「この近くで、エレに戦闘を挑めるような場所を探すのだ。ただし、あまり守りを固くしてはいかんぞ。向こうが逃げ腰になってはまずいからな。よいか、敵をその気にさせるのだ。勝てると思わせねばならん。敵の軍勢が戦闘の準備を整えるのにどれぐらい時間がかかる？」

「三日はかかります」アーサーが答えた。彼の見るところでは、エレの軍勢は大きく散開して、ゆるやかな輪を作ってわが軍を尾行しているらしい。とすれば、その輪を縮めて一箇所に集めるには少なくとも二日はかかる。そのうえで戦闘隊形を整えるのにさらにまる一日はかかるだろう。

マーリンは言った。「私のほうは準備に二日かかる。だから、なんとか五日食ってゆけるだけの固焼きパンを用意するがいい。たっぷりとっておくわけにはゆかんぞ。犠牲は本物でなければならんからな。あとは戦場を見つけて待つだけだ。そのほかは私に任せておけ。ただ、力仕事をするのにダーヴェルとその家来を十二人貸してくれ。それから」と、会議場のまわりの戦士全員に聞こえるように声を高めた。「ここに木彫りの技のある者はおらぬか」

マーリンは六人を選んだ。ふたりはポウイス人で、ひとりは楯にケルノウの鷹を描いた戦士、そのほかはドゥムノニア人である。かれらは斧と小刀を与えられたが、アーサーが適当な戦場を見つけるまでは仕事はお預けだった。

アーサーが選んだのは、ゆるやかな傾斜をなして低い頂きへと続く広い荒野だった。その頂きにはイチイとウラジロがまばらに茂っている。荒野はあくまでもなだらかだったが、それでも小高い場所を見つけて、アーサーはそこに旗印を立てた。その周囲を野営地にして、林から切ってきた枝でわら葺き屋根の小屋を建てる。旗じるしのぐるりに槍兵を並べて輪を作らせ、そこでエレと対決しようというのだった。サクソン軍を待つあいだの食糧となるパンは、泥炭のかまどで焼いた。

マーリンは、その荒野の北にある川辺の草地を選んだ。蛇行しつつはるか南のテムズ川へ流れ込む小川を、いじけたハンノキとはびこる雑草がふちどっている。私の家来たちは、マーリンの命令に従ってオークの木を三本伐り倒し、枝を払い、樹皮を剝いだ。さらに、そのオークを柱のように立てるために穴を三つ掘る。いっぽう、マーリンは六人の彫刻師に命じて、そのオークの柱で三体のおどろおどろしい像を作らせた。ニムエとマーリンにイオルウェスも加わり、三人はおもしろがって、思いつけるかぎり醜怪で恐ろしげな像を作り出した。出来上がったのは私の知っているどんな神にも似ても似つかなかったが、マーリンは気にしなかった。私たちが拝むために作るのではなく、サクソン人に見せるために作るのだ。そういうわけで、彼は彫刻師たちに不気味な像を三つ作らせた。獣の顔に女の乳房をもち、男の生殖器がついている。完成すると、私の家来たちはほかの仕事の手をとめて、三体の像を穴に立てた。マーリンと彫刻師たちが穴のすきまを土で埋めて踏み固め、ついに柱はまっすぐにそそり立った。その像の前でマーリンは踊りながら、「父と子と聖霊だ！」と笑った。

そのあいだ、家来たちは三つの穴の前に大きな薪の山を築いていた。その薪のうえに残りの食糧をすべて積み上げる。生き残りの雄牛を屠り、その巨大な屠体を持ち上げて薪の山に載せると、鮮血が薪を伝って滴り落ちる。その雄牛のうえには、雄牛が牽いていたものをすべて積み上げた。干し肉、干し魚、チーズ、リンゴ、麦に豆。そしてその貴重な糧食のてっぺんに、捕らえたばかりの二頭の鹿と、屠りたての雄羊を載せる。二本の角の生えた羊の頭は切り落として、中央の柱に釘で打ちつけた。

サクソン人は、私たちの仕事ぶりを眺めていた。小川の向こう岸にやって来て、最初の日は一度か二度、川を越えて槍を放ってきた。だが、妨害してもしかたがないと思ったのか、あとはただ眺めているだけになった。どんな妙なことを始めたかと見守っているのだ。その数が増えてくるのがわかった。最初の日は、遠くの木立に十人ほどの兵士の姿が見え隠れしただけだったが、二日めの晩には、葉むらの向こうで少なくとも二十の焚き火が煙を上げていた。

その晩、マーリンは言った。「さて、やつらに見世物を提供してやろう」

私たちは鍋に熾火を入れて、荒野の低い頂きから川辺の草地の大きな薪の山まで運んでいった。その火を絡みあう枝の奥深くに突っ込む。薪はまだ生乾きだったが、干した草や折った小枝を中心に詰め込んでおいたので、日が暮れるころには火は激しく燃え盛っていた。炎は粗削りの偶像を凶々しく照らし、渦巻く煙は大きな柱となって立ち昇り、ロンドンの方角へ流れていった。肉の焼けるよだれの出そうなにおいが、野営地の腹をすかせた戦士たちのほうへ漂ってゆく。火は勢いよく爆ぜ、薪は崩れて、火花の奔流が夜空に噴き上がる。激しい熱に獣の屠体が生きているもののように身をよじった。炎が腱を縮ませ、頭蓋を破裂させる。溶けた脂肪が炎に落ちてじゅうじゅうと音を立て、白く明るく燃え上がって、三つの醜い像に黒い影を投げかけた。夜通し火は勢いよく燃えつづけ、勝利を得ないままロイギルから引き揚げるという逃げ道を灰に変えていった。夜が明けると、サクソン人が闇から這い出してきて、くすぶる火のあとを調べてゆく。私たちはそれをただ眺めていた。

あとは待つだけだ。と言っても、なにもしていなかったわけではない。騎馬兵たちは東に馬を走らせてロンドンへの道を偵察し、サクソン人の軍勢が近づいてきていると報告した。ほかの者は荒野の頂きで林の木を伐って、日々縮小するその林のそばに館を建てはじめていた。こんな館を建てる必要はないのだが、ここロイギルの奥深くに基地を築いていると見せかけるアーサーの作戦だった。ここから周囲の領土を荒らすつもりなのだと思い込んでくれれば、エレはまちがいなく戦闘を仕掛けてくるだろう。盛土の城壁の工事にも取りかかったが、ちゃんとした道具がないので壁らしい壁は作れなかった。それでも偽装には役立ったにちがいないと思う。

だれもが忙しく立ち働いていたが、戦士たちのあいだに根深い対立が生じるのはどうしようもなかった。マイリグのように、そもそものはじめから戦略が間違っていたのだと言いだす者もいた。もっと小規模な軍勢を三個か四個派遣して、国境地帯のサクソンの城砦を襲うべきだったのだ、マイリグはいまではそう主張していた。荒らしまわって敵を挑発すべきだったのに、わざわざロイギルの奥深く踏み込んで身動きがとれなくなり、ただ飢えを募らせているだけではないか、というのだ。

「ひょっとしたらマイリグの言うとおりかもしれん」三日めの朝、アーサーは私に弱音を吐いた。

「そんなことはありません」私は強く言って、その証拠に北の方角を指さした。北の空に大きく広がる煙のしみを見れば、川向こうに集まるサクソン人がいよいよ数を増しているのはまちがいなかった。

アーサーは首をふった。「たしかにエレの軍勢はあそこに集まっている。しかし、攻めてくるとはかぎらない。敵はこちらを見張っているが、エレに分別があるなら、ここで私たちが朽ち果ててゆくのを待つだけだろう」

「こっちから攻撃したらどうです」

アーサーはまた首をふる。「林を抜け、川を渡って軍勢を進めるのは破滅への道だ。それは最後の手段にとっておこう。エレがきょうじゅうに攻めてくることを祈るしかない」

しかしエレは動かなかった。サクソン人に糧食を奪われてから、はや五日めの日没が迫っている。明日はパンくずを食べ、それから二日もすればみな飢えてくる。そして三日めには、敗北の恐ろしい眼をまともに見つめることになるのだ。不平屋がどんな暗澹たる予想を口にしようとも、アーサーは気にするそぶりは見せなかった。

その日の夕方、太陽がはるかドゥムノニアの向こうにゆっくりと沈もうとするころ、アーサーは私に手招きして、まだ建設中の粗雑な館の壁によじ登った。私も彼のあとから丸太をよじ登り、壁のてっぺんに身体を引き上げる。

「あれを見ろ」と、アーサーが東を指さした。はるか地平線にはやはり灰色の煙のしみが見える。だがその煙の下にあるのは、ななめの夕陽に照らされた数々の建物だった。あれほど巨大な都市はほかに見たことがない。グレヴムやコリニウムより大きく、アクアエ・スリスよりも大きい。「ロンドンだ」アーサーは畏怖に打たれたように言った。「その眼で見るときがくると思っていたか？」

「思っていました」

アーサーは笑みを見せた。「さすがダーヴェル・カダーン、自信だな」彼は壁のてっぺんに腰をおろし、先端を削らないままの柱をつかんで、都市を食い入るように見つめている。私たちの背後、丸太の壁で囲まれた四角い空間には軍馬が入れられていた。馬たちはすでに腹をすかせている。乾いた荒野にはほとんど草は生えていなかったし、まぐさも運んできていなかったからだ。あいかわらずロンドンに目を向けたまま、アーサーは言った。「おかしなものだな。いまごろはランスロットとサーディックが一戦交えているかもしれないのに、私たちには知るすべもないんだから」

「ランスロットが勝っているよう祈りましょう」

「そうだな、そうしよう」アーサーは未完成の壁をかかとで蹴った。「エレにはなんと洋々たる未来が待っているることか！」ふいに彼は言った。「やつはここで、ブリタニアの選りすぐりの戦士を皆殺しにできるんだ。今年の末には、エレの軍勢は私たちの館を占領しているだろう。セヴァーン海にまで足をのばしているかもしれん。なにもかもおしまいだ。全ブリタニアが失われる」まるで面白がっているような口調だったが、ふと首をひねって馬たちを見下ろした。「馬はいつでも食える。あの肉で一週間か二週間はもつな」

「殿、なにを言うんです」私はアーサーの悲観論に異を唱えた。

「ダーヴェル、心配するな」アーサーは笑った。「エレどのには使者を送ってある」

「使者？」

「サグラモールの愛人さ。マーラというんだ。サクソン人というのは妙な名前をつけるものだな。マーラを知ってるか」

「会ったことはあります」マーラは背の高い娘で、がっしりした長い脚、樽のようにたくましい肩をしていた。昨年末の襲撃のときにサグラモールに捕らえられたのだが、彼女は見たところ自分の運命を忍耐強く受け入れていた。その忍耐強さは、平板でほとんど表情のない顔にもよく表れている。豊かな黄金色の髪をしていたが、それを除けばとりたてて人目を魅くところはない。にもかかわらず、なぜか奇妙に心をそそるものをもっていた。大きく強く、鈍重で頑丈な女だが、もの静かな気品が備わっており、そのヌミディア人の愛人にふさわしく寡黙でとっつきにくい印象を与えた。

「その娘が、逃げたふりをしてエレに会いに行ったんだ」アーサーは説明した。「いまごろは、私たちがここで冬を越す計画だとエレに話しているだろう。それに、三百の槍兵を率いてランスロットもこちらに来るはずだと言って、いまここでは疫病で弱っている戦士が多いからと説明するはずだ。だが、糧食はたっぷり穴に隠してあるとな」彼はにやりとした。「マーラは、際限なくエレにたわごとを吹き込みつづけているはずだ。少なくとも私はそう願ってる」

「ひょっとしたら、ほんとうのことをぶちまけてるかもしれませんよ」私は陰気に言った。

「かもしれん」彼は心配していないようだった。南斜面のふもとに湧いている泉から、戦士たちが革袋に水を汲んで運んでくる。その戦士たちの列を眺めながら、「だが、サグラモールは彼女を信頼してる。そして私は、もうずっと前からサグラモールの判断は信頼することに決めているんだ」

私は魔除けのしるしを結んだ。「おれなら、自分の女を敵の野営地に行かせたりしませんよ」

「自分から行くと言いだしたんだ」アーサーが言った。「サクソン人は自分に手出しはしないと言ってな。マーラの父親は族長のひとりらしい」

「マーラがその父親よりサグラモールを愛していることを祈りましょう」

アーサーは肩をすくめる。危険は承知で行かせたのだし、いまさらなにを言ってもその危険が減るわけではない。彼は話題を変えた。「これがすっかり片づいたら、ドゥムノニアに帰ってきてくれ」

「喜んで帰ります。カイヌインの身の安全を保障してくだされば」アーサーは手をふって私の不安を斥けようとしたが、私は引き下がらなかった。「犬を殺して、その血まみれの生皮を女にかぶせた者がいるという話を聞いているんです」

アーサーは身体の向きを変え、座ったまま両足をふり上げて、急造の厩舎に飛び下りた。馬をわきへ押しやり、私について来るよう合図すると、人目につかず、話し声も聞かれない場所へ移動した。彼は立腹していた。「何を聞いてるんだって？　もういちど言ってみろ」

私も壁から飛び下りた。「犬を殺して、その血まみれの生皮を女にかぶせた者がいると」

「だれのことだ」アーサーが追及してくる。

「ランスロットの友人です」私は彼の妻の名を出したくなかった。

彼は粗削りの丸太の壁をぴしゃりと叩き、近くの馬を驚かせた。「私の妻はランスロット王の友人だぞ」私は黙っていた。「私だってそうだ」彼は挑みかかるように言ったが、やはり私はなにも言わなかった。「ランスロットは気位の高い男だ。それに、彼が父王の王国を失ったのは、私が誓いを守れなかったせいなんだ。私はランスロットに借りがある」最後のことばを彼は冷やかに言い放った。

私も負けず劣らず冷やかに言った。「犬の皮をかぶせられた脚の悪い女は、カイヌインと名前をつけられたそうです」

「もうよい！」彼はまた壁を叩いた。「噂だ！　ただの噂じゃないか！　おまえとカイヌインのことで、恨みを抱いている者がいないとは言わん。私もそこまで馬鹿ではない。しかし、おまえの口からそんなたわごとを聞きたくはない。グィネヴィアにはそういう噂がつきまとっている。あれは嫌われているからな。美人で頭がよくて、自分の意見をもっていてそれを恐れずに口に出す女は、かならず嫌われるものだ。だが、グィネヴィアがカイヌインにそんな薄汚い呪いをかけると、おまえは本気でそう思うのか。グィネヴィアが犬を殺して皮を剝いだと？本気でそう信じているのか」

「信じたくはありませんが」

「グィネヴィアは私の妻だぞ」彼は声を低めたが、苦々しい口調は変わらない。「私にはほかに妻はいないし、奴隷を寝床に連れ込むこともしない。私はグィネヴィアのもので、グィネヴィアは私のものだ。あれを悪く言われるのはがまんならん。どんなことでもだ！」最後のほうは怒鳴り声になっていた。ラグ谷で、ゴルヴァジドから下劣な侮辱を浴びせられたことを思い出したのだろうか。ゴルヴァジドはグィネヴィアと同衾したと言い、彼女と床をともにした男はほかに何人でもいると言ったのだ。私はヴァレリンのはめていた相愛の環のことを思い出した。十字が彫りつけられ、グィネヴィアのしるしが刻まれた指環。だが、私はその記憶をふり払った。

　私は静かに言った。「殿、おれは奥方さまがやったとはひとことも言ってません」

　彼は私を睨みつけた。殴りかかってくるかと思ったが、やがてアーサーは首をふった。「あれにはむずかしいところがあってな。あんなにすぐに軽蔑をあらわにしなければいいのにと思うことがある。だが、グィネヴィアの助言のない人生など想像できない」口をつぐみ、私に悲しげな笑みを向けた。「グィネヴィアのいない人生など考えられない。ダーヴェル、あいつは犬を殺したことなぞない。私を信じてくれ。あれの信仰するイシス女神は、犠牲は要求しない。少なくとも生き物の犠牲はな。黄金はべつだが」にやりと笑ったかと思うと、ころりと上機嫌になって言った。「イシスは黄金を丸呑みにするんだ」

「殿を信じます」私は言った。「でも、それだけではまだだめなんです。ディナスとラヴァインがカイヌインを狙ってますから」

アーサーは首をふった。「ダーヴェル、ランスロットはおまえを憎んでる。私はおまえを責めるつもりはない。おまえの気持ちはよくわかるからな。しかし、おまえを恨んだからといってランスロットを責められるか？ ディナスとラヴァインはランスロットに仕えているんだし、主君の恨みを共有するのはごく当然のことだ」彼は言葉を切り、ややあって続けた。「ダーヴェル、この戦が終わったら和解しようじゃないか。みんなで和解するんだ。この軍勢を兄弟どうしの集団に変えれば、すべての行き違いは解消される。おまえとランスロットだけでなく、あらゆる者が和解しあうんだ。それが実現するまでは、カイヌインの身は私が守る。おまえがどうしてもと言うなら、命にかけて誓ってもいい。誓えと言えばそうする。どんな代償でも要求してくれ。私の命だけで不足なら、私の息子の命も加えてもいい。おまえが必要なんだ。ドゥムノニアがおまえを必要としているんだ。キルフッフはいい男だが、あいつにはモードレッドは扱えん」

「おれなら扱えるというんですか」

「モードレッドは強情な子供だ」アーサーは私の言葉を無視して続けた。「だが、それは当たり前のことじゃないか。あの子はユーサーの孫で、王の血を引いているんだからな。腰抜けになってもらっては困るが、しつけは必要だ。指導する者が必要なんだよ。キルフッフは殴ればいいと思ってるが、それではますます依怙地になるだけだ。おまえとカイヌインにモードレッドを育ててもらいたい」

私は身震いした。「故国(くに)へ帰るのがますます楽しみになりましたよ」

この軽口にアーサーはいやな顔をした。「ダーヴェル、モードレッドを玉座につけるという誓いを忘れるな。そのために私はブリタニアに戻ってきたんだぞ。それが私のブリタニアでの第一の務めなんだ。私に忠誠を誓っている者はみな、その誓いを共有している。たやすいことだとは言わないが、誓いは果たされるだろう。九年もすれば、カダーン城でモードレッドの即位式が行われる。そのときには、私たちはみな誓いから解き放たれるんだ。聞く耳のある神という神に祈っているんだが、その日が来たら私はエクスカリバーを壁に飾って、もう二度と戦はしないつもりだ。だが、その夢の日が来るまでは、石にかじりついてでも誓いは守らなければならん。わかるか」

「はい、殿」私はおとなしく答えた。

「それならいい」アーサーは馬をわきへ押しやった。歩き去りながら、彼は自信たっぷりに言った。「エレは明日やって来る。よく眠っておけ」

ドゥムノニアを赤い炎に沈めて、太陽はその向こうに沈んでゆく。北では敵が戦の歌を歌っており、焚き火の周囲で私たちは故郷の歌を歌った。歩哨は闇に目をこらし、馬はいななき、マーリンの犬は吠え、戦士たちのなかには眠っている者もいた。

朝日が昇ってみると、マーリンの三本の柱は夜のうちに引き抜かれていた。髪を糞で固めて突っ立てたサクソン人の魔法使いが、柱の立っていた場所をぐるぐるまわりながら踊っている。首に巻いた帯からぼろぼろの狼皮を下げてはいたが、裸の身体はほとんど剝き出しだ。魔法使いのその姿を見て、エレは攻撃をしかけるつもりだとアーサーは確信した。

こちらは、戦闘に備えているそぶりは努めて見せないようにしていた。歩哨は立っているが、きょうも平穏な一日になると思っているかのように、川に面した斜面では槍兵たちがのらくらしている。だがその背後では話がべつだった。小屋の陰や、いまも残るウラジロとイチイの下、建てかけの館の壁の内側では、大勢の戦士たちが戦さに備えていたのだ。

楯のゆるみを締め直し、すでに凶々しく研ぎ澄まされた剣や槍の刃に砥石をかけ、槍の穂先を叩いて柄にしっかりとはめ込む。護符に手をふれ、互いに抱擁し、残っていたわずかばかりのパンを食べ、それぞれが自分の信ずる神にきょう一日の加護を祈った。マーリンとイオルウェスとニムエは、小屋から小屋へ歩きまわって、刃に触れ、お守りとして干したクマツヅラの枝を配っていた。

私は具足を身に着けた。楯の下端越しに突き出される槍から下肢を守るため、膝まで届く重い長靴には鉄片が縫いつけてある。カイヌインが一生懸命に紡いだ糸で織ったシャツを着て、その上に革の上着を重ね、その上着にカイヌインからもらった小さな黄金のブローチを留める。この長い年月、このブローチはずっと私のお守り代わりだった。この革の上着の上から、さらに鎖かたびらの鎧を引っかぶる。ラグ谷で戦死したポウイスの族長から奪った贅沢品である。ローマ人の作った古い鎧で、いまでは技術が失われて作ることができない。鉄の輪をつないで作ったこの膝丈の鎧を、これまでどんな槍兵が着てきたのだろうと私はよく考えたものだ。これを着けていたポウイスの戦士はハウェルバネに頭を割られて死んだのだが、このかたびらを着ていて殺された者が、少なくともほかにあとひとりはいるはずだ。左胸のあたりで鎖がざっくり断たれていて、その裂け目は鉄の輪でつないで不器用に修理してあった。

左手には戦士の環をはめた。戦闘では指の保護に役立つからだが、剣や槍が握りにくくなるので右手にはひとつもはめない。前腕には革の腕当てをひもで結んで固定する。兜は鉄製の単純な鉢形で、なかに布をはさんで革で内張りがしてあるが、後ろには首の保護のために分厚い猪革が垂らしてあった。春のはじめのころ、私はスウス城の鍛冶屋に手間賃を払って、両の側面にも面頬（めんぼお）を鋲で取り付けさせた。兜のてっぺんについた鉄の玉からは、ベノイクの森の奥で獲得した狼の尾が下がっている。腰の剣帯にハウェルバネを吊るし、左手を楯の革ひもに通して、戦槍を手にとる。槍は人の背丈よりも長く、その太い柄はカイヌインの手首ほどもある。穂先は長く重い木の葉形の刃だった。刃は剃刀のように鋭く、鋼鉄の末端は滑らかに丸くなっていて、敵の腹や具足に引っ掛からないようにくふうしてあった。暑い日だったのでマントは着けなかった。

具足に身を固めたカヴァンがやって来て、私の足元にひざまずいた。「殿、おれが立派に戦ったら、楯に五芒の星を描かせてもらえますか」

「立派に戦うのは当然だ」私は言った。「当然の務めを果たしたからといって、褒美をやるわけにはいかんじゃないか」

「じゃあ、戦利品をとってきたらどうです？　族長の斧とか、黄金とか」

「サクソン人の族長をあげてこい。そうしたら、百芒の星だって描かせてやるぞ」

「五芒でじゅうぶんですよ」

午前はゆっくりと過ぎていった。金属の甲冑を着けている者は、暑さでひどく汗をかいていた。北を流れる川の向こう、木立に隠れているサクソン人からは、こちらの野営地は眠りこけているように見えただろう。それとも、病気で動けない人間ばかりに見えたか。だがそんな偽装にも、サクソン人は林から出て来ようとしない。太陽はいよいよ高く昇ってゆく。軽装の騎馬兵が、武器といえば投げ槍の束しかもたずに、斥候として野営地から軽快に駆けてゆく。かれらは戦闘では楯の壁には加わらないので、怯える馬を南のテムズ川へ連れていったのである。すぐに戻って来られるかもしれないが、もし最悪の事態が起きたら、西へ馬を走らせて、わが軍の敗北を遠いドゥムノニアへ伝えて急を知らせるよう命令されていた。アーサー自身が率いる騎馬兵たちは、革と鉄の重い鎧を身にまとい、馬のき甲のあたりにまわした紐で、馬の胸を保護する不格好な革の楯を吊るしている。

アーサーは騎馬兵たちとともに建てかけの館のうちに隠れて、そこであの名高い小ざね鎧(ジャーキン)を身に着けた。ローマ製の鎧で、何千という小さな鉄板を、魚のうろこのように重ね合わせながら革の胴着に縫いつけたものだ。銀の板も交ざっているため、身動きするたびに鎧全体がきらきらと輝いて見える。白いマントをまとい、左腰に佩(は)いたエクスカリバーは、いつもどおり斜め十字模様の鞘に収まっている。それを身に帯びる者は、あらゆる傷から守られるという魔法の鞘である。従僕のハグウィズが、アーサーの長槍と、鷲鳥の羽飾りのついた銀灰色の兜、それに鏡のような銀を張った丸い楯を持ってひかえている。平時にはアーサーは質素な格好を好むのだが、戦となると美々(びび)しく着飾る。アーサーは、自分の名声は公正な統治によってつちかわれたものと思いたいらしいが、眩しく輝く甲冑や磨きあげた楯を見れば、その名声の真の源泉を彼がよく知っていることは明らかだった。

キルフッフはかつてはアーサーの重装騎馬隊に属していたが、いまでは私と同じく槍兵隊を指揮していた。正午、ささやかな日陰を落とす芝草葺きの小屋で休んでいると、それを見つけたキルフッフがやって来て、私のそばに腰をおろした。鉄の胸甲を革の胴着の上にまとい、むきだしの下肢にローマの青銅のすね当てを着けていた。

「あんちくしょう、来ないな」彼はうなった。

「明日になるかもな」

うんざりしたように鼻を鳴らすと、キルフッフは真剣な眼差しをこちらに向けてきた。「ダーヴェル、おまえの答えは先刻承知だ。だがな、それでも訊かずにゃいられないんだ。答える前に、まあちょっと考えてみてくれ。ベノイクで、おまえの隣に立って戦ってたのはだれだ？　アニス・トレベスで、楯と楯をくっつけておまえといっしょに戦ったのは？　自分のエールをおまえに分けてやったり、あの漁師の娘とくっつけるようにしてやったのは？　ラグ谷でおまえの手を握っていたのは？　そうとも、みんなこのおれさ。そこんとこをようく考えてから答えてくれ。どこにどんな食い物を隠してる？」

私はにやりとした。「残念だったな」

「てめえなんか、ただのサクソンの馬鹿でかい糞袋だ。役にも立たねえ腸ばっかり詰め込みやがって」キルフッフは、私の家来とともに休んでいたギャラハッドに目をやった。「王子さまよ、食い物を持ってないか」

「最後のパンのかけらをトリスタンにやったとこなんだ」ギャラハッドが言う。

「キリスト教徒らしい行いってわけか」見下したように尋ねる。

「そうだといいと思うよ」

「おれは異教徒でよかったぜ。ちくしょう、腹が減ったな。すきっ腹でサクソン人なんか殺せるか」彼は私の家来たちを睨みつけたが、食物を差し出す者はいなかった。差し出そうにも持っていないのだ。ひと口でもという希望をついにあきらめると、キルフッフは私に尋ねた。「おまえ、あのろくでなしのモードレッドをおれの手からかっさらおうとしてるんだってな」

「アーサーの希望なんだ」

「おれも心から希望するぜ」彼は勢い込んで言った。「ダーヴェル、いま食い物を持ってたら、最後のひとかけまですっかりお礼に差し出すとこだ。あの洟垂れのちび、喜んで進呈するから、おまえの人生を台なしにしてもらえ。おれのほうはもうさんざん台なしにしてくれたからな。言っとくけど、あいつの腐った身体でベルトがすり減っちまうぞ」

私は慎重に答えた。「将来の王に鞭を食らわせるのは、あんまり賢いことじゃないと思うが」

「賢いことじゃないかもしれんが、胸がすかっとするぜ。あの不細工なちびが」首をひねって、小屋の向こうを見やる。「サクソン人ども、どうしちまったんだ。戦をする気がないのかね」

その問いへの答えは、ほとんど待つ間もなくやって来た。ふいに、腹に響く悲しげな角笛の音が響き、サクソン人が戦場に持参する大きな太鼓の音が鳴りだしたのだ。だれもがはっとして立ち上がるのとほとんど同時に、エレの軍勢が川向こうの木立から姿を現した。いまのいままで春の陽差しを浴びた木々しか見えなかったところへ、降って湧いたように敵の軍勢が現れたのである。

何百人もいた。毛皮をまとい、鉄の具足を着け、斧と犬と槍と楯で武装した何百人という戦士たち。竿に載せてぼろ布を垂らした雄牛の頭蓋骨を旗印に、先鋒を務めるのは糞で髪を立たせた魔法使いの一団だ。楯の壁から躍り出てきて、呪いを浴びせかけてくる。

マーリンをはじめとするドルイドたちが、坂を下って魔法使いたちを出迎えた。かれらは歩くのでなく、戦の前のドルイドらしく片足で跳ねてゆく。手にした杖でバランスをとりながら、あいたほうの手は虚空に掲げていた。手近の魔法使いから百歩ほど手前で立ち止まり、呪いの言葉を浴びせ返した。いっぽう、軍勢に同行してきたキリスト教の司祭たちは、坂の上に立って両手を広げ、空に向かって神の加護を祈っている。

私たちはあわてて戦列を整えようとしていた。アグリコラはローマふうの制服の軍勢を率いて左翼を固め、ほかの槍兵はみな中央に固まっている。右翼はアーサーの騎馬隊が務めるはずだが、いまはまだ粗末な館に隠れたままだ。アーサーは兜をかぶり、ラムライの背によじ登ると、白いマントを馬の尻に広げ、重い槍と輝く楯をハグウィズの手から受け取った。

サグラモール、キネグラス、アグリコラは歩兵を率いる。しばらく、といってもアーサーの騎馬隊が現れるまでのことだったが、私の部隊は戦列の右端に陣取る形になっていた。サクソン人の戦列はこちらよりずっと幅広かったから、翼側にまわり込まれそうな気がした。敵は数にまさっている。この戦で何千という害獣が退治されたと吟唱詩人(バード)は謳うが、エレの軍勢はせいぜい六百人ほどだったのではないかと思う。もちろん、いま目の前に並んでいる数よりも、このサクソン王ははるかに多くの槍兵を抱えていただろうが、わがほうと同じく、国境の各要砦に強力な守備隊を残しておかなければならなかったのだ。とはいえ、槍兵が六百でも大軍にはちがいない。それに、戦士に劣らず多くの追随者が楯の壁の背後にひかえている。戦に加わらない女子供がほとんどだが、戦闘が終わったら死骸から身ぐるみはぎ取ろうと待ち構えているのだ。

味方のドルイドたちは、片足で飛び跳ねながら苦労して坂を登ってきた。マーリンの顔を伝う汗が、編んでまとめた長いひげを濡らしている。「魔法は心配いらん」彼は言った。「あの魔法使いどもは本物の魔法など知らんのだ。おまえたちは安全だ」楯を押し分けてニムエを探しにいった。サクソン軍はゆっくりとこちらに寄せてくる。魔法使いたちは唾を吐き、金切り声をあげ、戦士たちは追随者たちに列を乱すなと怒鳴ったり、こちらに向かって侮蔑の言葉を投げかけたりと忙しい。

味方の戦の角笛が負けじと吹き鳴らされ、わが軍の戦士は歌を歌いはじめた。楯の壁の端で、私たちは偉大なベリ・マウルの戦闘歌を歌っていた。戦士の肚に火をかき立てる、殺戮を讃える勝利の歌だ。私の家来がふたり、楯の壁の前に出て踊りだした。剣と楯を交差させて地面に置き、それを踏み越え飛び越えして踊るのだ。私はふたりを壁の内側に呼び戻した。サクソン人たちがこのまま低い丘を登りつづけ、たちまち血みどろの衝突に突入するかと思ったのだ。しかし、敵は百歩ほど手前で立ち止まり、楯の列を整えなおした。革で補強した板の壁が隙間なく立ち並ぶ。魔法使いたちがこちらに向かって小便を始めると、戦列はふいに静まった。吠えたてる巨大な軍犬は引綱をいっぱいに引っ張り、軍鼓は休みなくとどろき、ときおり角笛が悲しげな音色を響かせる。だが、サクソン人たちは声ひとつ立てない。ただ、太鼓の重い響きに合わせて槍の柄で楯を叩いているだけだ。

「サクソン人を見るのは初めてだ」トリスタンがそばにやって来て、しげしげと眺めはじめた。サクソン人は、いつものように分厚い毛皮の具足を着け、両刃の斧に犬と槍で武装している。

「簡単に倒せますよ」

「あの斧はぞっとしないな」トリスタンは正直に言って、魔除けのために鉄をかぶせた楯の縁にふれた。

「扱いづらい武器ですよ」私は彼を安心させようとした。「いっぺん振りおろすと、もうあとは使い物にならない。楯心で受けて、剣を低く突き出せばいいんです。それさえ忘れなきゃ大丈夫です」——少なくともたいていは。

サクソン軍の太鼓がふいにやんだ。中央で戦列が分かれたかと思うと、そこに現れたのはエレそのひとだった。しばし立ち止まってこちらを睨みつけ、唾を吐き、やがてこれ見よがしに槍と楯を放り出して、話し合いを求めていることを示した。ずかずかとこちらに歩いてくる。がっしりして長身の、黒髪の男。分厚い黒い熊皮のローブをまとっていた。ふたりの魔法使いのほかに、禿げかけた貧相な男がついてくる。たぶん通訳だろう。

キネグラスとマイリグ、アグリコラ、マーリン、サグラモールが出迎えた。アーサーは騎馬隊とともに館内にとどまっている。戦場のこちら側ではキネグラスが唯一の王であり、彼が代表して話すのは理にかなったことだが、彼はほかの者たちにもついて来るよう頼み、私も通訳として呼び寄せられた。こうして、私はふたたびエレにまみえることになったのだ。肩幅の広い長身の男で、のっぺりした厳しい顔に黒い眼が光っている。たっぷりしたひげは黒く、頬には傷が走り、鼻はつぶれて右手の指が二本欠けていた。鎖かたびらをまとい、革の長靴を履き、鉄の兜には二本の雄牛の角がついている。喉元と手首にはブリトン人の黄金が掛かっていた。この暑い日に、鎧の上から熊皮のローブをまとっている。汗だくになって不快にちがいないが、その豪華な毛皮は鉄のかたびらと同じように剣を食い止めることができるのだ。彼は私を睨みつけた。「そのつらは憶えておるぞ」彼は言った。「サクソン人を裏切った蛆虫め」

私は軽く頭を下げた。「お久しぶりです、王よ」

エレは唾を吐く。「礼儀を守れば、楽に死なせてもらえるとでも思うのか」

「私の死は、王には関わりのないことです。死ぬ前には、孫に王のことを語って聞かせたいものだと思っておりますが」

エレは笑って、五人の指揮官にあざけるような目を向けた。「五人も出てきおって！　こちらはわしひとりだぞ。それにアーサーはどこだ。恐ろしさに腹を下したか」

私がこちらの指揮官たちの名をエレに伝えると、キネグラスが対話を引き継ぎ、私は通訳にまわった。作法どおり、彼はまずエレに即座に降伏するよう要求した。そうすれば情けをかけてやると。こちらはエレの生命とその財産、彼の武器と女と奴隷をすべて要求する代わりに、槍兵は解放する――ただその右手だけはいただくが。

エレもまた作法どおりこの要求を鼻で笑い、傷んで変色した歯を見せた。

「アーサーはなぜ隠れておるのだ。やつが例の馬を連れて来ておるのを、わしが気づかぬとでも思っておるのか。おい蛆虫、やつに言え。今夜はやつの死体を枕にして寝てくれるとな。やつの女房はわしの奴隷になり、わしが飽きたら奴隷たちの慰みものにしてくれるわ。それから、この口ひげの馬鹿にはこう言え」とキネグラスを指さし、「日が暮れるころには、ここはブリトン人の墓場と呼ばれるようになるだろう。やつのひげは引っこ抜いて、娘の猫の玩具にしてくれる。やつの髑髏を酒杯にし、はらわたは犬の餌にしてくれる。その鬼にはこう言え」とひげもじゃのあごをサグラモールにしゃくって、「きょうこそその黒い魂は恐怖のトールに戻り、そこで蛇のとぐろを巻いていつまでものたくることになるだろうとな。こいつには」とアグリコラに眼を向け、「もうずっと前からわしはこいつの死を望んでおったが、今夜からはずっとその死を思い出して楽しむことができるだろうと言うんだ。そしてこのへなちょこの青二才には」とマイリグのほうへ唾を吐き、「金玉を切り取って、わしの杯持ちにしてやると言え。蛆虫め、わしの言ったとおりに伝えよ」

「断ると言ってます」私はキネグラスに言った。

「それだけということはないだろう」ただ身分が高いというだけでこの場にいるマイリグが、学者ぶってそう言い張った。

「知る必要はありませんよ」サグラモールがうんざりと言う。

「どんなことでも知識は役に立つ」マイリグはあきらめない。

「なにを揉めておるのだ？」自分の通訳を無視して、エレが私に尋ねてきた。

「だれが王を殺す名誉を手にするか、言い争っているのです」

エレは唾を吐いた。「マーリンは侮辱しておらんから、やつにはそう言っておけ」サクソン人の王はドルイドをちらと見やった。

「もう知っていますよ。マーリンはお国の言葉がわかりますから」このサクソン王はマーリンを恐れていて、いまになっても彼を怒らせまいとしているのだ。ふたりのサクソンの魔法使いは呪いの言葉を浴びせていたが、それはかれらの仕事なのだから、マーリンは気にしなかった。そもそもこの話し合いにもなんの興味もなさそうで、超然として遠くを眺めているだけだった。もっとも、この王の言葉を耳にすると、こちらに笑顔を向けてきた。

エレはしばらく私の顔をじっと見つめていたが、やがて尋ねた。「きさまはどこの部族だ」

「ドゥムノニ族です」

「馬鹿者、その前だ。生まれのことを訊いておる」

「殿の部族です」私は言った。「エレ王の部族の出です」

「父親は」

「知りません。母は私を身ごもっているときにユーサーに捕らえられたのです」

「その母親の名は」

すぐには思いつかなかった。しばらく考えているうちに、やっと思い出した。「エルケです」

それを聞くと、エレは笑顔になった。「サクソン人らしいよい名前だ。エルケというのは、大地の女神にして万物の母だからな。いまはどうしておる」

「子供のときに別れてから、いちども会ったことがないのです。まだ生きているそうですが」

彼は考え込むように私を見つめている。なにが話されているのか知りたがって、マイリグがきいきいわめいていたが、みなに無視されてしまいには黙り込んだ。エレはついに口を開いた。「おふくろを粗末にするのは人の道に外れたことだ。きさまの名は」

「ダーヴェルと申します」

彼は私の鎖かたびらに唾を吐きかけた。「恥を知れ、ダーヴェル。おふくろを粗末にしおって。きょうはわしの下で戦う気はないか。きさまの母親の一族のために」

私は微笑んだ。「いいえ。ですが、光栄に思います」

「楽に死ねるようにな、ダーヴェル。だが、この腰抜けどもにはこう言え」と、武装した四人の指揮官にあごをしゃくって、「わしがその心臓をむさぼり食ってやると」最後にもういちど唾を吐くと、大股で自軍のほうへ戻っていった。

「エレはなんと言ったのだ」マイリグがさっそく追及してくる。

「王子、エレは私に話をしていたのです。私の母のことで。忘れていた罪を思い出させてくれました」神よ赦したまえ、だがあの日、私はエレが好きになったのである。


戦はわが軍の勝利に終わった。

イグレインさまはくわしいことを知りたがるだろう。雄々しい勇士の物語がお好きだから。たしかに勇ましい者もいたが、それと同じぐらい卑怯者もいた。恐怖にズボンを汚しながらも、楯の壁に踏ん張っている者もいた。敵をひとりも殺さず、ただ死にもの狂いで守っていた者もいれば、その武勇を讃える斬新な表現を求めて詩人に頭をしぼらせた者もいた。つまりは、いつもと同じ戦闘だったということだ。カヴァンのように命を落とした友がおり、キルフッフのように負傷した友もいる。またギャラハッド、トリスタン、アーサーのようにかすり傷ひとつ負わなかった友もいた。私は左肩に斧の一撃を受けた。その衝撃はあらかた鎖かたびらが食い止めてくれたが、それでも傷が癒えるまで数週間かかったものだ。いまでもそこにはぎざぎざの傷痕が赤く残って、寒い日にはしくしくと疼く。

戦闘よりも、そのあとに起こったことのほうが重要だった。だが、キネグラス王はイグレインさまの夫君の祖父に当たるので、その武勇について書くようせがまれるだろうから、まずはその話を簡単に書いておこう。

攻撃を仕掛けたのはサクソン軍のほうだった。エレは家来たちを叱咤激励したが、楯の壁に突撃する気を起こさせるまで一時間以上かかった。そのあいだじゅう、糞で髪を固めた魔法使いたちはわめきつづけ、太鼓は鳴り、エールを詰めた革袋がサクソン軍の戦列をまわされていた。わが軍の戦士の多くは蜂蜜酒(ミード)を飲んでいた。食糧は底をついていても、ブリトンの軍勢に蜂蜜酒の切れるためしはないらしい。戦場では少なくとも半数の戦士が酔っぱらっていたが、どんな戦闘でもそうなのだ。待ち構える楯の壁にまっこうから突撃するのは恐ろしく、そのなにより恐ろしい仕事に踏み切る度胸を戦士たちに与えるものは、酒のほかにはほとんどない。私はいつものとおりしらふだったが、飲みたいという誘惑は強かった。サクソン兵のなかには、こちらの戦列のすぐそばまで寄ってくる者もいた。挑発して時ならぬ攻撃を起こさせようと、楯も兜もなしで身をさらすのだ。しかし、でたらめに槍が何本か投げつけられただけだった。向こうからも槍が投げ返されはしたものの、ほとんどは楯に当たって跳ね返された。酒か魔法で頭に血の上った裸の男がふたり攻撃してきたが、ひとりめはキルフッフに斬り捨てられ、ふたりめはトリスタンに片づけられた。二度とも味方から大喝采が起きる。エールで舌の軽くなったサクソン人は、大声で侮辱のことばを浴びせ返してきた。

エレの攻撃は、始まったとたんに大きくつまずいた。サクソン軍は敵の戦列を突破するのに軍犬を頼りにしていたのだが、こちらでもマーリンとニムエが犬を用意していたのだ。もっとも、犬は犬でもこちらは雌犬だった。しかもさかりのついた犬が多く、サクソン軍の犬はすっかりのぼせあがってしまった。戦列を攻撃する代わりに、大きな軍犬どもはまっすぐ雌犬に向かってゆき、たちまち大騒ぎになった。犬どもは唸りあい、喧嘩し、激しく吠えたてていたかと思うと、あっちこっちで交尾を始めた。あぶれた犬は幸運な仲間をひきずりおろそうと喧嘩をふっかけていたが、ブリトン人に嚙みつく犬はただの一匹もいない。殺戮に飛びだそうと身構えていたサクソン人は、この軍犬攻撃の失敗に出端をくじかれて態勢をくずした。兵士たちは躊躇したが、エレは逆に攻められるのを恐れて大声で前進を命じ、そこでサクソン人たちは突っ込んできた。しかし、整然と楯を並べて来るのではなく、ばらばらに押し寄せる破目になってしまった。

つがっていた犬どもが長靴に踏みにじられて悲鳴をあげ、やがて楯と楯とが衝突して、ぞっとする鈍い音が響いた。長い歳月を経たいまも、あの響きは耳によみがえってくる。それは戦いの音だった。戦の角笛の音、男たちの喊声、割れんばかりに楯と楯とがぶつかり合う鈍い轟音、その轟音のあとには悲鳴が始まる。槍の刃が楯の隙間に突っ込まれ、斧が風を切って振り下ろされる。だがその日、傷ついたのはおもにサクソン人だった。楯の壁と楯の壁のあいだをうろついていた犬たちのために、慎重に整えたはずの戦列は乱れてしまった。前進してくる楯の壁に乱れを見つけると、わが軍の槍兵はそこへ突っ込んでゆき、さらにそこを目掛けて後列の槍兵がなだれ込んで来る。槍兵たちは楯で武装した楔(くさび)となって、さらに深くサクソン人の大軍の奥へ切り進んでゆく。キネグラスはそんな楔のひとつを率いて、ほとんどエレ本人にまで迫りかけた。この戦闘で私はキネグラスの姿を見ることはできなかったが、吟唱詩人はのちに彼を讃える一節を歌い、キネグラスはひかえめに、その歌はそれほど誇張ではないと請け合ったものだ。

私は戦闘の早い時期に負傷した。振りおろされる斧を楯でかわし、おかげで衝撃は大幅に弱まりはしたが、それでも斧の刃に肩を打たれて左腕が痺れてしまった。もっとも、敵の斧男の喉を槍で掻き切る妨げにはならなかったが。やがて四方八方からの高まる圧迫に槍が使えなくなると、私はハウェルバネを抜き放った。うなり、罵り、押しまくる人間の波に、突きをくれ、刃をふりまわす。戦闘は押し合いに変わったが、どちらかの側が崩れるまではかならずそうなるのだ。ひたすら暑く、汗くさく、醜怪な力比べになってしまうのである。

この押し合いはとくに苦しかった。サクソン軍の戦列はどこでも五列の厚みがあり、しかもこちらの幅を圧倒していた。翼側からまわり込まれるのを防ぐため、味方の戦列の両端は内側に折れ曲がって、そこで小さな楯の壁を成して攻撃に備えていた。しばし、サクソン軍の両翼はためらっていた。たぶん中央が先に突破してくれると思っていたのだろう。だが、やがてサクソンの族長が列のこちら端にやって来て、部下を罵って攻撃に駆り立てた。そしてみずから走り出てきて、楯で二本の槍をはねとばし、こちらの翼側の短い戦列の中央に殴り込みをかけてきた。このとき、サクソンの族長の剣に突かれてカヴァンは命を落としたのだ。勇敢な族長が単独で翼側を切り崩したのを見て、彼の部下たちは奮い立ち、喊声をあげて怒濤のように突っ込んできた。

未完成の館からアーサーが出撃してきたのは、まさにそのときだった。姿は見えなかったが、その音ははっきり耳にした。アーサーの馬の蹄は世界をも揺るがす、と吟唱詩人は謳っている。たしかに地面が揺れたような気はしたが、あれは巨大な馬の立てる地響きに過ぎなかったのだと思う。なにしろあの馬たちの蹄には、平らな鉄板を紐で結んで履かせてあったのだ。巨大な馬は無防備だったサクソンの戦列の端を襲い、その恐るべき衝撃で戦闘は終わったも同然だった。エレは犬で戦列を突破できると考えていたし、騎馬兵のほうは後衛の列の楯と槍で食い止められると踏んでいた。ずらりと並んだ槍の壁に、まっしぐらに突撃をかけられる馬はいない。そのことをエレはよく知っていた。ラグ谷では、ゴルヴァジドの槍兵がそのようにしてアーサーを食い止めたのである。その話はまちがいなくエレも耳にしていただろう。しかし、サクソン軍の翼側は突撃をあせって列を乱し、アーサーはその機会を狙いすまして攻撃をかけた。騎馬兵の隊列がそろうのも待たず、隠れ処からただちに飛び出したのだ。われに続けと叫ぶなり、無防備になったサクソンの戦列の末端めがけてラムライを一直線に駆り立てる。

そのとき私は、歯なしのサクソン人のひげづらに唾を吐きかけていた。押し合う楯と楯の縁ごしに、向こうも呪いのことばを吐きかけてくる。そこへアーサーは突っ込んできた。純白のマントは風にひるがえり、白い羽飾りが高々とそそり立つ。サクソンの族長の旗印、血塗られた雄牛の頭蓋骨を輝く楯でなぎ払うと、彼は槍を突き出した。サクソン人の腹に刺さった槍は捨て、間髪を入れずエクスカリバーの鞘を払うや、右へ左へ繰り出しつつ敵の戦列の奥深く切り込んでゆく。続くアグラヴェインは、恐怖におののくサクソン人を巨大な馬で蹴散らし、さらにランヴァルらが追い打ちをかけ、突破口の開いた敵の戦列に剣と槍とで突っ込んでいった。

金槌に打たれた卵のようにエレの軍はあっさり潰れ、兵は一散に逃げていった。犬に始まり馬に終わるまで、戦闘には十分とかからなかったのではないかと思う。もっとも、騎馬兵たちが殺戮を尽くすまでそれから一時間以上はかかった。軽装の騎馬兵は喊声をあげながら荒野を突っ走り、逃げる敵を槍で追いかける。アーサーの重装騎馬兵は、算を乱した兵士のなかに突っ込んでいって当たるを幸い殺しまわっていた。そして槍兵たちは、どんな戦利品も見逃すまいと敵のあとをがむしゃらに追いかけてゆく。

サクソン人たちは鹿のように逃げていった。助かりたい一心で、マントを脱ぎ捨て、具足を捨て、武器を投げ捨てて走ってゆく。最初のうちエレは戦列を立て直そうとしたが、すぐに無駄だと悟り、熊皮のマントをかなぐり捨てると家来たちとともに逃げはじめた。軽装騎馬兵がそのあとを追って突っ込んでくる寸前に、彼は森に走り込んで追手を逃れた。

私は負傷者や死者とともにその場に残っていた。傷ついた犬が苦痛に鳴き声をあげている。キルフッフが腿から血を流してよろよろ歩いていたが、放っておいても命に別状はない。だから私はカヴァンのそばにうずくまっていた。これまでいちどもカヴァンは涙を見せたことはなかったが、サクソンの族長の剣に腹を突き通されていたため、いまは凄まじい苦痛に襲われていた。私は彼の手を握り、涙を拭いてやりながら、おまえの反撃で敵は命を落としたぞ、と言って聞かせた。ほんとうのところはわからないが、そんなことはどうでもいい。カヴァンがそう信じてくれればそれでいいのだ。五芒の星を描いた楯をもっておまえは剣の橋を渡るのだ、そう私は請け合ってやった。「おまえは、異世(ことよ)に行く最初の五芒星の戦士になるんだ。おれたちのために場所を用意しておいてくれ」

「そうします」

「おれたちが来るのを待っていてくれよ」

カヴァンは歯を食いしばり、背中を弓なりにそらして、絶叫を抑えようとした。私は右手を彼の首にまわし、頬を彼の頬に押し当てた。眼から涙があふれる。「異世の連中に言ってやれ」彼の耳元でささやいた。「ダーヴェル・カダーンが、おまえを勇士と褒めたたえていたと」

「大釜を」彼は言った。「おれも探しに……」

「いいんだ」私はそのことばをさえぎった。「もういいんだ」悲しげな呻(うめ)き声を洩らすと、カヴァンはついに息を引き取った。

私は彼の亡骸のそばに腰をおろし、肩の痛みと魂の悲哀に耐えかねて、身体を前後に揺すっていた。頬を涙が伝い落ちる。かたわらにイッサが立っていたが、なんと言ってよいかわからず、ただ黙って立ち尽くしていた。

「カヴァンはいつも、死ぬときは故郷でと言っていた。アイルランドに帰るんだと」私は言った。この戦闘が終わったら、ありあまる名誉と富をたずさえて夢をかなえることもできただろうに。

「殿……」イッサが声をかけてきた。

慰めようとしているのだと思ったが、慰めは欲しくなかった。勇士の死には涙で報いるべきなのだ。だから私は答えず、カヴァンの亡骸を抱きしめていた。いまごろ彼の魂は、クルアハンの洞窟を抜け、剣の橋へと向かって最後の旅路についていることだろう。

「殿！」イッサがまた言った。その声音に、私はふと顔をあげた。

イッサは東のロンドンのほうを指さしている。その方角にふり向いたものの、涙にかすんで最初はなにも見えなかった。私は力まかせに眼をこすった。

その眼に飛び込んできたのは、戦場へやって来ようとする新たな軍勢だった。毛皮に身を包んだ戦士たちの軍勢が、髑髏と雄牛の角の旗印を押し立てて進んでくる。犬と斧をもった新たな軍勢。新たなサクソンの大軍。

サーディックの登場だった。

のちにわかったのだが、エレに攻撃を仕掛けさせようとして策略をめぐらしたことも、大量の食糧を灰にしたことも、じつはすべて無駄な努力だったのだ。ブレトウォルダはサーディックの接近を知っていたにちがいない――それがブリトン人を攻撃するためではなく、同胞のサクソン人を攻めるためだということも。実際、サーディックはわが軍に加わろうと申し出る腹づもりだったのだ。この合同軍を相手に勝利をおさめるには、まずアーサーを叩き、次にサーディックと戦うのがいちばんだとエレは判断したのである。

エレはその賭に負け、アーサーの騎馬隊に打ち破られた。遅れてやって来たサーディックのずる賢い頭に、アーサーを攻撃したいという思いが一瞬にもせよ閃かなかったはずはない。速攻によってアーサーを破り、あとは一週間も進軍して、総崩れになったエレの軍勢にとどめを刺せばよいのだ。そうすれば、南ブリタニアのただひとりの支配者になれたのである。誘惑に駆られたにはちがいないが、サーディックはためらった。彼の軍勢は三百に少し欠けるほどで、荒野の低い頂きに残っていたわずかなブリトン兵ぐらい、圧倒するのはわけなかっただろう。だが、アーサーの銀の角笛がくりかえし鳴り響き、その響きによって木立から呼び戻されて、重装騎馬隊がサーディック軍の北の翼側に雄姿を現した。サーディックはこんな巨大な馬に戦場で遭遇したことがなく、ためらっているうちに、サグラモールとアグリコラとキネグラスが荒野の頂きに楯の壁を集めてしまったのだ。もっとも、それは危ういほど小さな壁だった。味方の戦士のほとんどは、いまだにエレの戦士を追跡したり、その野営地を荒らして食糧を探すのに忙しかったからである。

低い丘の頂きに残っていた私たちは、みずから戦闘の用意を整えた。それはまちがいなく悪夢のような戦いになっていただろう。あわてて集めた楯の壁は、サーディックの戦列よりはるかに小さかった。言うまでもないが、このときはまだ、相手がサーディックだとはわかっていなかった。エレ自身の呼んだ増強部隊で、戦場に駆けつけるのが遅れたのだろうと思っていたのだ。赤く塗った狼の頭蓋骨になめした死人の皮を掛けて旗印にしていたが、それを見てもだれの軍勢か私たちにはさっぱりだった。サーディックはそれまで、竿に交差させた大腿骨の両側に馬の尾を垂らしたものを旗印にしていたのだが、彼の魔法使いたちが新しい旗印を考案したばかりだったため、それでこちらはしばし混乱したのである。そうこうするうちに、エレの敗残兵を追跡していた味方の兵があわてて戻ってきて、壁はしだいに厚くなっていった。アーサーに率いられて、騎馬兵たちも引き返してくる。アーサーはラムライを速足で駆けさせ、戦列に沿って進んでいた。純白のマントに、赤い血があるいは点々と、あるいは筋を描いて飛んでいたのが、いまもあざやかに目に浮かぶ。駆け去りながら、「こんどの連中も死ぬだけだ!」と兵士を励ましてまわっていた。血に濡れたエクスカリバーを掲げて、「仲間のあとを追わせてやれ!」

そのときだった。エレの軍勢でも、やはり戦列がふたつに分かれてエレそのひとが姿を現したものだったが、それとちょうど同じように、この新参のサクソン人の軍勢をかき分けて指揮官たちが近づいてきた。三人は徒歩だったが、六人は馬にまたがっており、徒歩の三人と歩調を合わせるために手綱を引き締めている。徒歩のひとりは不気味な狼の頭蓋骨の旗印を捧げ持ち、やがて騎馬のひとりが第二の旗印を掲げると、驚愕に息を呑む気配がわが軍のあいだに広まっていった。その気配にアーサーは馬首をめぐらし、仰天のあまり近づいてくる男たちから目が離せなくなった。

第二の旗印には、鉤爪に魚をつかんだ海鷲が描かれていたのである。ランスロットの旗。いまでは騎馬の六人のなかに、ランスロットそのひとの顔も見分けられた。純白のエナメルを引いた鎧と白鳥の翼の兜で華麗に装い、アーサーの双子の息子、アムハルとロホルトを両側に従えている。ドルイドのローブを着たディナスとラヴァインがそのあとに続き、ランスロットの赤毛の愛人アーデがシルリア王の旗印を捧げ持ってついてくる。

サグラモールが私のかたわらにやって来て、こちらにちらと目をくれた。私が彼と同じものを見ていることを確かめると、荒野に唾を吐いた。「マーラはぶじかい」私は彼に尋ねた。

「ぶじだ。怪我もしてない」尋ねられてうれしそうだった。近づいてくるランスロットに視線を戻す。「何がどうなったのか、わかるか」

「いや」わかっている者などひとりもいなかった。

アーサーはエクスカリバーを鞘に収め、こちらに顔を向けると「ダーヴェル！」と呼びかけてきた。通訳として呼んでいるのだ。ほかの指揮官たちも招び寄せられる。そのとき、近づいてくる代表団からひとり離れて、ゆるやかな上り坂をランスロットが晴れやかな顔で駆け上がってきた。

「同盟軍です！」ランスロットが叫ぶ。サクソン人のほうへ手を振って、「同盟軍ですよ！」馬をアーサーに向かって進めながら、彼はまた叫んだ。

アーサーは無言だった。ただ馬にまたがったまま、ランスロットが黒い雄馬をなだめようと苦労しているのを眺めている。「同盟軍です」ランスロットはみたび言った。「サーディックですよ」興奮して付け加え、ゆっくりと近づいてくるサクソン人の王を身ぶりで示した。

アーサーは静かに尋ねた。「これはどういうことですか」

「同盟軍を連れてきたんですよ」ランスロットはうれしげに言い、私にちらと目をくれた。「サーディックにはちゃんと通訳がついている」と切って捨てるように言う。

「ダーヴェルは私の通訳だ！」沸き上がる怒りを声ににじませ、アーサーがぴしゃりと言った。だがそこで、ランスロットが王だということを思い出し、彼はため息をついた。「王よ、これはどういうことですか」また尋ねた。

ほかの騎乗者より先に馬を駆けさせてきたディナスは、愚かにもランスロットに代わって答えた。「和平を結んだのです！」と、例の重い声で言った。

「去れ！」アーサーは怒鳴り、その怒りの激しさでふたりのドルイドの度肝を抜いた。冷静で辛抱強い、平和を愛するアーサーの姿しか見たことがなく、これほどの憤怒を抱くことがあるとは夢にも思っていなかったのだ。ラグ谷で、いまわの際のゴルヴァジドがグィネヴィアを淫売と呼んだとき、アーサーは狂おしい激怒に囚われたものだ。このときの怒りはそれとは似ても似つかないものだったが、それでも恐ろしさにはなんの変わりもない。「去れ！」彼はタナビアスの孫を怒鳴りつけた。「おまえたちごときが口出しのできる場ではない。おまえたちもだ」と自分の息子たちに指をつきつけ、「去れ！」ランスロットの随員がすべて下がるまで待ってから、アーサーはふたたびシルリア王に顔を向けた。「これはどういうことですか」と、苦々しい声で質問をくりかえす。

体面を傷つけられて、ランスロットは顔をこわばらせた。むっとしたようすで、「和平を結んだのです。サーディックに攻撃されないよう手を打ったのですよ。力になろうとできるだけのことをしたまでだ」

「あなたはサーディックのために戦う手間を省いてやっただけだ」と、アーサーは怒りのにじむ声で言った。だが低い声だったから、近づいてくるサーディックの随員には聞こえなかっただろう。「われわれはたったいま、エレをなかば打ちのめした。とすれば、サーディックの立場はどうなります？　以前より倍も強力になったのです。それがあなたのしたことだ。神々よ、守りたまえ！」そう言うと、彼は自分の手綱をランスロットに投げ渡した。それが精いっぱいの侮辱だったのだ。そして馬の背からすべり下り、血まみれのマントをぐいと引いてまっすぐに伸ばすと、傲然としてサクソン人を睨みつける。

このとき、私は初めてサーディックに会ったのだ。吟唱詩人はみな、割れた蹄と毒蛇の牙をもつ邪鬼のように謳っているが、実際には小柄な細身の男で、薄い金髪を後ろになでつけてうなじで結んでいた。目立って肌の色が薄く、広いひたいに狭いあごをしていて、ひげはきれいに剃っていた。唇が薄く、鼻は尖っており、明け方の霧に覆われた水面のように淡い色の眼をしていた。エレは感情をおもてに表すほうだが、サーディックの自制のほどはひと目ではっきりわかった。胸のうちを顔に出すことなどありそうには思えない。ローマ製の胸甲を着け、毛織のズボンを穿き、狐の毛皮のマントをはおっていた。小ぎれいで几帳面に見えた。喉首と手首に黄金がかかっていなかったら、書記かと思うところだ。ただ、その眼は書記の眼ではなかった。その淡色の眼は何物も見逃さず、何物も洩らすことはない。「サーディックだ」彼は穏やかな声で名乗った。

アーサーは一歩わきへ下がり、キネグラスが進み出て名乗った。次にマイリグが、話し合いに加わろうとしゃしゃり出てくる。サーディックはふたりにちらと目をくれたが、小物と見なして無視し、またアーサーに顔を向けた。「贈り物を持参した」随行してきた族長に手をのばす。族長が黄金の柄の短剣を渡すと、サーディックはそれをアーサーに差し出した。

私はアーサーのことばを通訳した。「それはキネグラス王にお贈りいただきたい」

サーディックは抜き身の短剣を左手にのせ、指を閉じて強くつかんだ。そのあいだもアーサーの眼をひたと見つめている。手のひらを開くと、刃に血がついていた。「アーサー卿に受け取ってもらいたい」彼はゆずらなかった。

アーサーは受け取った。いつになく不安そうだったが、血に濡れた鋼鉄(はがね)にこもる魔法を恐れたのか、あるいは贈り物を受け取ったことで、サーディックの野心に利用されるのではないかと不安だったのだろう。アーサーは私に言った。「こちらでは贈り物は用意していなかったと王に言ってくれ」

サーディックは微笑んだ。冷ややかなその微笑を見て、群れからはぐれて狼に出くわした仔羊の気持ちがわかるような気がした。「アーサー卿は平和という贈り物を与えてくれた。そう伝えよ」

「だが、こちらが戦を選んだら?」アーサーは挑むように尋ねた。「いまここで!」と丘の頂きを指し示す。戻ってくる槍兵の数は増し、サーディックの軍勢にまさるとも劣らぬほどになっていた。

「アーサー卿に伝えよ」サーディックは私に命じた。「ここにいるのはわが全軍ではない」と、こちらに相対している楯の壁を身ぶりで示す。「それに、ランスロット王はアーサー卿の名で私と和平を結んだのだ」

アーサーにそう伝えると、頬の筋肉がぴくりと動くのがわかったが、彼は怒りを抑え込んだ。「二日後にロンドンで会おう」アーサーは言ったが、それは提案ではなく命令だった。「そこで和平について話し合うことにする」

彼は血に濡れた短剣をベルトに差し込み、私が彼のことばを通訳し終えると、すぐに私を呼び戻した。サーディックの返事を待ちもせず、私を従えて丘を登りはじめる。どちらの代表からも話し声が聞こえないほど遠ざかったとき、私の肩に初めて気がついて、「傷は深いのか」

「すぐ治ります」

アーサーは立ち止まり、目を閉じて深く息を吸い込んだ。やがてその目をあけると、私に向かって言った。「サーディックの望みは、全ロイギルを支配することだ。だがそれを許せば、ふたりの小さな敵でなく、強大なひとりの敵を相手にすることになる」何歩か黙って歩き、エレの突撃が残した死者の列のなかへ足を踏み入れる。苦いものを噛みしめるように、「この戦の前には、エレは強大な敵で、サーディックは頭痛の種でしかなかった。エレを倒せばサーディックはなんとかなると思っていた。ところが、それがあべこべになってしまった。エレは弱くなり、サーディックが強力になった」

「いますぐ戦いましょう」

アーサーは疲れた茶色の眼で私を見つめた。「現実を見つめろ、ダーヴェル」低い声で言った。「虚勢を張るな。戦って勝てると思うか?」

私はサーディックの軍勢を見やった。隙間なく列を作り、戦闘に備えている。いっぽう味方の兵は疲れて腹をすかせている。だが、サーディックの軍勢はアーサーの騎馬隊を見たことがない。「勝てると思います」私は正直に言った。

「私もそう思う」アーサーが応じる。「だが、苦しい戦いになるぞ。戦が終わるころには少なくとも負傷者が百人は出るだろうし、それを連れて帰らなければならん。サクソン人は、ロイギルの守備兵という守備兵を呼び寄せてこちらに対抗しようとするだろう。ここでサーディックを打ち負かすことはできても、故郷(くに)まで生きては帰れまい。ロイギルに深く踏み込みすぎている」それを考えてアーサーは渋面を作った。「それに、サーディックと戦って兵力をすり減らしたら、帰り道でエレが待ち伏せをしていないと思うか?」ふいに怒りがこみ上げたらしく、彼は身震いした。「いったいランスロットは何を考えているんだ。サーディックと同盟など結ぶことはできん! やつはブリタニアの半分を掌中に収めて、こちらに向かってくる。そうしたら、これまでより二倍も恐ろしいサクソン人の敵を作ることになるんだ」そう言って、めったにないことだが悪態をついた。手袋をはめた手で骨ばった顔をなでる。「ともかく、スープが傷んでいても食わないわけにはゆかん」苦々しげに続けた。「こうなったらエレの力をあまり削がずに、今後もサーディックと対抗させるほかはない。騎馬兵を六人率いていって、エレを探してくれ。エレを見つけて、この気味の悪いしろものを贈り物として渡すんだ」と、サーディックの短剣を突き出してよこした。「まずその血を拭けよ」いらいらと言う。「それから、エレの熊皮のマントも持ってゆくといい。アグラヴェインが見つけたんだ。あれを第二の贈り物にして、ロンドンに来るように言うんだ。身の安全は私が誓って保障する。領土をすべて失いたくなければ、これがただひとつの選択肢だと言ってやれ。ダーヴェル、この二日のうちにエレを見つけるんだ」

私はためらった。反対だったからではなく、エレをロンドンに呼ぶ理由が理解できなかったからだ。アーサーは疲れた声で説明した。「ロイギルにエレを放(はな)ったまま、ロンドンに行くわけにはいかんだろう。エレはここでは軍勢を失ったかもしれないが、軍勢をもうひとつ作れるぐらいの守備兵が要砦にはまだ残っているんだ。サーディックとなるべく関わりを作らないよう悪戦苦闘しているあいだに、ドゥムノニアの半分を荒らされたのではかなわん」彼はふり向き、ランスロットとサーディックを憎々しげに見つめた。また悪態をつくのかと思ったが、ただ疲れたため息を洩らしただけだ。「ダーヴェル、平和が来るぞ。神々もご存じだが、私の望んだ平和とは違うがな。それでもなおざりにはできん。さあ、行ってきてくれ」

私はすぐには出発せず、まずカヴァンの亡骸をぬかりなく荼毘に付すようイッサに指示を与えた。湖を見つけて、この亡きアイルランド人の剣を水に沈めることも必要だ。手配を終えると、敗走した軍のあとを追って北へ馬を飛ばした。

いっぽうアーサーは、ひとりの愚か者によって夢をねじ曲げられて、ロンドンへと行軍することになったのである。

ロンドンをこの眼で見るのは私の長年の夢だった。だが、どれほどたくましい想像も、現実には遠く及ばなかった。グレヴムに似たような町だろうと私は思っていたのだ——もう少し大きいかもしれないが、高い建物が中央の広場を囲んで建ち、その裏には小さな街がひしめいて、全体を土の壁が取り巻いている、そういう町だろうと。ところが、ロンドンにはそういう広場が六つもあり、しかもそのすべてに、柱の立ち並ぶ館やアーケードに飾られた神殿や煉瓦造りの宮殿が建ち並んでいるのだった。グレヴムやドゥルノヴァリアでは一般の住宅は低いわら葺きの建物なのに、ここでは二階建て、三階建てになっている。多くは長年のうちに崩れていたが、それでも瓦屋根の残っている建物も数多くあり、その急な木造の階段を人々が上り下りしているのだった。わが軍の兵士たちは、建物の内部に作られた階段など見たことのない者ばかりだったから、ロンドンに着いた初日には先を争って階段を上り、最上階から外を眺めて子供のようにはしゃいでいた。その重みでついに建物のひとつが崩れてしまい、アーサーは今後は階段を上らないよう命令しなければならなかった。

ロンドンの要砦はスウス城より大きく、しかもその要砦は都市の城壁北西の稜堡（りょうほう）にすぎない。内部には十以上の兵舎があり、その一棟一棟が祝宴の広間より広く、小さな赤い煉瓦で建てられていた。要砦のわきには、円形劇場と神殿と、この都市に十もある大浴場のひとつが建っていた。もちろんほかの町にもこういう施設はあるが、ここの建物はすべてほかより高く、大きかった。ドゥルノヴァリアの円形劇場は草むした土でできていて、私はずっとそれを大したものだと思っていたのだが、ロンドンの闘技場（アレナ）（円形劇場の中央にあって剣闘などが行われた場所）は、ドゥルノヴァリアの円形劇場なら五つ入るほどの広大さだった。都市をめぐる城壁は、土ではなく石で築かれている。エレはその城壁を崩れるに任せていたが、それでもいまだに堅固な障壁でありつづけていた。

そしていま、そのうえにはサーディックに従う勝ち誇った戦士たちが並んでいるのだった。サーディックはこの都市を占領し、髑髏の旗印を城壁に掲げて、彼がこの都市を手放すつもりがないことを誇示していた。

川岸にも石の壁が築かれていた。もともとは、サクソン人の海賊から都市を守るために築かれたものだ。壁には船着場に通じる出入口がいくつか開けてあったが、うちひとつは人工の水路に開いていた。水路は、とある宮殿の広大な中庭のまんなかへと続いている。そこにはいまでも胸像や立像が並び、タイルを敷きつめた長い柱廊、柱の立ち並ぶ広大な広間が残っていた。ここはおそらく、支配者のローマ人たちが集まって政治を行っていた場所なのだろう。壁画の描かれた壁をいまでは雨水が伝い、床のタイルは割れ、庭園は草ぼうぼうではあるが、昔日の栄華をいまだにとどめていた――もっとも、栄華の影にすぎないのだが。だがそれを言うなら、この都市全体が昔日の栄華の影だった。いまも実用に耐える大浴場はひとつもなく、ひびの入った浴槽は空っぽで、火炉は冷えきり、モザイクの床は霜と雑草のためにでこぼこになってひび割れていた。石畳の街路はすり減り、泥道に変わっている。だが、その衰退ぶりにもかかわらず、この都市はいまも広大で壮麗だった。ロンドンでこうならローマはどれだけすごいのかと、私は茫然とした。ギャラハッドが言うには、ローマにくらべるとロンドンは村みたいなものだという。ローマの円形劇場は、ロンドンのアレナを二十も呑み込むほど巨大だというのである。だが、私にはとても信じられなかった。この目で見ているのに、ロンドンの壮大さすら信じられないぐらいなのだ。まるで巨人の築いた都市のようだった。

エレはこの都市を嫌って住もうとはしなかった。そのため、ここに住んでいるのはひとにぎりのサクソン人と、エレの支配を受け入れたブリトン人だけである。ブリトン人のなかには富み栄えている者もいた。ほとんどはガリア人と交易をしている商人で、倉庫は自前の壁と槍兵に守らせている。だが、都市の大部分は見捨てられていた。ここは死にかけた場所、ネズミに占領された都市だった。かつては壮麗なる都(アウグスタ)ロンドンと称えられ、その川はガレー船の帆に埋まっていたというのに、いまは亡霊のうろつく場所になっている。

　エレは私とともにロンドンにやって来た。私が彼を見つけたのは、ロンドンから北へ半日の場所だった。ローマの要砦に逃げ込んで、軍勢を立て直そうとしていたのだ。最初、エレは私のことばを信じようとしなかった。怒鳴りつけ、魔法を使って戦に勝ったのだと罵り、ついには私とその随員を殺すと言って脅したが、私は分別よく彼の怒りが収まるまで辛抱強く待った。そのうち、ようやくエレは落ち着いてきた。サーディックの短剣は腹立ちまぎれに投げ捨てたが、分厚い熊皮のマントを返されるとうれしそうだった。実際のところ、こちらにはなんの危険もなかったのだと思う。エレが私を好いているのはなんとなくわかっていた。怒りが収まると、彼は太い腕を私の肩にまわし、城壁のうえを並んで行ったり来たりしはじめたほどだ。「アーサーは何が望みなのだ?」エレは尋ねた。

「平和でございます」腕の重みで肩の傷が痛んだが、とてもどけてくれとは言えなかった。

「平和だと!」腐った肉片でも吐き捨てるように言ったが、ラグ谷の前にアーサーに和を請われて拒絶したときの勢いはなかった。あのときのエレは強大で、値段をつり上げる余力があったのだ。だが、いまそんな力がないことはエレもよくわかっていた。「わしらサクソン人は、平和には向いておらん。サクソン人は敵の作物で身を養い、敵の羊毛に身を包み、敵の女で身を慰める。平和がいったいなんの役に立つ」

「もういちど兵力を蓄える時間をかせげます。このままでは、サーディックが殿の作物で身を養い、殿の羊毛に身を包むことになりますよ」

　このころにはもう、エレはにやにやしていた。「わしの女も気に入るだろうな」私の肩から腕をはずすと、野を越えてはるかな北を見やった。「領土を譲らねばなるまい」うなるように言う。

「ですが、もし戦を選べば、はるかに代償は高くつきましょう。アーサーとサーディックの合同軍を相手にするわけですから、領土どころか、墓のうえの草地しか残らないことにもなりかねません」

エレはこちらに顔を向け、探るような目で私をにらんだ。「アーサーが平和を望むのは、わしをサーディックと戦わせたいからであろうが」

「もちろんです」

この率直な答えを聞いてエレは笑いだした。「ロンドンに行くのを拒否すれば、きさまらはわしを犬のように狩りたてるつもりだな」

「大猪のようにです、殿。いまでも鋭い牙をもっておいでですから」

「ダーヴェル、きさまは戦うのもうまいが口もうまいな。よかろう」エレは魔法使いたちに命じて、苔と蜘蛛の巣で作った湿布薬を私の肩の傷に当てさせた。そのあいだに自身は顧問団との協議に入ったが、選択の余地がないのはわかっていたから大して時間はかからなかった。かくして翌朝、私はエレとともにローマの道をたどってこの都市に向かうことになったのだ。エレは、随員として六十の槍兵を連れてゆくと主張した。「きさまらがサーディックを信用するのは勝手だが、約束は破るためにあるとあやつは思っておるのだ。アーサーにそう言ってお け」

「ご自分で言われてはいかがですか」

サーディックとの交渉の前夜、エレとアーサーはひそかに会った。その夜のうちに、二者間だけの講和条件について激しく論じ合ったのだ。エレは多くを譲った。西の国境に沿って帯状に広大な領土を手放し、前年にアーサーが渡した黄金をすべて返還したうえ、さらに黄金を支払うことに合意した。その代わり、アーサーはまる四年の和平を約束し、翌日の話し合いでサーディックが合意しなかったらエレを支持するとも約束した。合意が成立するとふたりは抱擁を交わした。市の西壁の外に設けた野営地に戻る途中、アーサーは悲しげに首をふった。「敵とどこかに会うものではないな――いつか叩きつぶさねばならんとわかっているときは。サクソン人がわれわれの統治に従うならべつだが、そんなことはあるまい。サクソン人だからな」

「それはわかりませんよ」

アーサーはまた首をふった。「ダーヴェル、サクソン人とブリトン人は交じりあわないものだ」

「おれは交じってます」

彼は笑った。「だが、もしおまえの母御が捕らえられなかったら、おまえはサクソン人として育ち、いまごろはエレの軍勢で戦っていただろう。おまえは私の敵になり、敵の神々をあがめ、敵の夢をともに見、われわれの土地を奪おうとしただろう。サクソン人は、いくら土地を奪っても飽き足らんようだからな」

しかし、少なくともエレを囲い込むことはできた。そして翌日、川岸の広大な宮殿でサーディックとの協議が行われた。その日は太陽が輝き、かつてブリタニアの総督が川舟をもやった水路では、さざ波に光が躍っていた。水に映って細かく砕ける太陽の影が、いま水路をふさいでいるごみや泥や汚物を覆い隠している。だが、その汚水の悪臭は隠しようもなかった。

サーディックはまず顧問会議を開き、その協議が続いているあいだ、私たちブリトン人はべつの部屋に集まっていた。その部屋の天井には、半分女で半分魚という奇妙な生き物の絵が描かれていた。部屋は川岸の壁のうえにあって川を見おろしているので、さざ波の反射する光が天井の生き物をまだらに照らしている。盗み聞きを防ぐため、扉という扉、窓という窓に槍兵が立った。

ランスロットも来ており、ディナスとラヴァインも出席を許されていた。三人はいまでもサーディックとの和は賢明な選択だと主張していたが、それを支持しているのはマイリグひとりで、頑固に過ちを認めようとしないかれらの態度に、ほかの者はみな苛立っていた。アーサーはしばらく私たちの抗議に耳を傾けていたが、過ぎたことを論じてもなんの解決にもならない、と口をはさんだ。「すんだことはしかたがない。だが、ひとつだけ請け合っていただきたい」とランスロットに目を向けた。「サーディックになにも約束していないと断言してもらえますか」

ランスロットは頑固に言った。「私は和を結んで、エレとの戦いに手を貸してほしいと申し出た。それだけです」

マーリンは、川を見おろす窓に腰をおろしていた。宮殿の迷い猫の一匹を拾って、いまは膝にのせてなでてやっている。「サーディックは何を要求したのですかな」マーリンは穏やかに尋ねた。

「エレの敗北を」

「それだけ？」マーリンは、不信の念を隠そうともせずに言った。

「それだけです」ランスロットはゆずらない。「それ以上はなにも要求しなかった」全員が彼の顔を見つめた。アーサー、マーリン、キネグラス、マイリグ、アグリコラ、サグラモール、ギャラハッド、キルフッフ、そして私自身も。口を開く者はおらず、黙ってランスロットの顔を見据えている。「サーディックの要求はそれだけです！」ランスロットは言い張った。見え透いた嘘をついている幼い子供のようだった。

マーリンが落ち着きはらって言う。「王ともあろう者が、それほどつつましい要求しかせぬとはまことに奇態なこと」三つ編みにしたひげのひと房をふって、猫をじゃらしはじめる。「それで、あなたは何を要求したのですかな」マーリンはあいかわらず穏やかに尋ねた。

「アーサーの勝利を」ランスロットは言い放った。

「アーサーは自力では勝てないと思った？」あいかわらず猫をじゃらしながら言う。

「念には念をと思っただけだ。力になろうとしたんです！」部屋を見まわしたが、青二才のマイリグのほかにはひとりも味方は見つからなかった。ランスロットはむすっとして言った。「サーディックとの和平を望まないのなら、なぜいまここで戦わないのです」

「あなたが私の名にかけて休戦を結んだからです」アーサーは辛抱強く言った。「それに、わが軍はいま故国から何行程も離れているし、敵の軍勢が帰り道を塞いでいる。あなたが和平など結ばなかったら」と、あいかわらず丁重に説明した。「サーディック軍の半分は国境であなたの軍勢と睨み合っており、私は南に進軍して残り半分を攻撃することができたんですよ。それがどうです」アーサーは肩をすくめた。「サーディックがきょう何を要求してくることか」

「土地ですな」アグリコラがきっぱりと言った。「サクソン人の欲しがるものはそれだけです。いくら手に入れてもまだ土地を求める。すべての土地を手に入れるまでは気がすまないのでしょう。世界じゅうの土地を一片あまさず手に入れてしまったら、こんどはべつの世界を探して犂（すき）を入れようとする」

アーサーは言った。「エレから奪った領土だけで満足してもらわねばならん。こちらの領土は渡せない」

「こちらからも要求すべきです」私は初めて口を開いた。「去年、サーディックが盗み取った土地を」それは、わが国の南の国境に接する美しい川沿いの土地だった。高地の荒野（ムーア）から海まで続く肥沃で豊かな地帯で、もとはメルウァスの領地だったところである。メルウァスはベルガエの小王だったが、アーサーが彼を罰としてイスカに送ったのだ。この地帯を失ったのはわが国にとって大きな痛手だった。ドゥルノヴァリア周辺の肥沃な所領のすぐそばまで迫られることになったうえに、この地域からは船ならウィト島(アニス・ウイト)までほんの数分の距離なのである。ウィト島はローマ人がウェクティスと呼んだ大きな島で、ドゥムノニアの岸から目と鼻の先にある。もう一年も前から、サーディックの率いるサクソン軍はウィト島を容赦なく襲撃していた。そのため、所領を守るためにもっと槍兵を送ってくれと、アーサーはたえず島民たちに泣きつかれていたのだ。

「あの土地は取り返すべきです」サグラモールが賛成した。彼は、サクソンの愛人が無事に帰ってきたことをミトラに感謝し、この神を祀ったロンドンの神殿に戦利品の剣を奉納していた。

マイリグが口をはさんだ。「サーディックが、和平を結んだあげくに土地を返すとはとても思えませんね」

「われわれとて、土地をゆずるためにわざわざ戦をしにきたのではない」アーサーがむっとしてやり返す。

「しかし、発言をお許しいただけるなら」マイリグはあきらめない。彼が自説に固執してまくしたてはじめると、部屋じゅうに声にならないうなり声が充満してゆく。「しかし、いまはサーディックとは戦えないと言われたではありませんか。故国からこれほど離れていては無理だと。それなのに、わずかな土地のために、われわれ全員の命を危険にさらそうというのですか。間抜けなことを言うと思われるかもしれませんが」と言ってくすくす笑う。どうやら冗談のつもりらしい。「耐えがたい人生であっても、それを危険にさらす理由が私には理解しかねるのです」

アーサーは静かに言った。「王子、わが軍はここでは弱体かもしれない。ですが、弱みを見せれば確実にここで私たちは死ぬのです。畑の畝(うね)一本も渡さないつもりで、サーディックとの会談には臨まねばなりません。逆に要求を突きつけるのです」

「しかし、サーディックが拒否したら？」マイリグが嚙みついた。

「そのときは、苦しい撤退を強いられるでしょう」アーサーは穏やかに認めた。中庭に面する窓へちらと目をやる。「敵は用意が整ったようだ。行きましょうか」

マーリンは猫を膝から押しのけて、杖を使って立ち上がった。「私は席を外してもかまわんかな。年寄りには一日がかりの交渉は耐えられん。罵りあいと怒鳴りあいにはな」ローブから猫の毛を払い落とすと、ふいにディナスとラヴァインに顔を向けた。「いったいいつから、ドルイドが剣を帯びたり、キリスト教徒の王に仕えたりするようになったのだ」と難詰した。

「どちらも、私たちがそうすると決めたときからです」ディナスが答えた。この双子は、マーリンと変わらないほどの長身で、しかもはるかにがっちりしていた。まばたきひとつせずにマーリンを見返している。

「だれがおまえたちをドルイドと認めたのだ？」マーリンが追及する。

「あなたをドルイドたらしめているのと同じ力がです」とラヴァイン。

「して、その力とは？」マーリンは尋ね、双子がこれに答えないと見るや、二人を鼻で嘲笑った。「少なくともおまえたちは、ツグミの卵を産む方法は知っておるようだ。キリスト教徒なら、そんな手品でも恐れ入るのだろう。ワインを血に変えたり、パンを肉に変えたりしておるのか」

ディナスは言った。「私たちはドルイドの魔法も、キリスト教徒の魔法も使います。ブリタニアはもう昔のままではない。新しいブリタニアには新しい神々がおられる。私たちは、新しい神の魔法と古い魔法とを融合させたのです。マーリン卿、よかったらお教えいたしますよ」

この申し出に、マーリンは唾を吐いて自説を表明した。それきりひとことも言わず、ゆうゆうと部屋をあとにする。ディナスとラヴァインは、マーリンの敵意にも眉ひとつ動かさなかった。まさに驚くべき自信である。アーサーは、先に立って大きな柱の並ぶ広間に下りていった。マーリンが言ったように、私たちは怒鳴り散らしては気取ってみせ、わめきたてては甘言を並べた。最初のうち大声を出していたのはおもにエレとサーディックで、アーサーはしばしば調停役にまわっていた。だがアーサーでさえ、サーディックがエレから土地を奪って豊かになってゆくのを阻止することはできなかった。サーディックはロンドンをつかんで離さず、テムズ川の流域と、テムズの北に広がる広大な肥えた土地をも獲得した。エレは王国の四分の一を失ったが、曲がりなりにも王国を保持できたのはアーサーのおかげだった。だが、エレは感謝のことばなどおくびにも出さず、話し合いが終わるとふんぞり返って部屋を出ていった。そして、手負いの大猪がねぐらに引きこもるように、その日のうちにロンドンをあとにしたのだった。

エレが立ち去ったときは、午後もなかばを過ぎていた。昨年サーディックに奪われたベルガエの土地の問題を、アーサーが持ち出したのはこのときである。彼は私を通訳にして、土地の返還を執拗に要求しつづけ、ほかの者が音をあげたあとでもいっかなあきらめなかった。脅しをかけたりはせず、ただひたすら要求をくりかえす。しまいにはキルフッフは居眠りをはじめ、アグリコラもあくびを洩らし、サーディックがくりかえす拒絶の言から毒を除くのに、私はすっかり飽き飽きしてしまった。それでもアーサーはあきらめない。エレから奪った新たな領地の守りを固めるために、サーディックには時間が必要だ。そこにアーサーは気づいていたから、あの川沿いの土地を返さないかぎり和平はないと脅しにかかった。サーディックはここロンドンで戦争も辞さないと言って逆襲したが、アーサーは最後の切り札を出してきた。ここで戦争になればエレに援軍を求めるという密約を明かしたのだ。エレとアーサーをいちどに相手にしては勝てない。それはサーディックもよくわかっていた。

日も暮れるころになって、ついにサーディックは折れた。といっても潔く折れたわけではなく、顧問官と内密に協議したいとしぶしぶながら答えたのだ。そこで、私たちはキルフッフを起こして中庭に出ていった。川沿いの壁に開く小さな門を抜けて船着場に立ち、ゆるやかに流れるテムズの暗い川面を眺める。口を開く者はほとんどいなかったが、マイリグひとりが苛立たしげにアーサーに説教をしていた。非現実的な要求をして時間をむだにしているというのだ。しかし、アーサーに完全に黙殺されて、王子もしまいには口をつぐんだ。サグラモールは壁に背中を預けて腰をおろし、延々と剣の刃に砥石をかけつづけている。ランスロットとシルリアのドルイドたちは、三人固まってほかの者から離れて立っていた。長身で美形の三人組は、あくまでも高慢に肩をそびやかしている。ディナスは川向こうの暗い木立を見つめ、その片割れは好奇の目で私をじろじろと眺めていた。

一時間が過ぎたころ、ついにサーディックが川岸にやって来た。なんの前置きもなく、彼は私に言った。「アーサーに伝えよ。私はおまえたちを信用しないし、好きでもない。おまえたちを皆殺しにできれば、それにまさる喜びはない。しかし、いまはアーサーにベルガエ族の領地をゆずろう。ただし、ひとつ条件がある。ランスロットをあの国の王にすることだ。小王ではないぞ」とわざわざ念押しをする。「独立の王国の権力をすべてそなえた、正真正銘の王にせよ」

私は、サクソン人の青灰色の眼を食い入るように見つめた。驚愕のあまり声も出ず、返事さえできない。だしぬけにすべてがはっきり見えてきた。ランスロットはこのサクソン人と取引をしていたのだ。そしてサーディックは、午後じゅうずっと、侮辱に満ちた拒絶の裏にその密約を隠しつづけていたのである。証拠はなかったが、それ以外には考えられない。サーディックからようやく目をそらしたとき、ランスロットがこちらを期待に満ちた目で見つめているのに気づいた。彼はサクソン語はわからないが、サーディックが何を言ったか正確に知っているのだ。

「アーサーにそう言え！」サーディックが私に命じた。

私はアーサーに通訳した。アグリコラとサグラモールは嫌悪感に唾を吐き、キルフッフは苦々しげに短い笑い声をあげる。だがアーサーは、ただ私の眼を見つめるばかりだ。重苦しい数秒が過ぎたあと、うんざりしたようにうなずいた。「いいだろう」

「夜明けにはここを立ち去ってもらいたい」サーディックがだしぬけに言った。

「二日後には立ち去ります」アーサーに相談する手間もかけずに、私はそう答えた。

「よかろう」サーディックは言い、こちらにくるりと背を向けた。

こうして、私たちはサイスと和を結んだのである。


それはアーサーが望んだ平和ではなかった。ゲルマン海を船で渡ってくる者がひとりもいなくなるほどに、サクソン人を徹底的に叩くことができるとアーサーは思っていた。そして一年か二年で、残ったサクソン人もブリタニアから完全に一掃できると。とはいえ、平和は平和である。

「運命とは非情なものよ」翌朝、マーリンは言った。彼はローマの円形劇場の中央に立っている。闘技場(アレナ)のぐるりに完全な円を描いて並ぶ石造りの階段席を、ゆっくりと視線を移して眺めてゆく。彼は私の槍兵四人を引っ張ってきていたが、かれらはアレナの縁に腰をおろしてこちらに目を向けていた。何のために連れて来られたのか、かれらも私と同じく知らないのだ。「あいかわらず最後の宝物を探してるんですか」私は尋ねた。

「ここはよい場所だ」マーリンは私の質問を無視して言った。ぐるりを見まわして、アレナ全体を長々と値踏みするように眺める。「よい場所だ」

「ローマ人は嫌いなのかと思ってました」

「私がか。ローマ人を嫌っておると？」彼はいかにも心外げに問い返してきた。「ダーヴェル、脳みそと呼ぶのも恥ずかしいおまえの笊頭(ざるあたま)を通して、私の教えがどれぐらい子孫に伝わるかと思うと、心配で夜も眠れんほどだ。私は全人類を愛しておる！」彼は大仰に言った。「もちろんローマ人もまったく例外ではないぞ――ローマでおとなしくしておるかぎりはな。私がローマに行った話はしただろうが。司祭と稚児だらけでな。あそこならさぞサンスムは気に入るだろうて。よいかダーヴェル、ローマ人の過ちはな、ブリタニアにやって来てなにもかも台なしにしたことだ。だが、ここでやつらのしたことがすべて間違っておったわけではないぞ」

「こういうのを残していったからですね」私は言って、十二段の階段席と、ローマの君主たちがアレナを見物した高い露台を眺めた。

「頼むから、アーサーばりの退屈な演説はやめてくれよ。道路だの法廷だの橋だの秩序だの」最後のほうは吐き棄てるような口調だった。「秩序とは！　法律や道路や要砦の作る秩序など、枷(かせ)でなくていったい何だ？　ローマ人はわれらを飼い馴らしたのだぞ。われらを小作人におとしめて、抜け目なくもそれが利益だと本気で信じ込ませたのだ。かつては神々とともに歩き、自由に生きていたというのに、愚かにも首をローマ人のくびきに突っ込んで、ブリトン人はただの小作人に成り下がったのだ」

　私はめげずに尋ねた。「では、ローマ人はどんなよいことをしたんですか」

　マーリンはにたりと笑った。「昔、ローマ人はこのアレナにキリスト教徒を集めて、そこへ犬をけしかけたのだ。ローマではな、正式にはライオンを使ったのだぞ。だが残念ながら、永の年月にライオンは滅びた」

「ライオンの絵を見たことがあります」私は得意になって言った。

「ほう、それはおもしろい」マーリンはあくびを隠そうともしない。「ぜひその話を聞きたいものだ」その口調で私を黙らせてから、彼はにやりとした。「いちど、私は本物のライオンを見たことがある。取り立てて言うこともないみすぼらしい生き物でな。あれは餌がよくなかったのかもしれん。キリスト教徒でなく、ミトラ教徒を食わせておったのかもしれんな。もちろんローマで見たのだ。杖でつついてやったら、あくびをしてシラミを掻いただけだった。あそこではワニも見たぞ。死んでおったがな」

「ワニとは？」

「ランスロットのようなけだものよ」

「ベルガエの王ですね」私は皮肉った。

マーリンは笑った。「頭のいいやつよ、そうではないか。シルリアを嫌っておったからな、無理もない話だが。鈍重な国民に陰気な谷間ばかりで、とてもランスロットの気に入るような場所ではない。だが、ベルガエの国なら気に入るだろう。太陽は輝き、ローマのヴィラがふんだんにある。なにより、大好きなグィネヴィアからさほど遠くない」

「それが大事なことですか」

「そうとぼけてみせるな、ダーヴェル」

「何のことかわかりませんが」

「まったく無知な戦士どのだな。ランスロットは、アーサー相手なら好きなようにふるまえるということよ。好きなものを手に入れ、好きなことをする。それもこれも、アーサーが罪悪感などというくだらない感情を抱いておるからだ。その点ではアーサーはまさにキリスト教徒だな。それにしても、信じる者に罪悪感を植えつける宗教など、理解できるか？　なんたる下らぬ教えだ。しかし、アーサーなら立派なキリスト教徒になれるだろう。ベノイクを救うと誓ったと思い込み、その誓いを守れなかったと言ってはランスロットをはずかしめたと思い込む。アーサーがそんな罪悪感にとらわれておるかぎり、ランスロットは好き勝手ができるのよ」

「グィネヴィアにたいしてもですか」先ほどマーリンが、ランスロットとグィネヴィアの仲について口にしたことに、私は興味をそそられていた。下賤な噂に仄めかされている以上のことが、そこにはうかがえたからである。

「知りもせんことを知ったようにしゃべるのは愚かなことだ」マーリンは高潔ぶって言った。「だがしかし、グィネヴィアはアーサーに退屈しておるのだろうな。それも無理はあるまい。あれは頭のよい女で、頭のよい人間が好きだ。ところがアーサーは、どうひいき目に見てもあまり複雑とは言えん。あやつの望むことは情けないほど単純だ。法律に正義に秩序に清廉潔白ときた。アーサーはみなに幸せになってほしいと本気で思っておるが、そんなことはもともと不可能なのだ。だが、グィネヴィアはとてもそんな単純な女ではない。おまえはもちろん単純だがな」

この侮辱に私はかまわず、「では、グィネヴィアは何が望みなんです？」

「アーサーをドゥムノニア王にすることよ。わかりきったことだ。そうすれば、アーサーを支配することで自分が真の支配者になれるだろうが。だがそうなるまでは、グィネヴィアは自分でせいぜい楽しみを見つけるだろうさ」愉快なことでも思いついたかのように、マーリンは悪戯っぽい表情を浮かべた。「ランスロットがベルガエの王になったらな」とうれしそうに言う。「グィネヴィアがどうするか見ておるがいい。やっぱりリンディニスの新しい宮殿は気に入らなかったと言いだすぞ。どこかもっとヴェンタに近いところを見つけるのだろう。まあ、見ておるがよい」彼は忍び笑いをもらした。「ふたりともなんと賢いことよ」感服したように付け加える。

「グィネヴィアとランスロットのことですか」

「頭を使え、ダーヴェル！　だれがグィネヴィアのことなど話しておるのだ。まったく、噂話ばかり聞きたがるのは品のないことだぞ。サーディックとランスロットのことに決まっておろうが。あれはまことに抜け目のない外交戦術だったな。戦はいっさいアーサーにやらせ、土地のほとんどはエレが提供し、ランスロットはもっと気に入った王国をつかみとり、そしてサーディックは勢力を倍にしたうえに、アーサーでなくランスロットを隣人として沿岸にすえたのだ。まったくあざやかな手並みではないか。なんと悪人は栄えることよ！　じつに愉快だ」

マーリンは笑みを浮かべ、そこでふり向いた。階段席の下を抜けてアレナに通じる二本のトンネルのひとつから、ニムエが姿を現したのだ。点々と雑草のはえた芝生を踏んで、急ぎ足で近づいてくる。顔は興奮に輝いていた。サクソン人を震え上がらせた黄金の眼球が、朝の光にきらめいている。

彼女は叫ぶように言った。「ダーヴェル！　あんたたちは雄牛の血をどうしてるの？」

「いきなりそんなことを訊いても、ダーヴェルにはわからんぞ」マーリンが口をはさむ。「今朝はいつにも増して頭が鈍っておるからな」

ニムエは興奮して続ける。「ミトラの儀式では、血をどういうふうに使ってるの？」

「使ってない」私は言った。

「オート麦と脂肪を混ぜて、プディングを作っておるのさ」とマーリン。

「教えてよ！」ニムエはあきらめない。

「秘密なんだ」私は当惑して答えた。

マーリンがせせら笑った。「秘密だと？　なにが秘密だ！　『おお、偉大なるミトラよ！』」と声を張り上げると、階段席からこだまが返ってきた。「『山の頂きで剣を研ぎ、海の深みで槍の穂先を鍛え、その楯は明るく輝く星々さえ隠す者よ、われらの祈りを聞きたまえ』。まだ続けるか、ダーヴェル？」彼が朗誦したのは、ミトラ信徒が集会を始めるときの祈りのことばであり、秘儀のひとつとされているものだった。マーリンは見下したように私から目をそらし、「穴を掘るのだ」とニムエに説明を始めた。「その穴に鉄格子の蓋をして、哀れな牛はその穴に生き血をほとばしらせるというわけよ。槍をその血に浸し、その血を飲んで、なにか大層なことをした気になるのさ」

「そうだと思ってました」ニムエは言って笑顔になった。「穴がないわ」

「でかしたぞ！」マーリンが褒めた。「よくやった！　さあ、仕事にかかろう」彼は早足で去ってゆく。

「どこへ行くんですか？」声をかけたが、マーリンは手をふって歩きつづけ、ぶらぶらしていた槍兵たちに手招きした。とりあえず私も追いかけていったが、マーリンはべつにいやな顔もしない。トンネルを通り抜け、高い建物の並ぶ奇妙な通りのひとつに出て、城壁の北西の稜堡をなすあの大きな要砦を目指して西に進む。要砦のすぐそば、城壁に接して神殿が建っていた。

　私はマーリンについて神殿に入った。

　美しい神殿だった。細長く、暗く、高い建物で、見上げる天井には絵が描かれ、七本ずつ二列に並んだ柱に支えられている。いまでは明らかに倉庫に使われていて、羊毛の梱（こり）と獣皮の束が、側廊のひとつにうずたかく積まれている。だが、いまでもここで礼拝を行っている者がいるらしく、奥には独特の柔らかい帽子をかぶったミトラ神の像が立ち、縦溝彫りの柱の前にはそれより小ぶりの像が何体も並んでいた。ここで祈りを捧げているのは、ローマ軍（レギオン）が去ったあともブリタニアにとどまることを選んだローマ人入植者の子孫なのだろう。だがかれらは、ミトラも含めて祖先の神々の大半を見捨ててしまったらしい。花、食物、細くなった灯心草ろうそく——そんなささやかな供え物がその前に置かれている像は、たった三体しかなかった。うち二体は優雅に彫られたローマの神像だが、三つめの像はブリタニアの神だ。なめらかな男根形の石で、てっぺんには眼を大きく開いた残忍な顔が彫り込まれている。その像の前だけは、古い乾いた血のあとで汚れていた。いっぽうミトラ像の前には、マーラのぶじを感謝してサグラモールの捧げたサクソンの剣が供えてあるだけだった。外は晴れているが、神殿内を照らすのは、屋根瓦が落ちたあとの穴から漏れ入る光のみ。神殿は暗くなければならないのだ。ミトラは洞窟で生まれたのだから、洞窟の暗闇で礼拝するのである。

　マーリンは杖で床の敷石を叩いていたが、身廊の突き当たり、ちょうどミトラ像の真下で立ち止まった。「ダーヴェル、おまえたちはここで槍を血に浸すのか」

　獣皮や羊毛の梱の積まれた側廊に、私は足を踏み入れた。「ここです」と言って、荷物になかば隠れた浅い穴を指さす。

「馬鹿を言うな！」マーリンがぴしゃりと言う。「それはあとから掘った穴ではないか。おまえの信じる情けない宗教の秘密が、いまも秘密のままだと本気で思っておるのか」像のそばの床石をまた叩き、次に数フィート離れた別の箇所を叩いてみる。明らかに音が違うと判断したらしく、像の足元をもういちど叩いてみた。「ここを掘れ」私の槍兵たちに命令した。

　この神聖冒瀆に私はぞっとした。「女に見せてはいけないんです」私はニムエを身ぶりで示した。

「ダーヴェル、こんどその口を開いてみよ、三本足のハリネズミに変えてくれるぞ。その石を持ち上げよ！」と家来たちを叱りつける。「槍を梃にするのだ、愚か者め。さあ、さっさとせよ！」

私はブリトン人の神像のそばにうずくまり、目を閉じて、この神聖冒瀆を赦したまえとミトラに祈りを捧げた。次にカイヌインのぶじを祈り、彼女の腹の子供がまだ生きているよう祈った。まだ生まれぬ子供のために祈っている最中に、神殿の扉がきしんで開き、床石に長靴の音が高く響く。目をあけてふり向くと、入ってきたのはサーディックだった。

二十人の槍兵と通訳を従え、さらにあきれたことにはディナスとラヴァインまでいっしょではないか。

私はあわてて立ち上がり、幸運のまじないにハウェルバネの柄にはめた骨に触れた。サクソン人の王は、ゆっくりと身廊を歩いてくる。「ここは私の都市だ」サーディックは穏やかに言った。「したがって、城壁のうちにあるものはすべて私のものだ」しばらくマーリンとニムエを見つめていたが、やがて私に目を向けた。「申し開きをせよと言え」

「この馬鹿に、顔を洗って出直して来いと言ってやれ」マーリンは私に顔を向け、噛みつくように言った。彼はサクソン語を流暢に話せるのだが、話せないふりをするのはいかにも彼らしいところだ。

「あいつも通訳を連れてますよ」私はマーリンに注意して、サーディックのそばに控えている男のほうを身ぶりで示した。

「では、あの男が王に顔を洗えと言ってくれるだろう」マーリンは言う。

通訳が言われたとおりにすると、サーディックの顔に剣呑な微笑がひらめいた。

マーリンの失点を挽回しようとして、私は言った。「王よ、マーリン卿はこの神殿をもとどおりに復元しようとしているのです」

サーディックは私の答えについて考えながら、いまなされている作業のようすを眺めていた。四人の槍兵たちは敷石を持ち上げ、いまでは土を掘り返して、ピッチのしみ込んだ木製の低い壇の上に、その土を大量に盛り上げている。王は穴の中をのぞき込み、四人の槍兵に仕事を続けるよう身ぶりで指図した。「だが、黄金が見つかったら、それは私のものだからな」彼は私に言った。私が通訳を始めると、サーディックは手をふってさえぎった。「その男はサクソン語が話せる」マーリンを見ながら言った。「あのふたりに聞いたのだ」と、ディナスとラヴァインにあごをしゃくる。

私は邪悪な双子に目をやり、またサーディックに顔を向けた。「変わった者を連れておられますね」

「おまえほどではない」サーディックは言って、ニムエの黄金の眼をちらと見やった。彼女は一本指でその眼球を取り出して、皺の寄った虚ろな眼窩を見せて最大級の脅しをかけたが、サーディックはひるむそぶりも見せなかった。私に向かって、この神殿のさまざまな神々について何を知っているかと尋ねてくる。知っているかぎりのことを説明したが、ほんとうはそんなことに興味がないのは明らかだった。サーディックは私のことばをさえぎり、またマーリンに目を向けた。「マーリン、大釜はどこだ」

マーリンは眼をぎらつかせてシルリア人の双子をにらむと、床に唾を吐いた。「隠してある」吐き捨てるように言う。

サーディックは驚いた顔もしなかった。深くなってゆく穴のそばをのんびりと通りすぎ、サグラモールがミトラに捧げたサクソンの剣を拾いあげた。試しに空中でふってみて、バランスのよさに感心したようだ。「大釜には大きな力があるそうだな」彼はマーリンに言った。

マーリンが答えようとしないので、私が代わって答えた。「そう言われています」

淡色の眼で私を見つめながら、「その力とは、ブリタニアからわれらサクソン人を追い払う力か?」

「そうであるよう祈っております」私は答えた。

彼はにやりとして、またマーリンに顔を向けた。「何を差し出せば大釜を譲る?」

マーリンはじろりとにらんで、「きさまの肝だ、サーディック」

サーディックはマーリンに一歩近づき、この魔法使いの眼を見上げた。サーディックには恐怖の色はまるでなかった。マーリンの神々は彼には無縁の存在なのだ。エレはマーリンを恐れていたかもしれないが、サーディックはドルイドの魔法などなんとも思っていない。サーディックの目から見れば、マーリンは評判倒れの老いたブリトン人の神官にすぎないのだ。だしぬけに手をのばし、三つ編みにして黒いリボンをかけたマーリンのひげのひと房をつかんだ。「大釜をくれれば、山のような黄金を出すぞ」

「代価はさっき言ったとおりだ」マーリンは答えた。サーディックから身を引こうとしたが、王はドルイドのひげをつかむ手に力を込めた。

「おまえの体重と同じだけ黄金を支払う」

「きさまの肝をよこせ」マーリンは要求をくりかえす。

サーディックはサクソンの剣を上げ、その刃をさっと引いて三つ編みにしたひげを切り取った。一歩下がって、「せいぜい大釜で遊んでおるがいい、アヴァロンのマーリン」サーディックは剣を投げ棄てた。「だがいつか、おまえの肝をその大釜で煮て、私の犬どもに食わせてやる」

ニムエは真っ青になって王を見つめていた。マーリンは驚愕のあまり、動くことはおろか口をきくこともできない。四人の槍兵たちはただ息を呑むばかりだ。「馬鹿者、仕事を続けろ」私は家来たちに怒鳴った。「早くしろ!」

私は口惜しかった。これまでマーリンが侮辱されるのを見たことはなく、見たいとも思わなかった。そんなことのできる者がいるなどと思ったことさえなかったのだ。

マーリンは切られたひげをしごき、やがて静かな声で言った。「王よ、いつかこの礼はさせていただく」サーディックはこの力ない脅しに肩をすくめて、自分の槍兵たちのそばへ戻っていった。切り取ったひげを渡されて、ディナスが感謝のしるしに頭を下げた。私は唾を吐いた。シルリアの双子は大きな悪を働く力を得たのである。髪の毛や爪ぐらい、呪術を行うのに強力な道具はほかにない。だから、邪悪な者の手に渡らないよう、人はみな落ちた髪の毛や切った爪をかならず火に投じている。髪の毛がひと房あれば、子供ですら悪さをすることができるのだから。「ひげを取り戻しましょうか」私はマーリンに尋ねた。

「馬鹿を言うな、ダーヴェル」マーリンはうんざりしたように言って、サーディックの二十人の槍兵を指し示した。「あの槍兵たちを皆殺しにできると思うのか」首をふって、ニムエに笑顔を見せた。「われらの神々からここがどれだけ遠いかわかっただろう」と言って、自分が非力な理由を説明しようとする。

「掘るのよ」ニムエは私の家来たちを叱りつけた。もっともすでに穴掘りは終わり、最初に出てきた大きな角材を持ち上げようとしているところだった。マーリンがここで宝探しをしているとディナスとラヴァインから聞いてきたのだろう、サーディックは自分の槍兵三人に作業を手伝うよう命じた。三人は穴に飛び込み、角材のへりの下に槍を突っ込んで、ゆっくりと持ち上げていった。私の家来たちがつかんで引きずり出す。

それは雄牛の血の穴だった。死にゆく雄牛の生き血が母なる大地に注がれる場所だ。だがいつのころか、その穴は木材と砂と砂利と石ころで巧妙に塞がれ、偽装されていた。サーディックの家来たちに聞かれないように、マーリンは私にささやいた。「ローマ人が去ったあとで細工したのだ」またひげをしごいている。

「お館さま」マーリンの受けた侮辱に胸が痛んで、私はぎごちなく口を開いた。

「案ずるな、ダーヴェル」励ますようにマーリンは私の肩に手を置いた。「神々に命じて火を落とせばよいと思っているのだろう。大地に命じてやつを呑み込ませ、霊界から蛇を呼び出せばよいと」

「そう思ってます」私はみじめな思いで答えた。

彼はさらに声を低めた。「よいか、魔法は命じるものではない、使うものなのだ。だが、ここには使おうにも魔法がない。だから宝物が必要なのだ。サムハイン祭の日、私は宝物を集めて大釜の秘密を明かすつもりだ。火を焚いて呪文を唱えれば、空は悲鳴をあげ大地は呻く。嘘ではない。私はその瞬間のためにこれまで生きてきたのだ。そうすればブリタニアに魔法が戻ってくる」彼は柱に寄りかかり、ひげの切られたあとをなでた。黒いひげの双子を見ながら、「われらがシルリアの友人は、私に挑戦したつもりでおる。だが、老人がひげをひと房失ったぐらい、大釜の力の前ではなにほどのものでもない。ひげのひと房は私以外の者に害をなすことはないが、あの大釜はな、よいかダーヴェル、あの大釜は全ブリタニアを震撼させるのだ。そうなったら、あのふたりの詐欺師は私の足元にひざまずいて慈悲を請うことだろう。だがそれまでは、敵が勝ち誇るさまを見なければならん。神々はいよいよ遠ざかってゆく。神々の力は弱まり、神々を愛するわれらの力も弱まってゆく。だが、それはいつまでも続かん。神々は還ってくる。いまのブリタニアでは魔法はあまりにか弱いが、その魔法もモン島の霧のように濃く厚くなって戻ってくるのだ」私の肩の傷にまた触れた。「かならずな」

サーディックは私たちのようすを眺めていた。話し声は聞こえなかったはずだが、そのくさび形の顔には面白がっているような表情が浮かんでいる。「穴のなかにあるものを、あいつに横取りされますよ」私はささやいた。

「値打ちがわからんとよいのだが」マーリンも低声で言う。

「わかりますよ」白いローブ姿のふたりのドルイドを見ながら私は言った。

「あの裏切り者の蛇どもが」マーリンは低声で毒づく。見れば、ディナスとラヴァインは穴に近づいてきていた。

「だが、ここで見つかったものを横取りされても、私はまだ十三の宝のうち十一を持っておるし、十二番めがどこにあるかもわかっておる。この千年、ブリタニアでこれほどの力を掌中におさめた者はおらなんだのだ」彼は杖を支えに立ち上がった。「あの王は苦しむことになる。それは保証してもよい」

最後の角材が穴から運び出され、大きな音をたてて敷石に転がった。汗だくの槍兵たちがわきへどくと、サーディックとシルリアのドルイドたちがゆっくりと進み出て、穴のなかをのぞき込んだ。サーディックは長いことのぞいていたが、やがて笑いだした。笑い声は絵を描いた高い天井に反響し、サーディックの槍兵たちもつられて穴の縁に寄ってきて、やはり笑いはじめた。「こんながらくたをありがたがるとは、愉快な敵もいたものだ」サーディックは槍兵たちを脇へどかせて、私たちに手招きした。「こちらへ来い、おまえの見つけたものを見てみよ、アヴァロンのマーリン」

私はマーリンについて穴の縁に近づいた。そこにあったのは、湿気で傷んだ古くて黒っぽい木片だった。薪の山としか思えない、ただの古ぼけた木材だ。煉瓦で内張りした穴の隅から湿気がしみ込み、そのために腐っている部分があるかと思えば、すっかり脆くなって火をつければたちまち灰になりそうな部分もある。「これは何です」私はマーリンに尋ねた。

「どうやら見込み違いだったようだ」マーリンはサクソン語で言った。またブリトン語に戻って、私の肩に触れる。「行こう。時間をむだにした」

「われわれはそうは思わない」ディナスが耳障りな声で言う。

「あれは車輪だ」とラヴァイン。

マーリンはゆっくりと振り向いた。その顔は歪んでいた。サーディックとシルリアの双子をだまそうとしたのだが、その芝居は完全に失敗だった。

「車輪がふたつだ」ディナスが言う。

「それに車軸もある」ラヴァインが続けた。「三つに切られている」

私はもういちどごたごたに積まれた木片に目をこらした。やはり廃物の山にしか見えなかったが、やがて弧を描く木片がいくつか見分けられるようになった。あの木片をつなぎ合わせ、たくさんの短い棒で突っ張りをしたら、たしかに一対の車輪になりそうだ。車輪の断片とともに、薄い板が何枚か、それに私の手首ほどの太さのある長い軸がある。あまり長いので、穴に収まるように三つに切断されていた。車軸をはめる軸受けも見えた。その中心には、長い刃がはめ込めるほどの切れ込みが入っている。その廃材の山は、かつてブリタニアの戦士を戦場に運んだ古い小型戦車の残骸だったのだ。

「モドロンの戦車だ」ディナスがうやうやしく言った。

「神々の母モドロンの」とラヴァイン。

「大地と天を結ぶ戦車だ」こんどはディナス。

「マーリンは要らぬそうだ」ディナスが嘲笑うように言った。

「では、この戦車はわれわれがいただく」ラヴァインが言い放った。

サーディックの通訳は、この話を王に伝えようと骨折っていたが、この壊れて傷んだ材木の山に、サーディックがあいかわらずなんの感銘も受けていないのは明らかだった。それでも、槍兵たちに命じてその断片を回収させた。ラヴァインがそれをマントに包んで取り上げる。ニムエが呪いのことばを吐いたが、ラヴァインは嘲笑しただけだ。「この戦車を取り戻すために戦うか?」と、サーディックの槍兵を指さした。

「いつまでもサクソン人の陰に隠れていられると思うなよ」私は言った。「いつか戦わなければならないときがくる」

ディナスはぽっかりと開いた穴に唾を吐いた。「ダーヴェル、私たちはドルイドだ。おまえに私たちの命を奪ることはできない。そんなことをすれば、おまえの魂も、おまえの愛するあらゆる人間の魂も、永遠の恐怖に閉じ込められるのだからな」

「あたしには殺せるよ」ニムエがふたりに唾を吐いた。

ディナスはニムエを見つめていたが、ふいに彼女に向かってこぶしを突き出した。魔除けのためにニムエはそのこぶしに唾を吐いたが、ディナスはこぶしを上向けて、手のひらを開いてみせただけだ。その手のひらにはツグミの卵がのっていた。ディナスはそれをニムエに投げてよこした。「その目玉の穴に入れておけ」そっけなく言うと、くるりと向きを変える。ラヴァインとサーディックのあとを追って、ディナスは神殿を出ていった。

私たちだけになったとき、私はマーリンにあやまった。「すみません、お館さま」

「何をあやまるのだ、ダーヴェル。二十人の槍兵を倒せるとでも思っているのか」ため息をついて、切られたひげをしごいた。「新しい神々の力がどれほど強まっているかわかっただろう。だが、大釜があるかぎり、力ではこちらのほうが勝っておる。行こう」とニムエに腕を差し延べた。慰めるためではなく、彼女の支えを求めたのだ。身廊をのろのろと歩いてゆくマーリンは、急に老け込んだように、がっくりと疲れているように見えた。

「殿、おれたちはどうしたらいいんで?」槍兵のひとりが私に尋ねた。

「出立の準備をしろ」マーリンの丸めた背中を見つめながら、私は答えた。ひげを切られたことは、彼がみずから認めた以上に大きな惨事だったのにちがいない。しかし、マーリンにはまだクラズノ・アイジンの大釜がある、そう思って私は自分を慰めた。マーリンの力はいまも大きい。しかし、丸まった背中とのろのろした足取りを見ていると、なぜか身を刃るような悲しみが押し寄せてくる。「出立の準備をするぞ」私はまた言った。

私たちは翌日ロンドンをあとにした。あいかわらず腹ぺこだったが、こんどは帰り旅だ。それに、曲がりなりにも平和を実現したのである。

荒れはてたカレヴァのすぐ北、エレに奪われ、いままたわが国のものとなった土地で、貢ぎ物が私たちを待っていた。エレは約束を守ったのだ。

衛兵はひとりもおらず、ただ大きな黄金の山だけが、見張る者もないまま道端で待っていた。杯、十字架、鎖、鋳塊、ブローチ、トークがうずたかく積まれている。黄金を計量する手段がなかったし、アーサーもキネグラスも合意された数量には足りないのではないかと疑っていたが、それでもじゅうぶんだった。宝の山にはちがいない。

黄金をマントで包み、その重い包みを軍馬の背に積んで、私たちは先に進んだ。アーサーは槍兵といっしょに歩いていたが、故郷に近づくにつれてしだいに元気づいてくる。もっとも、やはり後悔の念は最後までつきまとっていた。「この近くで私が誓いを立てたのを憶えてるか」エレの黄金を回収して間もなく、アーサーは私に話しかけてきた。

「憶えています」それは昨年、まさにこの黄金の大半をエレに渡した翌晩のことだった。この黄金はエレへの賄略だったのだ。ドゥムノニアとの国境から手をひかせ、ポウイスの要砦であるラタエを攻撃させるために渡したのである。アーサーはその夜、エレを殺すと誓いを立てたのだった。「それなのに、私はエレを助けた」彼は悲しげに言った。

「でも、キネグラスはラタエを取り戻しましたよ」

「しかし、誓いは果たされていない。なんと多くの誓いを破ってきたことか」白い大きな雲を横切るように、一羽の鷹が滑空してゆく。それを目で追いながら、アーサーは言った。「キネグラスとマイリグに、シルリアを分割して併合するよう提案したんだ。キネグラスは、ポウイスの取り分の領地を独立の王国にして、おまえにそこを治めさせたらと言っている。どう思う?」

私は驚きのあまりろくに口もきけなかった。「殿がそうお望みなら」私はやっと答えた。

「ところが私は望んでない。おまえにはモードレッドの保護者になってもらいたいんだ」

私はがっくりして、しばらく黙って歩いていた。「シルリア人は分割されるのを望まないのでは」

「シルリア人は命令に従うさ」アーサーはきっぱりと言った。「そしておまえとカイヌインは、ドゥムノニアのモードレッドの王宮で暮らすんだ」

「殿がそう言われるのなら」ふいに、クム・イサヴのささやかな幸福が惜しくなってきた。

「元気を出せ、ダーヴェル!」アーサーは言った。「私が王でないのに、おまえに王になられては困る」

「王になれないのが惜しいんじゃありません。ただ、おれの家中に王を入れるのがどうも」

「ダーヴェル、おまえならうまくやるさ。おまえはなんでもうまくやってゆくやつだ」

翌日、私たちは軍をふたつに分けた。サグラモールはそれより早く戦列を離れていた。自分の槍兵を引き連れて、サーディックの王国との新たな国境の防衛に向かったのだ。そしていま、残りの軍勢もふた手に分かれるときがきた。アーサー、マーリン、トリスタン、それにランスロットは南へ向かい、キネグラスとマイリグは自国に向かって西へ進む。私はアーサー、トリスタンのふたりと抱擁を交わし、ひざまずいてマーリンの祝福を受けた。マーリンはねんごろに祝福を授けてくれた。ロンドンから離れるにつれて、以前の活力をいくらか取り戻しているようだ。しかし、ミトラ神殿でしたたかに侮辱を受けたのを隠すことはできなかった。まだ大釜があるにしても、いまでは敵にひと房のひげを握られている。その呪術をそらすためには、持てる魔力のすべてをふるわねばならないだろう。私はマーリンの抱擁を受け、ニムエに接吻をして、かれらの後ろ姿を見送ってから、キネグラスのあとを追って西へ向かった。カイヌインの待つポウイスが近づいてくる。エレの黄金から分け前ももらった。だがそれでも、凱旋のような気はしなかった。エレを打ち負かして平和を打ち立てはしたが、この遠征の真の勝者は私たちではなく、サーディックとランスロットなのだから。

その夜、私たちはみなコリニウムで休んだが、深夜になって嵐に眠りを破られた。嵐に襲われたのははるか南ではあったが、遠雷の轟きはあまりに激しく、稲光の閃きはあまりに強烈だった。その閃光が私の眠っていた中庭の壁に輝き、それで目がさめてしまったのだ。ここに泊めてくれたのは、アーサーのかつての愛人で、双子の母親のアランだった。不安げに寝室から出てきたアランとともに、私はマントを引っかけて町の城壁へ出ていった。すでに家来の半数が出てきていて、かなたの荒れ狂う空を眺めている。キネグラスとアグリコラも城壁に上っていた。だがマイリグの顔はない。彼は天候などに前兆を認めようとはしないのだ。

ほかの者はもっと分別があった。嵐は神々の送る前兆であり、しかもこの突然の嵐はすさまじい猛威をふるっていた。コリニウムには雨は降らず、突風にマントがはためくこともなかったが、はるか南、ドゥムノニアのどこかで、神々が大地を激しく打ちすえている。稲光が空の闇をきれいに切り払い、その歪んだ匕首（あいくち）を地面に突き立てる。たえまなく雷鳴が轟き、落雷に次ぐ落雷で、その鞭が大地を震わすたびごとに、目もくらむ稲妻が閃き、そのぎざぎざの炎が身もだえする夜を引き裂いてゆく。

イッサは私のすぐそばに立っていた。人の好さそうなその顔が、遠くの噴き出す炎に照らされている。「だれか死んだんですかね」

「さあ、どうかな」

「殿、おれたち呪われてるんですか」

「そんなことはない」私は自信たっぷりに答えたが、腹の底には自信などひとかけらもなかった。

「だけど、マーリンがひげを切られたって」

「ほんの何本かだ」私はあっさりと言った。「それだけさ。それがどうしたって？」

「マーリンに力がないとしたら、だれにあるんです？」

「マーリンに力がないわけないだろう」私はイッサを力づけようとした。それに、私にも力はある。なぜなら、まもなく私はモードレッドのチャンピオンになり、広大な所領に住むことになるのだから。私が幼王を育て、アーサーは幼王の王国を作るのだ。

それでもやはり、私はあの雷に不安を感じた。だが、雷の意味するところを知っていたら、不安どころではすまなかっただろう。あの夜こそ、災厄の訪れた夜だったのだ。しばらくは知らなかったが、三日後についに知らせが届いた。なぜ雷神が語り、稲妻が閃いたのか。

嵐はトールを襲い、マーリンの館を襲い、風がそのまわりで嘆きの声をあげていた虚ろな夢見の塔を襲ったのだ。そして、まさに私たちの勝利の瞬間に、落雷が木造の塔を燃え上がらせ、その炎は夜の闇を焦がし、乱舞し、夜を貫いて吠え猛った。夜が明け、嵐の残した雨に残り火がはじけ、ついに熾火（おきび）も消え失せたとき、ウィドリン島にもはや宝物は残っていなかった。灰のなかに大釜は影も形もなく、火に焼かれたドゥムノニアの中心には、ただ空白があるばかりだった。

どうやら新しい神々の反撃は続いているようだ。それとも、三つ編みにしたマーリンのひげで、シルリアの双子どもが強力な魔法を使ったのだろうか。大釜は消え、ブリタニアの宝物は跡形もない。

私はカイヌインの待つ北へ向かっていた。

著者

バーナード・コーンウェル［Bernard Cornwell］

一九四四年、ロンドンに生まれ、エセックスで育つ。ロンドン大学を卒業後、英ＢＢＣプロデューサーなどを経てアメリカに移住し、作家活動に入った。代表作シャープ・シリーズやスターバック・シリーズのほか多数の歴史小説や冒険小説を執筆している。邦訳書に『殺意の海へ』、『黄金の島』、『ロセンデール家の嵐』、『嵐の絆』などがある。二〇〇六年には大英帝国勲章を受章した。

訳者

木原悦子［Etsuko Kihara］

一九六〇年、鹿児島県生まれ。東京大学文学部西洋史学科卒業。翻訳家。主な訳書に、『地球生命35億年物語』（徳間書店）、『ミイラ医師シヌヘ』（小学館）などがある。

ENEMY OF GOD by Bernard Cornwell
Copyright © 1997 by Bernard Cornwell
Japanese translation published by arrangement with
Bernard Cornwell c/o David Higham Associates Ltd
through The English Agency (Japan) Ltd.

本書は、バーナード・コーンウェル著
『小説アーサー王物語　神の敵　アーサー』［上］の
本文の一部を改稿し、改装した新装版である。

新装版　小説アーサー王物語
神の敵　アーサー――［上］

二〇一九年三月一六日　初版第一刷発行

著者――バーナード・コーンウェル
訳者――木原悦子
発行者――成瀬雅人
発行所――株式会社原書房
〒一六〇‐〇〇二二
東京都新宿区新宿一‐二五‐一三
電話・代表〇三‐三三五四‐〇六八五
http://www.harashobo.co.jp
振替・〇〇一五〇‐六‐一五一五九四
ブックデザイン――小沼宏之［Gibbon］
印刷・製本――中央精版印刷株式会社

©Etsuko Kihara, 2019
ISBN978-4-562-05622-4
Printed in Japan